dtv

D1928725

Wolfgang Clemens

Büdingen 19. 8. 2002

WC

»Meine Heimat ist jede bewohnte Welt«, sagte Angelika Kauffmann von sich – bereits im 18. Jahrhundert eine wahre Europäerin, die in Deutschland, England und Italien gleichermaßen verehrt wurde.

1741 als Tochter des Wandermalers Johann Joseph Kauffmann geboren, überraschte sie schon früh mit ihrer künstlerischen Begabung. Ihr Talent und ihr Charme eröffneten ihr den Zugang zur geistigen und kulturellen Elite der Zeit. Winckelmann, Klopstock, Herder und Goethe waren mit ihr befreundet. Neben Joshua Reynolds gehörte sie zu den Gründungsmitgliedern der Royal Academy in London. Kaiser und Könige gingen in ihrem Atelier in Rom ein und aus. Ihr Haus auf dem Pincio wurde zum gesellschaftlichen Mittelpunkt der Stadt.

Jutta Rebmann, geboren 1943 in Lübeck, ist gelernte Buchhändlerin und Antiquarin. Sie hat bereits vier biographische Romane veröffentlicht, außerdem Erzählungen und Kurzgeschichten.

Jutta Rebmann

Angelika Kauffmann

Biographischer Roman

Deutscher Taschenbuch Verlag

Von Jutta Rebmann
ist im Deutschen Taschenbuch Verlag erschienen:
Fanny Mendelssohn (20081)

Ungekürzte Ausgabe
Oktober 1998
3. Auflage Juni 1999
Deutscher Taschenbuch Verlag GmbH & Co. KG,
München
© 1994 Stieglitz Verlag, D-75415 Mühlacker
A-8952 Irdning/Steiermark
Umschlagkonzept: Balk & Brumshagen
Umschlagbild: ›Selbstbildnis‹ (vor 1781)
von Angelika Kauffmann (© BPK, Berlin)
Gesamtherstellung: C. H. Beck'sche Buchdruckerei,
Nördlingen
Gedruckt auf säurefreiem, chlorfrei gebleichtem Papier
Printed in Germany · ISBN 3-423-20178-9

Inhaltsverzeichnis

Kapitel 1
Erwachen in Mailand

Noch war es kalt und ungemütlich in der Stadt, vom beginnenden Frühjahr noch nichts zu spüren. Der ununterbrochene Regen der letzten Wochen hatte das Leben auf den Straßen fast ganz zum Erliegen gebracht. Die Fassaden der Häuser und Paläste wirkten grau, selbst der Dom hatte seine filigrane Schönheit eingebüßt. Hinter den Regenschwaden, die ein eisiger Wind über die offenen Plätze trieb, sah er bedrohlich und einschüchternd aus. Die Nässe durchdrang die Wände der Häuser und setzte sich in den Vorhängen und Bettdecken fest. Mürrisch und mit gesenkten Köpfen hasteten die Menschen, die unbedingt hinaus mußten, jeden Schutz, den die Häuser boten, nutzend, die Gassen entlang. Erkältungen und Lungenentzündungen nahmen beängstigend zu. Schon begannen Spötter zu lästern, die einzigen, die von dem entsetzlichen Wetter profitierten, seien Ärzte und Totengräber. Dumpf hallte das Rollen der Wagen und das Stampfen der Pferdehufe auf dem Pflaster wider. Um den Kranken Unruhe und Lärm zu ersparen, wurde immer häufiger Stroh vor den Häusern ausgeschüttet. Sorgen und Angst machten sich breit.

Dabei ging es Mailand in diesen Vorfrühlingstagen des Jahres 1757 wirtschaftlich so gut wie schon lange nicht mehr. Seit das Herzogtum 1714 nach fast zweihundert Jahren spanischer Herrschaft an Habsburg gefallen war, hatte eine kluge Verwaltung das heruntergewirtschaftete Land in eine blühende Provinz verwandelt. Graf Pietro Verri, Journalist und Verfasser der vielgelesenen Schrift „Meditationen über Staatsökonomie", lobte:

„Unter der Regierung Maria Theresias lebte man im Mailändischen so glücklich, wie man es unter absoluter Herrschaft eben

sein kann, denn der leidenschaftliche Wunsch der Kaiserin, einen guten Namen zu hinterlassen, trieb sie an, ausgezeichnete Maßnahmen jeder Art zu treffen und mit altertümelnder Barbarei Kehraus zu machen. Die Staatswirtschaft wurde zu höchster Vollendung gebracht, die Besteuerung nach einem wohlgeordneten Grundbuch verteilt. Die Steuerverwaltung ging direkt an den Souverän über, und so wurde das Volk vom Joch der Steuerpächter befreit. Die Erzeugnisse des Bodens erlangten Handelsfreiheit. Die Ämter waren nicht mehr nur der Heuchelei und der Verstellung vorbehalten: Sie wurden auch aufgeklärten und vorurteilslosen Bürgern anvertraut."

Maria Theresia hatte den kunstsinnigen Herzog Reginald von Modena d'Este zum Gouverneur der aufblühenden Provinz berufen. Mit dem wirtschaftlichen Aufschwung setzte eine rege Bautätigkeit ein. Das große Heer der Beamten, das von Wien nach Mailand beordert wurde, machte sich daran, die vom Verfall bedrohten Palazzi wohnlich herzurichten und neu auszustatten. Architekten, Maler und Musiker drängten sich um die reichlich anfallenden Aufträge in der lombardischen Hauptstadt.

„Angelika" – lächelnd streckte die schöne Schwiegertochter des alten Reginald, Herzogin Cibo von Modena, ihre Hände nach dem jungen, kaum sechzehnjährigen Mädchen aus, das für Gesang gleichermaßen begabt war wie für Malerei: „Angelika, kein Lied heute für mich und meine Kinder? – Nur Traurigkeit und Tränen, als ob das Wetter nicht schon trist genug wäre!"

Die Angesprochene schüttelte den Kopf: „Ich muß nach Hause! Meiner Mutter geht es von Stunde zu Stunde schlechter. Niemand weiß so recht, woran sie leidet. Bestimmt zehren Regen und Kälte sie zusätzlich aus. Der Vater und unsere Wirtin befürchten das Schlimmste. Sie haben sogar nach dem Priester geschickt!" Mit einer schnellen Bewegung winkte die Herzogin eine Dienerin herbei. Fürsorglich legte sie dem besorgten Mädchen den Mantel um die Schultern und ließ sie unter einem großen Schirm geborgen nach Hause bringen.

Der Arzt war immer noch da. Neben dem Bett stand ein Priester, der gerade dabei war, der Mutter die letzte Ölung zu erteilen. Oben an der Bettstatt lehnte der Vater. Auf Angelikas fragenden Blick hin schüttelte er nur traurig den Kopf. „Keine Hoffnung mehr", hieß das. Nie würde die Tochter das aschfahle, vom Schmerz zerrissene Gesicht des Vaters vergessen. Auf einem Stuhl am Fußende des Bettes kauerte Vetter Joseph, lautlos bewegten sich seine Lippen im Gebet. Johann Joseph Kauffmann hatte den nun Dreiundzwanzigjährigen vor fünf Jahren von einer Reise an den Bodensee mit nach Morbegno gebracht, wo die Familie damals lebte. Seitdem wurde er zusammen mit Angelika vom Vater in der Malerei unterwiesen.

Er sei, so hatte es geheißen, ein weitläufiger Verwandter aus der Heimat des Vaters im Bregenzerwald. Für Angelika war er ein guter Freund und fast so etwas wie ein älterer Bruder geworden. Gemeinsam hatten sie bei den Eltern manches durchsetzen können, was der einzigen Tochter bestimmt verboten worden wäre. Aber hinter das Geheimnis, das Joseph mit dem Vater zu verbinden schien, waren weder die Mutter noch Angelika gekommen.

Die Tochter kniete am Bett der Mutter nieder. Noch atmete Cleophea Kauffmann, doch ihre Atemzüge wurden immer schwächer. Plötzlich lagen die Hände, die immer wieder wie suchend über die Bettdecke geglitten waren, still. Angelika wurde in diesem Augenblick voll bewußt, daß sie nun alleine war mit dem Vater, ohne die Fürsorge und die Liebe der Mutter. Wie sehr mußte das unstete Wanderleben, das sie wegen des Künstlerberufes des Vaters hatte führen müssen, für die Mutter zur Tortur geworden sein. Wie oft hatte sie sich heim nach Chur gesehnt. Fremde Sprachen lernen und immer wieder neue Bekanntschaften schließen, das war ihre Sache nicht. Am ehesten hatte sie es noch in Morbegno ausgehalten, Angelika war damals erst wenige Jahre alt. Sie blieb tagsüber, wenn der Vater arbeitete, bei der Mutter. In Morbegno lebte auch Anna Maria Florini, die einzige Schwester des

Vaters, mit ihrer großen Familie. Bei den zahlreichen Geburten im Hause Florini wurde Cleophea oft zur „Gotte", zur Gevatterin gebeten.

Angelikas Mutter hatte immer von einer stillen Häuslichkeit geträumt. Einer Häuslichkeit, in der ihr einziges Kind kochen, nähen und den Haushalt versorgen lernen sollte. Sie hatte zwar akzeptiert, aber nie verstanden, daß dieses Mädchen, seit es seine ersten selbständigen Schritte machen konnte, immer nur eines gewollt hatte: Malen und Zeichnen, dazu Singen und Musizieren. Für die häuslichen Tugenden zeigte sie dagegen wenig Interesse.

Beim Begräbnis Cleophea Kauffmanns brach zum ersten Male in diesen trüben Tagen die Sonne durch die Wolken. Der Regen hatte aufgehört, die Natur begann aufzuatmen. Auch Angelika spürte, wie die Wärme sie durchdrang und von ihr Besitz ergriff. Ihre Lebensgeister regten sich neu, der Gedanke an das noch nicht fertiggestellte Porträt der Herzogin Cibo überwand für einen Augenblick die Trauer um die Mutter. Ein vorsichtiger Blick auf den Vater, der zusammengesunken am Rande des Grabes stand, trieb Angelika die Schamröte ins Gesicht: Wie konnte sie nur so egoistisch sein und an Arbeit denken, wenn die Mutter noch nicht einmal unter der Erde war. Nie mehr wollte sie den Vater, der soviel für sie getan hatte, allein lassen. Wer wußte denn, ob Cleophea Kauffmann, die nicht einmal vierzig Jahre alt geworden war, nicht noch leben könnte, wenn sie nicht der Ausbildung der Tochter zuliebe nach Mailand gekommen wäre? Angelika versuchte, dem Vater zuzulächeln. Aber Johann Joseph reagierte nicht. Starr blickte er geradeaus, er war noch stiller als sonst. Der Tochter kam er gealtert und seltsam abwesend vor.

Als sie nach einigen Tagen erstmals wieder zu einer Sitzung in den „Palazzo Ducale" gerufen wurde, konnte Angelika kaum begreifen, wie leicht und schnell sie trotz ihres Kummers arbeiten konnte. Mit dem jetzt fertiggestellten Pastell hatte die junge Malerin alle Mitglieder der

Familie d'Este porträtiert. Die kleine farbige Zeichnung, die Maria Beatrice, die Tochter Herzogin Cibos, darstellte, war vor wenigen Tagen mit einem Sonderkurier nach Wien abgesandt worden. Kaiserin Maria Theresia wollte die Erbin des Herzogtums Modena, die sie als Braut für ihren zweitjüngsten Sohn, den gerade drei Jahre alt gewordenen Erzherzog Ferdinand, ausgewählt hatte, wenigstens im Bild kennenlernen.

Noch einmal sang Angelika, wie so oft, auf einer der Soireen der Herzogin. Ihre weiche volle Stimme war dunkel vor Trauer. Da saß eine festliche Gesellschaft in schönen Kleidern, mit gepuderten Haaren, reich, lebenslustig und elegant. Alle lauschten ihrem Gesang und ihrem Cembalospiel, sie wollten von ihr gemalt werden und drängten sich um sie. Aber gehörte sie wirklich hierher? War das ihre Welt? Wo war eigentlich ihr Zuhause?

Die gefeierte junge Künstlerin machte sich Vorwürfe. Jahrelang hatte sie ihre ganze Kraft auf das „Decorum", wie der Vater es nannte, verwandt. Hatte sich bemüht, mitzuhalten und dazu noch zu lernen, besser zu sein als die anderen. Hatte sie sich aber auch um die Mutter gekümmert? Für Angelikas Maleraugen war die Hauptstadt der Lombardei eine einzige Schule des Sehens. Sie hatte Tage und Wochen in Kirchen und Klöstern, in Palästen und Galerien zugebracht, um die Werke der großen Meister zu studieren und zu kopieren. Die meisten dieser Bilder waren ihr von Touristen und Besuchern gegen gutes Honorar aus den Händen gerissen worden. Das Leben in der pulsierenden großen Stadt war teuer, und Angelika hatte sich gefreut, zum Lebensunterhalt der Familie beitragen zu können. Bei Konzerten hatte ihre Lieblingsarie „Gosti deh che riposate placidi si mi sul" das Publikum zu Begeisterungsstürmen hingerissen. Dieses kleine Lied hatte sie schon vor drei Jahren in ihren ersten Gesangsstunden bei Vittoria Ligari in Morbegno gelernt. Bis heute hatte es für sie seinen Zauber nicht eingebüßt.

Wußten eigentlich alle diese Bewunderer, die sie mit

Zuckerwerk und Pistazien fütterten und ihr wohl manchmal auch für ein besonders gelungenes Werk neben dem vereinbarten Honorar einen Ring schenkten, wie hart sie arbeiten mußte, bis sie mit sich selber zufrieden war? Die Porträts, die sie gemalt hatte, hingen in Schlössern und Villen im südlichen Graubünden, Mitglieder der dort ansässigen Adelsfamilien hatten sich von ihr malen lassen. Jedes Konterfei aber mußte erarbeitet werden, war das Ergebnis der Suche nach der Individualität des Dargestellten.

Ein schwieriger Prozeß, dessen Bewältigung Angelika Kauffmann noch im Alter stolz auf diese Zeit zurückblicken ließ. Etwas davon ist auch in der Lebensbeschreibung ihres ersten Biographen Giovanni Gherardo Rossi zu spüren:

„Im Jahre 1752 verließ Johann Joseph Morbegno und zog nach Como, wo man seiner Kunst lange Beschäftigung versprochen hatte. Hier bekam Angelika, welche kaum das elfte Jahr erfüllt hatte, an Ausbildung und Reife des Verstandes aber ihr Alter weit hinter sich ließ, Lust, die schöne Beschäftigung der Zeichnung noch mit andern Studien, die ihren Geist ausbilden könnten, zu verbinden; sie wandte sich daher zur gelehrten und wissenschaftlichen Bildunq zur Geschichte und gesellte in allem zum lebendigen Unterrichte weiser Lehrer, die sie begierig anhörte, das Lesen guter Bücher, welches ihre Erholung von ihrer malerischen Arbeit ausmachte.

Die Natur hatte Angelika eine ungemein liebliche Stimme geschenkt; ihre Intonation war vollkommen; sie wünschte daher Musik zu lernen; der strenge Vater, dem sie beständig darum anlag, gab endlich ihrem Bitten nach, und auch in der Musik waren ihre Fortschritte ungemein schnell.

Alles vereinte sich, dieses Mädchen bewunderungswürdig zu machen, und Jedermann rühmte sie als ein Wunder von Talent und Verstand. Dies machte, daß der damalige Bischof von Como, Herr Nevroni Cappucino, sie kennenzulernen wünschte; ihre außerordentlichen Eigenschaften setzten ihn in Erstaunen, und er wollte, daß sie sein Porträt zu malen unternähme.

Dieser Prälat war ein ehrwürdiger Greis von stattlicher Körperbildung, edlem Kolorit und lebhaftem Auge, ein langer grauer Bart zierte sein Kinn; so stellte er der Malerin ein Muster von Greisenschönheit dar, deren getreue Nachbildung gewiß nicht leicht war. Dies schreckte jedoch Angelika nicht ab, sondern vermehrte vielmehr ihren Mut, die Schwierigkeiten wie gewöhnlich zu überwinden, sie malte das Porträt in Pastell; und sowohl die Ähnlichkeit desselben als auch die ganze Ausführung der Arbeit erhielten das Lob des Prälaten sowie aller derjenigen, die es sahen; weswegen man in Como, wo sie sich etwa zwei Jahre aufhielt, ihre Arbeiten gleichsam um die Wette verlangte.“

Angelika mußte lachen, wenn sie an diese Zeit dachte. In ihrer Erinnerung war sie viel eher die Zeit der Sopraporten, der mit Gemälden verzierten Flächen zwischen Türsturz und Decke gewesen. Wie oft war sie mit dem Vater hinausgezogen, fast in jeder Ortschaft am Comer See hatten sie in den Schlössern und Herrenhäusern Sopraporten und Lunetten erneuert und mit niedlichen Schäferszenen und lieblichen Landschaften geschmückt. Bei einem Familienbesuch bei den Florinis in Morbegno hatte sie ihre eigene Familie gemalt. Erhalten geblieben ist das Bildnis eines dreizehnjährigen Mädchens in einem rosa Kleid mit gepuderter Rokokofrisur, Angelikas erstes Selbstbildnis. In den Händen hält sie ein Notenblatt. Endlich hatte sie den Vater überredet, ihr Musikunterricht erteilen zu lassen. Welch ein Triumph! Das Kleid hatte sie gehaßt, weil es auf der Haut so scheuerte. Aber sie hatte es bei den Musikstunden bei Vittoria Ligari tragen müssen. Das „Decorum“, das dem Vater so wichtig war, mußte bis in die kleinsten Einzelheiten stimmen. Besonders im Hause Ligari, denn Pietro Ligari, der bedeutende Maler des Veltlin, hatte Johann Joseph, den er als Künstler sehr schätzte, zu Aufträgen verholfen. Seine Kinder Vittoria und Cesare waren in die Fußstapfen des Vaters getreten und bildeten so etwas wie den kulturellen Mittelpunkt des Veltlin.

Je mehr Zeit verstrich, desto schwerer fiel es Angelika, sich das Gesicht der Mutter vorzustellen. Wie schön wäre es jetzt, ein Bild von ihr zu haben! Wenn sie die Augen schloß, meinte sie, die leise, merkwürdig singende Stimme der Mutter zu hören. Alles was die Tochter über das Kennenlernen der Eltern und über ihre eigene frühe Kindheit wußte, stammte aus den Erzählungen der Mutter.

Als die mit zweiundzwanzig Jahren schon nicht mehr ganz junge Cleophea Lutz im Jahr 1739 den stattlichen Bregenzerwälder Maler Johann Joseph Kauffmann kennenlernte, hatte sie – so liebte sie es jedenfalls zu erzählen – gleich gewußt: Das ist der Mann meiner Träume! Sehr romantisch hatte sich das erste Zusammentreffen abgespielt! In einer holzgetäfelten, rebengeschmückten Weinstube hatte der Vater die Mutter einfach angesprochen, obwohl sich das doch wirklich nicht schickte. Am selben Abend hatte er sie schon nach Hause gebracht. Nicht gerade zur Freude seiner zukünftigen Schwiegereltern.

Dabei hatte sich Johann Joseph Kauffmann beharrlich nach vorn gearbeitet. 1736 nach Chur gekommen, weist ihn ein Dekret des Fürstbischofs Joseph Benedict de Rost vom April des Jahres 1739 als fürstbischöflichen Hofmaler aus. Stolz bringt er den Titel auf den Signaturen seiner Bilder an. Für die begüterten Graubündener Familien malt er nicht nur Porträts, er gestaltet auch Innenräume, versteht sich auf Lunetten und Sopraporten, kann freskieren, und seine Deckengemälde weisen ihn als soliden Könner seines Fachs aus. Seine Kunst gefällt der Familie Salis, die zu den einflußreichsten Graubündens gehört. Sie besitzt Schlösser und Villen nicht nur in Chur, sondern in der ganzen Republik der „Drei Bünde". Es gibt eine Menge Arbeit auf ihren Besitzungen für einen geschickten Handwerker-Maler, der bereit ist, zu reisen und zu wandern. Der Dreißigjährige verdient endlich ausreichend Geld. Selbstbewußt und fröhlich nimmt er am gesellschaftlichen Leben in der Bischofsstadt Chur teil. Im Winter gibt es zünftige Schlittenpartien durch die verschneite Landschaft des Rheintals, im Herbst weinselige Abende bei köst-

Johann Joseph Kauffmann

lichem rotem Schiller von den Weinbergen des Bischofs. Dazu schmeckt Bündner Gerstensuppe und an manchen besonders festlichen Tagen wird neben saurer Leber auch Capuns aufgetischt.

Wie oft hatte die Mutter später diese Spezialität, bestehend aus feinem Nudelteig, der in Mangoldblätter gewickelt war, serviert und sich darüber beklagt, daß Mangold in ausreichender Qualität eben doch nur in Chur zu haben sei. Cleophea Lutz brauchte nicht lange, um zu wissen, daß sie diesen Maler Johann Joseph Kauffmann heiraten wollte. Und auch der bedächtige, in sich gekehrte Bregenzerwälder wollte die dunkeläugige Bündnerin sobald als möglich heimführen. Beide hatten aber die Rechnung ohne die Eltern der Braut gemacht. Der protestantische Bartholomäus Lutz und seine Frau, die Hebamme Judith, widersetzten sich der Hochzeit ganz entschieden. Zwar war die Zeit der Religionskriege zwischen protestantischem Rathaus und Bischofspalast in Chur vorbei. Doch waren und blieben Hochzeiten zwischen den Konfessionen unerwünscht. Besonders wenn man wie Judith einer angesehenen, wenn auch verarmten Bündner Familie, den de Canobbia entstammte. Selber in bescheidenen Verhältnissen lebend, hatten sich die Eltern für ihr Kind eine bessere Partie erhofft als einen katholischen Wandermaler, dessen Einkünfte nicht gerade zuverlässig schienen. Aber Cleophea Lutz setzte ihren Willen mit zäher Beharrlichkeit durch. Nach ihrem Übertritt zum Katholizismus wurde sie am 6. November 1740 mit Johann Joseph Kauffmann im Dom zu Chur getraut.

Als klein und behaglich, ausgestattet mit einem großen Bündner Kachelofen, hatte Cleophea der Tochter die Wohnung des jungen Paares in der Churer Reichsgasse beschrieben. Hier wurde am 30. Oktober des Jahres 1741 auch das heißersehnte erste Kind in der Ehe geboren. Großmutter Judith Lutz selber hatte erleichtert der jungen Mutter eine gesunde Tochter in die Arme legen können. Noch am selben Tage hatte der Kapuzinerpater Ignatius Mörswil, der ein knappes Jahr zuvor die Eltern getraut hatte, die Taufe im Dom Santa Mariae Himmelfahrt vollzogen.

Wie stolz war die Mutter darauf gewesen, daß die Baronesse Anna Maria de Rost, eine Verwandte des Fürstbischofs, und Carolus Mengotti, eine stadtbekannte Persönlichkeit, eingewilligt hatten, die Tochter des Malers Johann Joseph Kauffmann aus der Taufe zu heben. „Anna Maria Angelica Catharina – ziemlich viele Namen für so ein kleines Ding", hatte der Pater scherzend gemurmelt. Aber Anna Maria war ja nicht nur der Name der Patin, sondern auch eine Erinnerung an die einzige Schwester des Vaters, und Catharina hatte die Bregenzerwälder Großmutter des Täuflings geheißen. Und Angelica – die Mutter hatte gelächelt – eine Klosterfrau aus dem Hause Salis trug diesen Namen, der Vater hatte sie wohl einmal gerne gesehen. Außerdem waren Angelica, Amadeus oder Theophilus Namen der modernen Zeit – sie klangen schön und neu. Für die Eltern hatte nie ein Zweifel daran bestanden, daß der Rufname ihres Töchterchens Angelica sei. Sie selber hat fast ihr ganzes Leben Anna Maria und Angelica im Wechsel benutzt, bis sie endlich für ihre Zeitgenossen und die Nachwelt zu der Angelika geworden war, hochgeschätzt als Künstlerin und als Frau.

Noch nicht einmal ein Jahr dauerte die glückliche Zeit Cleophea Kauffmanns in Chur. Dann rief ein wichtiger Auftrag ihren Mann nach Morbegno ins Veltlin. Sie luden ihren Hausrat auf Saumtiere und folgten dem Ruf Pietro Ligaris. Seit einigen Jahren schon baute der bedeutende Veltliner Künstler an der Erzpriesterkirche S. Giovanni Battista in Morbegno. Für die nun anstehende Freskierung des gewaltigen Kuppelchores sicherte sich Ligari die Zusammenarbeit mit Johann Joseph Kauffmann. Die beiden kannten sich schon von den Arbeiten am „Alten Gebäu", dem Salis-Palast in Chur. Fast zehn Jahre hatte Ligari mit seinen Helfern gebraucht, um Atrium, Treppenhaus und die großen Säle dieses Monumentalpalastes mit Fresken aus der Sagenwelt der griechischen Klassik zu versehen. Stolz präsentierte der Gesandte Englands, Peter von Salis-Soglio, seinen wunderbaren Palast, und der Ruf Ligaris stieg ins Unermeßliche.

Morbegno gehörte wie das gesamte Veltlin zur Republik Graubünden. Jahrzehntelang hatte ein Grenzkonflikt mit der Republik Venedig geschwelt, nun endlich war er durch den Abschluß eines Vertrages ausgeräumt worden. Jetzt begannen Jahre eines wirtschaftlichen und kulturellen Aufschwungs. Die folgende Zeit war für Angelika und ihre Familie geprägt von einem bescheidenen Wohlstand, der es Johann Joseph erlaubte, seinen im Jahr 1734 geborenen Sohn Joseph aus seiner in Herrenalb mit Maria Sybilla Lohrin geschlossenen ersten Ehe zu sich nach Morbegno zu holen. Die Mutter war kurz nach der Geburt des Jungen gestorben. Als Vetter aus dem Bregenzerwald führte er den Sohn bei Frau und Tochter ein. Ähnlich begabt wie seine kleine Halbschwester, wurde auch Joseph vom Vater zum Maler ausgebildet.

In Morbegno verlebte Angelika die glücklichste Zeit mit ihrer Mutter, die ihr mit einer alten Nürnberger Fibel Lesen und Schreiben beizubringen versuchte. Damit haperte es erheblich; dagegen entdeckte die verblüffte Mutter, daß die Vierjährige besser zeichnen als schreiben konnte. Giovanni Gherardo Rossi schreibt:

„Da Johann Joseph frühzeitig anfangen wollte, seine Tochter im Schreiben zu unterrichten, so bemerkte er, wann er ihr zur Nachbildung der Buchstaben gewisse Vorschriften in die Hände gab, nicht ohne Verwunderung, daß sie die Figuren, die etwa zur Zierde darauf angebracht waren, mit mehr Leichtigkeit und Geschmack, als die Schriftzüge selbst abbildete: auch fesselte jeder Kupferstich, jede Gipsform, jedes Gemälde ihre Aufmerksamkeit; sie brachte ganze Tage auf dem Arbeitszimmer ihres Vaters zu, und nährte ihre Neugierde nach Gegenständen der Kunst mit eben jener Freude, mit welcher andere Kinder ihre Zeit mit Spiel und Scherz zu vertreiben pflegten. Bald mit der Feder, bald mit dem Reißzeug des Vaters versuchte sie es, Kupferstiche oder Zeichnun-

gen zu kopieren, und tat es mit Pünktlichkeit und Liebe. Der Vater sah hieraus, daß keine vorübergehende kindische Neigung, sondern ein entschiedener Trieb des Talentes Angelika zur Malerei berufe; er fing also an, sie ordentlich auf den Weg der Kunst zu führen und darauf fort zu leiten; da aber ihr Alter noch allzu zart war, so legte er es so an, daß sie die Kunst lieb gewänne, damit Studium und Anstrengung ihr angenehm werden, und fortgesetzte Mühe und Arbeit sie nicht davon abschrecken möchten. Die Mutter verabsäumte von ihrer Seite nichts, damit das zarte Mädchen alle ihrem Geschlechte nötige und nützliche Arbeiten erlernte, sie sorgte dafür, daß sie sich in der italienischen und deutschen Sprache mit gleichem Fleiße übte, und hielt sie an, beide Sprachen abwechselnd zu schreiben und zu sprechen. Der Vater unterhielt sich mit der Tochter gleichfalls in beiden Sprachen über Kunstsachen und war bemüht, in einer reichen Sammlung von Kupferstichen, die er besaß, und welche er in der Absicht, um von den besten Meistern aller Schulen Muster zu haben, stets vermehrte, ihr täglich neue angenehme Gegenstände darzubieten.

Eine so große Menge schien für eine so zarte Anfängerin beinahe überflüssig; allein der Vater, dem es nicht entgangen war, mit welcher Feinheit des Geschmacks und mit welcher Bestimmtheit sie von allem, was sie sah, urteilte, sollte absichtlich jeden Tag ihr neue Dinge zeigen, wodurch sie täglich neue Kenntnisse erlangen und ihr schöner Geist sich täglich mehr entwickeln sollte.“

Die Mutter hatte geweint, als sie von der bevorstehenden Übersiedelung der Familie ins lombardische Como hörte. Diesmal war Angelika alt genug, um zu begreifen, was vor sich ging. Während sie zusammen mit Joseph Gipsfiguren zeichnete, die vom Schein einiger Fackeln beleuchtet wurden, um so die Wirkung von Licht und Schatten zu erfassen, hörte sie die Unterhaltung der Eltern im Nebenzimmer mit an. Cesare Ligari hatte Johann Joseph Kauffmann beschworen, nach Como zu gehen. Jetzt, da Österreich sich der geplanten Straße zwischen Chur, Morbegno und der Republik Venedig widersetzt hatte, drohte der alte Grenzkonflikt wieder aufzuflammen.

In Como dagegen, jenseits der Grenze, blühte die Wirtschaft. Dort gab es Aufträge für Wandermaler in Hülle und Fülle. Vor allem aber war es von dort nicht weit zu den Kunstzentren Italiens. Cesare Ligari glaubte nicht, daß Angelikas großes Talent von ihm und vom Vater noch weiter zu fördern war. Er war überzeugt, daß dieses Mädchen das Zeug zu einer großen Künstlerin hatte, einer Künstlerin, deren Kunst weit über das solide Können ihres Vaters hinausgehen würde. Johann Joseph Kauffmann ordnete das Glück seiner Familie der Ausbildung seiner Tochter unter, er hatte die große Verantwortung, die ihm die außerordentliche Begabung seiner Tochter auferlegte, auf sich genommen. Schon Rossi berichtete:

„Ihr Vater Johann Joseph war kein vorzüglicher Meister in seinem Fache; allein er hatte die Malerei nach Grundsätzen erlernt, kannte die guten Regeln derselben, und, weit entfernt eine eigene Manier angenommen zu haben, oder sich fähig zu glauben, eine eigene zu haben, bewunderte und hob er an den großen Meistern jene originellen Schönheiten heraus, von denen er wohl wußte, daß sie seine Kräfte und seine Wissenschaft überstiegen."

Johann Joseph Kauffmann war klar, daß seine Tochter begabter war als er. Sie sollte eine eigenständige Malerin werden, nicht die Zuarbeiterin anderer Meister. Was er dazu beisteuern konnte, das wollte er tun. Für die Mutter ging diese Denkweise über all das hinaus, was ihr für ihr Kind als erstrebenswert erschien. Wenn Cleophea Kauffmann auch meinte, das Herz würde ihr brechen, wenn sie nach Como ginge, so war sie doch einig mit dem Vater; denn ein Mädchen konnte nicht wie ein Mann das Wanderleben ergreifen. Um als Künstlerin bestehen zu können, war die beste aller Ausbildungen erforderlich.

Der Umzug von Como nach Mailand war nur eine Frage der Zeit, und nach Angelikas Erfolgen in der schönen, heiteren Bischofstadt am Comer See konnte der Aufenthalt dort kurz ausfallen, denn die Reisekasse war gut gefüllt. Bischof Nevroni hatte in der Freude über sein gelungenes Porträt ein Empfehlungsschreiben an den Mailänder Hof ausgestellt. Immer mehr begann sich Johann Joseph Kauffmann als Manager seiner Tochter zu fühlen. Er sorgte für das „Decorum", war zuständig für die gute Ausbildung und das gewandte Auftreten der noch so jungen und doch schon bekannten Künstlerin. Die Mutter war der ruhende Pol im Familienleben. Nie hatte sie viel Aufhebens von sich gemacht. Jetzt war sie genauso still, wie sie gelebt hatte, für immer gegangen. Es war, als hätte sie alles, was für die Erziehung der Tochter nötig war, geleistet.

Es fiel Johann Joseph Kauffmann viel schwerer, als er sich selber eingestehen wollte, wichtige Entscheidungen ohne den Rat seiner Frau zu treffen. In den letzten Tagen hatte er sich den Kopf zermartert, wie es jetzt weitergehen sollte. Karl Graf Firmian, seit einem guten Jahr für die Lombardei zuständiger Minister des Österreichischen Hofes in Mailand, hatte Kauffmann angeboten, ihn nicht nur mit Empfehlungen für die Akademien in Bologna und Florenz auszustatten, sondern seine Tochter und ihn auch in den Kreis um Johann Joachim Winckelmann in Rom einzuführen. Aber noch zögerte Kauffmann. Schon längst hätte er begeistert zugestimmt, wäre da nicht der Brief aus seiner Heimat Schwarzenberg im Bregenzerwald gewesen.

Wieder und wieder holte er das Schreiben seines Bruders Michael aus der Lade im Wohnzimmerschrank. Vor zwei Jahren war die Kirche in Schwarzenberg abgebrannt, jetzt hatte man sie wieder aufgebaut und modernisiert. Der kleine Turm war befestigt und sehr viel höher geworden, das Schiff hatten die Bauleute dem Geschmack der neuen Zeit angepaßt. Die Schwarzenberger waren sehr stolz auf ihre neue und moderne Kirche. Nun fehlte nur noch die Ausmalung des Innenraumes, und die sollte niemand anderes übernehmen als Johann Joseph Kauffmann. Schließlich war er ja ein Kind des Bregenzerwaldes und war, anders als seine Malerbrüder Anton und Simon, die im Elsaß ein gutes Auskommen gefunden hatten, immer wieder in den Wald zurückgekehrt. Er hatte auch seine junge Frau und sein kaum dreijähriges Töchterchen in

Schwarzenberg vorgestellt und seine Frau in die Rosenkranzbrüderschaft der Kirche aufnehmen lassen. Nun freuten sich nicht nur seine Familienangehörigen, sondern alle auf ein Wiedersehen mit ihm. Besonders neugierig waren sie natürlich auf Angelika, die trotz ihrer jungen Jahre schon eine so berühmte Künstlerin war, daß die Säumer und die Marktleute von ihr erzählten, wenn sie zu einem der Märkte nach Schwarzenberg kamen.

Ein verlockendes Angebot für Johann Joseph Kauffmann – aber konnte er es annehmen? Was würde Angelika dazu sagen? Durfte er sie jetzt fortnehmen aus Italien und in ein abgelegenes, armes Tal im Bregenzerwald bringen? Plötzlich wußte er, was zu tun war: Er mußte die Angelegenheit mit Angelika besprechen. Schließlich ging es um ihrer beider Zukunft. Entschlossen langte er nach seiner Jacke und steckte den Brief in die Tasche. Eilig trat er vors Haus und schlug den Weg über den Domplatz zum Refektorium von Santa Maria delle Grazie ein. Für die düstere Feierlichkeit von S. Ambrosio hatte er heute nur einen flüchtigen Blick. Dabei gefiel ihm diese dem Heiligen Ambrosius geweihte Kirche von allen Mailänder Kirchen am besten. Wie oft hatte er hier zusammen mit Cleophea auf Angelika gewartet. Einem raschen Impuls folgend, trat er auf die „Colonna del Diabolo", eine römische Säule, zu und ließ fast zärtlich die Finger über die beiden Löcher darin gleiten. Wie entsetzt war die nüchterne Schweizerin Cleophea gewesen, als er ihr erzählt hatte, der Teufel habe diese Vertiefungen mit seinen Hörnern in den Stein gerammt, voller Wut und Ingrimm, weil der Heilige Ambrosius sich von ihm nicht hatte verführen lassen. Cleophea hatte weder für den Wutanfall des abgeblitzten Verführers noch für die Lust am Verführen überhaupt Verständnis gehabt. Stolz war Johann Joseph Kauffmann darauf, daß alle Deutschen Kaiser, die im Mittelalter in Mailand in der Kirche des Heiligen Ambrosius gekrönt wurden, vor dem Krönungsakt diese Säule küßten. Johann Joseph Kauffmann hatte viel übrig für Geschichte und

Tradition. Fast ein wenig schuldbewußt wandte er sich von der Säule ab und setzte seinen Weg zum Refektorium der Dominikanerkirche S. Maria delle Grazie fort.

Vor der Nordwand des Raumes saß Angelika, in die Betrachtung von Leonardo da Vincis „Abendmahl" versunken. Achtlos hatte sie ihren Skizzenblock auf den Boden gelegt. Leise trat der Vater zu ihr und legte ihr die Hand auf die Schulter. Wie aus einem Traum erwachend murmelte sie: „Er hat es nicht auf den nassen Putz gemalt. Um sich mehr Zeit zu verschaffen, hat er es in Tempera einfach auf den Wandputz gemalt, das hat dem Bild die Lebensdauer genommen. Es ist unglaublich, daß etwas so Schönes vom Untergang bedroht ist. Und man kann es nicht retten, es verdirbt immer weiter. Wie der Mensch, der Tod ist ihm vorbestimmt." Johann Joseph nickte und streichelte die Wange der Tochter. „Ich habe bei Vasari in seinen Lebensläufen über Leonardo nachgelesen . . ." Lebhaft blätterte sie in dem Buch, bis sie die gesuchte Seite gefunden hatte: „Hier ist es schon, hör mal, das ist einfach unglaublich:

Man erzählt sich, daß der Prior des Klosters Leonardo auf die lästigste Art zur Eile antrieb. Es schien ihm ungehörig, den Künstler bisweilen halbe Tage lang in Betrachtung versunken zu sehen; so, wie er von den Tagelöhnern im Garten verlangte, daß sie ununterbrochen Harke und Schaufel handhabten, hätte er gewünscht, daß er keinen Augenblick den Pinsel aus der Hand legte. In seiner Unzufriedenheit ging er so weit, beim Herzog Klage zu führen, und setzte ihm derart zu, daß dieser sich gezwungen sah, Leonardo kommen zu lassen und ihn aufs liebenswürdigste zur Vollendung des Werkes zu drängen, wobei er in feiner Art durchblicken ließ, daß nur die Zudringlichkeit des Priors ihn zu diesem Schritt bewog. Da Leonardo den scharfen und klugen Verstand des Fürsten kannte, beschloß er, sich ausführlich zu rechtfertigen, wozu er sich dem Prior gegenüber niemals herabgelassen hätte. Er setzte dem Herzog das Wesen der Kunst auseinander und machte ihm begreiflich, daß erhabene Geister bisweilen um so mehr schaffen, je weniger sie zu arbeiten scheinen, nämlich dann, wenn sie ihr Werk im Geist konzipieren und sich eine genaue Vorstellung davon machen, so daß hernach die Hände nur nachzubilden und auszuführen haben, was in der Idee bereits vollendet dasteht. Er bekannte auch, daß ihm noch zwei Köpfe fehlten; zum ersten der des Erlösers, den er auf Erden gar nicht suchen wolle; ja, er wage nicht einmal zu hoffen, in der Phantasie jene himmlische Grazie und Schönheit zu erschauen, welche der menschgewordenen Gottheit eigen sein müsse. Ähnlich gehe es ihm mit dem Kopf des Judas, denn wie er sich auch bemühe, scheine es ihm unmöglich, sich das Gesicht des Jüngers vorzustellen, welcher imstande gewesen sei, seinen Herrn, den Schöpfer der Welt, der ihm so viel Gutes getan, zu verraten; nach diesem Modell halte er zwar noch Ausschau, und wenn er schließlich kein besseres fände, könne er immer noch den Kopf des lästigen, zudringlichen Priors dazu verwenden.

Diese Rede brachte den Herzog sehr zum Lachen, und er gab Leonardo in allem recht. Deshalb mußte der arme Prior sich damit begnügen, die Tagelöhner im Garten anzutreiben, und er ließ Leonardo fortan in Ruhe. Dieser vollendete den Kopf des Judas so trefflich, daß er das wahrhaftige Abbild der Treulosigkeit und Verräterei zu sein scheint.“

Angelika ließ das Buch sinken und blickte lächelnd zu ihrem Vater auf: „Meinst Du, wir können es wagen, einmal so mit unseren Auftraggebern zu reden? Das wäre schön, aber da muß man schon vieles können . . .“ Sie schwieg eine Weile: „Es muß wunderbar sein, zu malen, was man fühlt, nicht bloß auf den Kauf und für das bloße Verdienen. ‚Wahrlich, ich sage euch, einer wird mich verraten.‘ So steht es in der Bibel – und genau dieser Augenblick ist von Leonardo im ‚Abendmahl‘ beschrieben. Wenn man das lange ansieht, bekommt man eine Gänsehaut . . .“

Johann Joseph nickte, überwältigt von der Begeisterung Angelikas, die sich nicht um sein Schweigen kümmerte: „Mich schaudert es wirklich, wenn ich den Judas betrachte, wie er sich dreht, und wie muß es erst dem Lieblingsjünger Johannes und Petrus zumute sein, wenn sie die Wahrheit erfahren!“

Nur schwer löste sich Angelikas Blick von dem Bild, jedes Detail versuchte sie in sich aufzunehmen. Endlich wandte sie sich fragend an den Vater: „Aber du bist sicher nicht ohne Grund hierher gekommen, ist etwas Schlimmes passiert?“– Statt einer Antwort zog Johann Joseph Kauffmann den Brief aus der Jackentasche: „Jetzt will ich Dir einmal etwas vorlesen. Wir haben nämlich einen Auftrag in Schwarzenberg, bei mir zu Hause!“ Zögernd zuerst, dann mit immer festerer Stimme las er den Brief vor. Ruckartig hatte sich Angelika dem Vater zugewandt: „Wann reisen wir? Eine Kirche ausmalen; ich freue mich – und erst all die Basen und Vettern! Kommt Joseph auch mit?“

Verblüfft starrte Johann Joseph seine Tochter an: „Eins nach dem andern. Wir reisen, sobald wir hier alle Aufträge erledigt haben, mit Joseph habe ich bereits gesprochen. Er geht nach Bologna, dort kann er sich vervollkommnen, er ist jetzt ein junger Mann und muß um sein eigenes Fortkommen selber besorgt sein. Ich habe mir gedacht, wir gehen über Como und Chiavenna. In Chiavenna sind im großen Palast Salis-Tagstein noch Lunetten und Sopraporten zu malen.“ Kaufmann lächelte: „Das ist wichtig, fürs Reisegeld, weißt du, und dann geht es über den Splügen-Paß hinab in den Rheinwald und von dort nach Chur.“ Sein Gesicht leuchtete vor Freude. „In deiner Geburtsstadt werden wir bei deiner Großmutter Station machen, das wird nicht so einfach sein, durch den Tod ihrer Tochter ist sie wieder ein Stück einsamer geworden. Aber an dir wird sie viel Freude haben!“ Mit Wohlgefallen betrachtete er Angelika, gleich darauf wurde er wieder ernst: „Wir müssen uns dort aber auch nach Aufträgen umsehen, mit dem Geld sieht es düster aus, die Reise wird teuer. Das viele Gepäck, die Vorpferde für die Paßfahrten . . .“ Er seufzte und schüttelte den Kopf: „Na, bisher ist es ja auch immer gegangen, und von Chur geht es dann nach Feldkirch, und dann ist es nicht mehr weit in den Wald.“

Angelika griff nach ihrem Skizzenblock und schob die

„Lebensläufe" von Giorgio Vasari in ihre Tasche: „Wir werden zu Hause die Kosten genau berechnen, und dann wird sich auch ein Weg finden lassen." So zufrieden und leicht wie an diesem Nachmittag hatte sich Johann Joseph Kauffmann schon lange nicht mehr gefühlt. Auch Angelika hatte die Melancholie, die sie seit dem Tod der Mutter immer wieder überfiel und ihr ganzes Denken in Beschlag nahm, überwunden. Die Reisevorbereitungen nahmen viel Zeit in Anspruch. Ein neuer Weg hatte sich aufgetan, und sie brauchte ihn nur zu gehen.

Vor einigen Wochen schon war Joseph nach Bologna abgereist. Heute nun war auch für Angelika und ihren Vater der Reisetag gekommen. Die beiden Koffer mit den Malutensilien, ihrem kostbarsten Besitz, standen säuberlich gepackt im Hausflur, eine Truhe und ein großer Reisekorb enthielten die anderen Besitztümer. Wie der Vater vorhergesehen hatte, riß die Beförderung der Gepäckstücke ein großes Loch in die Reisekasse. Aber mit mußte Alles, und Angelikas genau ausgearbeiteter Reiseplan enthielt auch diese Kosten.

Die erste Reiseetappe führte über Como bis nach Chiavenna am Comer See. Stundenlang hatte Angelika über Streckenplänen und Entfernungstabellen gesessen, um so einen Überblick über Dauer und Kosten der Reise zu bekommen. Die Bezahlung machte ihr noch einiges Kopfzerbrechen. Die Krankheit und die Beerdigungskosten der Mutter hatten ein erhebliches Loch in das Familienbudget gerissen. Der Vater hatte darauf bestanden, daß für Angelika ein Reisekleid nach der englischen Mode aus sehr teurem Tuch angefertigt wurde. Zuerst hatte Angelika gemurrt, aber jetzt, im neuen Staat, mußte sie zugeben, daß sich diese Investition gelohnt hatte. Wieder einmal hatte sich Johann Josephs Sinn für das „Decorum", über den schon die Mutter so oft amüsiert gelacht hatte, bewährt.

Herzogin Cibo hatte der Künstlerin zum Abschied ein teures Reise-Necessaire mit kostbaren geschliffenen Glasflaschen, einem Elfenbeinkamm und einer silbernen Haarbürste geschenkt. Etwas hilflos hatte Angelika das schöne Ebenholzkästchen entgegengenommen. Das Geschenk war gerade das Richtige für eine vornehme Reisende mit einer eigenen Kutsche, aber für eine Malerin, die in einer ungefederten Kutsche in unbequemen Tagfahrten durchgerüttelt wurde, hätte es auch eine einfachere Ausführung getan, meinte Angelika. Der Vater hatte den Kopf geschüttelt. Eine Künstlerin, die an Fürstenhöfen verkehren wollte, brauchte eine Ausstattung wie eine Fürstin. Armut und Not macht den Reichen und Begüterten Angst. Alle Menschen sind gleich, meinte der Vater, man müsse sich nur an den Bessergestellten ausrichten.

Der Lohndiener hatte das Gepäck zur Poststation gebracht. Der dicken, freundlichen Wirtin, die in den vergangenen drei Jahren soviel Anteil am Schicksal der Familie Kauffmann genommen hatte, standen Tränen in den Augen, als sie sich von Angelika und ihrem Vater verabschiedete. Sie hoffte auf ein Wiedersehen, wenn die „bellissima Signorina Angelika" nach der Erfüllung des Schwarzenberger Auftrages ihre Kunststudien in Mailand fortsetzen würde. Stolz betrachtete Johann Joseph die Tochter, die in ihrem dunkelblauen Reisekleid aussah wie ein Fürstenkind und nicht wie die Tochter eines Wandermalers aus dem Bregenzerwald. Mit wichtiger Miene überprüfte der Postillion umständlich die Namen der Reisenden und verglich sie mit denen auf der Passagierliste. Dann erst war er bereit, das Gepäck auf dem Dach der Kutsche festzuzurren. Die Menge der Gepäckstücke raubte ihm fast den Atem, endlich war alles sicher verstaut. Erleichtert machten sich Vater und Tochter mit den Mitreisenden bekannt, einem englischen Ehepaar, das einige Sommerwochen in Como verbringen wollte. Man wußte ja nie, auf wen man bei so einer Reise traf.

Der Postillion drängte zur Abfahrt, schon zogen die Pferde an, noch einmal winkte Angelika der dicken Signora zu – und schon waren die Mailänder Jahre Vergangenheit. Gemächlich rollte die Kutsche die staubige Landstraße entlang. Auf halbem Wege zwischen Mailand und Como wurden die Pferde gewechselt, um die Mittagszeit fuhren sie in die Bischofsstadt ein. Bittend sah Angelika den Vater an: „Laß uns ein wenig spazierengehen, nicht nur am See entlang, sondern auch durch die Stadt, am Dom und am Bischofspalast vorbei." Noch lebte Bischof Nevroni, aber der Aufenthalt war zu kurz für einen Besuch. Einem kleinen Billett, das sie heimlich in ihrer Skizzenmappe verschwinden ließ, vertraute Angelika ihre Gedanken an: *„Warum Como mir immer im Sinn ist? In Como in meiner glücklichen Jugend empfand ich wirklich die erste Lebensfreude. Ich sah herrliche Paläste, schöne Villen, elegante Boote, ein prächtiges Theater. Ich glaubte mich in den Glanz eines Märchenlandes versetzt . . ."*

In der Erinnerung bekam die kurze Zeit, die sie in Como verbracht hatte, den Glanz immerwährender Heiterkeit. Staunend erfuhr Johann Joseph Kauffmann von seiner Tochter, wieviel Spaß es ihr damals gemacht hatte, ein umschwärmtes Wunderkind zu sein. In seiner Erinnerung lebte das Bild eines überanstrengten Kindes, das an den Abenden, in Tränen aufgelöst, versichert hatte, nie wieder ein Porträt zu malen. Die Freude über das gelungene Werk hatte sie die Mühen seiner Entstehung vergessen lassen. Angelika hatte das Zeug zu einer wahren Künstlerin. Er als ihr Vater war dazu da, die Widrigkeiten des Lebens von dieser Künstlerin fernzuhalten, damit sie durch nichts und niemanden von ihrer Kunst abgelenkt wurde. Während die Kutsche, mit neuen Pferden bespannt, Chiavenna entgegenfuhr, hingen Vater und Tochter ihren Gedanken nach.

Chiavenna oder Cläfen, wie es damals noch hieß, gehörte nicht wie Como zur Lombardei, sondern seit 1512 wie das gesamte Veltlin zu Graubünden. Damit hatte sich der Freistaat der Drei Bünde den Handelsweg nach Oberitalien gesichert. 1515 hatten die Franzosen die Herrschaft im Herzogtum Mailand übernommen. Sie stellten es im ein Jahr später in Freiburg geschlossenen „Ewigen Frieden"

den Bündnern frei, das Gebiet zu behalten oder es an Frankreich zu verkaufen. Graubünden behielt das Veltlin, damit waren die Streitigkeiten aber nicht beendet, sondern sie begannen von neuem. Erst nachdem nach der Vertreibung der Franzosen im Jahre 1532 der Herzog von Mailand wieder in seine Rechte eingesetzt worden war, hatte sich die Lage etwas beruhigt.

Strategisch außerordentlich günstig für die Beherrschung der Alpenpässe Splügen und Maloja gelegen, reicht die Besiedlung Chiavennas bis in die römische Zeit zurück. Die einstmals stolze Burg über der Stadt wurde bereits von Kaiser Friedrich Barbarossa zerstört. „Cläfen" nannten die Bündner die alte Stadt Chiavenna. Neugierig sah Angelika sich um. Von der Poststation war es nicht weit bis zum spätgotischen Palast Balbiani. Daneben stand ein etwas heruntergekommener Gasthof, in dem sie Zimmer für sich und den Vater hatte reservieren lassen. Der bezahlte Träger schleppte das Gepäck auf die Stuben im ersten Stock. Müde ließ sich Angelika auf ihr Bett fallen. Jeder Knochen tat ihr weh, und in ihrem Kopf setzte sich noch eine ganze Weile das dumpfe Rollen der Räder auf den schlechten Straßen fort. Während sie das Zimmer inspizierte, begriff sie, warum die Mutter immer auf ihrer eigenen Bettwäsche bestanden hatte. Sauber konnte man die Herberge wirklich nicht nennen. Der Vater lachte nur über ihr Mißbehagen: „Mein Kind, es könnte viel schlimmer sein, Hauptsache wir sind gut angekommen, es gab keinen Unfall, keinen Achsenbruch. Wer das einmal mitgemacht hat, dem kommen deine Sorgen ziemlich nichtig vor." Angelika schob die Gepäckstücke in der Bettecke zusammen. „Morgen gehen wir hinüber in den Palazzo Salis. Anton von Salis möchte von dir porträtiert werden, und einen Saal haben sie auch für dich reserviert – beim Malen wirst du schon auf andere Gedanken kommen."

Erst vor wenigen Jahren war der barocke Palast der Familie Salis-Tagstein vollendet worden. Der wirtschaftliche Aufschwung der Lombardei hatte auch Chiavenna aufblühen lassen. Nach außen, zur Straßenfront hin, machten die neugebauten Häuser und Paläste einen abweisenden Eindruck. So, als wollten sie nicht zeigen, wieviel Glanz und Schönheit sich in den hinter den Häusern liegenden Gärten und Höfen verbarg.

Angelika schuf in diesem Sommer nicht nur das erbetene Porträt des Anton von Salis, sondern auch die gewünschten Sopraporten. Voller Übermut ist der Pulcinello, dem ein ganzer Schwarm von Kindern wie ein Rattenschwanz anhängt. Diese Szene war einmal etwas anderes als die sonst übliche Schäferidylle und hatte der Künstlerin am meisten Spaß gemacht. Besonders auch, weil sie das lebhafte Treiben an Straßenszenen in Mailand erinnerte. An den langen, schönen Sommerabenden saß Angelika in den stillen Gärten des Palazzo Salis, zeichnete und las. Sie lauschte den Vögeln, die in den schön geformten Steingefäßen badeten, und konnte es manchmal nicht fassen, daß nur wenige Meter von diesem Hort der Stille entfernt das hektische und geschäftige Leben eines Handelsplatzes pulsierte. Mit Wehmut dachte sie nach Beendigung ihres Auftrages an den Aufbruch. Sie fürchtete sich fast ein wenig vor ihrer Großmutter, von deren Strenge die Mutter soviel erzählt hatte.

Davon war aber nicht viel zu merken, als sie in Chur bei Judith Lutz ankamen. Die Großmutter hatte an der Poststation gewartet. Liebevoll hatte sie die Enkelin in die Arme genommen, sie ein Stück von sich entfernt gehalten und zufrieden betrachtet. „Die Augen", lachte sie dann, „die Augen sind Canobbia-Augen. So dunkel und warmherzig." Nach einem Moment fügte sie hinzu: „Und so kritisch und abwägend wie die Augen meiner Großmutter." Gleich darauf wurde sie wieder ernst. An ihren Schwiegersohn gewandt, fuhr sie fort: „Die da ist jetzt die einzige Erinnerung an meine Tochter, deren Grab ich nicht einmal kenne." Angelika war froh, daß sich das Gespräch jetzt anderen Themen zuwandte. Verlegen hatte sie die strenge Prüfung der Großmutter über sich ergehen lassen.

Während der Vater sich um das Gepäck kümmerte und nach einem Träger Ausschau hielt, gingen Angelika und Judith Lutz langsam durch die stillen Straßen der Wohnung der Großmutter zu. „Schau hier, Angelika, hier bist du geboren." – Lange betrachtete Angelika das Haus: „Eine kleine gemütliche Wohnung mit einem großen Bündner Kachelofen, ein Korb mit einem Säugling darin, einen einzigen Winter lang habe ich hier zugebracht, seltsam, daß man so gar keine Erinnerungen hat . . ." Die Großmutter schüttelte verwundert den Kopf: „Ich bitte dich, als ihr fortgezogen seid nach Morbegno, warst du elf Monate alt, an was willst du dich da erinnern . . ."

An diesem Abend saßen sie noch lange in der Stube der Großmutter und erzählten. Es gab Bündner Gerstensuppe „mit viel Speck und Schinken", wie Judith Lutz mit einem belustigten Blick auf ihren Schwiegersohn bemerkte. Und Johann Joseph lobte dann auch die köstlich duftende Suppe, zu deren Zutaten außerdem Lauch, Zwiebel, Karotten und Bohnen gehörten. Es fiel dem Vater nicht leicht, der Schwiegermutter die schweren Krankheitstage seiner Frau zu schildern.

„Was soll nun aus Angelika werden?" Judith Lutz stellte diese Frage, jedes Wort betonend mit der von ihrer Tochter immer wieder beschworenen Strenge und Unerbittlichkeit. Bevor Johann Joseph etwas sagen konnte, antwortete Angelika: „Ich werde Malerin. Wir haben Aufträge im Bregenzerwald, und dann setzen wir meine Studienreise durch Italien in Venedig fort!"

So bestimmt hatte Angelika ihre Zukunftspläne beschrieben, daß die Großmutter schweigend in die Küche ging und den Teller mit Mangoldcapuns auf den Tisch stellte. Schweigend aßen sie. Zur Feier des Tages hatte Judith Lutz besonders viel Wurst, Speck und Schinken unter den Nudelteig gemischt. Angelika streute sich den geriebenen Bergkäse über die in Mangoldblätter gewickelte Lieblingsspeise ihrer Mutter und betrachtete verstohlen ihre Großmutter.

Judith Lutz war immer noch eine imponierende Persönlichkeit. Angelika verstand nun, wieviel Kraft es ihre Mutter gekostet hatte, den eigenen Willen durchzusetzen und den Vater zu heiraten. Johann Joseph Kauffmann hatte schnell erkannt, daß Judith Lutz nur darauf wartete, Angelika bei sich in Chur zu behalten. Hier konnte sie eine standesgemäße Heirat machen und brauchte nicht das unstete Leben einer Künstlerin zu führen.

Mit feinem Gespür bemerkte Angelika die Mißstimmung, die sich zwischen ihrem Vater und der Großmutter immer mehr vertiefte. Nicht nur aus diesem Grunde war sie froh, daß der Vater auf der baldigen Abreise nach Schwarzenberg bestand. Merkwürdigerweise fand sie auch keinen Zugang zu den Geschwistern ihrer Mutter und deren Kindern, sie fühlte sich unbehaglich und fremd in Chur, das doch ihre Geburtsstadt war.

Kapitel 2
Schwarzenberg im Bregenzerwald

Noch lag tiefe Stille über dem Tal. Tau glänzte auf den Wiesen und Matten und Nebelschleier schwebten über der tiefen Schlucht der Ache. Hinter dem morgendlichen Dunst waren die Hänge und Triften des vorderen Waldes nur zu ahnen. Der Kirchturm von Lingenau, der gestern abend zum Greifen nahe gewesen war, mußte über Nacht im feinen Nebel verschwunden sein. Eine Weile schon stand Angelika gedankenverloren am Fenster ihres Zimmers. Beim Erwachen an diesem Morgen hatte sie lange gebraucht, bis sie sich erinnern konnte, wo sie war. Ach ja, in Schwarzenberg im Hause ihres Onkels Michael. Gestern abend waren der Vater und sie angekommen. In Dornbirn hatten sie ihr Gepäck auf Saumpferde geladen und waren zu Fuß über die Paßhöhe des Bödele nach Schwarzenberg gegangen. Mit jedem Schritt hatte die gespannte Erwartung des Vaters zugenommen, immer schneller war er vorangeschritten. Schließlich hatte ihn Angelika, die nicht an lange Fußmärsche in gebirgigen Gegenden gewöhnt war, an den Rockschößen gefaßt und gejammert: „Renn' doch nicht so, du weißt doch, wie es da aussieht, wo wir hinwollen . . ."

Seufzend hatte Johann Joseph seine Schritte denen der Tochter angepaßt. „Ich habe ganz vergessen, daß du ein Großstadtkind bist." Spöttisch hatte er sie bei der Hand genommen und mit sich gezogen: „Sieh' nur, wie schön die Natur ist. Dort hinten, wo die Berge sich einander zuwenden und eine schroffe Wand bilden, dort hinten liegt Bezau, der größte Ort des Tales. Von dort gelangt man in den Innerwald. Links davon glänzen Egg und Andelsbuch im Sonnenschein, diese Dörfer gehören noch zum viel freundlicheren Vorderwald. Und sieh', ganz hinten siehst du den Kirchturm von Lingenau. Von dort ist es nur noch ein kurzer Weg bis Hittisau.“ Johann Joseph schwieg, plötzlich wurde er lebhaft: „Weißt du, was wir abends immer gebetet haben mit der Mutter?“ Angelika schüttelte den Kopf und blieb stehen. Sie nutzte die plötzliche Erzähllust des Vaters für eine Verschnaufpause. Johann Joseph hatte ihre Absicht wohl durchschaut und blieb auch stehen: „Bet', Kindle, bet'! Morgen kommt der Schwed', morgen kommt der Oxenstern', wird mei'm Kindle beten lehr'n. Bet', Kindle, bet'.“ Als Angelika ihn fragend ansah, fügte er hinzu: „Oxensterna, das war der Anführer der Schweden im Dreißigjährigen Krieg. Ach, da fällt mir eine Geschichte ein, die uns die Mutter an langen Winterabenden erzählt hat, huh, eine schreckliche Geschichte, der Michel, mein jüngster Bruder, hat sich vor Grausen unter der Bettdecke versteckt. Wir anderen haben ihm dann noch zusätzlich Angst gemacht und zum Steinerweichen gestöhnt und gejammert.“ Angelika lachte: „Bitte, Vater, erzähl' mir die Geschichte, dann sind wir schneller in Schwarzenberg!“

„Es geschah während des großen Krieges, den wir den Dreißigjährigen nennen. Von Alberschwende herkommend waren die siegreichen Schweden in die Dörfer und Ortschaften des vorderen Bregenzerwaldes eingefallen und rückten mordend, plündernd und brandschatzend gegen Lingenau und Hittisau vor. Sie hatten die Kaiserlichen geschlagen und soffen sich schier das Hirn aus dem Kopf. Die erboste Bevölkerung des Waldes wollte sich das nicht bieten lassen und rief zum Kampf auf. Nach vielen Beratungen befanden die Männer, daß gegen diese Truppen nichts auszurichten sei, und nahmen alles so hin, wie es kam. Am Ende wollten sie dem Feind lieber auch noch die letzten Habseligkeiten geben, als sich von ihm töten lassen. Aber sie hatten die Rechnung ohne ihre streitbaren, wutentbrannten Frauen gemacht. Die folgten einem flammenden Aufruf der Taubenwirtin Fortunata Madlenerin von Alberschwende unterhalb Lorena und rotteten sich in bewaffneten Haufen zusammen. Am 4. Januar des Jahres 1647 zeigten sie den schwedischen Eindringlingen, was es heißt, Wälderinnen in Rage und Wut zu bringen. Zwischen Lingenau und Hittisau droschen und stachen die Frauen und Mädchen auf die Soldaten ein und schlugen alle bis auf einen tot. Dieser eine, es war der Korporal, Jens Knudson Knäckabröd oder so ähnlich hat er geheißen, lag nun bluttriefend im weißen Schnee . . ." Angelika schüttelte sich: „Das ist aber wirklich eine schlimme Geschichte, ist die wirklich passiert?" Der Vater hob die Augenbrauen: „So wahr ich hier stehe, würden sonst die Männer des Bregenzerwaldes an jedem 4. Januar zu Ehren ihrer tapferen Frauen die Glocken läuten lassen, und das bis auf den heutigen Tag? Aber die Geschichte geht ja noch weiter. Plötzlich entdeckte die Taubenwirtin, daß der Korporal noch lebte, und daß er eigentlich jung und schön war. Sie war erst seit kurzer Zeit Witwe, eine Wirtschaft ohne einen Mann zu führen, ist nicht ganz einfach. Und so, wie die Schweden in der vergangenen Zeit leichte Beute gemacht hatten, so wollte auch Fortunata nun mit dem Korporal Jens als Beutestück heim nach Alberschwende ziehen. Aber ihre Geschlechtsgenossinnen gönnten ihr den Jens nicht und hieben und droschen weiter auf ihn ein. Es war ein schweres Stück Arbeit für die Taubenwirtin, ihr Beutestück auf einen Schubkarren zu laden und heim nach Alberschwende zu bringen. Die Mühe hat sich dann aber gelohnt, noch fast ein Vierteljahrhundert hat der Jens seinen Veltliner in der Gaststätte „Zur Taube" in Alberschwende unter Lorena schlürfen können. Deswegen sind auch manche Wälder blond und blauäugig!" Unsicher sah Angelika den Vater an: „Jetzt machst du aber wirklich Spaß!" Er hob lachend die Schultern: „Kannst gerne die anderen fragen, da vorne kommen sie schon."

Vergnügt winkte er einer Gruppe von Menschen zu, die bei den ersten Häusern des Dorfes standen. Nicht einmal Angelika hätte ihn jetzt noch aufhalten können, im Laufschritt eilte er auf einen großen, schlanken Mann zu, der ihn in die Arme schloß, die Frauen küßten ihn und blickten dann erwartungsvoll Angelika entgegen. Neugierig musterten sie das schlanke, junge Mädchen mit den dunklen Augen und den nußbraunen Haaren. Vornehm sah sie aus in dem schönen dunkelblauen Kleid, so „fremdmodisch" gekleidet war noch keine heimgekommen. Michaels Frau ging der Nichte entgegen, gab ihr einen herzhaften Kuß auf die Wange und sagte vergnügt: „Da ist ja endlich die Bas, von der man schon so viel gehört hat!" Stocksteif stand Angelika, aber dieser Menge von Verwandtschaft, der sie vorgestellt wurde, schien das nichts auszumachen. Sie lachten und schwatzten durcheinander.

Heimkommen war nichts Ungewöhnliches in den Tälern des Bregenzerwaldes. Seit langem zogen die Handwerker und Bauleute im Frühjahr hinaus, manche kehrten regelmäßig im Herbst zurück, andere blieben für immer fort. Auf dem Kirchenplatz angekommen, verabschiedeten sich die meisten, sie mußten in die Häuser, das Vieh versorgen. Auch Michael drängte heim, aber Johann Joseph wollte noch einen schnellen Blick in die Kirche werfen. Pfarrer Seitz kam ihnen entgegen und segnete die Ankömmlinge, durch die offene Kirchentür drang das Tageslicht in den Innenraum. Angelika lächelte dem Vater zu, ein schöner Raum, wie geschaffen zum Ausmalen. Morgen würde sie mit dem Vater darüber sprechen. Sie merkte, wie müde sie war. Michaels Frau nahm sie mütterlich bei der Hand: „Ihr bleibt ja jetzt eine Weile hier. Heute abend braucht ihr nichts als Ruhe. Kommt erst einmal mit ins Haus."

Zu viert gingen sie auf das stattliche Haus in der Wies etwas unterhalb des eigentlichen Ortes zu. Angelika spürte ihre Füße kaum noch, verwirrend viele Menschen hatten auf sie eingeredet und ihr versichert, daß sie mit ihnen verwandt sei. Jetzt wollte sie eigentlich gar nichts mehr als ein Bett und ihre Ruhe. Als sie jedoch im Hausflur ihre Gepäckstücke entdeckte, erwachten ihre Lebensgeister wieder, und sie mußte sich vor allem anderen überzeugen,

Die Kirche von Schwarzenberg

ob die Koffer mit dem Malerwerkzeug und den kostbaren Kupferstichen unbeschädigt waren. Michaels Frau lachte: „Das ist wohl das Wichtigste! Was man den Fuhrleuten des Waldes und ihren Saumtieren anvertraut, das kommt sicher an, egal, ob es der gute Veltliner Wein ist oder das Malwerkzeug!"

Neugierig war der Vater Angelika und seiner Schwägerin in den ersten Stock gefolgt: „Hier oben habe ich schon als kleiner Bub geschlafen, genau in dieser Kammer, zusammen mit dem Anton und dem Simon, später kam dann der Michel hinzu." Der Vater legte Angelika die Hand auf die Schulter: „Ruh' dich ein wenig aus, nach der Melkzeit gibt es Abendessen!"

Als Angelika nach einiger Zeit in die große Stube hinunterging, war die Familie schon versammelt. Am liebsten hätte sie auf der Stelle kehrtgemacht. So viele vergnügte Menschen, die alle auf sie warteten, machten sie verlegen und ängstlich. Schon hatte der Vater ihre Unsicherheit bemerkt und legte ihr den Arm um die Schultern. Liebevoll führte er sie zu ihrem Platz. Alle schienen sich Vetter und Base zu nennen, egal in welchem Verwandtschaftsverhältnis sie zueinander standen. Die Frau Michaels schob gerade eine riesige Pfanne, aus der es köstlich duftete, auf einen dafür bestimmten hölzernen Aufsatz auf dem Tisch. Ihr Nachbar zur Linken drückte Angelika einen Löffel in die Hand. Ratlos betrachtete sie den Pfanneninhalt und den Löffel. Die Bas zu ihrer Rechten lächelte: „Das sind Kässpätzle, nirgendwo sind sie besser als hier!" Fragend blickte Angelika zum Vater, der nickte ihr zu. „Mach nur alles so wie ich", sollte das heißen, „dann kannst du überhaupt nichts falsch machen!" Belustigt sah sie zu, wie der Vater mit dem Löffel in die Pfanne fuhr und den Löffelinhalt zum Munde führte. Anscheinend gab es hier keine Teller. Es schien eine Kunst zu sein, mit dem Löffel zu graben, nichts zu verschütten und sich an dem heißen Löffelinhalt nicht den Mund zu verbrennen. Bedächtig und langsam hoben und senkten sich die Löffel. Da war keine

Hast zu erkennen. Irgendwann hatte auch Angelika zaghaft ihren Löffel in die Pfanne getaucht und sich ihren Teil am Mahl gesichert.

Dieses erste Abendessen in Schwarzenberg in seiner beschaulichen Ruhe und fröhlichen Gemeinsamkeit prägte sich Angelika Kauffmann unauslöschlich ein. Sie hat Giovanni Gherardo Rossi die Episode für ihre Biographie erzählt:

„Während sie bei Tische saßen, kam auch der Ziegenhirt des Ortes in seiner schlichten Landestracht, sie zu bewillkommnen und setzte sich ohne weitere Umstände mit zu Tische. Angelika war durch diese unerwartete Erscheinung nicht nur etwas betroffen, sondern mit jenem nicht allzu wohlduftenden Zeitgenossen nicht ganz zufrieden; wann sie nun in spätern Jahren, wo sie sich gerne über den Wechsel irdischer Dinge mit ihren Vertrauten unterhielt, sich dieser Szene erinnerte; so pflegte sie lächelnd beizusetzen: ‚wer hätte mir damals gesagt, mit welchen erhabenen Personen ich zu einer andern Zeit zu Tische saß, und wer sagt mir jetzt, daß ich nicht wieder einst mit dem Ziegenhirten zu Tische sitzen werde?' Auch wenn sie in spätern Jahren an Festtagen in ihrem Wagen zur Messe fuhr, erinnerte sie öfters ihre Freunde: ‚Wie doch die menschlichen Dinge sich ändern! Als junges Mädchen mußte ich oft, um die vorgeschriebene Messe zu hören, mitten im Winter mit Anbruch des Tages zu Fuß, und im Schnee bis an die Kniee, drei Stunden Weges zurücklegen, und jetzt verleiht mir der Himmel so viele Gemächlichkeiten.'"

Aber noch war es Sommer. Die quälend langen Wintertage mit ihren Unmengen von Schnee, die Reisen und Ausflüge fast unmöglich machten, lagen noch in weiter Ferne. Die Basen und Vettern in den Dörfern des Waldes rissen sich um die Verwandte aus den Städten des Südens, die Bischöfe und Herzoginnen malte. Von überall her trafen Einladungen ein. Bedächtig winkte Johann Joseph ab: „Alles zu seiner Zeit, erst die Arbeit, dann das Vergnügen. Du wirst den Wald, seine Menschen und auch seine Geschichte schon noch kennenlernen."

Zusammen mit den Handwerkern des Dorfes stellte er

das Malgerüst in der Kirche auf. Johann Joseph hatte sich noch nicht für eine bestimmte Vorlage für das Deckengemälde entschieden, heiter sollte es sein, voller Wolken und Engelsköpfen. Angelika hatte dagegen schon feste Vorstellungen. Die zwölf Apostel würde sie in die Medaillons oberhalb der Wandbemalung auf beiden Seiten des Schiffes malen, sie waren wie gemacht dafür. Mit fieberhafter Eile hatte sie die Halbfiguren der Jünger Jesu nach Giovanni Battista Piazzetta in den Vorlagemappen ihres Vaters gesucht. Kopfschüttelnd hatte ihr Johann Joseph über die Schulter gesehen, schließlich liefen die Drucke nicht weg, und da sie eingepackt waren, mußten sie auch vorhanden sein! Endlich fand Angelika sie in der ersten Mappe, die sie in ihrer Hast nicht sorgfältig genug durchgeschaut hatte.

Angelika atmete auf. Wie oft hatte sie diese Bilder als Kind in den Händen gehalten. Diese Drucke nach Kohlezeichnungen mit Weißhöhung des erst vor wenigen Jahren verstorbenen Venezianers waren schöner als jedes Bilderbuch. Fast übermächtig stand ihr Leonardos „Abendmahl“ vor Augen, aber seine Skizzen zu den einzelnen Szenen, die sich in Venedig befanden, sollten viel konventioneller sein als das eigentliche Bild an der Refektoriumswand. Da lag Johannes wie auf den alten Bildern an der Brust des Herrn, und Judas saß einsam und isoliert am Tisch, nicht in der faszinierenden Dreierkombination mit Petrus und Johannes. Also hatte Leonardo erst beim endgültigen Bild eine Entscheidung getroffen. Angelika seufzte, es war schwer, in der Kunst den richtigen Weg zu erkennen. Man konnte ihn wohl nur für sich selber gehen.

Piazzettas schöne Kohlezeichnungen von Köpfen und Halbfiguren waren bei Kunstsammlern ungeheuer beliebt, so beliebt, daß der Maler den Bedarf nicht stillen konnte und auch nicht wollte. Denn er liebte die Einsamkeit und war jeglichem Profit abhold. Aber sein genialer Schüler Marco Pitteri schuf nach den begehrten Bildern mehr als 150 Drucke. Johann Joseph Kauffmann, der den Venezianer wegen seiner kräftigen Konturen und seines gekonnten Gebrauchs von Hell und Dunkel sehr schätzte, hatte für seine Vorlagemappen etliche der Drucke gekauft. So konnte man zahlungskräftigen Kunden die Entscheidung für das gewünschte Bild schmackhafter machen.

Angelika hatte die zwölf Drucke vor sich ausgebreitet und schob sie in eine Reihe. Intensiv betrachtete sie die Gesichter. Bei Cesare Ligari hatte sie einige der Zeichnungen im Original gesehen und konnte beurteilen, wie gut es Pitteri gelungen war, die weiche Lichtführung Piazzettas auf den Druckstock zu übertragen. Sie hatte immer noch Schwierigkeiten, ein kontrastreiches Hell-Dunkel zu gestalten. Seltsam genug war es schon, fast immer erschien ihr die richtige Lichtführung vor ihrem inneren Auge, aber die Ausführung gelang ihr nie so, wie sie es sich vorgestellt hatte. Piazzetta, so grübelte sie, wollte nicht die Natur des einzelnen Menschen auf das Papier bannen, er suchte nach dem Typus. Konnte sie es wagen, bei den Medaillons eigene Vorstellungen zu verwirklichen? Sie war das schwierige Arbeiten auf nassem Putz gewohnt. Außerdem konnte sie sich wohl kaum die Extravaganz eines Leonardo erlauben und auf den normalen trockenen Wandputz malen.

Sie seufzte. Auch Disziplin hatte sie beim Vater gelernt, und die erforderte das Freskieren nun vor allem. Sie brauchte vor Malbeginn eine bis ins letzte Detail geklärte Konzeption und mußte die Arbeit hier in Schwarzenberg besonders gut vorbereiten. Welche Blamage für den Vater, wenn ihretwegen der Putz wieder abgeschlagen werden müßte. Das konnte sie sich nicht leisten. Zuerst einmal mußte sie Vorzeichnungen auf Karton im Maßstab 1:1 anfertigen, die Maße der Medaillons lagen schon vor. Dabei mußte sie die Verkürzungen und Verzerrungen der Wand für den Betrachter mit einberechnen. Das war nicht schwer, sondern nur eine Frage der Übung und der Rechenkunst. Jetzt wurde der Putz aufgetragen, immer nur soviel, wie man an einem Tag bemalen konnte, denn war er trocken, mußte er für die Bemalung abgeschlagen und neu aufgebracht werden. Dann heftete man die Vorzeichnung auf den Putz, in Morbegno hatte der Vater dafür Oblaten genommen. Nun wurden die vorher mit einem Pausrädchen perforierten Konturen der Zeichnung mit Kohlenstaub eingerieben und dann wußte man, wo man was zu malen hatte. Das Auftragen der pulverisierten Kohle mit dem kleinen Pausbeutelchen war schon seit Morbegno Angelikas liebste Hilfestellung für den Vater beim Freskieren gewesen.

Angelika arbeitete schnell und konzentriert an ihren Vorzeichnungen. Auch der Vater, der sein schwebendes Engel-Wolken-Rokokogemälde in zahlreiche Einzelkartons zergliedert hatte, ließ sich nun von der Freude an der Aufgabe in den Bann ziehen. Was für Angelika und Johann Joseph Kauffmann in vielen Jahren eingeübte Routine war, hatte für die Schwarzenberger den Reiz des Neuen, noch nie Gesehenen. In den ersten Arbeitstagen fanden sie immer wieder einen Vorwand, die stille Kirche aufzusuchen. Merkwürdig genug für Angelika, gingen sie nach einem freundlichen Gruß ebenso wortlos, wie sie gekommen waren, wieder hinaus. Johann Joseph kannte seine Landsleute: „Sie hoffen, daß wir gute Arbeit leisten, schauen aber zur Vorsicht zwischendurch einmal nach dem Rechten. Sicher ist sicher."

Während Angelika mit ruhiger Hand die Kartons auf den feuchten Putz malte, hing die junge Künstlerin ihren Gedanken nach. Wie anders war das Leben hier als in den Schlössern und Palästen, in denen sie aus- und eingegangen war. Wie behäbig hier die Einzelhöfe dalagen, aus Holz gebaut, jedes Detail hatte Sinn und war aus Erfahrung erwachsen. Wie merkwürdig waren ihr die altmodischen Doppelfenster mit ihrer seltsamen Sprossenteilung vorgekommen. Unten zwei niedrige Glasfelder nebeneinander, darüber die beiden Fensterflügelchen, die sich öffnen ließen, ohne daß man den ganzen Flügel aufmachen mußte. Auf Angelikas Frage, warum das so sei, hatte die

Base zuerst verwundert geschaut und dann gelacht. Sie hatte auf die vielen Dinge gedeutet, die auf dem Fensterbrett standen. Wer hatte schon immer Zeit und Lust, alles wegzuräumen, wenn man lüften wollte?

Angelika genoß die Abende in der nach Süden ausgerichten Laube, dem „Schopf", der zu jedem Haus gehörte. Während der Vater seine Arbeit für den nächsten Tag vorbereitete, die Nachbarn und Freunde von dem Tag und seinen Geschehnissen berichteten, betrachtete Angelika die wettergegerbten Gesichter. Kantige Gestalten waren das, gewohnt, ihr Schicksal in die eigenen Hände zu nehmen. Sie versuchte, ihren Aposteln etwas vom Wesen dieser Bregenzerwälder Bauern einzuhauchen. Angelika spürte das große Verlangen, zu gestalten und zu formen, doch noch traute sie sich nicht, über sich hinauszuwachsen.

Johann Joseph, dessen Deckengemälde der Vollendung entgegenging, spürte die Spannung Angelikas, ohne sie nachvollziehen zu können. Immer öfter hielt er in der Arbeit inne und sah der Tochter beim Malen zu. Er mußte dafür sorgen, daß sie noch mehr lernen konnte, als bisher möglich gewesen war. Er mußte sie in die großen Städte der Kunst bringen, sie sollte eine Akademie besuchen. Vorher aber war es nötig, daß sie ihre Wurzeln hier im Wald entdeckte. Wer wußte denn schon, wie lange er noch leben würde? Liebevoll lächelte er zu Angelika hinüber, die in ihrem Malerkittel mehr im Gerüst hing, als daß sie stand. Schmal und biegsam war sie, aber nicht zerbrechlich. Wenn die Arbeiten in der Kirche vollendet waren, dann mußte er den Bischof von Konstanz, zu dessen Sprengel Schwarzenberg gehörte, auf Angelikas Werk aufmerksam machen. Vorher aber wollte er die Angelika versprochene Rundreise durch den Bregenzerwald unternehmen. Schließlich entstammte sie einer Familie, die auch schon einmal einen Landammann gestellt hatte.

Die Bauern des Bregenzerwaldes hatten gegenüber ihren habsburgischen Landesherren bedeutende Freiheiten und Rechte herausgehandelt. Nur hier gab es ein aus Bauern und Bürgern bestehendes Landesparlament, aus dem Adel und Geistlichkeit ausgeschlossen waren. Der Landammann verhandelte direkt mit dem Kaiser, und das Land bewilligte Geld und Truppen nach eigenem Befinden und ließ sich die Höhe nicht vom Vertreter des Kaisers vorschreiben. Die dickschädeligen Bregenzerwälder hatten sich die Steuerhoheit nicht abschwatzen lassen. So hatten sie sich – anders als der Kaiser – ihre Kreditwürdigkeit erhalten und konnten sich je nach Bedarf militärisch oder politisch zu Wort melden.

Die Bauern und Bürger waren frei, sie verteidigten ihre Grenzen im Bedarfsfall selber und bewahrten die dafür nötigen Waffen zu Hause auf. Die Dörfer und Gemeinden waren autonom und wählten ihre Richter selbst. In einigen Fällen übten diese sogar die hohe Gerichtsbarkeit aus. Das Recht war im „Landsbrauch", in dem des „Hinteren Bregenzerwaldes" Freiheiten, Gerechtigkeiten, alle Übungen und Gewohnheiten erstmals im Jahr 1544 aufgezeichnet wurden, festgehalten: *„Erstlich hat der Bregenzerwald Hoch- und Nieder-Gericht über Leib und Blut zu richten und abzustrafen jeden nach seinem Verbrechen, mithin unter die Löblichen Oberämter nicht gehörig, doch dero Befehl anzunehmen hat, außer solche kommen von unserer gnädigen Landesfürstin des natürlichen Herrn. Beinebens hat der auch das Begnadigungsrecht."*

Natürlich wollten die braven Bauern nicht, daß von diesem Recht übertrieben viel Gebrauch gemacht wurde. Aber es hatte sich ein Gewohnheitsrecht entwickelt, dem selbst die Richter machtlos gegenüberstanden: Konnte der Delinquent seinen Bewachern auf dem Weg zum Galgen entkommen und die „Friistatt" erreichen, dann war er frei und konnte gehen, wohin er wollte.

Auf einer großen „Au" bei Andelsbuch fand die Demokratie im Freien statt. Alle „haussеßhaften Untertanen" kamen am Tag der Wahl zusammen. Die vier Viertel des Waldes hatten bereits unter ihren Kandidaten gesiebt, und jedes Viertel hatte einen entsandt. Diese vier „Vorgeschossenen“ stellten sich jeder an einem Baumstamm auf. Auf ein allgemeines Zeichen liefen die Wähler zu ihrem Mann und umringten ihn. Sobald ausgezählt war und der Sieger feststand, brachten Berittene der Frau des neugewählten Landammanns die gute Nachricht ins Haus und teilten ihr gleichzeitig mit, daß mit der Heimkehr des Ehemannes nicht so schnell zu rechnen sei. Denn die Wahl wurde ausgiebig mit gutem Veltliner Wein auf Kosten des Gewählten begossen. Um den Unmut der Nichtgewählten und ihrer Anhänger in Schranken zu halten, wartete der kaiserliche Vogt aus Feldkirch mit einigen Bewaffneten gut sichtbar im Hintergrund. Johann Joseph erinnerte sich daran, wie er als kleiner Junge einmal mit seinem Vater zu Fuß zur Wahl nach Andelsbuch gegangen war. Leider hatte der Vater dem guten Veltliner Wein allzu heftig zugesprochen. Das Kind hatte gewartet und gewartet, schließlich war es alleine nach Schwarzenberg zurückgelaufen und hatte sich damit auch noch den heftigen Zorn der Mutter zugezogen. War der Landammann gewählt, legte er den Treueeid auf den Kaiser in die Hände des Vogtes ab, aber erst nachdem dieser im Namen des Landesherrn die alten Freiheiten beschworen hatte.

Oben auf dem Sattel zwischen Bezau und Andelsbuch hatten die Bregenzerwälder für die Treffen und Beratungen ihrer Regierung ein hölzernes Rathaus erbaut. Es ruhte auf vier steinernen Pfosten und war nur über eine Leiter zu erreichen. Über diese Leiter stiegen die Mitglieder der Regierung hinauf in den Ratssaal und nahmen ein großes Faß Wasser mit, andere Getränke waren nicht erlaubt. Dann wurde die Leiter weggezogen und erst wieder angelegt, wenn der Landammann der wartenden Bevölkerung die Beschlüsse vorgelesen hatte.

Ein herbes Land, schön und fruchtbar und doch zu arm, um alle seine Bewohner ernähren zu können. Mit Wehmut erinnerte sich Johann Joseph an den Tag, als er mit seinen beiden jüngeren Brüdern Simon und Anton hinausgezogen war, sein Glück als Maler zu versuchen. Sie folgten, wie viele andere Handwerker, den Baumeistern aus dem Wald zu den Baustellen im schwäbisch-deutschen Raum. Johann Joseph Kauffmann hatte gleich Arbeit bei Meister Duelli aus Schnifis gefunden, der mit der Ausgestaltung des neuen Bibliothekssaales im Kloster Schussenried bei Weingarten betraut war.

Besonders stolz war Kauffmann immer auf seine Zusammenarbeit mit Meister Peter Thumb bei der Ausgestaltung des Klosters Frauenalb gewesen. Peter Thumb war nicht nur ein bedeutender Baumeister, er war auch so mächtig und einflußreich, daß er es zu einem Sitz im Rat der Bischofsstadt Konstanz gebracht hatte. Obwohl er nicht mehr ständig im Bregenzerwald lebte, verstand er es, seinen Namen und sein Andenken mit Stiftungen und Wohltaten in seiner Geburtsheimat lebendig zu erhalten.

Der erste dieser Barockbaumeister, die so großartige Werke wie die Stiftskirche und die Stiftbibliothek in St. Gallen, das Kloster Einsiedeln, die Basilika von Weingarten und die herausragende Klosteranlage von Birnau schufen, war der geniale Peter Beer aus dem kleinen Ort Au am Fuße der Kanisfluh. In Kempten baute er nach seinen Plänen die erste Barockkirche im deutschsprachigen Raum. Beer war auch weitblickend genug, um zu erkennen, daß nur eine solide und auf zukünftige Aufgaben ausgerichtete Ausbildung den Handwerker-Baumeistern aus dem Wald auf Dauer Arbeitsmöglichkeiten im Baugewerbe sichern konnte, das nach dem Dreißigjährigen Krieg wieder aufblühte. Mit dem Jahr 1657 setzt das Zunftbuch der „Laadt", der „Auer Zunft" ein, sie war Berufsverband und kirchliche Bruderschaft, zugleich aber auch theoretische und praktische Schule der Maurer und Zimmerleute, der Bauleiter und Steinmetze.

Die theoretischen Kurse, die Arbeiten an den Entwürfen und „Rissen" fanden in den arbeitsarmen Wintermonaten statt, denn im Frühjahr nach der Schneeschmelze zogen die Bauleute hinaus zu den Baustellen. Das wußte seit Generationen jeder im Tal. „Erfüllt von kernhafter

Künstlerschaft und Gedanken" zogen die kreativen Wälder hinaus; vom späten 17. Jahrhundert an enthalten die Zunftbücher neben vielen anderen auch fast fünfzig immer wiederkehrende Familiennamen.

Die Namen der Beer, Moosbrugger und Thumbs wurden überall mit Hochachtung genannt. Der erfolgreichste von allen war wohl Franz Beer von Bleichten, neben der Basilika in Weingarten schuf er gut zwanzig Kloster- und Kirchenbauten. Für seine Verdienste wurde er 1722 in den erblichen Adelsstand erhoben. Daß der ihm an Ruhm nicht nachstehende Peter Thumb nicht nur sein Schüler, sondern auch sein Schwiegersohn war, spricht für die bodenständige Nüchternheit der Bregenzerwälder, die sie auch in Zeiten größten Ruhmes nicht verließ.

Johann Joseph Kauffmann stieg langsam und bedächtig vom Gerüst herunter und betrachtete die fast fertigen Malereien. Amüsiert entdeckte er, daß Angelika nun endlich einen Platz für ihre Signatur gefunden hatte: Ihr Name und die Jahreszahl 1757 prangten auf dem Evangelienbuch, das der Apostel Matthäus in der Hand hielt. Er hatte es nicht anders erwartet, dem Bild des Matthäus hatte schon in ihren Kindertagen ihre Vorliebe gegolten.

Nur wenige Tage dauerte es, bis das Gerüst abgebaut war. Jetzt konnten die Schwarzenberger endlich sehen, ob das Werk auch wirklich gelungen war. Für das fröhliche Fest der Kirchweih hatte Angelika eine große Überraschung für den Vater bereit. Staunend hatte sie immer wieder den mächtigen Stubenkasten in der Ecke des großen Zimmers betrachtet. Fest mit dem Haus verbunden, schien er viele Geheimnisse zu bergen. Am Tag nach dem Gerüstabbau hatte Michaels Frau aus dem unteren Teil des Schrankes eine der schönen Bregenzerwälder Trachten genommen und sie Angelika angehalten und gemeint: „Schau, ich hab' noch die Tracht von der Bas Florini hier, und am Sonntag zur Kirchweih kannst du nicht daherkommen wie eine Städtische!" Liebevoll nahm sie eines der Leibchen mit besonders schönen weißen, bestickten Ärmeln aus der Truhe, dazu einen silbernen Gürtel. „Ich bin sicher, es tät' die Bas freuen, wenn du sie tragen würdest. Du bist ja keine Fremde, wie die Jungbäuerin vom Lechnerhof in Egg. Ihre Schwiegermutter und die anderen Frauen dulden nicht, daß sie in der Juppe geht. Schließlich sei sie ja nur eingeheiratet. Aber bei dir ist das ja ganz etwas anderes . . ."

Vorsichtig strich Angelika über das durch Cirrieren und Plissieren glänzende schwarze Leinen der Juppe. Ärmellos floß die Juppe in einem Stück von der Brust bis zu den Knöcheln, die unzähligen feinen Falten verbargen die Weite des Rockes. „Nun, schönes Mädchen aus dem Wald, probier' mal die Tracht an, vielleicht ist sie ja zu lang und wir müssen sie kürzer machen!" Vergnügt hatte die Base Angelikas Kleid aufgeknöpft und zog es ihr über den Kopf. „Mit den Haaren müssen wir dann auch etwas machen, aber es reicht für Zöpfe", stellte sie nach einem kritischen Blick fest. Sie hielt Angelika ein Leibchen mit angearbeiteten langen Spitzenärmeln hin: „Schlüpf' mal rein", murmelte sie und zupfte die Ärmel zurecht, die an den Handgelenken in einem gesmokten Bündchen endeten. Sie schloß das Leibchen und half Angelika in die Juppe zu schlüpfen. Verblüfft betrachtete sie das Mädchen: „Das paßt ja wie für dich gemacht!" Sie wollte ihr den silbernen Gürtel reichen und hielt die Luft an: „Auch die Initialen stimmen ja, Angelika Kauffmann und Anna Maria Kauffmann, das hab' ich gar nicht bedacht." Vorsichtig schloß sie den mit den Initialen der Bas Anna Maria versehenen Gürtel. „So – und jetzt das Fürtuch." Mit geübten Händen schob sie den Stolz der Wälderinnen, das mit unendlicher Liebe und Kunstfertigkeit bestickte „Latz" in den mit einer Borde ausgeschmückten rechteckigen Halsausschnitt. Kritisch betrachtete sie das Ergebnis ihrer Bemühungen, zupfte noch einmal die blaue Borde, die in halber Höhe auf zwei Zentimeter Breite den freien Fall der Juppe unterbrach. Zufrieden streichelte sie Angelika die Wange: „Sticken hat sie können, die Anna Maria, es ist zu schad, daß sie aus dem Tal hinausgeheiratet hat!" Angelika lachte und dachte an die fröhliche Florini-Familie in Morbegno und besonders an Rosa, ihre Lieblingscousine. Die würde auch hübsch aussehen in der Juppe ihrer Mutter. Geschäftig flocht die Tante die Haare Angelikas zu dichten Zöpfen, die sie mit einem Samtband am Hinterkopf zu einem Kranz legte. Dabei erzählte sie so lebhaft, wie Angelika sie noch nie erlebt hatte: „So wie die Juppe jetzt aussieht, tragen sie alle Frauen im Wald. Das ist ein eisernes Gesetz. Keine darf davon abweichen. Das war nicht immer so. Vor Generationen ist die Kleidung viel kostbarer gewesen. Jede Frau wollte die teuersten Stoffe und die schönsten Muster darauf haben. Das hatte Neid und Mißgunst und Zank und Streit zur Folge und kostete viel Geld und auch viel Zeit. Alle wetteiferten darin, durch den Glanz der eigenen äußeren Erscheinung andere herabzusetzen und zu demütigen. Da fand man es denn an der Zeit festzulegen, wie die Tracht der Frauen fortan auszusehen hatte. Und Schluß war es mit den Eitelkeiten. Einzig das Latz ist dafür übriggeblieben, aber weil man es ja selber arbeiten muß, gibt es da natürliche Grenzen!"

Resolut nahm sie Angelika bei der Hand und führte sie vor das „Waschabteil" des Stubenkastens, das neben dem Wasserkrug und der Waschschüssel auch einen alten, halbblinden Spiegel enthielt. Verblüfft starrte Angelika ihr Spiegelbild an. Das sollte sie sein? Das war kein Kind mehr, sondern ein junges Mädchen mit dunklen, sehr selbstbewußt blickenden Augen, kritisch und ein wenig distanziert. Die Tracht schmeichelte ihrem schmalen Gesicht, und die ungewohnte Frisur trug zu der Fremdheit, die dies Spiegelbild ausstrahlte, bei. Gedankenverloren schloß Angelika die Tür des Waschabteils. Michaels Frau spürte, daß sie das Mädchen jetzt allein lassen mußte. Ohne ein weiteres Wort ergriff Angelika ihr Kleid und verschwand in ihrem Zimmer. Sie holte aus dem Reise-Necessaire den schön geschliffenen Spiegel heraus und stellte ihn vor sich auf den Tisch. Wieder und wieder betrachtete sie ihr eigenes, so vertrautes und nun so fremdes Gesicht. Bis weit in die einbrechende Dämmerung hinein saß Angelika tief in Gedanken versunken.

Endlich war der große Tag der Kirchweih herangekommen. Es war ein Festtag für das ganze Dorf. Strahlend vor Freude war Angelika am Morgen ihrem Vater um den Hals gefallen. Johann Joseph musterte die Tochter immer wieder von der Seite. Die Überraschung war ihr gelungen. Wie gut ihr die Juppe stand! Unbefangen saß sie unter den Frauen und Mädchen des Dorfes in der Kirche. Verstohlen gingen ihre Blicke immer wieder hin zu den Apostelköpfen über dem vom Vater gemalten Kreuzweg. Seltener legte sie den Kopf in den Nacken, um das Deckengemälde zu betrachten. Während der Messe wurde Johann Joseph von einer seltsamen Unruhe gepackt. Eine Aufgabe war beendet, eine neue stand noch nicht fest. Fast tat es ihm ein wenig leid, daß er Angelika eine Reise durch den Wald versprochen hatte, am liebsten wäre er gleich aufgebrochen, wenn er nur gewußt hätte wohin!

Nach der Kirche ging es aufs Fest. Vergnügt wirbelte Angelika mit den Burschen des Dorfes über den Boden der alten Tanzlaube. Atemlos ließ sie sich immer wieder bitten, sie konnte nicht genug bekommen von dem harmlosen Vergnügen, das sie – ihr Vater gestand es sich ein – viel zu selten genießen konnte. Plötzlich stand sie neben ihm mit einem Glas Wein in der Hand und prostete ihm lachend zu: „Auf unsere Reise!" Morgen schon, das nahm er sich vor, würde er sein Versprechen wahr machen.

Aber ganz so schnell, wie es sich der Vater gedacht hatte, konnten sie doch nicht aufbrechen. Angelikas zierliche Stadtschuhe hätten den Strapazen einer Fußwanderung über die Berge niemals standgehalten. Michaels Frau wußte auch hier Rat. Ausgestattet mit zwei Paar dicken Socken paßte Angelika in ihre Schuhe. Das war zwar nicht besonders elegant, wie Angelika fand, aber die Bas sagte lachend: „Wenigstens tun dir damit die Füße nicht weh!" Gar zu gerne wäre Angelika geritten. Aber der sparsame

Vater mochte das Geld nicht so verpulvern, zumal man noch nicht wußte, wann es neues zu verdienen gab.

Von Andelsbuch her kommend, erreichten sie die Bezegg. Interessanter noch als die herrliche Aussicht weit bis hinter Schwarzenberg fand Angelika das Rathaus auf seinen steinernen Säulen mit dem großen Ratssaal. Wie mußte eine Regierung beschaffen sein, die ein so bescheidenes Domizil benutzte. Über Bezau ging es nach Reuthe, der ältesten Siedlung im Hinteren Wald. Dort verbrachten sie die Nacht im Hause von Verwandten, schliefen aber nicht viel. Angelika wunderte sich, daß die Nachricht von ihren Bildern selbst bis hierher gedrungen war. Viele Fremde weilten zur Kur in Reuthe, es schienen besonders viele Schweizer unter ihnen zu sein. Bereits im 17. Jahrhundert waren in dem Ort Eisen- und Moorbäder, die als sehr heilkräftig galten, entdeckt worden. Am anderen Tag besahen sie die schöne, schlichte Kirche mit ihrer barocken Innenausstattung. Nach dem Mittagessen wanderten sie weiter durch das enge Tal, mehrmals glitt Angelika auf dem unebenen, schlechten Weg aus und wäre fast gefallen. Doch der Vater marschierte unerbittlich weiter. Der Wald war eben kein ebenes Gelände, und wer ihn kennenlernen wollte, durfte nicht zimperlich sein. Endlich lichtete sich der Tannenwald, bald hatten sie die Paßhöhe erreicht. Glitzernd lag der Wald in seiner ganzen Schönheit und Pracht unter ihnen. Angelika war überwältigt. Wie aus einer Spielzeugschachtel waren Dörfer und Einzelhöfe, Bäume und Tiere ausgebreitet. „Schau nur", sagte der Vater, „dort drüben der majestätische Berg, das ist die Kanisfluh. Man denkt, sie ist zum Greifen nahe, aber wundere dich nicht, der Weg ist ziemlich weit und steinig. Das blaue Band, das sich um ihren Felsfuß schlängelt, das ist eine gute Bekannte von dir, die Ache!"

Am liebsten wäre Angelika umgekehrt, aber sie schwieg und folgte dem Vater, immer die Kanisfluh mit ihren mächtigen nackten Felswänden im Auge. Gemsen kletterten in den Felsen, ein Adler kreiste hoch über ihnen, der Himmel schien so blau wie der, den der Vater in Schwarzenberg gemalt hatte. Fehlten nur noch die Putten, die daraus hervorsahen. Jetzt wurde die Südseite des Berges mit ihren Almen und Weideplätzen sichtbar. Endlich erreichten sie Au. Während der Vater Bekannte aus seiner Zeit in Frauenalb aufsuchte, setzte sich Angelika an das Ufer der Ache und träumte sich hinüber nach Schwarzenberg. Auf dem Friedhof in Au zeigte ihr der Vater die Gräber all der berühmten Barockbaumeister. Nun ruhten sie unter schön gearbeiteten schmiedeeisernen Grabkreuzen. „Und nicht eines ihrer Bauwerke steht nahe bei uns in der Heimat", murmelte der Vater.

In Schröcken übernachteten sie noch einmal bei einem entfernten Vetter des Vaters. In dieser Nacht ging ein so heftiges Gewitter nieder, daß Angelika voller Angst hinüber zum Vater rannte. Sie schämte sich ein bißchen, aber der Vater tröstete sie und meinte auch, daß dies eines der heftigsten Unwetter, die er je erlebt habe, gewesen sei. Auf dem Rückweg machten sie noch einmal in Bezau Rast, um den Landammann zu treffen. Angelika spürte an der Unruhe des Vaters, daß er es nicht mehr lange in der Stille des Waldes aushalten würde. Zurückgekehrt nach Schwarzenberg, erwartete sie eine Nachricht des Bischofs von Konstanz.

Kapitel 3
Intermezzo am Bodensee

Amüsiert beobachtete Angelika, wie die sonst so ruhige Bas vor mühsam unterdrückter Erregung bebte. Aufgeregt erzählte sie von der eleganten vierspännigen Kutsche, die vor wenigen Tagen auf dem Kirchenplatz vorgefahren sei. Ein livrierter Diener habe einem hohen geistlichen Herrn aus dem Wagen geholfen. Danach seien noch andere, fremdmodisch gekleidete Männer ausgestiegen. Alle hätten im „Hirschen" Quartier bezogen.

Neugierig hätten die Schwarzenberger die Angekommenen, von weitem natürlich nur, so wie es sich eben schickte, beobachtet. Die Hirschen-Wirtin hatte dann, fast platzend vor Stolz, flüsternd verkündet, daß es sich bei ihren illustren Gästen um niemand Geringeren als den Fürstbischof von Konstanz, Franz Konrad von Rodt, mit seinem Gefolge handle. Aber das hatten die Schwarzenberger sowieso schon an dem fürstbischöflichen Wappen auf der Tür der Kutsche erkannt. Wenig später war der Fürstbischof hinübergegangen in die Kirche. Dort erwartete ihn Pfarrer Seitz. Daß die Malereien in ihrer Kirche sehr schön geworden waren, das hatten die Schwarzenberger ja selber schon gesehen. Aber daß man sie so lange ansehen könne – die Bas schüttelte ehrlich erstaunt den Kopf. Besonders genau hätte er Angelikas zwölf Apostel betrachtet und kaum glauben können, daß die Malerin erst sechzehn Jahre alt sei. „Himmel", die Bas schlug sich mit der Hand vor die Stirn, „einen Brief hat er ja auch noch dagelassen für den Vetter!" Schon hatte sie dem Stubenkasten ein gesiegeltes Schreiben entnommen und es an Johann Joseph weitergereicht.

Vergnügt umarmte Angelika Michaels Frau: „Soviel Aufregung um einen Bischof . . ." Beleidigt verschränkte die Bas die Arme vor der Brust: „Immerhin der Fürstbischof von Konstanz, wegen seiner klugen Politik hat ihn der Papst gerade zum Kardinal gemacht.“ Bevor Angelika antworten konnte, sagte Johann Joseph: „Also, werte Demoiselle Kauffmann, Fürstbischof Franz Konrad von Rodt lädt dich mit deiner Begleitung . . .“ Er zeigte amüsiert auf sich: „Damit kann nur ich gemeint sein – in seine Residenz nach Meersburg ein.“ Sachlich fügte er hinzu: „Da es schon spät im Jahr ist, werden wir fahren, sobald wir uns in Meersburg angemeldet haben.“

Der Vater hatte recht gehabt. Es war schon herbstlich kühl, als Angelika und Johann Joseph Kauffmann in Bregenz anlangten. Von Schwarzenberg bis Dornbirn waren sie zu Fuß gegangen, von dort hatten sie die Post nach Bregenz genommen. Die Nacht hatten sie in einem der Gasthäuser verbracht, in dem Johann Joseph schon in seiner Wanderzeit abgestiegen war. Als der Wirt ihn wiedererkannte, hatten sich die beiden solange über die sich ändernden Zeiten unterhalten, bis Angelika vor Müdigkeit fast am Tisch eingeschlafen wäre. Ein Gutes hatte die lange Unterhaltung aber doch gehabt, der Wirt wußte von einem Segelschiff, das gegen Mittag von Bregenz in Richtung Meersburg ablegen sollte. Der Schiffer würde froh sein, neben seiner Ladung auch einige Passagiere befördern zu können. Das machte die Fahrt rentabler. Früh am andern Morgen war der Vater zum Hafen hinuntergegangen und mit dem Schiffer handelseinig geworden. Zwar hatte er gute Ladung an Bord, aber die Unterhaltung des großen Seglers, der eine Tragkraft von mehr als 1000 Zentnern hatte, wie er stolz bemerkte, war teuer. Allein die unglaublichen Mengen starken Leinenzeugs für die Segel verschlangen Unsummen. Für die Masten waren die größten und mächtigsten Tannen des Schwarzwaldes gerade gut genug. So ein Schiff war ein Vermögen wert. Man mußte es hegen und pflegen und vor den oftmals kaum vorhersehbaren Stürmen auf dem See schützen. Wie oft schon war ein Segler mit prallgefüllten Segeln und guter

Ladung ausgelaufen und unversehens in einen von den Schweizer Bergen herkommenden Sturm geraten, bevor die Mannschaft auch nur ahnte, daß dem Schiff Gefahr drohte. Da nützte dann auch alle Erfahrung nichts. Mit gebrochenem Mast auf dem See zu treiben, das war nicht angenehm.

Bevor der Schiffer noch mehr Schauergeschichten erzählen konnte, hatte Johann Joseph mit Blick auf Angelika die Finger abwehrend auf die Lippen gelegt: „Ich vertraue den Seeleuten auf dem Bodensee, mir ist noch niemals etwas passiert, und die meisten Schiffe, so hört man, langen gut an!“ Um Angelika abzulenken, führte Kauffmann seine Tochter den schönen Fußweg hinauf zum Gebhardsberg. Von hier oben, zwischen den Ruinen der mächtigen Burg Hohenbregenz auf der vorspringenden Nagelfluhnase war der Blick auf die Stadt und den See, der wie Schiefer glänzte, überwältigend.

Bis tief in das Rheintal hinab meinte Angelika jeden Stein auf dem Boden wahrnehmen zu können. So klar war die Sicht, daß sogar die Berge der Alpen zu erkennen waren. Der Vater schimpfte einmal mehr auf die Schweden, die 1647 die Hohenbregenz in Schutt und Asche gelegt hatten. Angelika lachte: „Man sollte nicht glauben, daß das schon über hundert Jahre her ist. Wenn dir heute ein Schwede begegnete, du würdest ihn für die Sünden seiner Vorväter verantwortlich machen!“ Fröhlich rannte sie vor ihm her den schmalen Fußweg hinunter zur Stadt.

In der auf einem Hügel gelegenen Pfarrkirche St. Gallus, deren ursprünglich einschiffiges Langhaus Franz Anton Beer erst vor zwei Jahrzehnten erhöht und mit querschiffartigen Kapellen versehen hatte, waren Angelika und ihr Vater ganz allein. Der Bregenzerwälder Baumeister Beer hatte den Chor mit einem weiten Segmentbogen geöffnet. Damit hatte er erreicht, daß der großartige Hochaltar Abraham Baders den barocken Raum ganz erfüllte. Sprachlos ließ sich Angelika auf eine der Bänke fallen und die Sinfonie von Farben und Formen auf sich wirken. Sie wußte nicht, wohin sie den Blick zuerst wenden sollte. Die Deckengemälde, die Joseph Ignaz Wegscheider geschaffen hatte, hielten sie gefangen. Kaum wagte sie zu atmen, aus Furcht, dieser vollkommene Raum könne sich in Luft auflösen.

Nach einer Weile trat Johann Joseph zu seiner Tochter: „Komm', ich zeig' dir den berühmtesten Grabspruch in der Kirche!" Neugierig folgte Angelika ihm zum Marmorgrabstein des im Jahre 1672 gestorbenen Obersten Caspar Schoch:

„Allhie ligt der Madensack
nun helfen dich weder Pistoll noch Pracht
weil du aber den Grabstein hast beizeiten gemacht
wirdt dich hoffentlich Got nemen in Obacht!"

Fragend sah Angelika den Vater an. Der hatte in seinen Wanderjahren einige Monate in Bregenz verbracht und kannte sich aus in den Klatschgeschichten, die in der Stadt kursierten. „Der Oberst soll ein furchtloser Haudegen gewesen sein. Um zu zeigen, wie wenig er den Tod fürchtete, hatte er seinen Sarg jahrelang im Schlafzimmer neben seinem Bett stehen. Aber auch den Grabstein hier in der Kirche hatte er schon lange fertigmeißeln lassen. Das hat die braven Bürger natürlich nicht unberührt gelassen, wie alles, was ungewöhnlich ist, oder wenigstens so scheint!"

Aber jetzt mahnte der Vater zur Eile, er wolle den Schiffer nicht unnötig warten lassen, zumal das Gepäck ja schon auf dem Schiff sei. So konnte Angelika nur einen kurzen Blick auf das stimmungsvolle Barockpalais der Herren von Deuring werfen, soviel hätte sie noch gerne angesehen und erkundet. Da war das ehemalige Siechenhaus und sein von dem Minnesänger Hugo von Montfort gestiftetes Kirchlein. Auf dem Wege zum Hafen konnte Johann Joseph aber nicht widerstehen, einen Blick auf einen gerade im Bau befindlichen hübschen Rokoko-Rundbau mit einem geschweiften Kuppeldach zu werfen. Über der Tür war die

Plastik eines Heiligen, allem Anschein nach Johannes von Nepomuk, angebracht. Im Inneren stand noch das Malgerüst, die Fresken schienen Szenen aus dem Leben des Heiligen Nepomuk darzustellen, wie Johann Joseph nach einem Rundgang feststellte. Gar zu gerne hätte er gewußt, welcher Kollege hier beschäftigt war, doch so mußte er schließlich unverrichteter Dinge seinen Weg fortsetzen.

Der Schiffer winkte ihnen schon von weitem zu, es war höchste Zeit, an Bord zu gehen. Kaum spürte Angelika die schwankenden Schiffsplanken unter ihren Füßen, löste der Schiffsjunge auch schon die Leinen, und der Segler lief aus. Für Angelika, deren Bekanntschaft mit der Seefahrt bisher in kleinen Ruderausflügen auf dem Comer See bestanden hatte, begann nun die erste wirkliche Schiffsreise ihres Lebens. Ein wenig ängstlich spürte sie jeder Bewegung des Seglers nach und hielt sich am Arm ihres Vaters fest. Aber der schien sich nicht sonderlich um sie zu kümmern. Er blickte zurück auf Bregenz, das im Schatten des Pfänders auf der schmalen Landenge zwischen See und Gebirge malerisch die natürlichen Grenzen nutzte. Über der Schönheit der Uferlandschaft vergaß Angelika bald ihre Ängste. Schon tauchte zu ihrer Rechten Lindau auf, nicht nur von seinen Bewohnern liebevoll „Schwäbisch Venedig" genannt. Da war der 1508 erbaute Pulverturm zu erkennen und die Pulverschanze aus dem frühen 17. Jahrhundert, dahinter konnte Angelika die von der Renaissance geprägte Bürgerstadt mehr ahnen, als daß sie sie sah.

Darauf folgte eine heitere, friedliche Uferlandschaft mit baumbestandenen Hainen, in denen sich das satte Sommergrün mit den ersten zaghaften Gelbtönen des Herbstes mischte, dazwischen immer wieder rebenbewachsene Hänge. Der See wurde zusehends breiter und breiter. Schon war das südliche, das Schweizer Ufer kaum noch zu erkennen. So mußte man sich fühlen, wenn man auf dem Meer war, ringsherum fast nur noch Wasser. Zu Angelikas Freude tauchte am nördlichen Ufer Langenargen auf, wenigstens ein fester Punkt, und ein hübscher dazu! Das

Städtchen gehörte zu den Besitzungen der Grafen von Montfort. In Tettnang hatten sie sich gerade ein neues Schloß bauen lassen. Reich mußten sie sein und mächtig. Johann Joseph, der sich auskannte bei den großen Familien rund um den See, denn neben der Geistlichkeit waren sie es, die die Kunstaufträge vergaben, hatte schon anderes munkeln gehört, aber er schwieg. Warum sollte er Angelika mit Gerüchten verwirren?

1634 hatten die Schweden die hübsche Reichsstadt Buchhorn zusammen mit dem benachbarten Kloster Hofen niedergebrannt und ausgeraubt. Die Kaiserlichen Truppen hatten die Befestigungen geschleift, und Buchhorn hatte viel Leid und Unglück zu ertragen gehabt. Vom Schiff aus konnte man jetzt die südlichen Konventsgebäude des Klosters am Ufer erkennen. Johann Joseph machte seine Tochter auf sie aufmerksam: „Sieh nur, wie leicht das Gebäude trotz seiner enormen Baumasse wirkt. Das wird erreicht durch die Verlängerung und den Wandelgang, der dort hinten mit dem Achtecktürmchen abschließt, der mit der Zwiebelhaube. Christian Thumb hat den Konvent zu Beginn unseres Jahrhunderts errichtet. Er wollte ein Gegenstück zur Entspanntheit und zur Weite des Sees schaffen. Thumb benutzte die Grundmauern des von Michael Beer fünfzig Jahre vorher gebauten ‚Neuen Baus'. Die Buchhorner hatten nur sehr wenig dafür bezahlen müssen, denn Michael Beer, der im selben Jahr ‚ein reiches Weib' genommen hatte, strebte danach, sich mit diesem repräsentativen Bauwerk in den Städten am See bekanntzumachen. Er brauchte Aufträge, denn er fühlte sich für die Handwerker, die für ihn arbeiteten, verantwortlich, und sie vertrauten ihm." Angelika nickte ernst, Kunst geht nach Brot – diese Wahrheit war ihr seit ihrer frühesten Kindheit vertraut.

Östlich von Immenstaad, das gut an seinem wehrhaften Kirchturm zu erkennen war, lag das kleine Schlößchen Helmsdorf in der Abendsonne. Einst hatte es dem gleichnamigen Rittergeschlecht gehört, das dem Land auch zwei

Dichter geschenkt hatte. Angelika meinte, in einer so reichen, gesegneten Landschaft sei es eigentlich keine Kunst, Verse zu schmieden. Der Vater gab gutgelaunt zurück: „Bilder malen aber auch nicht!“ Er legte den Arm um ihre Schultern und deutete in die Ferne. Dort wurde der erst vor zwei Jahrzehnten angelegte Hafen von Meersburg sichtbar. Der Vater stellte das Handgepäck neben sich, die beiden großen Koffer würde der Schiffsjunge gegen ein gutes Handgeld hinauf zum Neuen Schloß bringen. Endlich war der Segler vertäut, und die Reisenden konnten an Land gehen. Lachend trug der Schiffer Angelika über den Abgrund zwischen Bordwand und Kaimauer, nachdem er beobachtet hatte, wie sie mehrmals den Fuß wieder zurückgezogen hatte. „Sonst geht sie noch in letzter Minute über Bord und landet im See“, lachte er gutmütig und winkte dem Vater, der mit einem eleganten Satz an Land gegangen war, nach.

Regungslos verharrte Angelika auf der Kaimauer, versunken in den Anblick der Stadt Meersburg. Die malerischen Häuser der Unterstadt wurden bekrönt von der alten Burg, deren mächtiger Dagobertsturm als Wahrzeichen alles zu überragen schien. Wie eine grüne Trennungslinie schob sich der Burggraben zwischen die Feste und das Neue Schloß. Mit geübtem Malerblick nahm Angelika den Gegensatz zwischen den blaugrauen Mauern der Burg und den heiteren Weiß- und Rosatönen des Schlosses wahr. Ein Effekt, der von der Abendsonne noch verstärkt wurde. Sie schien in die großen Fenster des Schlosses, und deren Leuchten wurde hundertfach in den See zurückgeworfen. In das Grün der Rebhänge mischte sich schon das Goldgelb des Herbstes. „Die Schweizer sagen, wenn sie etwas überwältigend schön finden: Das glänzt wie Meersburg“, murmelte der Vater. „Angelika, ich denke, hier kann man es aushalten!“ Durch die romantischen Straßen und engen Gassen gingen sie hinauf zur neuen, erst 1712 errichteten Residenz der Bischöfe von Konstanz.

In dem vergangenen Jahrzehnt war der Bau nach Plänen von Balthasar Neumann für Bischof Damian Hugo aus der vom „Bauwurmb“ so außerordentlich geplagten Familie Schönborn umgebaut und erweitert worden. Nach der Reformation hatte die hohe katholische Geistlichkeit den Bischofssitz Konstanz verlassen und war in die bisherige Sommerresidenz Meersburg gezogen. Nicht immer zur Freude der Bürger und des Rates. Fürstbischof Franz Konrad von Rodt, seit 1750 im Amt, war in Meersburg geboren. Sein Geburtshaus stand auf dem Schloßplatz der bischöflichen Residenz gegenüber, es war der Amtssitz und auch die Dienstwohnung des Vizepräsidenten und Oberjägermeisters. Fürstbischof von Rodt liebte seine Heimatstadt und ließ ihr als kunstliebender geistlicher Würdenträger manche Wohltat angedeihen.

Angelika und ihr Vater wurden in der Residenz schon erwartet. Ein livrierter Diener führte sie zu den Gästezimmern in einem der oberen Stockwerke. Alleingeblieben ging Angelika wie im Traum zum Fenster, schob den Vorhang beiseite und blickte hinunter auf den See, dessen Oberfläche in der Sonne glänzte. Sie hatte das Gefühl, als würden sich die unzähligen Fenster der Residenz in der sich sanft kräuselnden Fläche spiegeln und beim Wellengang allmählich auflösen. Wenig später fiel sie, übermüdet von den vielen neuen Eindrücken des Tages, in ihr mit seidenen Decken bezogenes Bett. Sie träumte von Herzoginnen, die selbstgestrickte Bregenzerwälder Socken zweifach übereinanderzogen und sich wunderten, warum ihre aus feinstem Leder gearbeiteten Schnallenschuhe sich nun nicht mehr schließen ließen. Ein maulfauler Ziegenhirte aus dem Wald sprach dem funkelnden Wein in einem geschliffenen Glase zu, wieder und wieder ließ er sich den Pokal nachfüllen, so kleine Mengen gab es nicht im Wald. Zuletzt saß sie mit dem Kardinalbischof und seinen Gästen an einer langen Tafel im großen Saal der Residenz. Livrierte Diener schoben eine große Pfanne auf die polierte Tafel. Köstlich dufteten die Kässpätzle, ein Diener, der dem Ziegenhirten aus Schwarzenberg verdächtig ähnlich sah, gab mit weiß behandschuhten Händen derbe Holzlöffel aus. Unmutig zog der Kardinalbischof die Augenbrauen zusammen, schlug mit dem Löffel auf den Tisch und brüllte: „Teller!" Da wachte Angelika auf und brauchte lange, bis sie aus dem Traum in die Wirklichkeit zurückfand. Endlich sank sie doch noch in einen traumlosen Schlaf.

Am nächsten Morgen schon wurden Angelika und ihr Vater von Fürstbischof Franz Konrad von Rodt empfangen. Freundlich sah er den Gästen entgegen. Ob Angelika wisse, daß sie ihm von seinem Kollegen, dem Kardinal Pozzobonelli von Mailand, empfohlen worden sei, in dessen Haus habe sie ja wohl schon gesungen. Angelika nickte. „Einige Arien aus dem ‚Stabat mater' von Pergolesi habe ich ihm immer wieder singen müssen. Er liebte sie besonders, weil sie ihn so wehmütig stimmten!"

Franz Konrad von Rodt lächelte belustigt: „Also, wenn das so ist, mußt du für mich auch einmal singen. Aber würdest du dir auch zutrauen, mich so schön zu malen wie die Apostel in der Schwarzenberger Kirche?"

Trotz ihrer Befangenheit mußte Angelika lachen: „Al Fresco, nein, das geht nicht. Aber ein Porträt, das würde ich gerne malen!" Mit einem schnellen Blick auf den Fürstbischof fügte sie hinzu: „Allerdings müßten Eure Eminenz mir dann sitzen, aber ich werde mich beeilen, die Sitzungen so kurz wie möglich zu machen und auch nicht mehr als unbedingt nötig anzusetzen. Die Arbeit Eurer Eminenz soll natürlich nicht zu kurz kommen."

Wie immer, wenn sie eine klar umrissene Aufgabe zu bewältigen hatte, arbeitete Angelika schnell und präzise und vollendete das Bild des Fürstbischofs noch im Herbst 1757. Das heute im Kunsthaus Zürich hängende Porträt gefiel Franz Konrad von Rodt so gut, daß er es in seinem Arbeitszimmer aufstellen ließ. Er ahnte hinter der jugendlichen Malerin die eigenständige Künstlerin und versuchte sie zu fördern, wo er nur konnte.

Auch für Johann Joseph Kauffmann gab es genug Arbeit in der Residenz. Daneben galt seine Aufmerksamkeit der weiteren Ausbildung seiner Tochter. In diesem Herbst schenkte er ihr das aus dem Englischen ins Italienische übersetzte Anstandsbüchlein von Joseph Dorell. Hier konnten junge Damen nicht nur nachlesen, was ihnen von den Herren der Schöpfung auch bei noch so vorsichtigem Verhalten alles widerfahren konnte. Sondern die wohlerzogene Signorina lernte außerdem, sich in „höheren Kreisen" zu bewegen und zu benehmen.

In Meersburg begann die Liebe Angelikas zur Literatur, die ein Leben lang anhalten sollte. Franz Konrad von Rodt schenkte ihr das vor wenigen Jahren erschienene Buch des in Rom lebenden bedeutenden Wissenschaftlers Johann Joachim Winckelmann „Gedanken über die Nachahmung der griechischen Werke in der Malerei und Bildhauerkunst". Angelika erinnerte sich dunkel, daß ihr Vater in Mailand schon einmal von dem Verfasser gesprochen hatte, und mit neugierigem Interesse wandte sie sich der Lektüre zu. In Mailand hatte sie begonnen, Englisch zu lernen, als sie entdeckte, daß die meisten der Touristen, die ihre Kopien kauften, aus England stammten. Jetzt las sie die Werke Shakespeares, die sie in der Bibliothek der Residenz entdeckt hatte. Sie begeisterte sich an „Ein Sommernachtstraum" und „Romeo und Julia". Angelika sehnte sich nach Italien. Oft stand sie am Fenster ihres Zimmers und blickte hinüber über den Bodensee, immer weiter in südliche Richtung. Dort lag Italien, das Land der unermeßlichen Kunstschätze, von denen auch dieser Winckelmann, dessen Büchlein ihr so seltsam vertraut und doch fremd war, schrieb. Sie seufzte, der Vater hatte recht, erst mußte die Reisekasse so gefüllt sein, daß sie es auch mehrere Monate ohne Aufträge aushalten konnten. Wer von der Hand in den Mund leben mußte, kam rasch herunter. Und ein heruntergekommener Künstler konnte noch so gut sein, er würde es schwer haben, an Aufträge zu kommen. Das

„Decorum“ mußte stimmen, und was für einen Mann galt, das galt in noch viel höherem Maße für eine Künstlerin.

Außerdem ließ es sich auch am Bodensee leben. Franz Konrad von Rodt nahm Angelika mit zu Besuchen nach Konstanz und in die erst vor wenigen Jahren fertiggestellte Marien-Wallfahrtskirche Birnau, „der schönsten Frucht von Zank und Streit“, wie Franz Konrad von Rodt zu Angelika sagte. Seit dem 13. Jahrhundert hatten die Zisterzienser der Abtei Salem in Nußdorf bei Überlingen ein kleines Marienheiligtum unterhalten und verwaltet. Fünfhundert Jahre hatte der Rat der Stadt Überlingen nichts dagegen einzuwenden gehabt. In den letzten Jahrzehnten war es jedoch immer wieder zu Kompetenzschwierigkeiten und Streitigkeiten zwischen dem Rat der Reichsstadt und dem Kloster Salem gekommen. Im Jahre 1745 hatte Abt Stephan II. Euroth genug von den Querelen, er ließ die Kapelle abtragen und nahm das Gnadenbild mit nach Salem.

Auf Salemer Gebiet, aber weit genug entfernt vom Kloster, dessen strenge Regeln eine solche Prachtentfaltung nicht erlaubten, wollte Stephan II. Euroth für das Gnadenbild einen heiteren Festsaal Gottes erstehen lassen, ein Meisterwerk der Kunst des Rokoko, wie zufällig hineingestellt in eine schwelgerische Landschaft aus Wiesen und Weinbergen. Bereits ein Jahr nach dem Abbruch der alten Kapelle begann der Bregenzerwälder Peter Thumb mit dem Bau in Birnau. Zusammen mit dem Altarbauer und unübertroffenen Stukkateur Joseph Anton Feuchtmayer und dem kongenialen Maler Gottfried Bernhard Götz wurde das neue Marienheiligtum zu einem bewunderten Kleinod, das bereits 1750, nach nur vierjähriger Bauzeit, unter großer Anteilnahme der Bevölkerung geweiht werden konnte. Alle Welt schwärmte besonders von der Kunst Feuchtmayers, der nicht nur an der Gestaltung des Turmes mitgewirkt hatte, sondern der mit der Figur der Immaculata über dem Eingang das weithin sichtbare Grundmotiv des Heiligtums geschaffen hatte.

Schon daß der von ihrem Vater so bewunderte Peter Thumb der Baumeister der Birnau war, ließ Angelika voll neugieriger Ungeduld immer wieder aus dem Kutschenfenster blicken. Endlich hielten sie vor dem Bauwerk an, von dem alle sprachen. Während Fürstbischof von Rodt und der Vater zu einer Besprechung mit dem Abt weiterfuhren, betrat Angelika durch den dunklen Vorraum unter dem Turm die Kirche. Fast wurde es ihr schwindlig von der strahlenden Helligkeit, die ihr nun aus dem Kirchenraum entgegenschlug. Noch während sie sich umsah, spürte sie, wie die fröhliche Frömmigkeit des Raumes von ihr Besitz ergriff und ihr Herz ganz erfüllte. Andächtig ließ sie sich auf eine Bank sinken und versuchte sich zu orientieren. Sie entdeckten alle diese Putten, die scheinbar naiv-verspielt den Raum bevölkerten. Aber, hinter allem steht ein tieferer Ernst, hatte Angelika gelernt. Während sie voller Entzücken den Honiglecker in seiner Schönheit betrachtete, mußte sie an die Worte des Fürstbischofs denken. Er hatte ihr erklärt, daß dieser Putto, fast schon beliebter und berühmter als das Gnadenbild selber, nicht einfach ein vernaschter Bengel sei. Sondern seine Postierung am Altar des Heiligen Bernhard von Clairveaux ihren tiefen Sinn habe, denn der gelte als „doctor mellifluus", als „honigfließender Lehrer", weil er die Theologie und die Religiosität seiner Zeit tief und nachhaltig beeinflußt habe. Man mußte sich auskennen in Büchern und Bildern, um die Kunst hinter den Dingen zu begreifen. Angelika, in der ausgewählten Gesellschaft des fürstbischöflichen Palais selbst ein verwöhntes Kind des Rokoko, brauchte lange, um die übermütige Üppigkeit in sich aufzunehmen und zu begreifen.

Wie die Putten übereinanderkugelten und jede Stelle des Raumes bevölkerten und für sich in Anspruch nahmen! Sogar die Kreuzwegstationen des Herrn waren mit ihnen bestückt. Mit naiv-fröhlichem Gesichtsausdruck begleiteten sie das heilige Geschehen. Immer wieder wurde der Blick Angelikas von den reizenden Details auf den alles beherrschenden, Christus geweihten Hochaltar gelenkt. Der diesen überspannende Bogen fügte alles vom Menschen begonnene Stückwerk zu einem Ganzen zusammen, ein Symbol für die Allmacht des Herrn, dargebracht in fröhlicher Hingabe.

Fasziniert betrachtete sie die Deckenmalereien. Meister Gottfried Bernhard Götz ließ seine Engel ein gewaltiges Konzert der himmlischen Heerscharen aufführen. Er hatte die unsichtbaren Töne in eine Symphonie von Farben und Formen umgewandelt. Grün wie der Bodensee an besonders schönen Tagen schimmerten die Seitenaltareinfassungen und die Türen der Galerie. Das zarte Lichtblau des Wassers am Morgen kehrte wieder auf den Uhrzifferblättern und im Blau der Engelsgewänder. Zusammen mit dem Lachsrosa des Altarraumes und dem Gold der Figuren auf der Galerie schienen alle diese Farbtöne in einer tiefen inneren Beziehung zueinander zu stehen.

Angelika schrak zusammen, als der Vater sie leise an der Schulter berührte, um sie zum Wagen zurückzuführen. Sie wehrte ab: „Aber ich bin doch eben erst gekommen!" Erstaunt sah der Vater sie an: „Du bist schon über zwei Stunden hier, wenn wir rechtzeitig wieder in Meersburg sein wollen, müssen wir jetzt fahren." Widerstrebend ließ sich Angelika zur Kutsche bringen. Es brauchte eine Weile, bis sie, langsam und zögernd zuerst, dann immer beredter von ihren Eindrücken sprechen konnte. Besonders die Putten Feuchtmayers hatten es ihr angetan. Mit einem bedeutungsvollen Blick auf Johann Joseph Kauffmann erzählte der Fürstbischof vom Werdegang Joseph Anton Feuchtmayers. Geboren wurde er 1696 eher zufällig im Stadthaus des Klosters Kremsmünster. Sein Vater, Bildhauer und Stukkateur wie später der Sohn, hatte dort zu tun. Der alte Franz Joseph war aber ein schlauer Fuchs; als ein Jahr später das reiche Kloster Salem abbrannte, ließ er sich mit seiner Familie im benachbarten Mimmenhausen nieder, dort erhoffte er sich eine Menge Arbeit. Natürlich besuchte der kleine Joseph Anton seinen Vater in Salem, und später arbeitete er dann sogar selbst mit. Wenn man heute am Sohn die feine Kunst der Darstellung rühmt, so muß man sich die derben Figuren des Vaters im Kaisersaal ansehen. Der Vater war ein guter und solider Handwerker, der Sohn wurde ein alles überragender Künstler."

Franz Konrad von Rodt vermied es, sein Gegenüber anzusehen, und Angelika schien ganz mit ihren eigenen Gedanken beschäftigt: „Vater Franz Joseph Feuchtmayer war ein guter Organisator, ein geschickter Verhandlungspartner. Als er starb, hinterließ er seinem zweiundzwanzigjährigen Sohn eine blühende Werkstatt. Das Inventar nennt außer einigen Büchern: Neunzig Eisen, achtzehn Bohrer, zwei Sägen und einige Modelle. Die Kunst Joseph Antons sprach sich bald herum, er reiste von Salem nach Birnau und Überlingen. Man findet seine Werke überall in unserem Raum, in Weingarten, Ottobeuren, in St. Gallen und Einsiedeln. Selbst an einem so ‚bescheidenen' Ort wie Meersburg hat er gearbeitet. Er ist nicht nur ein großer Künstler, der die Menschen liebt, seine Frömmigkeit und seine Bescheidenheit lassen ihn auch zum Vorbild werden. Künstler erschöpfen sich nicht in ihrer Kunst, sie tragen sie auch weiter."

Dieser letzte Satz des Fürstbischofs beschäftigte Angelika immer wieder. Sogar wenn sie an den Abenden für seine Gäste sang, nahm er ganz plötzlich ihre Gedanken gefangen. Sooft sie auch fragte, was der Fürstbischof denn hören wolle, bekam sie zur Antwort: „Eine der Arien aus dem ‚Stabat mater' von Pergolesi." Auch Angelika liebte diese Komposition des so frühverstorbenen Giovanni Battista Pergolesi sehr. Die schmerzliche Süße in der Klage Marias, die die Kreuzigung ihres Sohnes mitansehen mußte, kam Angelikas melancholischer Grundstimmung entgegen. Je weiter das Jahr fortschritt, desto schwerer legte sich die Kälte und die frühe Dunkelheit der Abende auf ihr Gemüt. Sie sehnte sich nach Italien und wußte doch, daß es unvernünftig war, jetzt schon an den Aufbruch zu denken.

Angelikas von Vittoria Ligari sorgfältig ausgebildete Stimme gab die Zartheit und die Intimität der Mariendichtung so vollendet wieder, daß nicht nur der Fürstbischof, sondern auch die Gäste seiner Abendgesellschaften immer aufs neue in Bewunderung ausbrachen. Der große Ernst und die Wehmut der Musik umgaben die junge Sängerin wie ein schützender Mantel.

Mit Kennermiene betrachtete Graf Franz Xaver von Montfort-Tettnang das neue, im Arbeitszimmer aufgestellte Porträt des Fürstbischofs. Franz Konrad von Rodt trat hinter ihn: „Die junge Angelika Kauffmann hat es gemalt, ein erstaunliches Talent, kaum sechzehn Jahre alt. Noch malt sie so, wie es sie ihr Vater gelehrt hat. Aber die Ansätze sind sehr gut. Das Mädchen muß nach Italien, Neues sehen und viel lernen." Er machte eine Pause: „Übrigens ist sie eine echte Bregenzerwälderin, ein Kind des Bistums, was umso erstaunlicher ist, als ihre Mutter aus Chur in Graubünden war." – „Ich könnte sie in Tettnang malen lassen", überlegte Franz Xaver. – „Das wäre gut, ihre Arbeiten haben Ausstrahlung und Kraft, sie ist bedächtig und doch zupackend, in der Arbeit zügig und strebsam. Ihr Vater ist übrigens eine solider Handwerker, sie brauchen Geld für Italien!"

Geld brauchte Graf Franz Xaver selber. Zusammen mit seinem Bruder Anton galt er als der Erbe eines der großen Adelsgeschlechter Oberschwabens. Seit Jahrhunderten hatten die Montforter Politik und Leben in der ganzen Region entscheidend mitbestimmt. Aber seit einigen Jahrzehnten hatten sie auch viel Unglück gehabt, so war das teure, mit gewaltigen finanziellen Kraftanstrengungen erbaute Neue Schloß in Tettnang vor einigen Jahren einer verheerenden Feuersbrunst zum Opfer gefallen. Seit zwei Jahren waren Baumeister und Künstler beschäftigt, das Schloß noch schöner und großartiger wiederaufzubauen. Das verschlang Unsummen. Dazu wandelte Franz Xaver auf Freiersfüßen. Seine Braut, die schöne Sophie von Limburg-Styrum, sollte Herrin im prächtigsten Rokokoschloß am Bodensee werden. Angelika Kauffmann sollte sie malen, es war immer gut, junge und unverbrauchte Talente zu entdecken. Das erhielt die Kunst jung.

Für Johann Joseph Kauffmann kam die Einladung nach Tettnang zur rechten Zeit. Die Arbeiten in Meersburg waren ausgeführt, es galt neue Aufträge zu bekommen. In Lindau warteten einige Kunden auf ein „Konterfey" von ihm oder seiner Tochter. Wenn sie über Tettnang reisten, kam das sicher der Reisekasse zugute und brachte schon Aufträge für das folgende Jahr.

Franz Konrad von Rodt ließ seine Gäste nur ungern ziehen. Ohne Angelika würden die Abende in der Residenz längst nicht mehr so anregend und harmonisch verlaufen. Zum Zeichen seiner Gnade stellte er Vater und Tochter die fürstbischöfliche Kutsche für die Fahrt nach Tettnang zur Verfügung. Eine Geste, die ihnen, wie Angelika lachend bemerkte, die Aufmerksamkeit der ganzen Gegend einbrachte. Ob die Leute auch so ehrerbietig ihre Hüte und Mützen schwenken würden, wenn sie wüßten, wer in der Kutsche saß? Der Vater zuckte die Achseln: „Genieße lieber die Fahrt, so bequem werden wir so schnell nicht wieder reisen."

Hinter Langenargen veränderte sich die Landschaft, je mehr sie sich Tettnang näherten. Unzählige Obstbäume säumten Wege und Straßen. „Eine fruchtbare Gegend", wußte der Vater, „besonders im Frühjahr ist es hier herrlich!" Bald kam Tettnang in Sicht. Wie ein Märchenschloß erhob sich auf einer vorspringenden Landzunge das Neue Schloß mit seiner gelb gestrichenen Fassade und den weißen Kollossalpilastern. „Diese Montforter müssen anscheinend der ganzen Gegend zeigen, daß sie die Herren sind", murmelte der Vater. Angelika schwieg, sie hatte gelernt, nicht auf die gelegentlichen Spitzen ihres sonst so gutmütigen Vaters einzugehen.

Kaum stand die Kutsche im geräumigen Innenhof des Schlosses still, eilte schon ein Pferdeknecht herbei, um sich um die Rösser und den Kutscher zu bemühen. Ein livrierter Diener nahm das Gepäck der Gäste und führte sie hinauf in die Gästezimmer. Der Vater brauchte sich um nichts zu kümmern – „Seine Gnaden“ hatten anscheinend ausreichend Anweisungen gegeben. Alles funktionierte reibungslos und wie am Schnürchen. Das Schloß selber war merkwürdig genug. Die altertümliche Vierflügelanlage umschloß einen rechteckigen Hof, in den Winkeln des Hofes befand sich jeweils ein rechteckig vorspringendes Treppenhaus mit einem Erkerturm. Seltsamerweise waren die Türme über Eck gestellt, so, als wollten sie den großen Bau eng mit der Landschaft verbinden. „Vielleicht“, überlegte Angelika, „wollen die mächtigen Montforter so demonstrieren, daß sie die Herren über die Landschaft sind.“

Endlich waren sie am Ziel ihres endlos scheinenden Weges durch die Flure angekommen. Ehrerbietig öffnete der Diener die Türen zweier nebeneinanderliegender Zimmer. Neugierig sah Angelika sich um, das Zimmer unterschied sich nur wenig von dem in Meersburg, nur schien ihr die Einrichtung ungleich kostbarer zu sein. Sie trat ans Fenster und schob die Vorhänge zurück. Die Landschaft öffnete sich weit, fruchtbare Gärten dehnten sich bis hin zum Bodensee, der als blaues Band weit hinten am Horizont zu erkennen war. Dahinter erkannte sie das Massiv des Säntis und einige Schweizer Berge. Wenn sie den Kopf nach links drehte, glaubte sie die Berge des Bregenzerwaldes auszumachen.

Der Vater hatte das Gepäck verstaut und trat hinter Angelika. „Unglaublich, wie prunkvoll hier alles ist!“ Angelika zeigte auf die Wände mit den Tapisserien. Der Vater wiegte bedenklich den Kopf: „ Man munkelt, daß Jakob Emele, der seit zwei Jahren hier den Wiederaufbau leitet, bisher noch keinen Pfennig vom vereinbarten Lohn bekommen hat.“ Angelika drehte sich empört herum: „Und deswegen kommen wir hierher, ich arbeite doch nicht ohne Lohn, dann nehme ich meine Bilder mit.“ Der Vater lachte. „Bei Porträts mag das ja noch angehen, aber

Fresken kann man sich eben nicht so einfach unter den Arm klemmen. Wem willst du übrigens ein Porträt verkaufen, außer dem Porträtierten und seiner Familie, wer will schon einen Montforter, besonders dann, wenn er kein Geld mehr hat!" Angelika überlegte. Der Vater hatte recht. Das war etwas, was es für die Zukunft zu bedenken galt. „Hab keine Angst, uns werden sie schon bezahlen, an unseren Forderungen gehen sie nicht zugrunde, beim Emele ist das etwas anderes. Übrigens haben wir in Schussenried zusammen gearbeitet, das ist jetzt bald fünfundzwanzig Jahre her. Wo nur die Zeit bleibt!"

Graf Anton III. von Montfort-Tettnang hatte im Jahre 1712 Christoph Gessinger mit dem Bau des Neuen Schlosses beauftragt. Dabei hatte Tettnang als Hauptsitz der mächtigen Nebenlinie des Hauses Montfort mit dem Alten Schloß, um 1667 von Michael Kuen erbaut, schon eine repräsentative Residenz aufzuweisen. Aber den gestiegenen Ansprüchen der Familie Montfort genügte es schon knapp fünfzig Jahre später nicht mehr.

„Komm, laß uns etwas essen gehen," Johann Joseph nahm seine Tochter bei der Hand, und noch einmal gingen sie die endlosen Gänge entlang bis hinunter in den Schloßhof. Angelika schüttelte sich: „Wenn wir vom Essen kommen und wieder oben angelangt sind, müssen wir den Weg noch einmal machen . . ." Sie wurde von einem Aufschrei des Vaters unterbrochen: „Jessas, der Emele!"

Der so Angesprochene blieb stehen und drehte sich um, beim Anblick Kauffmanns klatschte er vor Freude in die Hände: „Also du bist der Kauffmann, auf den sie warten, und das Mädchen da soll malen können, das ist also Deine!" Stolz sagte Johann Joseph: „Meine Tochter und mein Lehrling!" Gemeinsam mit Jakob Emele gingen sie in der Thurn- und Taxis'schen Postwirtschaft essen. Emele, der Baumeister des Klosters Schussenried, war froh, endlich einmal jemanden getroffen zu haben, mit dem er offen über seine Sorgen reden konnte. Seinen Arbeitern gaukelte er Optimismus vor, schließlich war er für sie verantwortlich. Er arbeitete gern für die Montforter und gab auch nicht viel auf den Klatsch. Böse Zungen behaupteten, das Unglück, das sie in der letzten Zeit getroffen habe, käme von ihrer übertriebenen Machtgier. Aber dann müßte es andere noch ganz anders treffen. Emele fuhr fort: „Jetzt sieht alles wieder so schön aus wie im Paradies, aber der Ort hat viel zu leiden gehabt. Im Januar 1735 ist das Gartenhaus des Schlosses abgebrannt, da haben sie dann ein Schießhaus hingebaut. Das war ärgerlich, aber noch nicht so schlimm. Doch vier Jahre ist es jetzt her, da ist im November 1753 im rückwärtigen Flügel des Schlosses ein Brand ausgebrochen. Man hat schon geglaubt, er sei gelöscht, als eine infernalische Feuersbrunst auf das gesamte Gebäude übergriff. Wiederaufbau ist schlimmer als Neubau.“ Er winkte ab: „Alles mußt du bedenken und berechnen, die Treppenhausanordnung im Innenhof, das hat mich Monate gekostet, bis es richtig wurde.“ Emele schwieg.

Auf Johann Josephs Frage nach der Bezahlung antwortete Emele erst nach einer Weile: „Die Arbeiter bekommen ihren Lohn, mich vertrösten sie. Aber kann ich so ein Haus so liegen lassen? Es ist doch auch eine Freude, so etwas vollenden zu können. Außerdem, was haben wir für Zeiten, wenn selbst so ein altes Geschlecht wie die Montforter kein Geld mehr hat!“ Er kam ins Schwärmen, als er von den ungeheuer aufwendigen Festlichkeiten mit Kaskaden von Feuerwerk im Schloß berichtete. Die Hochzeit des Grafen Anton III. mit der Gräfin Antonie, Tochter des Grafen Christoph Franz von Waldburg zu Scheer und Dürmentingen, sei jahrelang das Gesprächsthema in der ganzen Gegend gewesen. Der ganze Adel Oberschwabens war dabei zu Gast gewesen. Sechshundert Mann hatten beim Einzug des Brautpaares zu Fuß und zu Pferd unter Gewehr gestanden. Das war eine glückliche, eine reiche Zeit für Tettnang gewesen. Damals hatten die Gerüchte nicht verstummen wollen, daß die Montforter die Reichsfürstenwürde anstrebten. Aber schließlich waren aller

Prunk und aller Pomp umsonst gewesen. Der Kaiser lehnte die Erhöhung des ihm sowieso schon viel zu mächtigen Geschlechts endgültig ab.

Nun wurde wieder zu einer Hochzeit im Neuen Schloß zu Tettnang gerüstet. Die junge, von ihrem Vater mit einer stolzen Mitgift ausgestattete Gräfin Sophie von Limburg-Styrum sollte nicht auf einer Baustelle leben, sondern ihr Ehelehen in einem perfekt ausgestatteten Schloß beginnen, deswegen arbeiteten alle wie die Besessenen. Liebenswürdig und aufgeschlossen begleitete Graf Franz Xaver am nächsten Morgen seine Gäste durch das Schloß. Für die hohen Rechteckfelder im Bacchussaal versicherte er sich der Mitarbeit von Angelika und Johann Joseph Kauffmann im nächsten Jahr. Auch in den beiden vorderen Treppenhäusern gab es noch viel auszumalen. Allerdings hatte er damit schon Andreas Brugger beauftragt. Der habe ihm bereits sehr ausgereifte Kartons mit Szenen aus der Landwirtschaft und der Jagd vorgelegt. Er sei sehr zufrieden. Von Angelika wollte er ein Porträt seiner jungen Braut, und auch einige andere Familienmitglieder hätten schon ihren Wunsch nach einem „Konterfey" signalisiert.

Johann Joseph war beruhigt, Aufträge gab es hier genug für das nächste Jahr. Zählte er die schon abgeschlossenen Verträge mit der Familie Seutter in Lindau und noch einige andere Porträtaufträge dazu, dann brauchte ihnen beiden nicht bange zu sein vor der Zukunft. Wie der Vater vorhergesagt hatte, Graf Franz Xaver zahlte die Heimreise in den Bregenzerwald so generös, daß noch ein Überschuß für die Reisekasse blieb. Diesmal leisteten sie sich sogar die Thurn- und Taxis'sche Extrapost bis Dornbirn. Von da an reisten sie zu Fuß.

Wieder einmal ging Angelika den ihr nun schon wohlvertrauten Weg. Die Bas stand vorm Haus und hielt Ausschau nach den Näherkommenden, Angelika lief ihr mit eiligen Schritten entgegen. Der Vater konnte ihr kaum folgen. Zum ersten Mal spürte sie, was es bedeutete, nach langer Zeit wieder nach Hause zu kommen. Diesmal erschrak sie nicht, als die große Pfanne mit den Kässpätzle zum Abendessen auf den Tisch gestellt wurde. Sie aß und erzählte so munter, als wäre sie niemals fortgewesen.

Beim Kirchgang am Sonntag trug sie die Juppe. Der lange Winter am gemütlichen dickwandigen Kachelofen verging nur langsam. Das Vieh stampfte im Stall, und der Schnee fiel unerbittlich, bis auf den Wegen kein Fortkommen mehr war. Stundenlang dauerte der Weg zur Kirche, es war kalt und ungemütlich, Angelika fror. Köstlich war der Geruch des frischen Brotes, der an den Backtagen das Haus erfüllte, und dazu die Kühle der Butter, die so wohlschmeckend war, daß sich Angelika noch als alte Frau in Rom an diese vor langer Zeit im Bregenzerwald genossene Köstlichkeit erinnerte. In diesem Winter malte sie ihr erstes Selbstbildnis in Bregenzerwälder Tracht. Ernst und forschend blicken die dunklen Augen unter der Pelzkappe hervor. Die Blusenärmel hochgestreift, hält sie Palette und Pinsel selbstbewußt in den Händen. Eine nachdenkliche Sechzehnjährige auf der Suche nach sich selbst.

Als im Frühjahr die Schwalben ins Tal zurückkehrten, die Wege und Straßen schneefrei und passierbar wurden, machten sich Angelika Kauffmann und ihr Vater auf den Weg nach Tettnang. In der Inselstadt Lindau verbrachten sie einige Zeit bei der Familie Seutter im „Haus zum Kawatzen". Für ein Bürgerhaus erschien es Angelika fast zu groß und zu mächtig. Der von einem Walmdach gekrönte Bau war um 1728 von dem Schweizer Kirchenbauer Jakob Grubenmann für die Familie Seutter errichtet worden. Die schwebenden Fensterbekrönungen und die aufwendigen Bemalungen gaben dem Bau trotz seiner Größe etwas ungemein Leichtes und Heiteres. Seinen ungewöhnlichen Namen hatte der „Kawatzen" von seinen Vorbesitzern, dem Geschlecht de Cavazz, die das ehemalige Chorherrenstift in der zweiten Hälfte des 16. Jahrhunderts besessen hatten.

Im 18. Jahrhundert nahmen Künstler teil am Leben

ihrer Auftraggeber. Die Künstler standen nicht außerhalb und beobachteten das Leben, sie gehörten dazu und lebten mit dem Adel und den reichen Bürgern. Sie waren selbst ein Teil des Lebens und teilten das Erlebte mit. Angelika liebte die Menschen, und sie nahm neugierig alles in sich auf, was um sie herum vorging. Häuser und Menschen gehörten zusammen, waren eine Lebensgemeinschaft. Die schönen Gehöfte des Bregenzerwaldes umfaßten unter einem Dach Leben und Wirtschaft, auch Schlösser und Residenzen bildeten Welten im Kleinen. Bürgerhäuser wie das der Seutters in Lindau gaben den würdigen Rahmen ab für eine reiche und mächtige Familie in einer Reichsstadt. Auch hier stimmte das „Decorum", ohne das das Leben nicht zu bewältigen war.

Aber Angelika malte nicht nur die feinen Rokokodamen und Herren der Familie Seutter, sondern sie schuf auch das Porträt des evangelischen Pfarrers Christian Traugott Garmann. Leider ist das Original verlorengegangen, erhalten geblieben ist der Stich, den Joseph Haid, einer der bedeutendsten Kupferstecher Deutschlands, danach gestochen hat.

Sommer und Herbst des Jahres 1758 verbrachten die Kauffmanns in Tettnang. Während der Vater im Bacchussaal die rechteckigen Täfelungen malte, porträtierte Angelika die bezaubernd schöne Braut Sophie von Limburg-Styrum, ein zartes Kind des Rokoko mit großen, erschrockenen Augen. Graf Anton, der Bruder des Bräutigams, wollte auch von Angelika gemalt werden. So entstand das Bild des letzten Montforters, der kaum zwanzig Jahre später die Hoheitsrechte an Österreich verkaufen mußte, und damit doch nur einen Teil der enormen Schulden des Hauses Montfort begleichen konnte. Ein neues Schloß wird er sich dann nach dem Verlust der Macht bauen müssen, der letzte regierende Montforter: die „Kleine Residenz" in Tettnang, ein bürgerliches Zuhause für den letzten eines ehemals mächtigen und reichen Geschlechts. In der Stadtpfarrkirche zu Tettnang wird man ihm, der am

3. Dezember 1787 stirbt, ein marmornes Denkmal setzen, auf dem das einfache Familienwappen umgestürzt eingemeißelt ist.

Aber von diesen bedrückenden Zukunftsaussichten ahnte man nichts im Neuen Schloß im Jahre 1758. Handwerker und Künstler bemühten sich nach Kräften, das Selbst- und Lebensgefühl der Montforter in heitere Kunst umzusetzen. Staunend beobachtete Angelika den Maler Martin Kuen, der eben dabei war, letzte Hand an die Fresken des Speisesaales zu legen. An der Decke prangt ein von üppigen Rocaillen umspieltes Fresko, ein olympisches Mahl darstellend. Hera und Zeus sitzen zu Tisch, umgeben von zechenden Bacchanten und Genien. Wolkengebirge türmen sich, die Eckkartuschen sind Kinderszenen aus dem Bereich der Küche vorbehalten. Am schönsten aber ist das Grüne Kabinett, noch lange nicht vollendet, offenbart es schon viel von seiner künftigen Schönheit. Seine blaugrünen Gläser, seine Spiegel in allen Variationen und sein geschnörkeltes Stuckgitterwerk ist ein herbeigezaubertes Abbild des Bodensees. Putten, Pan und Nymphen, alle diese pausbäckigen Geschöpfe sind der Phantasie des großen Joseph Anton Feichtmayr entsprungen, und wie es aussieht, werden immer mehr von ihnen diese Feengrotte bevölkern.

Viel zu schnell verging der Sommer für Angelika. Noch einmal erlebte sie einen schneereichen, stillen Winter in Schwarzenberg, Monate, in denen sich Angelika weiterbildete und viel las, in denen aber auch bestellte Porträts von Bregenzerwälder Familien entstanden.

Mit dem Beginn des Jahres 1759 ist der Kreis am Bodensee ausgeschritten, letzte Aufträge in Tettnang und in Lindau wurden ausgeführt, Rechnungen gestellt und beglichen. 280 Gulden zahlte Franz Xaver Montfort-Tettnang an Johann Joseph Kauffmann, ein schöner Zuschuß für die inzwischen prall gefüllte Reisekasse. Jeder Besuch war jetzt ein Abschiednehmen. Noch einmal Lindau, ein letzter Besuch auch bei dem Apotheker Gaupp, der in den nächsten Jahrzehnten treulich die Briefe und Besorgungen des Johann Joseph Kauffmann und seiner Tochter Angelika in den Bregenzerwald und das Veltlin erledigen sollte.

Die nun fast achtzehnjährige Angelika mochte nicht aus dem Wald fortgehen, ohne ihre tiefe Verwurzelung mit der Heimat ihres Vaters durch eine Wallfahrt zu bekunden. Wo könnte das besser geschehen, als in der kleinen Wallfahrtskirche Maria Bildstein, nur wenig südlich von Bregenz. Von den Hängen des Bregenzer Waldes grüßt die zweitürmige Wallfahrtskirche weit über das tief unter ihr liegende Rheintal. Sie ist die Beherrscherin der Gegend, die eigentliche Königin. Das Gnadenbild ist eine sitzende Muttergottes aus der zweiten Hälfte des 14. Jahrhunderts. Ein hölzernes Kapellchen hatte der Madonna genügt, bis zwei Kindern eine Frau erschien „schön und glanzent wie die Sonn". Dies Erlebnis, recht oft erzählt, hatte Wallfahrer in Scharen auf den Plan gerufen. Michael Kuen aus Bregenz hatte die bezaubernde barocke Kirche Maria Bildstein geschaffen, und seit 1668 war sogar ein „Wallfahrtadministrator" eingesetzt, der die frommen Pilgerströme ordnete. Maria Bildstein ist das schöne Beispiel für eine tief im Glauben verwurzelte Frömmigkeit. So mußte es auch Angelika Kauffmann empfunden haben, als sie sich am 21. September des Jahres 1759 als „Jungfrau Anna Maria Angelika Kauffmännin aus Chur" in die himmlische Hofhaltung einschreiben ließ.

Kapitel 4
Neuer Anfang in Mailand

Am späten Abend erst trafen Angelika und ihr Vater in Chiavenna ein. Müde und zerschlagen von der langen Fahrt in der unbequemen ungefederten Kutsche, bezogen sie gleich ihre Zimmer im Gasthaus. Es waren dieselben wie vor fast drei Jahren. Staunend sah Angelika sich um: „Entweder bin ich viel größer geworden, oder die Zimmer sind geschrumpft!“ Übermütig fiel sie Johann Joseph um den Hals: „Chiavenna, endlich Chiavenna, das ist schon fast der Süden!“

In den letzten Septembertagen waren Vater und Tochter in Schwarzenberg aufgebrochen. Der Abschied war ihnen schwergefallen, aber der Gedanke an einen weiteren Winter mit seinen Schneemassen in der Abgeschiedenheit des engen Tales hatte Angelika fast die Tränen in die Augen getrieben. Sie war so hungrig nach Neuem. Nur nicht bleiben müssen, lieber wollte sie die Risiken einer Reise in der fortgeschrittenen Jahreszeit über den Splügen auf sich nehmen. Auch Johann Joseph spürte die Reiselust in allen Gliedern, und wenn er Angelika ansah, erkannte er in ihren Augen die gleiche Unruhe.

Um nicht noch mehr Zeit zu verlieren, legten sie in Chur keinen Halt ein. Erst als die Hauptstadt Graubündens schon einige Stunden hinter ihnen lag, seufzte Angelika: „Hoffentlich erfährt die Großmutter nicht, daß wir durchgereist sind, aber ich hatte solche Angst, daß sie mich bei sich behält.“ Johann Joseph lachte: „Siehst du, mir ist es genauso gegangen, was habe ich für eine Angst ausgestanden, daß sie dich nicht wieder fortläßt. Nichts wäre es geworden mit unserem Italientraum!“

Die Reise durch den Rheinwald und über den Splügen war schnell und reibungslos verlaufen. Johann Joseph atmete auf, vermutlich war all das Gerede über die Grobiane unter den Schweizer Postillionen, ihre unausgebildeten, nervösen Pferde und die schlecht gewarteten Kutschen nur Hirngespinste ängstlicher Reisender.

Die Fahrt vorbei an schroffen Felswänden und bizarren Gesteinsformationen auf dem Weg hinunter nach Chiavenna war Angelika sehr bedrohlich erschienen. Immer wieder hatte sie sich ängstlich umgesehen. Hinter jedem Felsvorsprung glaubte sie Räuber oder wenigstens einen Bären auszumachen. Der Vater lachte: „Du liest eben zuviel Schauergeschichten!“ Angelika konterte: „Nur Leonardo da Vinci, und der hat über eine Reise genau in dieser Gegend geschrieben: ‚*Man findet hier unfruchtbare und sehr hohe Berge mit großen Felsen. Es gibt Tannen, Lärchen, Fichten, Damhirsche, Steinböcke, Gemsen und schreckliche Bären. Man kommt nur vorwärts, wenn man auf allen Vieren geht.*‘ Und ich finde, das stimmt heute immer noch, es hat sich seit Leonardos Reise nur wenig verändert!“

In Chiavenna war das alles schnell vergessen. Wie ein Lauffeuer hatte sich die Nachricht von der Ankunft Angelikas in der Stadt verbreitet. Natürlich gehörte die Familie Salis zu den ersten, die Vater und Tochter in ihren schönen Palast rief und Bestellungen aussprach. Angelika malte eine Dame der Familie und noch einen Offizier. Aber auch andere Auftraggeber stellten sich ein, darunter auch der Postmeister Chiavannas mit seiner Familie.

Später wird der deutsche Dichter Friedrich von Matthisson, seit einer im Jahre 1795 in Begleitung der Fürstin Luise von Anhalt-Dessau unternommenen Italienreise mit Angelika Kauffmann befreundet, in seinen „Erinnerungen“ von einer unverhofften Begegnung mit ihren Bildern in einem Gasthof in Chiavenna des Jahres 1825 berichten:

„Im Saale meines Gasthofes kann ich bey jeder Mahlzeit das Andenken meiner verewigten Freundin Angelika Kauffmann feyern: denn hier hängen drey Bildnisse von ihrer Hand, einem vormaligen Inhaber des Hauses mit Gattin und Sohn vorstellend. An Kunstwerth stehen diese Jugendarbeiten dem Porträt eines Herrn

von Salis, ebenfalls von Angelikas Pinsel, im sogenannten Alten Gebäude in Chur, bey weitem nach, sie sind durchaus Schülerwerk. Indeß scheint die damals etwa siebzehnjährige Künstlerin zu jener Zeit ihre Bildnisse noch nicht idealisiert zu haben, welches in der Folge so häufig der Fall war; denn der Herr Postmeister zeigt hier seine stolze Römernase der Nachwelt ebenso flammendroth, wie sie weiland seine Gäste beschien. Die Frau vom Haus ist französisch gekleidet und hält in den gefalteteten Händen einen Fächer. Vater und Sohn tragen schwarze Röcke und gepuderte Stutzperücken. Die Rechte des erstern deutet unverkennbar auf seinen bürgerlichen Beruf, durch ein Paket Briefe, von denen der oberste die Aufschrift hat: A.M.M. Angélique Kauffmann, per ricapito al Signore Guiseppe Crana, Mstr. di posta à Chiavenna. Die Schriftzüge waren ganz die nämlichen, die mir zu Rom, in den alten Tagen der Künstlerin, ebenfalls auf einer Adresse zu Gesichte kamen . . .“

Den Vater zog es ins Veltlin, nach Morbegno. Er hing sehr an seiner einzigen Schwester Anna Maria Florini, und Angelika freute sich auf ein Wiedersehen mit ihrer ältesten Cousine Rosa. Dort, wo die Adda im Piano di Spagna in den Comer See mündet, beginnt das eigentliche Veltlin. Von diesem Ort ist es dann auch nicht mehr weit bis Morbegno. Für Angelika wurde ihre Kindheit wieder lebendig, mit großen Augen stand sie vor der Kirche S. Giovanni Battista. Die Fassade war immer noch nicht vollendet. Und im Innenraum waren die Fresken, an denen einst ihr Vater mitgearbeitet hatte, auch nicht fertiggestellt. Das von Pietro Ligari so schwungvoll begonnene Werk schien ein Torso zu bleiben. In dieser Kirche, erinnerte sich Angelika, hatte sie zum erstenmal für den Vater den Kohlenstaub mit dem Pausbeutelchen durch die Perforation der Vorzeichnung auf die Wand sprühen dürfen. Wie erwachsen sie sich damals vorgekommen war! Wie lange war das nun schon her! Bas Anna Maria konnte sich nicht genug wundern, was für ein schönes Mädchen aus der kleinen Angelika geworden war. Nachdenklich beobachtete der Vater Angelika und ihre Cousine Rosa – wie gut sich die beiden verstanden! Wenn Angelika sich einmal fest etablieren sollte, dann brauchte sie eine Umgebung, die einer Künstlerin wohl anstand. Am besten wäre es, wenn sie dann nicht auf Fremde zu bauen brauchte, sondern Vertraute aus der eigenen Familie um sich scharen könnte. Er würde sich die Rosa merken. Soviel stand fest.

Von diesen Zukunftsplänen des Vaters und Onkels ahnten die Mädchen nichts. Sie freuten sich, daß der Aufenthalt länger als eigentlich geplant dauerte. Angelika bekam so viele Aufträge, daß sie sie kaum bewältigen konnte. Die reichen Adelsfamilien rissen sich um das hübsche und gebildete Mädchen, das so schöne Porträts malte und so herrlich singen konnte. Welche reizende Attraktion für Sommerfeste in den Gärten und auf den Terrassen der Herrensitze! Für Angelika war dieser Veltliner Sommer der letzte, den sie im Tal der Adda und in Graubünden zubrachte. Umso kostbarer wurden für sie die Erinnerungen.

Mit Ungeduld hatte Angelika zuletzt dem Tag der Abreise nach Mailand entgegengesehen. Als sie jedoch endlich in der Kutsche saßen und der Hauptstadt der Lombardei entgegenfuhren, wäre sie am liebsten wieder umgekehrt. Mit einem Mal fürchtete sie sich vor dieser Stadt, in der die Mutter gestorben war. Aber ihre Ängste zerstoben schnell, als sie ihrer alten, noch ein wenig molliger gewordenen Wirtin gegenüber stand, die sie herzlich begrüßte und mit einer gewaltigen Umarmung fast erstickte. Lachend befreite sich Angelika und trat dann hinter der Wirtin mit dem Rest des Gepäcks ins Haus. Sie bekamen die gleichen Stuben wie früher, Angelika glaubte die leise Stimme der Mutter zu hören, so als warte sie am Abend auf die heimkehrende Tochter. Nach einem raschen Blick auf den Vater merkte sie, daß es ihm ähnlich zu gehen schien.

Aber die Wirtin ließ Wehmut gar nicht erst aufkommen. Sie hatte in ihrer Wohnung einen Tisch mit einem wunderbar duftenden Kuchen und heißer Schokolade gedeckt. Sie strahlte: „Greift nur zu, er ist gut, ein Pane-

Studienkopf des Hl. Joachim

tone." Gerührt stellte sie fest, daß „la bella Signorina Angelika" noch genauso herzhaft zulangte wie vor vier Jahren. Forschend blickte sie Angelika ins Gesicht: „Aber heute könnte sie selber schon die jungen Männer verwirren." Angelika ärgerte sich ein bißchen, daß sie rot wurde, fast hätte sie sich an dem Stück Kuchen, das sie im Mund hatte, verschluckt. Johann Joseph begriff nicht ganz, fragend sah er die Wirtin an.

„Ach", sie wehrte ab, „eigentlich ist es nur eine Sage, aber sie gefällt mir halt. Vor nun fünfhundert Jahren verliebte sich Toni, der Bäcker, hier in Mailand in ein schönes Mädchen. Als die Signorina einmal zufällig an seiner Backstube vorbeiging, war er gerade damit beschäftigt, einen Teig aus Weizenmehl, Rosinen, frischen Eiern und Zitronat zu kneten. Beim Anblick der Schönen verlor er völlig den Kopf. Während er der Heißgeliebten nachstarrte, packte er den Teig und schob ihn unter den Tisch, dort vergaß er ihn völlig. Erst nach einigen Tagen erinnerte er sich an den Klumpen und staunte nicht schlecht, wie hoch er aufgegangen war. Kurzentschlossen schob er ihn in den Ofen und verkaufte die köstlich schmeckenden Stücke. Es dauerte nicht lange, da stürmten die Käufer seinen kleinen Laden, jeder wollte ein Stück von dem pane di Toni kaufen. So entstand unser Weihnachtskuchen, der Panetone".

Am andern Morgen begleitete Johann Joseph Kauffmann Angelika zum Palazzo Arcivescovile. Kardinal Giuseppe Pozzobonelli empfing seine Gäste gutgelaunt in seinem Arbeitszimmer. Er freute sich sichtlich, „die Singdrossel des Erzbistums Konstanz" wieder unter seinen Fittichen zu haben. Gleich am heutigen Abend könne sie ihre Kunst unter Beweis stellen, alles was in Mailand Rang und Namen habe, würde sich im großen Saal des erzbischöflichen Palastes treffen. Kardinal Pozzobonelli nickte Angelika zu: „Und ich hoffe doch sehr auf meine Lieblingsarien . . ."

Zufrieden saß Angelika vor dem Spiegel, so sorgfältig hatte sie sich schon lange nicht mehr frisiert. Vorsichtig zog sie die Lippen nach, so, wie es jetzt Mode war. Die Wirtin hatte ihr geholfen, das neue rosa Kleid mit dem eng anliegenden Oberteil und dem enorm gebauschten Rock anzuziehen. Hoffentlich gab es keine Suppe zu essen! Kritisch betrachtete sie die langen Spitzenkaskaden, die fast bis zu den Fingerspitzen reichten, wenn sie den Löffel hielt. So war es fast unmöglich zu vermeiden, daß die üppige Spitze in den Teller hing. Für einen kurzen Moment dachte sie an die Abendessen in Schwarzenberg. Wie würde Michaels Frau sich über ihren „fremdmodischen" Aufzug wundern!

Ohne zu murren hatte sich Johann Joseph seinen besten Samtfrack ausbürsten lassen und stand jetzt, mit den Knöpfen seines Spitzenjabots beschäftigt, vor dem Spiegel. Die Wirtin hatte Stunden darauf verwendet, seine Perücke, die von der Reise etwas beschädigt und verdrückt war, wieder in Form zu bringen. Jetzt überprüfte Johann Joseph noch einmal ihren Sitz und den Fall der sorgfältig gedrehten Locken. Der heutige Abend war wichtig, da mußte das „Decorum" stimmen.

Er trat zu Angelika. Ihre sorgfältig gepuderten Locken wippten vergnügt, die dunklen Augen glänzten, sie freute sich auf den Empfang. Lachend fiel sie ihrem Vater um den Hals. Der wehrte erschrocken ab: „Kind, du zerdrückst mein Jabot, mein Gott, jetzt hast du die Perücke ruiniert!" Erschrocken sah Angelika den Vater an: „So hergerichtet werde ich dich malen, weißt du, wenn dich dann mal wieder eine mit einer Umarmung ruiniert, nehmen wir einfach das Porträt mit auf die Gesellschaft und sagen: so kann er aussehen!" Johann Joseph war immer noch mürrisch, als er antwortete: „Und die Farben kann ich selber reiben, glauben Sie nur nicht, Fräulein Angelika, daß ich Ihnen auch noch Geld dafür bezahle!" Brummend ergriff er den Arm seiner hübschen Tochter und führte sie aus dem Haus.

Die stattliche Vierflügelanlage des Erzbischöflichen Palastes stammte aus dem 13. Jahrhundert, Giovanni Visconti hatte den Bau um 1340 nach Westen hin erweitert. Erzbischof Guido II. Arcimboldi Ende des 15. Jahrhunderts und Carlo Borromeo vor hundert Jahren paßten ebenfalls die Stätte ihres Wirkens dem Stil ihrer Zeit an. Auch Giuseppe Pozzobonelli träumte von einem neuem Palast, aber es sollte ein Palast der Zukunft sein. Nicht mehr die barocken Formen, sondern eine Rückkehr zur Kunst der Alten, zur Reinheit in der Kunst. So wie sie Johann Joachim Winckelmann predigte. Bis er den Baumeister und vor allem das Geld für seine hochfliegenden Pläne beisammen hatte, mußte sich Pozzobonelli mit Festen im alten Palast begnügen.

Die Vorderfront des Palastes war hell erleuchtet. Festlich gekleidete Menschen drängten durch das Portal und traten in den großen Saal, den Hunderte von Kerzen in ein weiches Licht tauchten. Ein livrierter Diener trat auf Johann Joseph und seine Tochter zu: „Ihre Plätze sind in der ersten Reihe!“ Jetzt hatte sie auch der Kardinal erspäht. Eilig winkte er Angelika zu sich: „Sie machen mir doch die Freude und singen mir einige Ihrer Arien. Sie wissen schon welche. Es ist sehr schade, Sie kommen, und unser berühmter Domorganist Johann Christian Bach zieht nach London, Kapellmeister der Königin zu werden, der Nachfolger Händels. Aber sehen Sie, zumindest für den heutigen Abend haben wir am Cembalo einen Ersatz für ihn gefunden!“ Er zeigte auf einen jungen Musiker mit dunklen Locken, der aufmerksam ins Publikum sah. „Augen so schwarz wie Kohle“, durchzuckte es Angelika. Aber bevor sie sich weiter mit dem Musiker beschäftigen konnte, war Karl Graf Firmian zu ihnen getreten, ironisch verzog er den Mund: „Und was das schlimmste ist am Weggang unseres geschätzten Organisten: Er hat Cecilia Grassi, ehemals Primadonna am Teatro Ducale, geheiratet und mitgenommen. Einen Organisten findet man leichter als eine begabte Sängerin!“

Karl Joseph Graf von Firmian galt als einer der tüchtigsten und fähigsten Minister am Hofe Maria Theresias. Am

6. August 1716 als Sproß einer alten Tiroler Adelsfamilie in Deutschmetz geboren, wurde er in Innsbruck und Salzburg, wo sein Onkel Leopold Anton Fürstbischof war, erzogen. In dessen Amtszeit fiel die Vertreibung von fast 30000 protestantischen Salzburgern, weil sie sich nicht durch die vom Fürstbischof dafür herbeigerufenen Jesuiten zum katholischen Glauben bekehren ließen. Der aufgeweckte sechzehnjährige Karl wurde tief geprägt von dem Leid und der Not der Andersgläubigen, die nicht so sehr ihrer Religion, sondern vor allem der Habgier des Fürstbischofs wegen aus ihrer Heimat vertrieben wurden. Die Auswanderungsgelder, die Abzugswillige zu zahlen hatten, waren von enormer Höhe. Noch lieber war es allerdings dem Fürstbischof, wenn er die Protestanten als Rebellen dingfest machen konnte und so das Recht hatte, ihre Güter einzuziehen.

Als der junge Graf nach Abschluß seines Studiums an der Universität Leiden und ausgedehnten Kavaliersreisen durch Italien und Frankreich an den Wiener Kaiserhof zurückkehrte, erkannte Maria Theresia sehr schnell seine außerordentlichen Fähigkeiten. Sie entsandte ihn 1753 auf den äußerst heiklen Gesandtenposten am Hof von Neapel. Drei Jahre später ernannte ihn Maria Theresia zum bevollmächtigten Minister für die Lombardei. Sensibel und mit Fingerspitzengefühl hatte er dem geistlichen Despotismus im Herzogtum den Kampf angesagt. Firmians Verdienste um das Schulwesen und um Künste und Wissenschaften waren unbestritten. Sein Amtssitz, der Palazzo Vigoni, war zu einem kulturellen Zentrum geworden. Winckelmann, mit dem ihn ebenso eine tiefe Freundschaft verband wie mit dem Maler Anton Raphael Mengs, schrieb in einem Brief begeistert über Karl Graf Firmian: *„Dieser ist der vollkommenste Mann, welchen Sie auf all Ihren Reisen und vielleicht in Ihrem ganzen Leben werden kennenlernen . . .“*

Als Firmian am 20. Juli 1782 in Mailand starb, hinterließ er eine vierzigtausend Bände umfassende Bibliothek und einige kostbare Kunstsammlungen. Bereits bei ihrem ersten Mailänder Aufenthalt hatte sich Firmian für Angelika interessiert, die jetzt Neunzehnjährige weckte erst recht seine Neugierde. Nachdenklich blickte er ihr nach, wie sie zum Cembalo hinüber ging. Kardinal Pozzobonelli redete auf den jungen Musiker ein und stellte ihn Angelika dann vor. Ritterlich beugte sich der junge Mann über ihre Hand.

Lächelnd wartete sie das Vorspiel ab und ließ dann ihre schöne Stimme erklingen. Erstaunt hatte der junge Mann nach den ersten Tönen den Kopf gehoben, und lauschte nun ebenso andächtig wie das Publikum dem „Stabat Mater dolorosa". Während der Beifall aufbrandete, beugte sich der Musiker noch einmal über Angelikas Hand und murmelte: „Wir werden noch andere Arien finden, die ebenso gut zu Ihrer Stimme passen." Zu ihrem Schrecken fühlte Angelika, wie ihr die Röte den Nacken hinaufzog. Je mehr sie sich darüber ärgerte, desto schlimmer wurde es. Karl Graf Firmian zog die Augenbrauen hoch. „Das gibt Komplikationen", murmelte er für sich, „das wird dem Alten gar nicht gefallen."

Aber Johann Joseph hatte nichts von dem Vorfall mitbekommen, er hatte Martin Knoller, den Tiroler Maler, zufällig unter den Gästen entdeckt, und jetzt führten die beiden in einem der stillen Innenhöfe des Erzbischöflichen Palastes einen Gedankenaustausch über Probleme der Malerei und neue Techniken. Knoller war auf Einladung Firmians in Mailand, wollte aber schon in Kürze nach Rom zurückkehren, dort arbeitete er eng mit Winckelmann und Mengs zusammen. Winckelmanns Wort von der „edlen Einfalt und der stillen Größe" setzte er malerisch in seinen Fresken um, die sich durch Formklarheit und helle, fein aufeinander abgestimmte Farben auszeichneten.

Angelika hatte kaum gemerkt, wie der Beifall aufbrandete, wie im Traum ging sie auf ihren Platz zurück. Von nun an begegnete sie dem Musiker fast überall. Sogar am Abend beim prächtigen Korso der elegantesten Kutschen vor dem Mailänder Dom, wenn die reichen Stutzer in ihren teuren Anzügen den herausgeputzten Damen ihre Aufwartung machten. In Doppelreihen fuhren die mit den edelsten Pferden bespannten Kutschen aneinander vorbei. Wenn das Abendläuten des Domes einsetzte, sprangen die Herren aus den Kutschen und drängten sich um ihre Angebeteten. Ein festliches Durcheinander nach starren gesellschaftlichen Regeln beendete den offiziellen Tag in Mailand. Danach begann die Nacht mit ihren Feiern, Unterhaltungen, Konzerten und Opernaufführungen.

In einer so musikbesessenen Stadt, wie es Mailand in jenen Tagen war, konnte es nicht ausbleiben, daß die liebenswürdige, hübsche junge Malerin immer öfter auch zu Konzerten gebeten wurde. Sie sang himmlisch schön und legte soviel Gefühl und Lebendigkeit in ihren Vortrag, daß es eine Wonne war, ihr zuzuhören. Vielleicht war sie keine klassische Schönheit, aber ihre Selbstbildnisse zeigen ein lebendiges, fröhliches Gesicht mit nachdenklichen Augen. Ein selbstbewußtes junges Mädchen auf der Schwelle zur Frau, das weiß, was es kann und leistet. Dabei war Angelika gebildet, ihr Vater hatte ihr Unterricht in Mathematik und Arithmetik geben lassen, sie sprach neben ihrer deutschen Muttersprache Italienisch, Englisch und Französisch, dazu las sie alle Bücher, die sie bekommen konnte. Das waren nicht wenige für jemanden, der im Palazzo Vigoni aus- und einging. Angelika hatte sich seit ihrer frühen Kindheit immer anpassen und an neue Menschen gewöhnen müssen. Das waren Erfahrungen, die ihr jetzt in dieser Welt des Wohlstands und des Überflusses zugute kamen.

Manchmal ertappte sie sich dabei, daß diese verwöhnten Damen, die sie porträtieren sollte, ihre Geduld sehr strapazierten. Denn nie wußten sie, welches ihrer vielen Kleider sie anziehen sollten. So verging Stunde um Stunde mit solchen Vorbereitungen, für die man eine Malerin gar nicht brauchte, bis Angelika endlich mit dem Malen beginnen konnte. Auch hatte sie es satt, für die reisenden

Kunstliebhaber immer wieder die gleichen Bilder zu kopieren. Die Welt war voller Bilder, warum wollten die Auftraggeber immer nur Raffael und Leonardo oder manchmal noch Correggio?

Wenn sie auf Festen tanzte und im Menuett dahinschritt, dann suchten ihre Augen den schwarzäugigen Musiker. Oft saß er am Cembalo, seltener spielte er Geige, immer aber war er in der Nähe Angelikas. Eine Tatsache, die auch Johann Joseph nicht verborgen bleiben konnte. Er war stolz auf Angelika, die so schön aussah in ihren seidenen Kleidern. Niemand sah ihr an, daß sie die Tochter eines Wandermalers aus dem Bregenzerwald war. Sie hatte Erfolg mit ihren Bildern. Wenn er Graf Firmian glauben durfte, dann mußte Angelika unbedingt in allernächster Zeit ihre Studienreise durch die Kunstzentren Italiens fortsetzen! Hier in Mailand gab es keine Akademie, die Bilder hingen in privaten Galerien; es war Zufall, wenn man sie sehen konnte. Angelika mußte auf jeden Fall nach Bologna und Florenz, einen ganzen Stapel Empfehlungsschreiben hatte Graf Firmian schon unterschrieben.

Und jetzt verliebte sich Angelika ausgerechnet in einen Musiker!

Wenn Johann Joseph gewußt hätte, daß der Musiker Angelika gerade in diesem Augenblick davon überzeugen wollte, eine Karriere als Sängerin sei einfacher, schneller und obendrein viel profitabler für sie als die steinige Laufbahn der Malerin, er hätte nicht so gelassen Station um Station dieser Studienreise zu planen begonnen. Angelika war ratlos, dem Vater mochte sie sich nicht anvertrauen. Immer mehr Bewunderer rieten ihr, zur Bühne zu gehen. In den heißen, staubigen Sommermonaten, die die Mailänder in ihren Villen an den oberitalienischen Seen verbrachten, verließen auch Angelika und ihr Vater die fast leere Stadt. Es lebte sich angenehm und behaglich am Comer See, Musik und Gesang erfüllte die Gärten und Terrassen. Auf einer Barke wurde Angelika auf den See hinausgerudert, und sie sang, während das Publikum am Uferrand dinierte.

Um sich abzulenken, las Angelika in den „Fabeln" eines der meistgelesenen Autoren der Zeit, Christian Fürchtegott Gellert. Wie hieß es in der schönen Fabel „Die Biene und die Henne", in der die herausfordernde Henne die stille Biene nach der Nützlichkeit ihres Tuns fragt? Wieder und wieder las Angelika die Stelle: *„O Spötter, der mit stolzer Miene, in sich verliebt die Dichtkunst schilt, dich unterrichtet dieses Bild. Du fragst, was nützt die Poesie? Sie lehrt und unterrichtet nie. Allein wie kannst du doch so fragen? Du siehst an dir, wozu sie nützt: Dem, der nicht viel Verstand besitzt, die Wahrheit durch ein Bild zu sagen."*

War es dann nicht auch mit der Malerei so? Angelika litt. Wie gerne würde sie dem fröhlichen Anspruch der Musik folgen und auch dem jungen Freund, der nicht nur höchsten Erfolg in Aussicht stellte, sondern auch ein langes gemeinsames Leben voller Liebe und Zuneigung! Sollte sie nicht lieber die scheinbar so mühelos zu erntenden Früchte vom Baum der Musik pflücken, als den mühsamen Weg der Malerei zu gehen? Viel zu schnell vergingen die sorglosen Wochen am Comer See, alles drängte auf eine Entscheidung.

Nach Mailand zurückgekehrt, begann Angelika den Vater zu porträtieren. Es war schon immer so, beim Malen konnte sie am besten denken. Es wurde ein gutes Bild. Forschend blicken die Maleraugen auf den Betrachter. Johann Joseph Kauffmann war jetzt 53 Jahre alt, noch fand er Arbeit als Porträtist und als Restaurator, besonders in Graubünden waren seine Arbeiten geschätzt. Seine Zukunft aber sah er bisher stets in seiner begabten Tochter. Doch war diese Zukunft jetzt ungewisser, als er sich das noch vor wenigen Monaten hatte vorstellen können. Seinem Gesicht auf dem Bild ist das nicht anzusehen. Es strahlt Gutmütigkeit und Festigkeit aus. Während Johann Joseph noch überlegte, ob er seine Tochter fragen sollte, schnitt Angelika von sich aus das Thema an.

Sie sprach von der Qual der Wahl zwischen Malerei und Musik. Auch von dem jungen Musiker, der sie heiraten wollte, und von den Plänen, als gefeierte Sängerin Europas Hauptstädte zu erobern. Johann Joseph hörte zu, er riet nicht, er schimpfte nicht. Gegen die Liebe, das wußte er aus eigenem Erleben, war kein Kraut gewachsen. Voller Dankbarkeit dachte er an Cleophea, die alle Bedenken ihrer Eltern hinter sich gelassen hatte, um ihn, den mittellosen Wandermaler, zu heiraten. Sie hatte ihm das größte Glück seines Lebens geschenkt, seine Tochter.

Karl Graf Firmian stand in seinem Arbeitszimmer und spielte mit einem Briefbeschwerer. „Nein, mein lieber Kauffmann, wir dürfen sie nicht unter Druck setzen, sonst bekommen wir diplomatische Verwicklungen. Und Ihre Angelika ist zwar zart, aber durchaus eigensinnig. Sie muß sich selbst entscheiden. Weder Sie noch ich dürfen die Hände im Spiel haben." Nachdenklich blickte er zum Fenster hinaus: „Der junge Mann ist, so denke ich, verliebter als das Mädchen. Sie wirkt merkwürdig unbeteiligt, obwohl . . ., man kann sich da täuschen. Aber wir werden es bald wissen . . ."

Johann Joseph Kauffmann wunderte sich nicht, als Angelika bereits am nächsten Morgen eine Einladung von Pater Giuseppe Troger, dem Hauskaplan Graf Firmians, erhielt. Lange und eindringlich sprach Troger mit der jungen Künstlerin. Angelika hat niemals etwas über den Inhalt das Gesprächs verlauten lassen. Ihrem Schwager Zucchi vertraute sie viel später an, daß sie sich bei diesem Gespräch für die Malerei entschieden habe.

Der junge Musiker aber, der mehr als einen Sommer lang um Angelika für sich und für die Musik geworben hatte, verschwand aus ihrem Leben. Sie hörte nie wieder etwas von ihm. Sie selber schwieg, kein Name, kein Brief, in dem diese Episode erwähnt wird. Ein Gerücht will wissen, daß sie dieser ersten Liebe ihres Lebens in dem Bild „Orpheus und Eurydike" ein Denkmal gesetzt habe. Orpheus, so munkelten schon die Zeitgenossen, trüge die

Züge des unvergessenen Geliebten. Aber das ist eine hübsche, doch unbewiesene Legende.

So schwer Angelika der Entschluß auch gefallen sein mag, jetzt, da sie wußte, was sie wollte, stellte sie lapidar fest: *„Von der Muse der Malerei geführt, ging Angelika dem Tempel des Ruhms entgegen, den ihr diese in der Ferne zeigte. Aber sie sah sich auf dem Weg oft nach der Musik um, der sie beim Abschied wie einer guten Freundin Liebe und Treue versprochen hatte."*

Angelika hat diese sicher schwerste Entscheidung ihres Lebens in einem Bild dargestellt, einem Gemälde, das sie unschlüssig zwischen den beiden Musen zeigt. Sie hat es immer abgelehnt, das Bild zu verkaufen, dazu war es viel zu persönlich. Nicht einmal Fürstin Luise von Anhalt-Dessau, die das Werk gerne für ihr Sommerhaus „Luisium" bei Dessau erworben hätte, konnte Angelika überreden. Friedrich von Matthisson schrieb in seinen Erinnerungen „Umrisse aus Italien":

„Ich kehre nach Angelikas Wohnung, auf der luftigen Höhe von Trinita di Monte, zurück. Die Fürstin erzählte hier aus der entferntern und nähern Vergangenheit alles, was der wiedergefundenen Freundin nur irgend angenehm und wichtig seyn kann, indeß diese mit gewohntem Kunsteifer vor der Staffeley an einem Altarblatte für Loretto fortmalt. Unter mehreren Werken ihres Pinsels, die ringsumher im Arbeitszimmer ausgestellt waren, hielt ein Gemälde vor allen übrigen unsere Bewunderung fest. Angelika, in der ersten Jugendblüte, zwischen den Himmelstöchtern Tonkunst und Malerey, unschlüssig, wie Herkules am Scheidewege, welcher von beyden sie ausschließend sich hingeben solle. Die Fürstin wünschte dies Bild um jeden Preis zu ihrem Eigentume zu machen; allein die Künstlerin erklärte, daß es ihr unmöglich sey, sich davon zu trennen."

Als Angelika Kauffmann, schon krank, 1802 noch einmal in die Landschaft ihrer Kindheit und Jugend zurückreiste, kam sie nur bis Como. Hier vervollständigte sie jenes Billettchen aus glücklichen Jugendtagen:

„Du fragst mich, warum Como mir immer im Sinn liegt? In

Como war es, wo ich in meinem zartesten Alter die ersten Freuden des Lebens kostete; da sah ich reiche Paläste, prächtige Wagen, niedliche Fahrzeuge, ein glänzendes Theater; ich glaubte, ein Paradies zu sehen. Ja, da sah ich Amor, im Begriffe, seinen Pfeil nach meinem Busen abzudrücken. Noch ein junges Mädchen ergriff ich die Flucht, und der Pfeil traf nicht. Nach einer langen Reihe von Jahren trieb mich mein Genius, diese lachenden Gegenden wiederzusehen. Nun genoß ich das Vergnügen des reiferen Alters, Freunde und die Annehmlichkeiten des Sees. Eines Tages ging ich in angenehmer Gesellschaft auf einem überaus reizenden Landgute spazieren, da sah ich in einem schattenreichen Gehölze Amor, welcher schlief; ich näherte mich ihm, er erwachte, sah mir starr in die Augen, erkannte mich trotz der nun gebleichten Locken; schnell erhob er sich, griff nach dem Bogen, verfolgte mich, um sich zu rächen, schoß, und wenig fehlte, daß er nicht traf ...“

Kapitel 5
Auf der Walz

Nachdem die Entscheidung gefallen war, hatte Angelika nur einen Gedanken: Weg aus Mailand. Dort erinnerte sie alles an den Bruch mit dem Freund. Jeder schien davon zu wissen, alle schauten sie mitleidig an. Noch war die Wunde nicht vernarbt. Aber die Malerei hatte sie jetzt völlig in ihren Bann gezogen. Routiniert und diszipliniert führte sie die noch vorliegenden Aufträge aus, während ihr Vater bereits über Streckenplänen und Reiserouten saß und die günstigsten Fahrtkosten errechnete.

Karl Graf Firmian hatte nicht nur geholfen, die einzelnen Stationen der Studienreise herauszusuchen, sondern er stattete seinen Schützling großzügig mit Empfehlungsschreiben und Briefen aus. Sie sollten sich nicht nur am Hof von Parma, der ersten Station der Reise, bewähren. Firmian war es auch, der Angelika einen Studienplatz an der Akademie in Bologna sicherte, die – von den Brüdern Carracci gegründet – immerhin so fortschrittlich war, Frauen zum Studium der Kunst zuzulassen.

So sehr Angelika sich aus Mailand fortgesehnt hatte, so schwer fiel ihr der Abschied am Tag der endgültigen Abreise. Aber als die Pferde anzogen, der Postillion fröhlich ins Horn stieß und der Wagen sich in Bewegung setzte, da erwachte ihre Reiselust. Sobald die Poststation hinter der Wegbiegung verschwunden war, ließ sie sich aufatmend in die Polster zurückfallen. Vergnügt lachte sie den Vater an. Sie wollte lernen, nichts als lernen. Nach einer Weile zog sie Giorgio Vasaris „Lebensläufe der berühmtesten Maler, Bildhauer und Architekten“ aus ihrem Mantelsack. Sie benutzte das Buch so häufig, daß es schon fast auseinanderfiel, und suchte nach Antonio Correggio. Ihn zu studieren, hatte ihr Graf Firmian eindringlich nahegelegt. Antonio Alegri, nach seinem Geburtsort Correggio genannt, war für die Maler des Barock und des Rokoko das eigentliche Vorbild. In seinem um das Jahr 1530 entstandenen Gemälde „Die heilige Nacht" entzündet sich das Licht nicht an einer natürlichen Quelle, sondern die Helligkeit, die die Menschen blendet, geht von dem göttlichen Kind aus. Auch für Angelika war die Beherrschung des Helldunkels ein bisher ungelöstes Problem, sie mußte es bewältigen lernen. Sie hoffte, hinter das Geheimnis zu kommen, wenn sie Correggio, den Maler, der in den Kuppeln des Domes von Parma und in der Kirche San Giovanni Evangelista das Tor für eine neue Epoche der Malerei aufgestoßen hatte, intensiv in sich aufnahm.

Plötzlich lachte Angelika laut auf: „Graf Firmian hat mir erzählt, daß der alte Ismael Mengs seinen kleinen Sohn Anton Raphael genannt hat, weil er hoffte, daß dadurch das Genie der beiden Meister Antonio Correggio und Raffael Santi auf den Knaben übergehen würde. Aber anscheinend hat er nicht nur auf die Kraft der Namen vertraut, sondern alle drei Mengskinder mußten von früh bis spät malen!"

Johann Joseph strich sich mit der Hand über die Stirn: „Es heißt, der heute so berühmte Maler sei von seinem Vater zum Malen geprügelt worden, genau wie seine beiden Schwestern. Sie durften niemals spielen und tun, was ihnen Spaß machte. Und wenn das Ergebnis der Arbeiten zu wünschen übrigließ, dann bekamen die Kinder Prügel. Aber vielleicht ist ihm sein Sohn heute dankbar. Ich will da nicht richten!" Bevor Angelika antworten konnte, sagte er hastig: „Jetzt guck' schon nach deinem Correggio!"

Schnell schlug Angelika die Seite auf und las:

„Von Gemüt verschlossen und beinahe schwermütig, übte er seine Kunst unter großen Anstrengungen und ständiger Ermüdung aus, um seine Familie, die ihn sehr belastete, zu erhalten; und obwohl er sich von Natur aus der größten Güte befleißigte, empfand er die gewöhnlichen Leiden und Widerwärtigkeiten, die dem Menschen, nun einmal auferlegt sind, als eine übermäßig schwere

Bürde. Auch in seiner Kunst war er sehr ernst, suchte sich keiner Mühe zu entziehen und neigte nur allzusehr dazu, sich jedes Unternehmen so schwer wie möglich zu machen. Davon zeugen eine Unzahl von Figuren, die er in der Kuppel des Domes zu Parma aufs vollendetste in Fresko malte und in so wunderbaren Verkürzungen darstellte, daß sie den Beschauer, der sie von unten erblickt, stets aufs neue verblüffen. Er war der erste, der in der Lombardei Werke nach der modernen Manier schuf; hätte das Genie Antonios die engen Grenzen seiner Heimat überschritten und Rom kennengelernt, so hätte er wohl wahre Wunder vollbracht.“

Angelika ließ das Buch sinken und schaute zum Fenster hinaus. Sie hatte sich die Fahrt durch die Ebene des Po eigentlich viel eintöniger vorgestellt. Aber schneller, als sie es gedacht hatte, tauchte die Stadt Parma zu Füßen eines der letzten Ausläufer des Apennin am Horizont auf. Bald schon waren die Kuppeln des Domes und der Kirche San Giovanni Evangelista zu erkennen.

Seit 1748 stand das Herzogtum Parma unter der Herrschaft der spanischen Bourbonen. Den hellen Glanz aber, den die Stadt ausstrahlte, hatte sie der Herrschaft der Familie Farnese zu verdanken. Nach einer wechselvollen Geschichte schenkte Papst Paul III. Parma um die Mitte des 16. Jahrhunderts seinem natürlichen Sohn Pier Luigi Farnese, der wenig später auch das gesamte Herzogtum in seinen Besitz nahm. Unter den bedeutenden Herrschern des Hauses Farnese blühten Stadt und Land wirtschaftlich und kulturell auf. 1584 übertrug Alessandro Farnese die Herrschaft seinem erst fünfzehnjährigen Erstgeborenen Ranuccio. Als der Sieger über Türken, Franzosen und Niederländer im Jahre 1592 starb, ehrten ihn seine dankbaren Untertanen mit dem Beinamen der Große. Gut einhundertfünfzig Jahre später erlosch das Haus Farnese, unfähig und ohne Kraft hatten seine letzten Verteter nur noch einen schwachen Abglanz der einst so mächtigen Herrschaft geben können. Aber Kunst und Kultur leuchteten immer noch über der Stadt. Graf Firmians Empfehlungsschreiben öffnete Angelika am Hof der Bourbonen alle Türen, aber anders als in Mailand nahm sie Einladungen zu Festen und Empfängen nicht an. Sie war der Kunst des Antonio Correggio wegen in der Stadt und wollte sich nicht ablenken lassen.

Lange und geduldig war sie in die Betrachtung der Fresken in der Domkuppel versunken. Ihre Augen brauchten eine Weile, bis sie sich an das schlechte Licht gewöhnt hatten. Dankbar nahm sie das Angebot eines Mönches an, der sie hinauf in die Kuppel führte. Die Farben hatten in den 230 Jahren erheblich gelitten, aber der Kraft der Komposition hatte die Zeit nichts anhaben können. Die Himmelfahrt der Gottesmutter Maria und die Glorie aller Heiligen nahm Angelika gefangen. Unzählige Engel füllten den Raum und trugen die Himmelskönigin hinauf in die Wolken der Ewigkeit.

„Wenn man diese Kuppel umdrehte und mit Gold füllte, wäre sie noch nicht ausreichend bezahlt“, hatte Tizian voller Bewunderung für die Arbeit Correggios gesagt, während ein dem Künstler feindlich gesonnener Kanonikus „den Froschteich“ ganz einfach nicht ausstehen konnte.

Nächtelang träumte Angelika von diesen Bildern, immer wieder diese Kaskaden von Engeln. Und dann erst die Kuppel von San Giovanni Battista! Überwältigt stand sie auf den Stufen der Chorpartie und sah hinauf. Wieder dauerte es eine Weile, bis sich die Augen zurechtfanden. Da kniet der letzte noch lebende Jünger Jesu und streckt seine Arme dem Herrn entgegen, der aus den Wolken herabschwebt. „Siehe, er kommt mit den Wolken, und es werden ihn sehen alle Augen“, flüsterte Angelika überwältigt. In einer Vision sieht Johannes der Täufer die elf verstorbenen Apostel, nackt und in Wolken gehüllt wie Giganten aus der Urzeit. Und wieder diese Engel, merkwürdigerweise hatten sie keine Flügel, also waren es Putten. Mit den naiven, herzigen Puttenknaben, die die Kirchen des Joseph Anton Feuchtmayer rund um den Bodensee bevölkerten, hatten sie allerdings kaum verwandtschaftliche Züge aufzuweisen. Angelika versuchte, das bei Vasari Gelesene und die Bilder in ihrer unerhörten Vielfalt gedanklich zu verarbeiten. Die Apostel waren riesenhafte Männer, bärtig, voller Kraft, sie sprengten fast die Begrenzung der ihnen zugewiesenen Kuppel. Beim langen Schauen entdeckte sie in einer Türlünette des linken Querschiffs zu ihrem Entzücken den Lieblingsjünger Johannes voller Jugendkraft, so wie er ausgesehen haben mochte, als er mit den anderen beim Abendmahl beisammen saß. So spannte der Künstler Correggio den Bogen vom Verfasser des Evangeliums bis hin zum Visionär, dem Schöpfer der Apokalypse.

Angelika erhielt die Erlaubnis, in der 1752 von Don Philip von Bourbon gegründeten Galerie Parmas die Bilder nicht nur zu studieren, sondern auch zu kopieren. Wieder hatte es ihr besonders ein Correggio angetan, die „Madonna mit dem heiligen Hieronymus". Fast alle Madonnen und Heiligenfiguren Correggios trugen die Züge seiner jungen Frau Girolama, so sagte man. Aber auch viele der Knabenputten und Engelsgestalten des Malers hatten ihre Züge. War hier die Erklärung für die rätselhaften Worte Vasaris zu suchen?

Viel zu schnell vergingen die vom Vater für Parma und seine Schätze eingeplanten Wochen. Schon wurde es Zeit, sich von Correggio und seinen Bildern zu verabschieden. Aber Bologna lockte mit dem Besuch der Akademie.

Nach einem kurzen Zwischenaufenthalt in Modena erreichten Angelika und ihr Vater Bologna schneller als gedacht. Von Modena an hatten sie die Kutsche mit drei jungen Handwerksburschen geteilt, die auf dem Weg zu einer Arbeitsstelle im Kirchenstaat waren. Zuerst hatte Angelika über die anstößigen Witze und die vieldeutigen Lieder der drei Gesellen die Nase gerümpft, aber dann hatte sie sich mit einem Mal an die Bregenzerwälder erinnert, die sich im Frühjahr auf der großen Au bei Egg trafen, um gemeinsam zu ihren Baustellen zu ziehen. Der Vater war begeistert über die Gesellschaft, endlich hatte er Ge-

Königin Karolin Marie von Neapel

sprächspartner, bei deren Sorgen und Nöten er sich bestens auskannte, und so verging die Fahrt in die altehrwürdige Universitätsstadt Bologna wie im Fluge.

Selbstbewußte Bürger spazierten unter den schönen alten Laubengängen mit den Geschäften rund um die großzügig angelegte Piazza. Anders als in Mailand oder Parma mit ihrem auf die Höfe ausgerichteten Gepränge, war Bologna seit Jahrhunderten eine Gelehrten- und Studentenstadt. Seit den Tagen Julius II. gehörte es zum Kirchenstaat. Hier wurde 1530 Karl V. zum Deutschen Kaiser gekrönt, und hier tagte von 1547 bis 1551 das Tridentinische Konzil. Besucher und Bürger nannten die Stadt abwechselnd „la grassa“ – die Fette, weil man in ihr so gut und vor allem so üppig speisen konnte, oder „la gotta“ – die Gelehrte, weil die Stadt Bologna die älteste Universität Europas ihr eigen nannte.

In Bologna war der prachtliebende Franz I. von Frankreich mit dem Medici-Papst Leo X. zusammengetroffen. Damals waren die Kranken aus der ganzen Umgebung nach Bologna gekommen. Denn es ging das Gerücht, daß Kranke, von der französischen Majestät berührt und mit dem Satz „Le Roi te touche, Dieu te guérit“ angesprochen, augenblicklich geheilt wurden. Und wirklich häuften sich in jenen Tagen die Berichte über Wunderheilungen.

Wenige Jahre später, der französische König hatte die Schlacht bei Pavia verloren, trafen sich Karl V., der Sieger, und Papst Clemens VII., auch er ein Medici, in Bologna. Wie schon bei seiner Krönung wurde der Kaiser von Tizian begleitet, und der Malerfürst porträtierte ihn auch diesmal wieder. Als ihm der Pinsel auf den Boden fiel, sprang der Kaiser auf und gab ihn Tizian zurück.

Aber Bologna zählte in seiner Geschichte nicht nur Sieger und Besiegte zu seinen Gästen. Der papsttreuen Stadt war es im Jahre 1249 gelungen, König Enzio, den Lieblingssohn Kaiser Friedrichs II., gefangenzunehmen. Der ritterliche, gutaussehende, gebildete junge Mann wurde von der ganzen Stadt geliebt, am meisten vom schönsten

Mädchen Bolognas, der geistreichen Lucia Vidagnola. Sie schenkte dem königlichen Gefangenen, der standesgemäß im Palazzo del Re Enzio hinter gotischen Fenstern wohnte, viele Kinder, der Sage nach ein jedes so schön und blauäugig wie der Vater. Allen Bemühungen des kaiserlichen Vaters zum Trotz blieben die Bologneser unerbittlich, der königliche Gefangene wurde nicht freigelassen. Nach seinem Tode im Jahre 1273 begruben ihn die Bologneser mit allem Pomp in der Kirche San Domenico. Auf seinen Grabstein meißelten sie die Worte: *„Er war ein König, zwang sein üppiges Haar unter die Krone, und sein Herz hatte verdient, die Grenzen der Welt zu berühren."*

Bolognas Malschule war berühmt und gehörte neben denen von Florenz, Venedig und Rom zu den wichtigsten des Landes. Kirchen und private wie öffentliche Sammlungen boten eine solche Fülle von Altarblättern und Fresken, daß der naive Betrachter ohne Vorbildung sehr leicht in Verwirrung geraten konnte. Die Brüder Annibale und Agostino Carracci hatten um das Jahr 1590 die „Accademia dei Desiderosi" gegründet, die unter dem Namen „Accademia Clementina" immer noch bestand. Zusammen mit ihrem älteren Vetter Lodovico hatten die Carraccis die Künstler aus den Fesseln der sie beeinträchtigenden Zunftgesetze befreit. Sie waren nun nicht mehr Lehrlinge, sondern Studenten. Francesco Albani, Guido Reni und der Domenichino genannte Domenico Zampieri waren die künstlerischen Erben der Carraccis und die gefeierten Vertreter des Bologneser Hochbarock, ihre Werke schmückten die Kirchen und Galerien und ihr Ruhm war in aller Munde.

Seit 1754 war Ercole Lelli Direktor der „Clementina", er war vermutlich auch der Lehrer Angelikas. Lelli, der an der Universität Anatomie unterrichtete, maß ihr auch bei der Ausbildung seiner Schüler die größte Bedeutung zu. Angelika besuchte die Akademie mit großem Eifer. Johann Joseph, der nie eine richtige Ausbildung genossen hatte, staunte über die fast täglich zu beobachtenden Fortschritte, die seine Tochter machte. Endlich hatte sie Lehrer, die ihre Fragen beantworteten, die sie ernstnahmen und die ihr Talent in die richtige Richtung wiesen. Für Angelika war die Akademie die erste Schule ihres Lebens, bisher war sie nur von ihren Eltern oder von Cesare Ligari unterrichtet worden. In Bologna saßen und arbeiteten die Studenten in großen Sälen nebeneinander, ruhig und konzentriert.

Je länger Angelika die Akademie besuchte, desto mehr war sie vom Lehrbetrieb fasziniert. Schließlich hatte sie nach Abschluß des Kurses soviel Gefallen an dem Unterricht gefunden, daß sie im Oktober des Jahres 1762 noch einmal nach Bologna reiste, um das ihr verliehene Diplom der „Clementina" in Empfang zu nehmen. Das wohl berühmteste Bild, das Angelika neben den Hauptwerken der Bologneser Meister Carracci, Reni und Domenichino in Bologna studierte, war die „Heilige Cäcilie" von Raffael. Für Angelika ein überwältigendes künstlerisches Erlebnis, wenn sie sich auch Gedanken darüber zu machen begann, warum Künstler nicht einfach das schaffen durften, wonach ihnen der Sinn stand, sondern Aufträge bekamen, deren Themen ihnen in vielen Fällen herzlich gleichgültig sein konnten.

Der Franzose Charles de Brosses, der um 1739 Italien bereiste, schrieb: *„Je länger man die Heilige Cäcilie Raffaels anschaut, um so mehr bewundert man sie, ja man muß sie sogar lange anschaun, um sie in ihrem ganzen Wert in sich aufzunehmen. Die größten italienischen Meister hatten das Unglück, in einem Zeitalter und in einem Lande zu leben, das von abergläubischer Frömmigkeit erfüllt war. Denn statt sie ihrer Eingebung folgen zu lassen, heilige und weltliche Geschichte in schönen Vorwürfen zu behandeln, bekamen sie meist nur den Auftrag, in den Kirchen Heilige zu malen, und obendrein noch solche, die sie nie hatten sehn und kennen können!"*

Für Angelika hatte die Heilige Cäcilie noch eine andere, eine ganz persönliche Bedeutung. War Cäcilie nicht die Schutzheilige der Musik? Und hatte sie nicht der Malerei wegen der Musik entsagt? Die Heilige, so wie Raffael sie dargestellt hatte, mit der zerbrochenen Orgel, war für sie wie eine Schwester. In der Legenda aurea des Jacobus da Voragine heißt es über Cäcilia, die der berühmten römischen Familie der Meteller entstammte: *„Seit ihrer Wiege wurde sie im christlichen Glauben erzogen. Sie trug beständig das Evangelium Christi versteckt auf der Brust. Ihre Unterhaltungen mit Gott und ihr Gebet hörten weder Tag noch Nacht auf, und sie betete zu Gott, ihr ihre Jungfräulichkeit zu erhalten. Als sie aber mit einem Jüngling namens Valerian verlobt und der Hochzeitstag bestimmt war, trug sie auf dem bloßen Leib ein Büßerhemd unter ihren goldgestickten Gewändern, und während die Orgel erklang, sang sie in ihrem Herzen für den Herrn allein und sprach: ‚Laß es geschehn, o Herr, daß mein Herz und mein Körper unbefleckt bleiben, damit ich nicht verwirrt werde.' "*

Mit beschwörenden Worten überzeugte sie nicht nur ihren Mann, sondern auch dessen Bruder Tiburtius von der Richtigkeit ihres Tuns und bekehrte beide zum Christentum. Alle zusammen wurden verraten und in den Kerker geworfen. Bald darauf starben sie den Märtyrertod.

Je länger Angelika das Bild ansah, desto mehr wurde sie von der Wahrheit, die in dem Bild verborgen war, gefangengenommen. Raffael hatte den entscheidenden Augenblick gemalt: Cäcilia wirft die Orgel weg, um einer höheren Wahrheit willen. Auch sie hatte eine Entscheidung getroffen und mußte nun den eingeschlagenen Weg gehen. Kunst lernte man nicht aus Büchern, sondern nur aus eigener Anschauung. Der Kurs in der Akademie war beendet, der Abreise nach Florenz stand nichts mehr im Wege.

Wie konsequent Angelika in ihrem Streben war, geht auch aus dem Kapitel Rossis über diesen Lebensabschnitt hervor:

„Nachdem Angelika Mayland verlassen, und im Staate von Parma voll Begierde, und Zufriedenheit die Werke von Correggio genossen hatte, ging sie nach Bologna, wo die Kunstprodukte jener reichen Schule sie einige Zeit zu ihrem größten Nutzen festhielten;

indessen war ihr vorgesetztes Ziel vorzüglich Florenz, wo sie auch am 9. Juni 1762 wirklich ankam."

Drei Wochen hielten sich Angelika und ihr Vater nun schon in Florenz auf. Noch immer waren sie fasziniert von dem so andersartigen Leben in der Hauptstadt des Herzogtums Toskana. Es schien fast so, als hätten sich die Florentiner, aller Anziehungskraft ihrer Stadt zum Trotz, eine merkwürdige Kühle und Distanz gegenüber allem Fremden bewahrt. So, als wäre die Schönheit ihrer mit Museen, Bibliotheken und Galerien übersäten Stadt für sie nur eine Hülle für ihre geschäftliche Tüchtigkeit. So jedenfalls empfand es Angelika, die seit dem Tag ihrer Ankunft eine besondere Vorliebe für die Kuppel des Domes Santa Maria del Fiore empfunden hatte.

Es verging kaum ein Tag, an dem sie nicht die Stufen der kleinen Kirche Misericordia gegenüber dem Campanile hinaufstieg, um den einzigartigen Blick, den man von dieser Stelle auf die Kuppel des Domes hatte, zu genießen. Auch hatte sie schon mehrmals die 414 Stufen des Campanile erklommen, denn von dort oben, aus 82 Meter Höhe, hatte man den schönsten Blick auf die Kuppel und dann weiter über die ganze Stadt Florenz. Seltsam angezogen wurde sie auch von dem merkwürdigen Bau des Baptisteriums. Irgend jemand hatte ihr erzählt, daß Brunelleschi die Kuppel des Domes derjenigen des Baptisteriums nachgebildet habe, ohne Gerüst habe er sie hochgezogen und eingewölbt. Auch Michelangelo hatte die Doppelschalenkonstruktion des unbekannten Meisters des Baptisteriums als Vorbild für die Kuppel von St. Peter in Rom genommen. Angelika seufzte, soviel sie auch lernte, es blieb soviel, was sie nicht wußte. Langsam stieg sie die Stufen des Campanile wieder hinunter, zurück in die hektische Geschäftigkeit der lebendigen Stadt.

Jahrhundertelang hatten die Medici das Schicksal der Stadt Florenz bestimmt. Sie hatten Florenz zu einem blühenden Handelszentrum, einem Hort von Geist und Kultur gemacht. Als die Familie de'Medici im Jahre 1737 mit dem Tode des letzten Großherzogs Gian Gastone im Mannesstamm erlosch, wurde das Großherzogtum Toskana zum Spielball und Faustpfand der europäischen Großmächte. Schließlich erhielt es Franz Stephan, der Gemahl Maria Theresias, als Ausgleich für sein an Frankreich gefallenes Herzogtum Lothringen. Ähnlich klug verwaltet wie die Lombardei, erholte sich das Land zusehends. Nach seiner Wahl zum Deutschen Kaiser 1745 wurde der zweite Sohn des Kaiserpaares, Erzherzog Peter Leopold, als Großherzog von Toskana eingesetzt.

Erbin der unermeßlichen Kunstschätze und des Reichtums des Hauses Medici war die Witwe des Kurfürsten Johann Wilhelm von der Pfalz, Anna Maria Lodovica. Nach dem Tode ihres Bruders Gian Gastone kehrte sie von Düsseldorf nach Florenz zurück. Es gelang ihr in sehr schwierigen Verhandlungen, das ihr zugefallene Erbe für das Großherzogtum zu sichern. Franz Stephan mußte feierlich beurkunden, daß nichts von dem, was *„zur Zierde des Staates, zum Besten des Volkes, wie zum Zwecke der Anziehung wißbegieriger Fremder dienen könnte, aus dem Land entfernt werden dürfe"*.

Als Anna Maria Lodovica im Jahre 1743 starb, konnte sie die Gewißheit mit ins Grab nehmen, daß die Kunstschätze der Medici in ihrer Heimat verbleiben würden. Die von der letzten Medici erwartete Rechnung ging auf: Immer mehr Fremde strömten in die Stadt im Tal des Arno. Bibliotheken, Galerien und Museen waren überfüllt von studierenden Künstlern.

Angelika hatte es dem Empfehlungsschreiben des Grafen Firmian an den großherzoglichen Hof zu verdanken, daß sie in aller Ruhe in einem extra für sie vorgesehenen Raum arbeiten konnte. Alle Gemälde, die sie zu kopieren wünschte, wurden dorthin transportiert. Sie arbeitete hart. Um wirklich keine Minute des Tageslichtes zu vergeuden, begann sie schon sehr früh am Morgen, an eine Mittagspause dachte sie nur ganz selten. Rossi schrieb bewundernd: *„In den Jahren, wo der Körper viel Nahrung braucht,* *fastete sie viele Stunden und aß nur einige Früchte, um ja keine Zeit zu verlieren.“*

Langsam begann sich ihr Fleiß auszuzahlen. Angelikas Kopien nach den großen Meistern waren berühmt wegen ihrer Lebendigkeit und ihrer großen Originaltreue. In einer Zeit, in der die Reisenden darin wetteiferten, schöne Bilder mit in ihre Heimat zu bringen, konnten sich gute Kopisten damit ihren Lebensunterhalt verdienen – und dazu noch lernen. Der baltische Graf Lynar, der wie so viele seiner Standesgenossen im Rahmen seiner Kavalierstour auch Florenz einen Besuch abstattete, schrieb in seinen Reiseerinnerungen „Reise durch Italien 1761/62“:

„Am 28. Juni (1762) früh ging ich auf die Galerie und besah die schönen Copien der Mlle. Marianne Kaufmännin, die sich mit ihrem Vater allhier aufhält.“ Leider ist heute nicht mehr festzustellen, was Angelika im einzelnen kopiert hat, die Bilder wurden verkauft, sobald die Farbe nur einigermaßen trocken war. Angelika selber erwähnte in ihrem Testament einen Rembrandt, der bis zu ihrem Tode in ihrem Besitz war: *„Unter diesen Gemälden findet sich eine Copie eines Porträts von Rembrandt, welches von mir in der Galerie Clerini in Florenz kopiert wurde.“*

Aber Angelika lernte nicht nur für sich alleine, sie besuchte auch die „Accademia del Disegno“. Am 21. Oktober 1762 bezahlte sie fünf Zechinen, und ihre eigenhändige Eintragung in der Liste der Akademie lautete: „Marianna Angelica Kauffmann per entratina e patente“. In den Besuchslisten der Akademie wurde die fleißige Schülerin unter der Nummer 153 geführt: „Madame Marianne Angelica Kauffmann, pittrice tedesca“.

Zu ihren Mitschülern an der Akademie gehörte Friedrich Reiffenstein, der später zu den engsten Vertrauten der berühmten Angelika gehören sollte. Der zweiundvierzigjährige Altertumsforscher war erst 1762 nach Italien gekommen und begann langsam Fuß zu fassen. Noch konnte er nicht als der berühmte „Rat Reiffenstein“, der als stadtbekannter Cicerone betuchte und berühmte Reisende durch Rom führte, sein Geld verdienen. Er vermittelte seinen Klienten nicht nur antike Kunstwerke – gegen Provision, versteht sich – sondern er wußte bei Bedarf auch die richtigen Adressen für Porträts und zeitgenössische Bilder der Historienmalerei. Es zahlte sich aus, sich mit Rat Reiffenstein gut zu stellen; der anerkannte Experte galt viel im Rom des ausgehenden 18. Jahrhunderts. Aber noch saß er unter den Lernenden in der „Accademia del Disegno" in Florenz, übte sich im Kopieren und lernte Radieren, eine Technik, in die er später auch Angelika Kauffmann einwies.

Besonders bei den Engländern war Florenz als Aufenthaltsort sehr beliebt, die Aristokratie siedelte sich vor allem in Livorno an, auch die schönen alten Villen auf den Hügeln um Florenz wurden besonders gerne von reichen Engländern gemietet, die von dem Wohlstand der britischen Kolonien in Nordamerika profitierten. Die zweite Hälfte des achtzehnten Jahrhunderts brachte ihnen eine Blütezeit. Nach Jahrhunderten, in denen diese Besitzungen mehr oder weniger als Strafkolonien für mißliebige Untertanen gedient hatten, machten sie sich jetzt auf, eine eigene Nation zu werden. Gelehrte und Wissenschaftler vom Range eines Benjamin Franklin und John Morgan ließen die Europäer aufhorchen und lenkten ihren Blick nach Nordamerika.

Als John Morgan in den Jahren 1762 und 63 nach Italien kam, um die berühmten Ärzte und Professoren der medizinischen Fakultät der Universität Bologna zu einem Erfahrungsaustauch zu besuchen, galt er schon als der berühmteste Arzt Amerikas. Er war nicht nur einer der Mitbegründer der ersten Universität der Kolonien in Philadelphia und deren erster Professor für praktische und theoretische Medizin, sondern auch Mitglied der ärztlichen Akademie in Paris und der Royal Society in London, und viele andere europäische gelehrte Körperschaften ernannten ihn zu ihrem Mitglied. Angelika schuf von ihm ein unglaublich lebendiges Porträt und muß wohl auf den berühmten Mann durch ihre Person einen guten Eindruck gemacht haben. Warum hätte er sonst eines ihrer Selbstporträts gekauft und mit in seine amerikanische Heimat genommen? Natürlich hatte die junge Malerin, die einen solchen Mann porträtieren durfte, fürs erste ausgesorgt. Neben vielen anderen Mitgliedern der Aristokratie malte sie auch Earl Spencer zu Beginn seiner Kavalierstour.

Zu ihren Mitschülern an der Akademie gehörte Benjamin West. Er war der erste amerikanische Maler, der im Ausland studierte und mußte sich dieses Studium hart erarbeiten. Ähnlich wie Angelika hatte er eine Wunderkindlaufbahn hinter sich. Bereits mit zwölf Jahren verdiente er seinen Unterhalt als berufsmäßiger Maler, und mit kaum zwanzig war er in den Provinzen New York und Pennsylvanien ein berühmter Mann. Jahrelang hatte er gespart, um sich eine Reise nach Europa leisten zu können. Schließlich nahm ein Bekannter, der Getreide nach Livorno zu bringen hatte, den mittellosen Passagier an Bord und lieh ihm das Geld für den Aufenthalt in Italien. Selbstbewußt landete er in Livorno und war die Sensation nicht nur bei seinen Landsleuten, sondern erst recht bei den Italienern, die nicht glauben konnten, daß dieser hellhäutige, gutaussehende junge Mann aus den britischen Kolonien stammte. Außerdem gehörte Benjamin West den Quäkern an, und daß er Kunst studieren wollte, machte die Sensation vollständig. Seit seiner Kindheit war es West gewohnt, im Mittelpunkt zu stehen, er sonnte sich in seiner Berühmtheit und trug viel dazu bei, den Mythos um seine Person zu kultivieren.

Als alter Mann erzählte West seinem Biographen, *„es sei, als seine Mutter kurz vor der Entbindung stand, im Bezirk Chester ein Prediger der englischen Quäker erschienen, ein wirklich unerschrockener Bekämpfer des Teufels, und Mrs. West konnte trotz aller unmißverständlichen Anzeichen es nicht über sich bringen, zu Hause zu bleiben. Wie sie später ihrem Sohn erzählt hat, war der Priester an jenem Herbstnachmittag in ausgezeichneter Form. Er tobte gegen die Gottlosigkeit der Alten Welt, aus der* *viele seiner Zuhörer ausgewandert waren. Er sprach verächtlich von den zügellosen Sitten und gottlosen Dogmen der Franzosen, und in überströmenden Worten schilderte er England, wie es das Goldene Kalb des Handels anbetet. Mit Feuer und Schwefel würde Gott Europa heimsuchen, das versprach er seinen Hörern. Dann bat er sie, ihre Augen auf Amerika zu richten. Hier würden die Urwälder verschwinden und an den Küsten Städte entstehen, in denen die erschreckten Völker Europas, die der Feuersbrunst entkommen wären, eine Zuflucht finden könnten. Mrs. West war von dieser Vision der Größe, die sich auf ihre Waldlichtung herabsenken sollte, so erschüttert, daß sie von Wehen überfallen wurde. Die Versammlung löste sich auf, die Frauen bildeten einen Kreis um Mrs. West und brachten sie schließlich nach Hause."*

Als dreizehn Tage später der kleine Benjamin geboren wurde, ruhte sein Vater John West nicht eher, als bis er den Prediger aufgesucht hatte und ihm die Frage stellen konnte, ob denn nicht dieser Sohn, dessen Geburt sich mit einem so offensichtlichen göttlichen Zeichen angekündigt habe, von Gott zu Höherem, Größerem ausersehen sein könnte. Der Prediger nickte ernsthaft und sagte *„mit betonter Feierlichkeit, daß ein unter solchen Umständen in die Welt entsandtes Kind sich als ungewöhnlicher Mensch erweisen würde."*

Bestimmt hat West Angelika von dieser Kindheit in dem kleinen Ort Newtown Square, wo sein Vater eine Schankwirtschaft betrieb, erzählt. Mit wieviel Staunen wird sie gehört haben, daß der kleine Benjamin die Schwanzhaare der Familienkatze Kitty benutzte, um sich seinen ersten Pinsel herzustellen. Einige Indianer, die das Kind beim Malen im Wald überraschten, zeigten ihm, wie man die gelbe und die rote Erde mischen mußte, um daraus Farben herzustellen. Wie muß es Angelika berührt haben, daß der kleine achtjährige Benjamin von einem Gast seines Vaters, der die sorgfältig im Schankraum aufgehängten Zeichnungen des Wirtssohnes bewunderte, einen Farbenkasten, gute Malleinwand und sechs Stiche nach Bildern eines berühmten Meisters geschickt bekam.

Für das Kind die ersten Bilder, die es außer den eigenen zu sehen bekam. Angelika, deren Talent vom ersten Tag an gefördert wurde, die nicht einen Tag ihres Lebens ohne das notwendige Handwerkszeug gewesen war, konnte nicht fassen, daß es bei jemand anderem nicht genau so gewesen sein sollte. Dabei hatte Benjamin West ihr wenigstens einen geregelten Schulbesuch voraus. Allerdings hatte der ständige Versager beim Rechnen ein Abkommen mit dem Besten in diesem Fach getroffen. Für das Einsagen der richtigen Lösungen malte er dem Freund die Bibel gekonnt mit wilden Tieren aus. Also hatte auch Benjamin West seinen ersten Auftrag schon im zarten Kindesalter ausgeführt.

Die bisherige Lebensgeschichte des jungen Briten aus den Kolonien hörte sich für Angelika an wie ein spannendes Buch. Sie konnte nicht genug von den Geschichten bekommen. Der spendable Gast seines Vaters hatte den begabten Jungen schließlich zu sich nach Philadelphia eingeladen. Staunend sah er zu, wie das Kind den Hafen und die Umgebung der Stadt malte, die ganze *„pittoreske Ansicht eines Flusses mit Schiffen und weidendem Vieh an den Ufern."* Es klang wie im Märchen: Das malende Kind wurde von einem reichen Kaufmann, der sich gerade von dem einzigen Kunstmaler weit und breit, William Williams, porträtieren ließ, zu diesem gebracht. Das Atelier des Malers mit all den Farben, Skizzen, Papieren und Büchern ließ Benjamin in Ekstase geraten. Williams porträtierte nicht nur reich gewordene Kaufleute, er malte auch die Kulissen für das einzige Theater von Philadelphia, das Southwark-Theater. Benjamin West beschrieb diesen ersten Maler, den er von Angesicht zu Angesicht sah, so: *„Er war ein ausgezeichneter Schauspieler, der Personen fabelhaft kopieren konnte, und oft hat er, um mir ein Vergnügen zu machen, seine Abenteuer unter den Indianern wiederholt."*

Angelika und Benjamin West verstanden sich außerordentlich gut, ihre Kindheit war ähnlich verlaufen, wenn auch unter ganz anderen Vorzeichen. Auch Benjamin West hatte mit zwölf Jahren seine ersten Porträts an reiche Bürger verkauft, aber er hatte das ganz allein vollbracht. Er hatte sogar Aktzeichnungen gemacht, ohne vorher jemals eine nackte Frau gesehen zu haben. Im Nachhinein schüttelte er den Kopf. *„Wie glänzende Röhren haben sie ausgesehen, die Damen, die ich schuf!"* Beide wollten sich darüber ausschütten vor Lachen. Sie malten sich gegenseitig und schenkten einander ihre Porträts. Es sah fast so aus, als würden sich die begabte junge Künstlerin und dieser selbstbewußte Mann aus den Kolonien jenseits des Ozeans ineinander verlieben. Vielleicht hatte Angelika eine Weile mit dem Gedanken gespielt, West zu heiraten. Aber Benjamin West blieb seiner Verlobten Elizabeth Shewell treu. Obgleich er nicht einmal sicher wußte, ob sie ihn auch heiraten durfte. Bis zum Auslaufen seines Schiffes war Elizabeth von ihrem Vater eingesperrt worden, damit sie nicht mit West durchbrennen konnte. Denn daß er seine Tochter einem Mann geben könne, der Maler werden wollte und sich das Geld für seine Studienreise zusammenbetteln mußte, das war für den braven Mister Shewell ganz und gar unvorstellbar. Was Benjamin West nicht daran hinderte, das Bildnis von Elizabeth immer bei sich zu tragen.

Aber Angelika hatte auch gar keine Zeit, sich ernsthaft zu verlieben. Sie hatte eine große Anzahl von Porträtaufträgen angenommen. Anders als noch in Mailand, bestritt sie hier in Florenz den ganzen Lebensunterhalt. Seiner Stammkundschaft beraubt, wurde es für den Vater immer schwieriger, eigene Aufträge zu bekommen. Sein Leben war nun ganz damit ausgefüllt, seiner immer berühmter werdenden Tochter den Rücken freizuhalten, die Malutensilien für sie bereitzulegen und die Farben zu reiben und zu mischen. Wie immer schon, war er es, der sich um das „Decorum" kümmerte, das jetzt, da seine Tochter sich anschickte, eine anerkannte Malerin zu werden, noch sorgfältiger bedacht werden mußte als früher. Wenig Zeit blieb für die früher so gerne von ihr besuchten Gesellschaften, Theateraufführungen und Empfänge. Zu ihrer eigenen Verwunderung schien ihr das überhaupt nichts auszumachen. Wenn sie auch ein gern gesehener Gast auf den schönen Besitzungen in der Umgebung von Florenz und in Livorno war, so stand bei diesen Besuchen stets die Arbeit im Vordergrund. Die Beziehungen, die sie jetzt knüpfte, schufen ihr die Basis für ihren späteren Londoner Aufenthalt. Aber das konnte sie bei aller Planung ihrer Karriere nicht vorhersehen.

Am Ende dieser arbeitsreichen Zeit in Florenz stand Rom als vorläufiges Ziel ihrer Wünsche. Nach den Erfolgen der letzten Monate war die Stadt am Tiber in greifbare Nähe gerückt.

Kapitel 6
Am Ziel der Wünsche

Alle Bekannten hatten Johann Joseph Kauffmann geraten, für die Reise nach Rom einen Vetturino zu mieten, einen privaten Kutscher. Tatsächlich erwies sich so ein Maultierwägelchen fast um die Hälfte preisgünstiger als die herkömmliche Extrapost. Dazu sollten die Postillione im Kirchenstaat wild und aufbrausend sein. Finstere Kerle, allesamt aus dem Neapolitanischen entflohene Verbrecher, die mit dem Diebsgesindel und dem Räuberpack auf den Straßen nach Rom unter einer Decke steckten. Man hörte auch wirklich fast täglich von ausgeraubten Postkutschen und brutal zusammengeschlagenen Reisenden. Die Vetturini dagegen sollten ehrenwerte Männer sein. Ob sie tatsächlich ein Abkommen mit den Räubern getroffen hatten und ihnen einen Teil des Fahrgeldes zusteckten, um freie Fahrt zu haben, war nicht sicher.

Signor Polastri in der Via Giovanni Bicci stellte dem Vater der „bella pittrice Angelika“ seinen besten Vetturino zur Verfügung: Vincenzo, einen drahtigen, dunkelhaarigen, sehr vergnügten jungen Mann, der mit seinen Maultieren schon Reisen nach Paris und Wien, nach Budapest und Trient gemacht hatte. Und immer waren seine Fahrgäste unbeschadet angekommen. Dazu sprach er neben einigen Brocken Deutsch auch noch Französisch. Johann Joseph und Vincenzo mochten sich vom ersten Augenblick an. Umsichtig lud der Vetturino das Gepäck auf den leichten Karren und zog die Riemen fest. Die beiden Lederkoffer sicherte er noch zusätzlich mit Decken.

Vincenzo kannte auch alle Gasthäuser auf dem Weg nach Rom. Er gab an, wo man absteigen und essen konnte, und kontrollierte die Rechnung. Einmal hatte er sogar einen erregten Disput mit einem Wirt, und danach war die

Rechnung erheblich niedriger ausgefallen. Meile um Meile zockelten die Maultiere die Straßen entlang, oft überholt von eleganten, manchmal mit sechs Pferden bespannten Kutschen. Deren Insassen maßen mit geringschätzigen Blicken die nicht so ansehnlichen, dafür aber genügsamen Maultiere. Der Vetturino knallte mit seiner Peitsche: „Wenn man Pferde schlägt, dann kommt man schneller vorwärts. Schlag aber mal ein Maultier! Es rammt die Hufe in die Erde, und nicht einmal der Herrgott kann es bewegen weiterzugehen!" Verächtlich schimpfte er hinter einer Kutsche her: „Dauernd treten Pferde daneben, stürzen und haben Unfälle. Hat man aber schon jemals ein Maultier abgleiten sehen? Nein, es findet seinen Weg, selbst wenn der Vetturino auf dem Bock eingeschlafen ist. Aber immer müssen sie sich lustig machen." Er spuckte voller Empörung aus.

Angelika mußte lachen, aber Vincenzo schüttelte den Kopf: „Lachen Sie nur, gerade gestern erst habe ich von drei jungen Engländern gehört, die in ihrem eigenen Wagen nach Rom unterwegs waren. Auf einer Poststation wollte man ihnen mehr Pferde vorspannen, als sie bezahlen wollten – und wohl auch konnten. Da wurden sie ihnen ganz verweigert. Wütend gingen sie zum Bürgermeister, und während sie sich dort beschwerten, steckten die Postillione ihren Wagen in Brand. Als sie zurückkamen, fanden sie nur noch ein Häufchen Asche. Ihr gesamtes Gepäck war fort, entweder mitverbrannt oder gestohlen, was soll man dazu sagen! Der Herr verschone einen vor Neapolitanern!"

Kurz vor Rom, als Angelika schon glaubte, die endlose Campagna würde überhaupt nicht mehr aufhören, begegneten sie einer der elegantesten Kutschen, die Angelika je gesehen hatte. Zwei Kutscher lenkten die vier Pferde, an jeder Wagenecke saß ein Bewaffneter mit einer schußbereiten Flinte und hinten standen noch zwei livrierte Diener. Vincenzo hob die Peitsche und knurrte: „Das ist der

Schatzmeister des Papstes. Wenn den einer überfällt, ist es ganz bestimmt kein Unglück."

Ängstlich langte Angelika nach der Hand des Vaters, was konnte einem Reisenden nicht alles in einem Land passieren, in dem sich schon die Einheimischen nicht sicher zu fühlen schienen. In der Nähe des Colosseums, in unmittelbarer Nähe der Stadt, häuften sich die Überfälle und Morde. Vincenzo berichtete von mehreren Verletzten, die er in den letzten Monaten aus dem Staub aufgelesen und in die Ewige Stadt gebracht hatte. Beklommen sah sich Angelika um. Hinter jedem Strauch meinte sie, einen Räuber oder einen Dieb zu sehen. Als sie an drei vergnügten Wanderburschen vorbeifuhren, die unter einem Baum saßen und vesperten, schrak sie zusammen. Vincenzo aber läutete seine Glocke und grüßte hinüber: „Die sind harmlos, Signorina, wirklich!" Angelika atmete erst auf, als sie Storta und Prima Posta, die letzten Poststationen vor der Stadt, hinter sich gebracht hatten. Mit Spannung sah sie jeder leichten Krümmung der Straße entgegen und meinte, dahinter das sehnsüchtig erwartete Ziel ihrer Wünsche auftauchen zu sehen.

Beim Anblick des Tibertales und der dahinter liegenden Stadt mit ihren Türmen und Kuppeln verschlug es ihr fast den Atem. Schon rumpelte der Wagen über die uralte Steinbrücke Ponte Molle mit ihrem wuchtigen Turm und den dicken Mauern. Das alte Vortor der Stadt Rom war seit jeher das Einfallstor für die Besucher aus dem Norden. Hier an den Ufern des gelbbraunen und träge dahinfließenden Tibers genossen die glücklich Angekommenen in den Schenken und Gasthäusern den ersten Schluck römischen Weins. Hier wurden lang erwartete Gäste fröhlich begrüßt und Heimwärtsziehende mit einem letzten Winken wehmütig verabschiedet.

Sicher lenkte der Vetturino den Wagen die Via Flaminia entlang zum eigentlichen Stadttor, der Porta del Popolo. Hier mußten auch Kauffmanns die lästige Durchsuchung des Gepäcks nach verbotenen Büchern und Flugschriften über sich ergehen lassen. Endlich war auch das überstanden, und nun konnten sie in aller Ruhe ihr Quartier aufsuchen.

Angelikas erste Unterkunft in Rom ist nicht mehr zu ermitteln. Wahrscheinlich sind sie und ihr Vater in einem der vielen deutschen Gasthöfe der Stadt abgestiegen. Vielleicht im beliebten „Gasthaus zur Glocke", das am Campo di Fiore, einem der belebtesten und verkehrsreichsten Plätze der Stadt stand. Das „Haus der Deutschen hinter dem Campus Flore" galt als eines der vornehmsten Gasthäuser in der Ewigen Stadt.

Beliebt war auch der „Orso", das Wirtshaus zum Bären. Es läßt sich nicht mehr genau feststellen, wann das Albergo dell'Orso entstanden ist, aber der „Bär" hatte in seiner langen Geschichte illustre Gäste aufzuweisen. Im Jahre 1599 war Herzog Friedrich von Württemberg hier zusammen mit seinem Baumeister Heinrich Schickhardt abgestiegen, hier wohnten Kaiserenkel und Kardinäle. Mit den Jahren kam der vornehme „Bär" dann etwas herunter. Der in Gesellschaft des Grafen De Crequi reisende Franzose Arnaud notierte naserümpfend in seinen Erinnerungen:

„Man findet da nichts anderes als eine elende Suppe von Käs gemacht, eine Pastete, welche sie Vermicelli nennen, einen schlechten Salat von stinkendem Essig, Eier in stinkendem Öl gebacken, ein Stück von einer gebratenen Schlange mit etwas Fenchel bestreut, gebratene Schafleber und ein paar Bretzeln. Die Betten sind nichts als rechte Nester voll Wandläusen, Flöhen, Läusen, Skorpionen und Taranteln."

Längst hatten die modernen Gasthäuser zwischen Corso und Piazza di Spagna den alten „Bären" überflügelt, aber dem sparsamen Johann Joseph Kauffmann wird ein altes traditionsbewußtes Gasthaus mehr zugesagt haben als eine der neuen Absteigen. Angelika und ihr Vater hatten auch nicht vor, lange in einem Gasthaus zu wohnen.

Am nächsten Morgen schon strebten sie der Behausung des berühmten Malers Anton Raphael Mengs in der Via Sistina 72 zu. Hier, mitten im neuen Fremdenviertel, in dem die reichen Touristen wohnten und die meisten Künstler zu Hause waren, hatte sich Mengs nahe der Kirche Trinità dei Monti mit seiner Familie niedergelassen. Das Haus war auf der Vorderseite durch einen von Königin Maria Kasimira von Polen, der Witwe des Befreiers von Wien Johann Sobiesky, gebauten Bogen, den Arco della Regina, mit dem gegenüberliegenden Palazzo Zuccari verbunden. Die Rückseite ging auf den mit Gärten bedeckten Hügel hinaus.

Mengs stand in diesen Jahren auf der Höhe seines Ruhms. Er malte den Mönchen von St. Eusebio ein vielbeachtetes Deckengemälde „Die Glorie des heiligen Eusebius", das Aufträge des neapolitanischen Hofes nach sich zog. Als er für sein Porträt von Papst Clemens XIII. das Ritterkreuz vom Goldenen Sporn bekam, war er fast über Nacht neben Pompeo Batoni zum berühmtesten Maler Roms geworden. Für die damals neu erbaute Villa Albani schuf er auf Anraten seines Freundes Johann Joachim Winckelmann das Deckengemälde „Der Parnaß" im Hauptsaal. Zum ersten Mal gelang es hier Mengs, sich freizumachen von den Verkürzungen des Barock, der „Parnaß" wurde von ihm gemalt wie ein Bild auf der Staffelei und erregte nicht nur dadurch die Bewunderung der Kunstfreunde der Zeit. Die Römer verehrten ihn als „pittore filosofo", und er nutzte jede Möglichkeit, die Ideale Johann Joachim Winckelmanns in Bilder umzusetzen. „Der Parnaß" strahlt die ganze Verehrung des Malers Anton Raphael Mengs für die klassische Antike und für Raffael Santi aus.

Die Erfolge des Sohnes hatte der Miniaturenmaler Ismael Mengs nicht nur sorgfältig geplant, sondern mit einem brutal und grausam anmutenden Erziehungsprogramm zu erzwingen gesucht. Als ihm am 22. März 1728 ein Sohn geboren wurde, zeigte er aller Welt schon mit der Namensgebung, welche Hoffnungen er in dieses Kind setzte: Anton, so sollte er heißen nach Antonio Alegri, den die Nachwelt Correggio nannte, und Raphael, nach Raffaele Santi. Ein berühmter Maler sollte dieser Sohn werden, einer, von dem die Leute sprachen. So mußte schon der Dreijährige zusammen mit seinen beiden älteren Schwestern Therese und Julie im väterlichen Atelier in Dresden vom Morgen bis zum Abend bis zur Erschöpfung zeichnen und malen. Nachts führte der Vater die überanstrengten Kinder an die frische Luft.

Zusammen mit den Schwestern brachte er Anton Raphael nach Rom *„mit dem festen Vorsatz, den 13jährigen Sohn inmitten der Kunstdenkmäler der Renaissance zu einem zweiten Raffael und Correggio heranzuzüchten."* Von 1741 bis 1745 lebte die Familie in Rom, bescheiden und abseits aller Vergnügungen im Gartenhaus eines alten, von Jesuiten-Beichtvätern der Peterskirche bewohnten Palastes. Der Junge durfte das Haus nur zu seinen Malstunden bei seinem Lehrer Marco Benefiale verlassen und um die Arbeiten Raffaels im Vatikan zu studieren und zu kopieren.

Im Sommer 1745 reiste Ismael Mengs mit den Seinen nach Dresden und präsentierte den kaum achtzehnjährigen Anton Raphael dem sächsischen Kurfürsten Friedrich August II. Die große Begabung und weit über seine Jahre hinausgehende künstlerische Reife zeigenden Porträts des jungen Malers nahmen den Fürsten für Anton Raphael ein. Er ernannte ihn zum sächsischen Hofmaler und finanzierte der Familie einen weiteren Aufenthalt in Rom. Diesmal mietete der strenge Vater ein hübsches Barockhaus im Borgo Pio, verträumt und versteckt, abseits des Fremdentrubels. Der Sohn verbrachte nun sein Leben zwischen dem Borgo Pio und den Räumen des Vatikans und der Sixtinischen Kapelle. Andere Zerstreuung gewährte der Vater dem Sohn und dessen Schwestern nicht. Sie lebten inmitten der pulsierenden Stadt wie Gefangene.

Ismael Mengs wollte, daß die erste selbständige große Komposition seines Sohnes eine heilige Familie sein sollte. Dafür brauchte Anton Raphael ein Modell für die Madonna. Einer der wenigen Vertrauten des einsamen jungen

Mannes war Nicola Colarelli, päpstlicher Hausdiener und Beschließer der Sixtinischen Kapelle im Vatikan. Als Schwiegersohn eines Müllfahrers im Borgo S. Spirito mit einigen ledigen Schwägerinnen gesegnet, wußte er Rat für den aufstrebenden jungen Maler. Dem alten Ismael konnte es recht sein, daß die 19jährige Margherita Guazzi, nur von ihrer Mutter begleitet, zu den Sitzungen ins Borgo Pio kommen durfte.

Es kam, wie es kommen mußte. Anton Raphael, bisher nicht sehr erfahren im Umgang mit dem schönen Geschlecht, verliebte sich in seine Madonna. Margheritas Mama sah diese Liebe mit Wohlwollen und Rührung, zumal der junge Mann von Anfang an versicherte, daß er die schöne Römerin heiraten wolle. Der alte Ismael tobte. Er hatte sich wahrlich eine andere Schwiegertochter vorgestellt als die Tochter eines Kehrichtfahrers. Aber der Sohn blieb hart, er war bereit, die väterlichen Fesseln abzustreifen. Unerwartete Schützenhilfe bekam er von seinen beiden Schwestern. Therese und Julie Mengs, die bisher keiner nach ihren Wünschen gefragt hatte, schnupperten plötzlich die Luft ungewohnter Freiheit.

Auch der Beschließer der Sixtinischen Kapelle ließ seine Beziehungen spielen. Und so sah sich Ismael Mengs unversehens der vatikanischen Prälatur gegenüber, die sich wohlwollend der Sache seines Sohnes annahm. Tief getroffen mußte Ismael Mengs mit ansehen, wie nicht nur sein Sohn, sondern auch die beiden Töchter zum katholischen Glauben übertraten. Am 16. August des Jahres 1749 heiratete ein überglücklicher Anton Raphael Mengs die Tochter des Müllkutschers Guazzi; der Einfluß des Vaters, der grollend im Hintergrund stand, war ein für allemal gebrochen.

Aber die schließlich doch noch gut ausgegangene Liebesgeschichte machte den jungen Bräutigam mit einem Schlag in der ganzen Stadt bekannt. In großer Aufmachung berichtete das Päpstliche Amts- und Wochenblatt von der Hochzeit als dem glücklichen Ausgang einer Liebe, die immerhin drei arme Seelen von der Ketzerei erlöst hatte. So war es kein Wunder, daß nach der Fertigstellung der „Heiligen Familie" Kardinäle, Würdenträger, aber auch einfache Bürger in großer Anzahl in das stille Haus im Borgo Pio kamen und sich das Werk des jungen Malers ansahen. Sie kamen nicht nur wegen der glücklichen Liebesgeschichte, sondern auch, weil mit dem Bild des jungen Anton Raphael Mengs die französische Barockmalerei, gegen die Maler wie Pompeo Batoni und der Mengs-Lehrer Marco Benefiale bisher vergeblich angekämpft hatten, überwunden schien.

Aber fürs erste strebten Mengs und seine Familie heim nach Dresden. Dort winkte die Stelle des ersten Hofmalers seiner Majestät des Königs von Polen mit einem Jahresgehalt von immerhin 1000 Talern. Dazu wurde Mengs beauftragt, für den Hochaltar in der neuen Dresdner Hofkirche eine „Himmelfahrt" zu malen. Aber Mengs hielt nichts in Dresden, er drängte nach Rom zurück. Es gelang ihm wirklich, seinen Auftraggeber davon zu überzeugen, daß er die „Himmelfahrt" nur in Rom vollenden könne. Mit seiner Frau, seinen Schwestern, seinen Schülern Giovanni Casanova und Anton Maron war er nach Rom zurückgekehrt, sein Haus auf dem Pincio galt als eines der gastfreundlichsten in der Stadt.

So hatte es auch Angelika Kauffmann leicht, als sie ihr vom Grafen Firmian in Mailand ausgestelltes Empfehlungsschreiben vorwies. Schneller, als sie es sich selber vorgestellt hatte, war sie in den Kreis um Mengs aufgenommen. Der Meister selber war allerdings gerade nicht in Rom, ein Auftrag des Königs von Spanien hatte ihn nach Madrid gerufen.

Therese Mengs, wie ihr Bruder zum Malen gezwungen, hatte den Wiener Maler Anton Maron geheiratet. Sie nahm sich der jungen Angelika mütterlich an. Giovanni Casanova, über den Winckelmann an einen Freund geschrieben hatte: *„... daß er der beste Zeichner in Rom ist, welches sehr viel gesagt ist, ein Mann der seine Wissenschaft* *versteht, der das Geheimste der Kunst durchgeschauet hat . . .*", unterrichtete Angelika im Zeichnen.

In Rom traf sie auch wieder mit Benjamin West zusammen. Ähnlich wie in Florenz, war sein Auftauchen einer Sensation gleichgekommen. Kardinal Albani, der große Kunstkenner und Mäzen Winckelmanns, inzwischen fast erblindet, hatte den unverbildeten Naturmenschen West vor den makellosen griechischen Apollo in seiner Villa führen lassen. Der Quäker West betrachtete stumm die Statue aus weißem Marmor und rief endlich aus: „Der sieht aus wie ein Mohawk-Krieger!" Lähmendes Entsetzen erfaßte den Kreis der ihn umstehenden Kunstkenner: Nur ein kulturloser Wilder aus den britischen Provinzen jenseits des Ozeans konnte eine griechische Statue mit einem Indianerkrieger vergleichen! Erst als West unbekümmert berichtete, die Mohawks seien die schönsten und edelsten unter den Ureinwohnern Amerikas, legte sich der Aufruhr wieder.

Benjamin West hatte das große Glück gehabt, Anton Raphael Mengs noch vor seiner Abreise nach Madrid kennenzulernen. In den Kreis seiner Schüler aufgenommen, avancierte er schnell zum Lieblingsschüler des Meisters. West hat den Einfluß, den der Lehrer auf ihn ausübte, nie geleugnet. Er machte die nur wenig jüngere Angelika Kauffmann mit dem künstlerischen Wollen seines Lehrers bekannt. Diese Zusammenarbeit der beiden erwachsen gewordenen Wunderkinder dauerte nur wenige Monate, denn im August des Jahres 1763 reiste Benjamin West auf Wunsch seines Mäzens Lord Thomas Robinson nach London ab.

Neben Anton Raphael Mengs gehörte der Italiener Pompeo Batoni zu den großen Malern der Zeit. Die gründliche Angelika besuchte auch ihn – so wie es sich gehörte – in seinem Atelier, und der berühmte Mann gab ihr Anregungen für ihr Schaffen. Als Kavalier tat er ein übriges: Um zu zeigen, wieviel er von ihr hielt, machte er einen Gegenbesuch. Johann Domenicus Fiorelli hat diese Epi-

Johann Joachim Winckelmann

sode in seiner „Geschichte der zeichnenden Künste in Deutschland und den vereinigten Niederlanden" geschildert:

„Angelika Kauffmann kam 1763 nach Rom. Sie war damals 21 Jahre alt, nicht schön von Gesicht, aber von schöner Gestalt und von der Natur mit einer außerordentlichen Liebenswürdigkeit ausgestattet. Der Vater eine lange hagere Gestalt und in Rom wenig geachtet. Als ihr Batoni seinen Gegenbesuch machte, nahm er mich, einen damals 15 Jahre alten jungen Menschen, mit sich. Sie benahm sich überaus liebenswürdig, bescheiden und ehrfurchtsvoll gegen Batoni, der ihr, nachdem er einige ihm von ihrem Vater gezeigte Porträts gelobt hatte, den Rat gab, nach geschickten Meistern zu zeichnen und zu kopieren und ihr selbst von seinen eigenen, in der Akademie und nach dem Nackten gemachten Zeichnungen anbot, eine Herodias nach Guido Reni, die sich im Palast Barbarini befand, in welchen sie durch Graf Sandelari, der darin wohnte und ein großer Kunstfreund war, Zutritt erhalten hatte."

Mit einem sicheren Gefühl für die Bedürfnisse anderer und der ihr angeborenen Liebenswürdigkeit fand Angelika den Zugang zu Menschen, die ihr wichtig waren. Eigenschaften, die ihr Vater nicht hatte, und in seiner verständlichen Sorge um die Zukunft seiner Tochter schadete er ihr mit seinen gut gemeinten Ratschlägen oft mehr, als er ihr nützte. Seine Sparsamkeit und sein Drang, die Tochter in den Vordergrund zu schieben, wurden dem alternden Maler aus dem Bregenzerwald oft übel vermerkt. Sie selber hat sich nie dazu geäußert, auch Giovanni G. Rossi gegenüber nicht, dem sie doch sehr knapp und kurz ihr Programm für diese erste Zeit in Rom in die Feder diktiert hat:

„... und begab sich nach Rom in der Absicht, daselbst die nämliche Weise zu arbeiten und studieren fortzusetzen, wobei jedoch vorzüglich die alten Denkmäler der Bildhauerei ihr Augenmerk waren, um an denselben jene erhabene Schönheit zu fühlen und zu studieren, welche bei Kunstidealen ihr als Wegweiserin dienen sollte. Bald machte sie mit Winckelmann Freund-

schaft, und von diesem Manne, welcher über die Zeichnungskünste so tiefe Beobachtungen und Bemerkungen gemacht hatte, und, obwohl nicht selbst ausübender Künstler, Gefühl der wahren Schönheit besaß, und mit Begeisterung darüber räsonierte, schöpfte Angelika sehr viele Kenntnisse, welche die Künstler immer aus dem Umgange der Gelehrten schöpfen, wann diese die Grenzen kennen, wie weit ihr Urteil gehen darf, und sich nicht anmaßen, solche zu überschreiten."

Die Bekanntschaft mit Johann Joachim Winckelmann machte sie bald. Zusammen mit ihrem Vater besuchte sie ihn in seiner Wohnung im Eckturm des Palazzo Albani. Selbst von hier oben war der leise plätschernde Brunnen der Aqua Felice mit der steinernen Gestalt eines Flußgottes darüber noch zu vernehmen. Winckelmann liebte diese stille, aus vier Zimmern bestehende Wohnung: „*Ich wohne so angenehm, daß ich mir dergleichen Winkel von vier Zimmern nicht im Traum besser bilden könnte. Ich habe meine Zimmer mit Busti, von den besten Statuen genommen, ausgezieret und habe selbst eine kleine Sammlung von Altertümern angefangen, von den Geschenken des Kardinals.*" Aufmerksam las er das Empfehlungsschreiben, das ihm Angelika überreicht hatte. Offen und durchdringend betrachtete er zuerst das Mädchen, dann ihren Vater. Angelika erwiderte den Blick zu ihrem eigenen Erstaunen ohne eine Spur der Verlegenheit. Mit heiterer Gelassenheit ließ Winckelmann den Brief sinken: „Wie Firmian schreibt, sind Sie nicht nur in der Malerei der Vollkommenheit nahe, sondern auch im Gesang. Es ist schade für Sie, daß Mengs nicht hier ist. Aber auf dem Pincio haben Sie schon vorgesprochen." Wie für sich selbst fügte er leise hinzu „Auch ich bin einmal mit nichts als einem Empfehlungsschreiben vor der Tür der Casa Mengs gestanden . . ."

Damals hatte er nicht mehr aus noch ein gewußt. Nach dem Erscheinen seines Buches „Gedanken über die Nachahmung der griechischen Werke in der Malerei und Bildhauerkunst" hatte der Nuntius in Dresden, Monsignore Archinto, Winckelmann immer wieder ermutigt, seine

Stellung als Bibliothekar beim Grafen Bünau aufzugeben und sich eine Existenz in Rom zu schaffen. Tausend Schwierigkeiten galt es vorher aus dem Weg zu räumen und zu klären. Der Übertritt zum Katholizismus hatte seine ganze Kraft erfordert und war erst nach dem Tod des Vaters möglich gewesen. Dann die Reise nach Rom, die Frage der wirtschaftlichen Ungesichertheit. Endlich in Rom die peinlichen Zerwürfnisse mit dem inzwischen zum Governatore der päpstlichen Hauptstadt ernannten Kardinal Archinto. Winkelmann hatte sich zurückgezogen und versucht, als Privatmann durchzukommen.

Schließlich hatte er sich an den Brief des Dresdner Malers Dietrich für *„Mr. Mengs, premier peintre du Roi de Pologne, sotto l'Arco della Regina"* erinnert. Unvergessen war ihm die Herzlichkeit und ehrliche Freude geblieben, mit der Mengs den ihm völlig Unbekannten bei sich aufgenommen hatte.

„Mein großes Glück", hatte Winckelmann schon Anfang Dezember an einen Freund nach Hause geschrieben, *„ist ein Brief an den Herrn Mengs gewesen, der mir als ein redlicher Freund gedienet hat und noch dienet. Sein Haus ist meine Zuflucht, und ich bin nirgends vergnügter als bei ihm. Ohne diesen Mann würde ich hier, da man mich mit keiner Adresse versehen, wie in einer Einöde gewesen sein. Ich bringe die meiste Zeit bei ihm zu, und durch ihn habe ich verschiedene Adressen erhalten, und er ist der Mann, der mir hier in allem nützlich sein kann."*

„Ich bringe fast den ganzen Tag bei Herrn Mengs zu, wenigstens esse ich alle Festtage bei ihm. Ich trinke nicht einmal Kaffee anderwärts als bei ihm, und ich habe sogar meine Bücher und meine Schriften in seinem Zimmer. Meine Wohnung ist gerade ihm gegenüber an dem gesundesten Ort in Rom und ich kann ganz Rom übersehen. Es ist alla Trinità de' Monti, ehemals Collis Hortulorum. Unser ganzes Haus ist mit Malern besetzt: zwei Engländer, zwei Franzosen, ein Deutscher und Hofmaler von Baireuth."

Anton Raphael Mengs hatte die von Winckelmann so gepriesene Wohnung im Dachstock des Palazzo Zuccari ausfindig gemacht. Die räumliche Nähe begünstigte den

Gedankenaustausch zwischen dem berühmten Maler und dem Gelehrten. Die auch von Angelika immer wieder empfundene Anteilnahme Winckelmanns an der Bildenden Kunst und seine Fähigkeit, mit den Augen eines Künstlers zu sehen, sind die Frucht seines engen Zusammenwirkens mit Mengs. Aber auch für Mengs zahlte sich die Freundschaft aus. Hatte er bisher seine These von einem Neubeginn in der Kunst rein emotional begründen können, so brachte ihm die Verbindung mit Winckelmann die gedankliche Basis für sein künstlerisches Wollen.

Winckelmanns Aussage: *„Der einzige Weg für uns, groß, ja wenn es möglich ist, unnachahmlich zu werden, ist die Nachahmung der Alten“* hatte revolutionären Charakter. Er sah in der griechischen Kunst Natur und Ideal so innig miteinander verschmolzen, daß daraus eine vollendete Natur entstand.

„Das allgemeine vorzügliche Kennzeichen der griechischen Meisterwerke ist eine edle Einfalt und eine stille Größe, sowohl in der Stellung als im Ausdruck. ... Je ruhiger der Stand des Körpers ist, desto geschickter ist er, den wahren Charakter der Seele zu schildern: Kenntlicher und bezeichnender wird die Seele in heftigen Leidenschaften, groß aber und edel ist sie in dem Stande der Einheit, in dem Stande der Ruhe.“

Winckelmann sprach aus, was Mengs wollte: Die Abkehr von Manierismus und Barock, die Rückbesinnung auf die Ideale der griechischen Klassik. Winckelmann und Mengs beeinflußten eine ganze Künstlergeneration mit ihren Auffassungen und prägten so eine Epoche.

Fasziniert hatte Angelika Winckelmann betrachtet, jetzt lächelte er ihr zu: „Gleich morgen werde ich Sie im Kreis der Villa Albani bekanntmachen, Sie werden dort Freunde finden und sich wohlfühlen.“

Angelika, die bei aller Liebenswürdigkeit Fremden gegenüber oft scheu und verschlossen wirkte, konnte selber nicht begreifen, warum sie sich zu Winckelmann sofort hingezogen fühlte. Die verkrampfte Zurückhaltung, mit der sie sich seit dem Bruch mit dem Mailänder Freund vor neuen Enttäuschungen geschützt hatte, wich in seiner Gegenwart einem Gefühl der Sicherheit. Selbst Winckelmanns langes Schweigen nach dem Lesen ihres Empfehlungsschreibens hatte sie nicht verunsichert. Beim Betrachten seiner Züge begriff sie seine Einsamkeit und seinen in den langen Jahren der Armut und des Kampfes um die Erfüllung seines Traumes verletzten Stolz, der ihm jetzt von vielen als Arroganz ausgelegt wurde. So mußte sie ihn malen, eines Tages, wenn sie sich seiner ganz sicher war.

Fasziniert hörte sie ihm zu, wie er mit kühler Gelassenheit für sie ein ganz spezielles Besuchs- und Besichtigungsprogramm entwarf. Sie ärgerte sich ein bißchen, daß er in ihr nur die hoffnungsvolle junge Künstlerin sah, aber von ihr als Frau keinerlei Notiz zu nehmen schien. Bald erfuhr sie aus dem Klatsch der Maler in der deutschen und auch in der englischen Kolonie, daß das ganz normal sei. Winckelmann, der die griechischen Statuen so preise, hätte noch nie den weiblichen Körper damit gemeint, sondern er liebte die Griechen so sehr, weil ihnen genau wie ihm am makellosen männlichen Körper gelegen war. Es ging sogar das Gerücht, daß Casanova, der große Abenteurer und Frauenfreund, Winckelmann einmal in den Räumen der Villa Albani mit einem schönen jungen Mann überrascht habe. Der Gelehrte sei aber keineswegs erschrocken zusammengezuckt, sondern habe erklärt, der griechischen Kunst auch in der Praxis noch näherkommen zu wollen.

Sicher hatte der junge englische Maler Nathaniel Dance Angelika diese Geschichte nicht ohne Eigennutz erzählt. Er war verliebt in die gleichaltrige Kollegin und eifersüchtig auf den alternden Gelehrten, der mit seinen philosophischen Kunstbetrachtungen soviel Zustimmung fand. Leider hatte Dance mit seiner wohlüberlegten Strategie nicht den gewünschten Erfolg. Nachdem sich Angelika von ihrem ersten Schock über das Gehörte erholt hatte, verstärkte sich das Gefühl der Sicherheit, das sie in Winkelmanns Gegenwart hatte, nur noch mehr.

Es war noch früh am Morgen, als Johann Joachim Winckelmann Angelika abholte und mit ihr zur Villa Albani vor der Porta Salaria fuhr. Obwohl Angelika die letzten Jahre in Palästen und Museen voller Kunstwerken zugebracht hatte, stand sie fassungslos in der Vorhalle der Villa Albani. Das, was sie hier sah, überstieg alles bisher Dagewesene. Winckelmann tat, als merke er ihre Überraschung nicht, und führte sie zu seinem Herrn. Alessandro Albani saß in seinem Arbeitszimmer und zeichnete mit fast zärtlich anmutenden Bewegungen die Linien einer antiken Gemme nach. Fast blind, hatte er es in dieser Art der Kunstbetrachtung zu höchster Vollendung gebracht. Angelika spürte aus der Unterhaltung der beiden Männer die vertraute Freundschaft und die gegenseitige Achtung heraus.

Als junger Mann war Alessandro Albani, ein Neffe Papst Clemens' XI., von einer unstillbaren Leidenschaft zur Kunst der Antike erfaßt worden. Jahrelang hatte er sich mit ihrem Studium befaßt und galt nun als der beste Kenner auf diesem Gebiet. Sein riesiges ererbtes Vermögen erlaubte ihm, ungeheure Summen in Ankäufe und Ausgrabungen zu stecken. Er schreckte dabei auch vor Diebstählen nicht zurück, war allerdings so schlau, die Beutestücke erst nach dem Tod der Vorbesitzer in seinem Garten aufzustellen. Sein Onkel hatte ihn als Nuntius nach Wien geschickt, und dort hatte er den denkbar besten Eindruck hinterlassen. Seit der Krönung Franz' I. im Jahre 1745 war er kaiserlicher Gesandter am päpstlichen Stuhl. Seine sprichwörtliche Freundlichkeit gegenüber allem Deutschen hatte ihm nicht nur das Protektorat des deutschen Priesterkollegs, sondern auch das der deutschen Erzbruderschaft von Campo Santo eingetragen.

Als Winckelmann nach dem plötzlichen Tode Kardinal Archintos ohne eine Bleibe und feste Bezüge buchstäblich auf der Straße stand, hatte Albani ihn mit feiner Noblesse als Bibliothekar mit einem Monatsgehalt von 10 Scudi bei freier Kost und Logis in seine Dienste genommen. Damit war die Existenz des Gelehrten gesichert, und er konnte ungestört seinen wissenschaftlichen Arbeiten nachgehen. Winckelmann war Freund, künstlerischer und wissenschaftlicher Berater, dazu auch Gesellschafter seines Gastgebers. Tätigkeiten, die ihm in der Regel Freude und Befriedigung verschafften, manchmal aber auch lästig waren. So, wenn der Kardinal nörgelte, sein Bibliothekar möge das Schreiben deutscher Bücher unterlassen, weil er die nicht lesen könne. Und wenn er, kränklich und auf Gesellschaft angewiesen, Winckelmann tagelang überhaupt nicht aus seiner Nähe entlassen wollte. Quälende Bürde für Winckelmann, dem seine wissenschaftlichen Arbeiten auf den Nägeln brannten, und der oft von dem Gefühl beherrscht wurde, nicht mehr viel Zeit zu haben.

Kardinal Albani hatte die *„schönste Villa, die im Rom des 18. Jahrhunderts entstanden ist“* bewußt um seine Antikensammlung herum erbauen lassen. Die Vorhalle des Hauptbaus beherrschten vier überlebensgroße Karyatiden. Fast magisch wurde Angelika von einem Relief im linken Flügel des Baus angezogen. Es zeigte einen zusammenbrechenden Krieger von ungeheurer Intensität. „Eine Kopie nach einer Figur des Schildes der Athena Parthenos des Phidias“, erklärte Winckelmann stolz und lächelte über Angelikas Ergriffenheit. Carlo Marchionni, von Albani als Architekt beauftragt, hatte sich bewußt an den Stil Palladios angelehnt. So war es ihm gelungen, den antiken Schätzen des Kardinals eine Heimat zu geben, in der sie ihre volle Schönheit entfalten konnten.

„Der Kardinal ist einer der größten Kenner der Antike, die die Welt hat, und er bezahlt die, die ihm etwas Wertvolles bringen, wie ein König . . .“ Winckelmann führte Angelika behutsam zu den sechs korinthischen Säulen, die einstmals die Villa des Kaisers Hadrian geschmückt hatten. Wer das nicht wußte, konnte annehmen, sie seien extra für den großen Saal der Villa Albani gemacht worden. Viel Zeit verging mit

Schauen und Reden. Endlich standen sie in der Galerie im ersten Stock. Langsam öffnete Winckelmann die Tür und weidete sich an der Überraschung seiner Begleiterin. *„Ein schöneres Werk ist in allen neuen Zeiten nicht in der Malerei erschienen."* Während er das sagte, war Winckelmanns Stimme so weich, daß Angelika erstaunt zu ihm hinübersah: *„Selbst Raffael würde den Kopf neigen."*

Lebhaft erklärte er Angelika, daß die zarte Muse, die sich zur rechten Apollos anmutig auf einer Säule abstützte, die zauberhaft schöne Frau des Malers Anton Raphael Mengs sei, leider hätte sie in der Zeit vor ihrer Abreise zu nervösen Depressionen geneigt. Sie wäre nur widerwillig mit nach Madrid gegangen, weil sie so ungern verreiste. Und dort, auf der linken Seite Apollos, das ist Vittoria Cheruffini, die älteste Tochter der schönen Checca, als Mnesmosyne!" fuhr Winckelmann fort. Auf Angelikas fragenden Blick erklärte er: „Als Checca Cheruffini noch Francesca Gherardi hieß und ein junges Mädchen war, damals war sie die große, aussichtslose Liebe des Kardinals. Ihr Palast liegt an der Piazza Pilotta am Fuße des Quirinalhügels und ist der Salon à la mode in Rom. Wer dorthin eingeladen wird – zweimal in der Woche gibt sie Hauskonzerte, bei denen ihre schönen Töchter singen – der hat es geschafft, dem liegt die Stadt zu Füßen." Eine Weile ging Winckelmann schweigend neben Angelika her: „Sie singen doch auch – wollen Sie es nicht einmal dort versuchen? Es wäre bestimmt eine Freude für die Gäste und für Sie von großem Nutzen!"

Bevor Angelika antworten konnte, führte er sie hinunter in den Garten. Die endgültige Anlage war erst in Umrissen erkennbar. Hier sollten einmal Sarkophage und Grabaltäre neben vielerlei Statuen einen Platz zwischen den vom Gartenarchitekten Antonio Nollis angelegten Rabatten und Hainen finden.

Unvergeßlich schöne Abende verlebte Angelika in dem schlichten Renaissancepalast der Francesca Cheruffini, nachdem Kardinal Albani und sein allgegenwärtiger

Bibliothekar sie dort eingeführt hatten. Die schöne Checca, seit fast zehn Jahren Witwe, führte ein großes Haus. Fürsten, Kunstkenner und Romreisende verkehrten bei ihr. Schön, geistreich und gebildet, richtete sie die großen Feste des Kardinals in der Villa Albani aus. Die Mutter heranwachsender Töchter nahm die junge Künstlerin fürsorglich unter ihre Fittiche.

Bald war der volle Sopran Angelikas nicht nur bei den Hauskonzerten der schönen Checca, sondern auch bei den Festen in der Villa Albani zu hören. Reiffenstein, Winckelmann und Angelikas Freunde in der englischen Kolonie sorgten dafür, daß ihr die Aufträge nicht ausgingen. Sie verdiente gut und leistete sich kostbare Kleider und Schuhe mit modernen, sehr hohen Absätzen. Ihre Frisuren waren extravagant und teuer. Angelika Kauffmann war auf dem besten Weg, eine bekannte und gefeierte Persönlichkeit im römischen Gesellschaftsleben zu werden.

Kardinal Alessandro Albani und sein gelehrter Bibliothekar gaben der selbstbewußten jungen Malerin Rückhalt und gesellschaftliche Reputation. Die Zuneigung der schönen Checca Cheruffini schirmte Angelika gegen den boshaften Klatsch ab, der dem Erfolg meistens auf dem Fuße folgt. An Verehrern fehlte es ihr nicht. Aber obwohl ihr nachgesagt wurde, daß sie gerne flirte und sogar mit zwei Herren kokettierend im Theater gewesen sei, einer ernsthaften Bindung ging sie mit charmanter Gelassenheit aus dem Wege. Die Bitterkeit der Mailänder Erfahrung hatte sich tief und nachhaltig in ihrem Gedächtnis eingegraben. Sie genoß es, begehrt zu sein und Erfolg zu haben.

Einzig Johann Joseph Kauffmann machte sich Sorgen, wie immer, wenn sich sein Kind auf einem Parkett bewegte, das ihm unbekannt war. Doch seine Ängste erwiesen sich als unbegründet. Der Sommer hatte kaum begonnen, als er mit seiner Tochter nach Neapel reiste. Ein reicher Engländer hatte mehrere Kopien von Gemälden aus der Galerie Farnese, darunter ein von Raffael geschaffenes Porträt des Papstes Julius II. bestellt.

Ganz Neapel schien eine einzige, riesige Baustelle zu sein. Böse Zungen behaupteten, in dieser Stadt würde nichts für die Ewigkeit errichtet, der ständige Wandel hatte bei der Bevölkerung kein Geschichts- oder Traditionsbewußtsein entstehen lassen. Immer wieder war gerade erst Fertiggewordenes Erdbeben oder Ausbrüchen des Vesuvs zum Opfer gefallen. Die Bauten der Griechen, Römer und der Byzantiner waren vergangen. Neues wurde immer wieder dem noch Bestehenden hinzugefügt, ohne jemals ein Ganzes zu ergeben.

Als die spanischen Bourbonen im Jahre 1734 die Herrschaft im Königreich Neapel und beider Sizilien antraten, gingen sie daran, aus Neapel eine Hauptstadt mit attraktiven Plätzen und repräsentativen öffentlichen Gebäuden zu machen. Sie erbauten das Teatro S. Carlo und die mächtigen Kornspeicher am Osthafen. Der Marktplatz des Hafenviertels wurde großzügig umgestaltet, und auf der Hügelkuppe von Miradois im Norden der Stadt wurde weithin sichtbar der Palazzo Reale von Capodimonte errichtet. Weit draußen, dreißig Kilometer nördlich von Neapel aber ließ sich Karl von Bourbon seinen Traum von einem Schloß erbauen. Als Urenkel Ludwigs XIV., als Erbe des mächtigen Hauses Farnese und als spanischer Thronanwärter wollte er, daß das Schloß von Caserta den Glanz von Versailles und den des Escorials überstrahlte. Karls ehrgeizige Mutter Elisabeth Farnese hatte wie eine Löwin um die immensen Kunstschätze Parmas gekämpft, als ihr Onkel, der letzte Herzog von Parma, starb. Es gelang ihr nach schwierigen familiären und internationalen Verwicklungen, den größten Teil der Kunstsammlungen für sich und ihre Kinder zu sichern. Mit dem „Degen Ludwigs XIV.“ hatte der Achtzehnjährige die nach seiner Mutter „schönste Krone Italiens“ für sich erobert, als er die Habsburger vertrieb, die das Land seit dem Spanischen Erbfolgekrieg besetzt hielten. Nachdem Karl 1759 die Erbfolge in Spanien angetreten hatte, bestieg sein erst achtjähriger Sohn als Ferdinand IV. den Thron in Neapel.

Ferdinand aber liebte die Jagd mehr als die Kunst, die Sammlungen der Farnese waren im Palazzo von Capodimonte mehr schlecht als recht untergebracht. Winckelmann, der in den letzten Jahren einige Male zum Hügel von Miradois hinaufgeschnauft war, ärgerte sich über die Jagdleidenschaft des Kindkönigs Ferdinand, den keiner in einer Wissenschaft unterwies und den *„bloß der blöde Sport, im Monat August die zu Tausenden dort herumflatternden Feigenfresser zu schießen"*, begeisterte. Winckelmann hatte allen Grund, auf den Kindkönig ärgerlich zu sein: In Capodimonte verschwanden all die Kunstwerke, die bei den Ausgrabungen in Pompeji und Herculaneum gerade der Erde entrissen worden waren, auf Nimmerwiedersehen hinter den Magazintüren. Zu sehen bekamen sie nur diejenigen, die eine Genehmigung des Königs hatten, und die war sehr schwer zu erlangen, der König von Neapel hütete seine Schätze wie seinen Augapfel. Seufzend schrieb Winckelmann: *„Wenn unsere Enkel einmal das Glück haben werden, diesen ganzen Schatz in Ordnung aufgestellt zu sehen, so wird er einen so ansehnlichen Raum behaupten, als irgendeiner."*

Auch Angelika schrieb einen sehr freundlichen Brief an den König, um die Erlaubnis zu erhalten, in der königlichen Galerie kopieren zu dürfen. Wohlweislich merkte sie in ihrem Gesuch an, daß sie sich in Gesellschaft ihres Vaters in Neapel befände. Ihrem Gesuch wurde stattgegeben, und Angelika konnte nicht nur die gewünschten Kopien der Gemälde von Raffael, Correggio und Tizian ausführen, sondern auch die umfangreichen Sammlungen kennenlernen. Sogar zu eigenen Arbeiten fand sie Zeit. Angelikas Porträt des Kustos der Farnesischen Sammlungen, Johannes Mariae Torre, ist zwar leider im Original verlorengegangen, aber es existiert ein von Friedrich Reiffenstein angefertigtes Schabblatt, in dem der Stecher ausdrücklich auf die schönen Farben und die Lebendigkeit seiner Vorlage hinweist.

Angelikas Stil verfeinerte sich in dieser Zeit weiter. Sie konnte den zahlreichen Aufträgen kaum noch nachkommen. Mit Reiffenstein und ihrem Vater erlebte sie einige erholsame Wochen auf der Insel Ischia. Hier malte sie die siebenjährige Tochter des kaiserlichen Gesandten am Hof von Neapel, Graf Leopold Neipperg. Das zauberhafte Bild der zarten Reichsgräfin Maria Wilhelmine Josepha Theresa von Neipperg hängt heute in Schloß Schwaigern.

Lange hatte Ischia ein Schattendasein im Golf von Neapel geführt. Aber seit die Regierung die türkischen Seeräuber und Piraten energisch verfolgt und in ihren Schlupfwinkeln aufgespürt hatte, waren die Gewässer viel sicherer geworden. Die Entdeckung der Heilquellen verhalf der Insel zu einem fast sprunghaften Anstieg der Besucherzahlen. Schon galt es als schick, einige Wochen dort im milden Klima zu verbringen, prominente Gäste ließen es sich nicht nehmen, die Orte zu besuchen, die einst die schöne Vittoria Colonna so bezaubert hatten.

Auf Ischia traf Angelika auch den britischen Konsul in Neapel, Gemini. Die Ferienstimmung und die Heiterkeit des Ortes zog immer mehr Künstler an, fast konnte man schon von einer Kolonie sprechen. Konsul Gemini fühlte sich in diesen Kreisen ausgesprochen wohl, und so entstand sein Porträt, das den Zauber des Ortes mit der gemalten Person meisterhaft verbindet.

Angelika erfaßte instinktiv, daß das Bild umso besser und dem Menschen gerechter wurde, je mehr sie als Künstlerin für gute Stimmung bei den Sitzungen sorgte. Sie bereitete sich gut vor und versuchte, die Sitzungen selber so kurz wie möglich zu halten. Denn ungeduldige Menschen verändern ihren Gesichtsausdruck. Halfen bei weiblichen Klienten manchmal Schmeichelworte, so ließen sich Männer dadurch wenig beeinflussen. Es war wichtig, daß sie stets die Ruhe behielt. Aber sie wußte aus Erfahrung, daß es ungeheuer schwierig war, niemals die Nerven zu verlieren und mit gleichbleibender Freundlichkeit weiterzuarbeiten. Manchmal wünschte sie sich, die ermüdende Porträtmalerei ganz zu Gunsten eigener Kompositionen aufgeben zu können. In England, hatte Konsul

Gemini gemeint, sei das viel eher möglich als bei den knausrigen Italienern.

Immer häufiger ertappte sich Angelika bei dem Gedanken, ihr Glück einmal in diesem anscheinend so reichen und kunstfreundlichen Land, aus dem die meisten ihrer Kunden kamen, zu versuchen. Aber noch lebte sie in ihrer italienischen Gegenwart und lernte bei Friedrich Reiffenstein die Kunst des Radierens. Der größte Teil ihrer Radierungen ist in den kurzen Wochen auf Ischia entstanden. Es machte ihr Spaß, die Licht- und Schattenwirkung auszuprobieren, sie stach meistens nach Motiven von Domenichino und Raffael. Überliefert ist aber auch ein Blatt, das Friedrich Reiffenstein, den lebenslangen Freund, mit einem Zeichenstift in der Hand zeigt.

Als der große Shakespeare-Darsteller David Garrick Angelika bat ihn zu malen, hätte sie am liebsten abgelehnt. Wie konnte sie es wagen, in Wettstreit mit den Großen der englischen Porträtmalerei, mit Joshua Reynolds und Thomas Gainsborough zu treten, auch Pompeo Batoni hatte schon ein sehr gelobtes Porträt von dem englischen Mimen geschaffen. Garrick, seit zwanzig Jahren mit der Wiener Tänzerin Eva Violetta Veigel in einer ausgesprochen glücklichen Ehe verheiratet, machte zusammen mit seiner Frau eine Reise durch den alten Kontinent. Ungeheuer war die Wirkung, die von dem Schauspieler David Garrick ausging, einer seiner Kollegen hatte es einmal so ausgedrückt: *„Außerhalb der Bühne war dieser Garrick ein ganz alltäglicher kleiner Bursche, aber auf der Bühne – o du mein Gott!“*

Garrick war einer jener intelligenten Schauspieler, die wußten, daß es nicht genügt, Gefühle ausdrücken zu können, sondern daß man sie auf sein Publikum übertragen muß. Und diese Haltung Garricks hat Angelika in ihrem lebendigen Porträt mit untrüglicher Sicherheit eingefangen. Die künstlerische Ausdrucksfähigkeit und Kraft ihres Bildes entspricht ganz dem literarischen Porträt des

Schauspielers, wie es Georg Christoph Lichtenberg entwirft:

„Seine Statur ist eher zu den kleinen als den mittleren zu rechnen, und sein Körper ist untersetzt. Seine Gliedmaßen haben das gefällige Ebenmaß, und der ganze Mann ist auf die niedlichste Art beisammen. Es ist an ihm kein dem geübtesten Auge sichtbares Gebrechen, weder in den Teilen noch in der Zusammensetzung, noch in der Bewegung. In der letzteren bemerkt man mit Entzücken immer den reichen Vorrat an Kraft, der, wenn er gut gezeigt wird, mehr gefällt als der Aufwand. Es schlendert und schleift und schleppt nichts an ihm, und da, wo andere Schauspieler in der Bewegung der Arme und Beine sich noch einen Spielraum von sechs und mehr Zoll zu beiden Seiten des Schönen erlauben, da trifft er es mit bewunderungswürdiger Sicherheit und Festigkeit auf ein Haar. Seine Art, zu gehen, die Achseln zu zucken, die Arme einzustecken, den Hut zu setzen, bald in die Augen zu drücken, bald seitwärts aus der Stirn zu stoßen, alles mit der leichten Bewegung der Glieder, als wäre jedes seine rechte Hand, ist daher eine Erquickung anzusehen. Man fühlt sich selbst leicht und wohl, wenn man die Stärke und Sicherheit in seinen Bewegungen sieht, und wie allgegenwärtig er in den Muskeln seines Körpers scheint. Wenn ich mich selbst recht verstehe, so trägt sein untersetzter Körper dazu nicht wenig dazu bei. Von den starken Schenkeln herab verdünnt sich das richtig geformte Bein immer mehr und schließt sich endlich in dem nettesten Fuß, und ebenso verdünnt sich der starke Arm nach der kleinen Hand zu.“

Und gerade dies ungeheuer starke Ausdrucksspiel der Hände hat Angelika in ihrem Porträt, das schon die Zeitgenossen zu Begeisterungsstürmen hinriß, eingefangen. Garrick selber hat über die Sitzungen einen kleinen Vierzeiler verfaßt: *„Während du malst, mit Leichtigkeit und Gnade und deinem ganzen Geist, nimm, wenn du willst, meinen Sinn und mein Gesicht – mein Herz aber laß dabei in Ruh!“*

Voller Stolz präsentierte Angelika das fertige Bild Johann Joachim Winckelmann, der den jungen Hans Heinrich Füßli, studierenden Sohn eines berühmten Vaters, nach Neapel begleitet hatte. Begeistert schrieb

Füßli an den Vater nach Zürich, nachdem er sich zuerst über den Zustand der Kunst in Neapel ausgelassen hatte: *„In Neapel ist der Fall der Kunst tiefer als vielleicht zu den Zeiten Constantins. Es ist zum Staunen, daß ein so glückliches Klima und ein Stück von der Nachbarschaft von Rom keinen mittelmäßigen Künstler weder in der Malerei noch in der Bildhauerei, noch Baukunst aufzuweisen hat. Der König mußte für den Bau von Caserta einen Römer kommen lassen, wie für sein Ministerium einen Pisaner und Florentiner. Aber es ist eine Künstlerin hier, die aus Schwaben gebürtig, aber meistens in Constanz und Chur erzogen worden. Dieses Mädchen von noch nicht 21 Jahren hält sich mit ihrem Vater, einem mittelmäßigen Porträtmaler, schon zwei Jahre in Italien auf, und arbeitet mit einem außerordentlichen Fleiß, und wenn es mehr ist, mit einer seltenen Geschicklichkeit. Sie hat noch wenig Eigenes komponiert, aber ihre Kopien nach den größten Meistern zeigen eine Meisterhand, und ihre Porträts sind von einer Wahrheit, Ausdruck und Zeichnung, daß sie alle itzigen welschen Bildnissen Maler weit, weit übertrifft. Ich erinnere mich, kein schöneres Porträt gesehen zu haben als das von dem Schauspieler Garrick, der itz in Neapel ist, von ihrer Hand.“*

David Garrick und seine Frau Eva Violetta Veigel, die einst als gefeierte Primaballerina von Wien aus die großen Bühnen der Hauptstädte Europas erobert hatte, beschworen Angelika, nach London zu kommen. Wie sehr Angelika schon jetzt mit dem Gedanken spielte, die britische Insel zu besuchen, zeigt, daß sie das Porträt Garricks bereits im Jahre 1765, also ein Jahr vor ihrer Ankunft in England, zu einer Ausstellung der Free Society nach London schickte.

Anfang April des Jahres 1764 kehrten Angelika und ihr Vater in der Gesellschaft Winckelmanns und Hans Heinrich Füßlis nach Rom zurück. Dem *„jungen Fant“*, Sproß einer weitverzweigten Schweizer Künstlerfamilie, hatte Winckelmann nicht nur ein preiswertes Zimmer, sondern auch einen Bedienten besorgt. Füßlis Vater Hans Rudolf war der langjährige, erste Herausgeber des großen „Künstlerlexikons", sein Onkel Hans Caspar, ein sehr beliebter Bildnismaler, hatte sein Zürcher Haus zu einem Treffpunkt *„der Künste, der Freiheit und der guten Gesellschaft"* gemacht. Winckelmanns Theorien und seine Bücher wurden in diesem Kreis ausgiebig diskutiert und studiert. Nicht von ungefähr hatte Hans Rudolf Füßli seinen Sohn nach Rom und zu Winckelmann geschickt, der gelehrte Schulmeister aus Stendal in der Altmark versprach dann auch, *„ihn zu dem größten Altertumsverständigen jenseits der Alpen"* zu machen.

Hans Caspar Füßli bestellte bei Angelika ein Porträt des gefeierten Winckelmann, der gerade auf der Höhe seines Ruhmes stand. Vor noch nicht ganz einem Jahr hatte der Papst ihn zum Aufseher über die römischen Altertümer ernannt, eine sehr ehrenvolle Stelle, die ihm vor allem die wirtschaftliche Unabhängigkeit sicherte. Er schrieb: *„Diese Stelle ist mir vor vielen anderen, die sich ängstlich und kräftig darum bewarben, erteilt worden . . . Meine beiden Gönner sind endlich übermächtig worden!"*

Aber auch wissenschaftlich begannen die römischen Jahre Früchte zu tragen, sein Hauptwerk „Geschichte der Kunst des Altertums" stand kurz vor der Vollendung. Jetzt konnte Winckelmann in Rom bleiben und brauchte keine Bittbriefe mehr an die Höfe in Berlin und Dresden zu schreiben. Zusammen mit dem Gehalt des Kardinals Albani hatte er jetzt mehr Geld zur Verfügung *„als mir deutsche Fürsten, da ich nur ein Deutscher bin, geben würden!"*

Welch ein Triumph: *„Ich entsage der Torheit des Hofes und allem Glanz in Deutschland. Ich schenke allen Höfen ihre Pensionen, für Franzosen, für Genever und Welsche, die mögen sie die Künste lehren . . . Rom ist mir das Vaterland geworden, Rom zu verlassen, ist mich von meinem Liebsten zu trennen . . . Ich habe seit der Zeit meine niedrige Hütte aufgeschlagen, wo man mir wohl will, um in diesem Lande der Menschlichkeit meine Jahre, fern vom Kriegsgeschrei und in Ruhe zu genießen . . . Ich will meine Tage in Ruhe hier beschließen . . ."*

Unmittelbar nach der Ankunft in Rom begann Angelika mit den Vorarbeiten zu dem von Hans Caspar Füßli gewünschten Porträt. Zusammen mit seinem Neffen Hans Heinrich Füßli verbrachte sie viele Tage in der Gesellschaft Winckelmanns. Winckelmann, der Lehrer, nahm das *„Milchlamm"* Füßli und die *„liebe Angelika"* mit hinaus nach Tivoli, obwohl er doch tausend Eide geschworen hatte, niemals wieder Fremde herumführen zu wollen. Hans Heinrich Füßli schrieb über diese glückliche Zeit:

„... ich zähle sie unter diejenigen Tage meiner Jugend, in denen die meisten Früchte für die Zukunft gesät, an die ich beständig ohne Reue zurückdenken darf, und von denen ich noch in den letzten Stunden meines Lebens Zufriedenheit einernten kann. Winckelmann hat mit einer väterlichen Sorgfalt die wankenden Begriffe des Schönen wie des Guten, des Geschmackes wie der Tugend in meiner jungen Seele festgesetzt. Denn die Art, wie Winckelmann die Kunst lehrt, ist ein fruchtbarer Quell von vielen Kenntnissen. Er schließt immer von den Werken der Kunst auf die Menschen, von diesen letzteren auf jene. So entwickelt er den Charakter verschiedener Nationen, Roms und Griechenlands, durch ihre verschiedenen Epochen; die politischen und moralischen Grundsätze leiten sich daraus her."

Während der Sitzungen offenbarte sich Angelika immer mehr von diesem oft so schulmeisterlichen, bei aller Beredsamkeit verschlossenen Schustersohn aus Stendal in der Altmark. Vom Vater zum Schuster bestimmt, wollte *„das liebe Söhnchen Johann Joachim"* immer ein *„Büchermacher"* werden. Als kleiner Junge schon verschaffte er sich Freitische bei den Reichen der Stadt, um so seine Eltern zu entlasten und auf die Lateinschule gehen zu können, er sang in der Currende und zog zu einem erblindeten Lehrer, um ihm den Haushalt zu führen. Sein alter Rektor erinnerte sich später: *„In keiner Stunde aber war er ein unaufmerksamerer Zuhörer, als in den theologischen Stunden. Denn es war nichts Seltsames, daß der Herr Winckelmann in solchen Stunden sich gemeiniglich mit einem alten Schriftsteller heimlich beschäftigte und aus demselben Redensarten auszog, woran er mehr Geschmack fand als an allen Definitionen."*

Es folgten Jahre, in denen er um Schulbesuch und Bildung, um Essen und Unterkunft kämpfen mußte, danach kam die Zeit als schlechtbezahlter Hauslehrer und Bibliothekar. Jetzt endlich am Ziel seiner Wünsche, konnte er voller Stolz sagen: *„Ich schätze mich für einen von den seltenen Menschen in der Welt, welche völlig zufrieden sind und nichts zu verlangen übrig haben. Suche einen andern, welcher dieses von sich sagen kann!“*

Ein Fest jagte das andere in diesem Sommer. Noch nie hatte die Villa Albani so viele Gäste gesehen. Sogar als Alessandro Albani krank im Bett lag und dringend der Ruhe bedurft hätte, vergnügten sich seine uneinsichtigen Gäste bei Tanz und Spiel. Für den empfindlichen Winckelmann war mancher dieser Tage eine Tortur, endlich hatte auch der Papst genug von dem sommerlichen Treiben und er *„äußerte sich unmutig“*. Zu allem Überfluß hatte Anton Raphael Mengs seine heimwehkranke Frau von Madrid nach Rom zurückgeschicht und seinen Freund Winckelmann gebeten, sich um sie zu kümmern. Eine Aufgabe, der dieser seufzend nachkam, mehr als einmal beschwerte er sich bei Freunden über die *„Anflüge von Melancholie“*, die Madame Mengs immer wieder überfielen.

Inmitten dieses Trubels beendete Angelika die Arbeit an ihrem Porträt. Winckelmann war sehr zufrieden. An Johann Michael Francke, den kurfürstlichen Bibliothekar in Dresden, schrieb er am 18. August 1764:

„Mein Bildnis ist von einer seltenen Person, einer Deutschen Malerin für einen Fremden gemacht. Sie ist sehr stark in Portraits in Oel, und das meinige kostet 30 Zechinen; es ist die halbe sitzende Figur. Sie hat dasselbe in Quarto geätzet, und ein anderer arbeitet es in schwarzer Kunst, um mir ein Geschenk mit der Kupferplatte zu machen. Das Mädgen, von welcher ich rede, ist zu Costnitz geboren, aber zeitig von ihrem Vater, der auch ein Maler ist, nach Italien geführet worden, daher sie welsch so gut als deutsch spricht; sie spricht aber dieses, als wenn sie in Sachsen geboren wäre. Auch spricht sie fertig französisch und englisch, daher sie alle Engländer, welche hierher kommen, malet. Sie kann

schön heißen, und sie singet um die Wette mit unsern besten Virtuosen. Ihr Name ist Angelika Kauffmannin.“

Das Bild der gerade Dreiundzwanzigjährigen erregte dermaßen Aufsehen unter den Kunstkennern Roms, daß die Künstlerin sich mit einem Male unter die berühmtesten Maler der Stadt eingereiht sah. Der von Reiffenstein auf Kosten der Familie Füßli geätzte Kupferstich machte das Bild innerhalb von kurzer Zeit zum bekanntesten Porträt des gefeierten Gelehrten. Carl Justi schreibt in seiner bis heute unübertroffenen Winckelmann-Biographie:

„Das Bildnis ist wohl ihr berühmtestes, jedenfalls ein sehr glückliches, und für ihr damaliges Alter eine erstaunliche Leistung; . . . es ist den übrigen Bildnissen desselben Gelehrten so wenig ähnlich, daß man sie zum Teil für verschiedene Personen halten könnte. Wer ist glaubwürdig, Maron, Mengs, Casanova oder Angelika? Ihre Treue dürfen wir wohl nicht bezweifeln; aber sie hat über das Bild des Gelehrten einen Geist, eine Eleganz ergossen, die in den anderen fehlt. Am meisten in dem leider verbreitetsten von Maron, wo er einer alten Dame gleicht. Nicht immer war sie im Treffen so glücklich . . . Sie besaß die Kunst, nicht bloß die Formen, sondern auch die Gemütsart zu treffen; sie wußte den günstigsten Gesichtspunkt aufzufinden; sie erspähte eine malerische Pose, die der Person eigentümlich, wenn auch selten war; sie entdeckte oder ersann eine Wendung, einen sinnenden Blick, der anderen Künstlern entging; sie ordnete die Gewandung, unabhängig von der Mode, mit weiblichem Geschmack. So erfaßte sie einen jener Augenblicke, wo vor dem Seher und Dichter der Schustersohn und Schulmeister aus Stendal verschwand, dessen derbe Struktur man an den knochigen Händen erkennt.“

Angelikas glühender Verehrer Friedrich von Matthisson, der das Bild 1787 im Arbeitszimmer Hans Caspar Füßlis in Zürich hängen sah, schwärmte: *„Es ward im Jahr 1763 (!) zu Rom von der damals einundzwanzigjährigen (!) Angelika Kauffmann mit dem feurigen Enthusiasmus kindlicher Freundschaft gemalt. Der Besitzer bürgt für die seelenvollste Ähnlichkeit und bedauert mit jedem unbefangenen Kunstkenner, daß Marons höchst unähnliche Kopie von unserem berühmten*

Landsmanne trotz ihrer geschmacklosen Pelzverbrämungen, die weniger an Italien als an Grönland erinnern, durch den Grabstichel ... vervielfältigt, sich in die sämtlichen Kupferstichkabinette von Europa einzuführen wußte. Angelikas Winckelmann ist, nach meiner individuellen Überzeugung, ein Meisterwerk durch Kolorit, Stellung, Harmonie, Zeichnung und Kraft.“

Wie schon bei Angelikas Garrick-Porträt sind es auch diesmal die Hände des Dargestellten, von denen die erste Faszination ausgeht. Die Hände Winckelmanns umfassen in scheinbarer Ruhe die Feder und machen dadurch die unerhörte Spannung, die ihnen eigen ist, noch sichtbarer. So tief Angelika in Wesen und Bedeutung des großen Gelehrten eingedrungen war, so sehr war sie auch beeindruckt von seinen Lehren. Noch stand sie unter dem Einfluß von Batoni und dem wohl bedeutendsten Maler der englischen Kolonie in Rom, Gavin Hamilton.

Obwohl Angelika nun zu den gefragtesten Porträtmalern Roms gehörte, hatte sie ihren alten Traum, Historienmalerin zu werden, nicht vergessen. So als ob sie zeigen wollte, daß sie auch darin eine Meisterin war, entstand das heute in Bregenz hängende Werk „Bacchus und Ariadne“.

Die mit zahlreichen Ehrungen überhäufte Künstlerin wurde von Carlos Marchionni in die bedeutende Accademia di San Luca aufgenommen, sie schenkte der Akademie eines ihrer ersten antikisierenden Porträts, die „Esperanza“. Nathaniel Dance war immer noch in die berühmte Kollegin verliebt, aber es gibt keinerlei Beweis, daß Angelika ihm mehr zugetan gewesen wäre als den vielen anderen Verehrern. Vielleicht machte es ihr Spaß, allen den Kopf zu verdrehen, jedenfalls kursierten Gerüchte, daß sie sich bei allem immer in den Vordergrund spielen müsse. Ein Grund mehr für Angelika, darauf zu drängen, Rom zu verlassen. Zumal sich bisher nicht erkennen ließ, daß sie Aufträge für eigene Kompositionen bekommen würde.

Von den bedeutenden Kunstzentren Italiens hatte sie Venedig noch keinen Besuch abgestattet. Daher wollte sie vor ihrer nun fest beschlossenen Reise nach London die großen Venezianer kennenlernen. Johann Joseph Kauffmann scheute noch vor dem Abenteuer London zurück. Er hatte Angst vor dem schlechten Klima, der langen Seereise und vor allem vor der fremden Sprache – wie allein würde er dort sein! Aber gegen Venedig hatte er nichts einzuwenden. Vielleicht konnte er Angelika überreden, von dort einen Abstecher nach Schwarzenberg zu machen. Er war froh, einmal wieder mit seinem „Kind" allein zu sein. Aber mit London konnte er sich noch nicht so schnell anfreunden.

Zu Angelikas grenzenloser Überraschung brachte ihr Vater eines Tages zwei wohlbekannte Maler mit nach Hause: Antonio und Giuseppe Zucchi. Wie oft waren sie den beiden nicht bei ihren Fahrten durch Oberitalien begegnet! Jetzt waren sie unter den Künstlern, die letzte Hand an das beinahe fertiggestellte Kaffeehaus im Garten der Villa Albani legten. Die Brüder Zucchi bestätigten, was Angelika schon von ihren Freunden aus der englischen Malerkolonie wußte: Nirgendwo ließ sich so leicht Geld verdienen wie in der Hauptstadt des durch seine Kolonien reichgewordenen englischen Königreichs. Antonio und Giuseppe Zucchi, vielgefragte Architektur- und Ruinenmaler aus einer alten venezianischen Malerfamilie, wollten gleich nach Beendigung ihres römischen Auftrags die Reise nach London antreten. Die Brüder Adam, die den durch europäischen Villenkomfort verwöhnten Gentlemen und Ladies neue Herrensitze bauten, hatten Interesse an ihrer Mitarbeit gezeigt. Je schneller man in London war, desto besser! Denn die Letzten würden bekanntlich die Hunde beißen. Antonio Zucchi lachte breit: Wenn er etwas zu sagen hätte, würde er Vater Kauffmann raten, seine berühmte Tochter so schnell wie irgend möglich nach England zu bringen!

Sehr nachdenklich war Johann Joseph Kauffmann nach diesem Besuch zurückgeblieben. Daß auch so alte Freunde wie die Brüder Zucchi sich für England entschieden hatten, ließ ihn das Vorhaben seiner Tochter in einem ganz neuen Licht sehen. Er erinnerte sich auch, daß der Mailänder Domorganist, Bach hatte er wohl geheißen, als Kapellmeister der Königin Charlotte nach London gegangen war.

Noch aber war Angelika in Rom und bereits so berühmt, daß sie von Reisenden auf ihrer Kavalierstour aufgesucht wurde. James Boswell, Reiseschriftsteller und Verfasser einer Biographie über Samuel Johnson, schrieb: *„Ich ging am 14. Mai nach einem Dinner mit N. Dance zu Mademoiselle Angelica Kauffmann, der Malerin. Wir besahen in ihrem Studio einige Gemälde von hervorragender Qualität. Ihr Liebreiz ist groß. Sie ist sehr bescheiden und eine große Sängerin."* Wie für sich selber fügte er hinzu: *„Very aimable, quite in love."* Die Berichte über die zauberhafte „Angelica" häufen sich, aber die Umworbene läßt in keinem Fall ihre Gefühle erkennen.

Wieder nennt Rossi Daten und Fakten, aber kein einziger Satz gibt die persönlichen Empfindungen der jungen Malerin preis, die mit Rom die Stätte ihrer ersten über ihre unmittelbare Umgebung hinauswirkenden Erfolge verließ:

„Sie verließ Rom, kam am 1. Julius 1765 nach Bologna, und bewunderte mit immer neuem Gewinn die Schule der Caracci. Am Ende Octobers langte sie in Venedig an, wo die Pracht und der Reichtum der dortigen Schule sie in Erstaunen setzte. Die Werke eines Tizian, Paolo (Veronese), Tintoretto eröffneten ihrem Auge einen neuen Schauplatz."

Kapitel 7
Auf den Stufen des Ruhms

Aufatmend lehnte sich Angelika an die Fensterbrüstung des Campanile. Sie reckte ihre Arme dem frischen Wind entgegen, der von der Adria her wehte, sie fühlte sich leicht und frei. Antonio Zucchi fiel ihr ein. Ob er schon in England war? Bei ihrem kurzen Zusammentreffen in Rom hatte er sie beschworen, sich seine Vaterstadt Venedig unbedingt von der Höhe des Campanile aus anzusehen. Erst aus der Vogelperspektive könne man die Zusammenhänge zwischen der Piazza und den angrenzenden Bauwerken erkennen und begreifen. In der Baukunst Venedigs habe alles einen tiefen Sinn und eine Bedeutung, die einem oft erst in der Gesamtschau aufgehen würde. So sei die nach Süden offene Piazzetta vor dem Dogenpalast die bauliche und gedankliche Fortsetzung des trapezförmigen Platzes vor der Markuskirche. Von oben sei die allen venezianischen Platzanlagen typische L-Form deutlich zu erkennen.

Dogenpalast und Markuskirche gehörten genauso zusammen wie Piazza und Piazzetta, das wurde in der Gesamtschau deutlich. Im übertragenen Sinne aber demonstrierte die stolze Republik Venedig so ihre Sonderstellung nicht nur in staatlicher, sondern auch in kirchlicher Sicht. Deutlich waren in dem Menschengewimmel auf den Plätzen dort unten die Verbindungen der Republik Venedig zum Orient zu erkennen. Die langen Bärte der Griechen, die Turbane und Gewänder der Orientalen, die großen Schiffe im Hafen, die aus den Ländern des Ostens kamen. Auch Rom war voller Fremder gewesen, aber – Angelika merkte es mit Staunen – sie hatten der Stadt ein westliches Gepräge gegeben.

Die leichte Feuchtigkeit, die sie auf der Haut ihres

Gesichtes spürte, roch nach Meer und schmeckte nach Gewürzen. Der Wind kam von weit her, vom Pfefferland vielleicht und der Koromandelküste. Das klang fremd und weit entfernt, der Gedanke daran war abenteuerlich und verursachte ein Prickeln auf der Haut. In der großen englischen Kolonie Venedigs munkelte man, daß sich die Handelswege immer weiter vom Osten weg in westliche Richtung bewegen würden. Angelika konnte das kaum glauben, bei dem pulsierenden Leben im Hafen und der hektischen Betriebsamkeit auf den Wasserwegen der Stadt.

Unvorstellbar rege mußte die Bautätigkeit im Venedig des 14. Jahrhunderts gewesen sein. Entlang den Wasserbahnen der Kanäle wurden die Häuser nicht mehr nur zweistöckig, sondern dreistöckig in die Höhe gezogen. Der Baugrund war knapp und teuer geworden. Die vornehmen Stadthäuser mit den schönen Innenhöfen und ihren malerischen Zisternen wichen allmählich Miet- und Wohnhäusern, in denen alles zweckmäßig sein mußte. Immer mehr Mieter wurden hineingepfercht, die Erdgeschosse waren für Läden reserviert. Wenn man aber aus den eng bebauten Wohnquartieren hinaustrat auf den Markusplatz, dann atmete man Freiheit und Großzügigkeit.

Der Campanile bildete den Dreh- und Angelpunkt zwischen Markusplatz und Piazzetta. Er schien ebenso wie die Loggetta zu seinen Füßen nicht der Markuskirche allein, sondern auch dem Dogenpalast zuzugehören. Der Glokkenturm war die Verbindung zwischen Kirche und Staat. Aber auch die Fassade der Loggetta und die ihr gegenüberliegende Porta della Carta hatten neben ihrer Schönheit eine Funktion: Sie lenkten den Blick auf die alte Dogentreppe, auf der die feierliche Krönung der Dogen stattfand. Die vielgepriesene Stadtbaukunst der Venezianer machte die Verbindungen zwischen Staat und Kirche auf engstem Raum sichtbar. Für Angelika war das nichts Neues. Hatte nicht auch Michael Beer mit seiner Auer Zunft und ihren Kursen über Christenlehre für die Bregenzerwälder Baumeister neben dem baulichen Rüstzeug auch geistige Inhalte vermitteln wollen?

Langsam stieg Angelika die Stufen des Campanile wieder hinunter. Wie es wohl sein mußte, auf dem Meer zu fahren? Umgeben von Wasser, kein Ufer, keine Berge, an denen sich der Blick festhalten konnte, nur die schwankenden Planken des Schiffes unter sich. Sie erinnerte sich an die Fahrt über den Bodensee von Bregenz nach Meersburg. Kurz hinter Langenargen war es wohl gewesen, als der Schiffer sie darauf aufmerksam gemacht hatte, daß das Schweizer Ufer „im Meer versunken sei", aber die hohen Berge hatte man noch erkennen können. Sie hatte Angst vor der Fahrt über das Meer, und sie konnte doch nicht lassen, immer wieder davon zu träumen.

Seit sie aus Rom abgereist waren, hatte Angelika viel Muße zum Nachdenken gehabt. Trotz aller Bemühungen Johann Joachim Winckelmanns hatte sich kein päpstlicher Auftrag ergeben. Böse Zungen behaupteten, Winckelmann sei so auf den ihm ergebenen „pittore filosofo" fixiert, daß er gar nicht auf die Idee käme, an jemand anderen als an Anton Raphael Mengs zu denken, wenn er von einem lukrativen Auftrag hörte. Die Tatsache, daß Angelika eine überaus gefragte Porträtistin war, zog nicht zwangsläufig Kompositionsaufträge nach sich. Selbst ihre Zugehörigkeit zur ältesten Künstlergilde der Stadt, der berühmten Accademia di San Luca, hatte ihr außer der Ehre nichts eingebracht.

Bei ihrem Zwischenaufenthalt in Bologna hatte sie sich unter den Lehrern der Akademie umgehört. Aber auch hier waren Aufträge für historische Bilder eher selten, wenn, dann würden höchstens Ausländer dafür Geld ausgeben, aber in Italien sei mit dieser Art Kunst im Augenblick kein Geld zu verdienen. Angelika belegte einen Kurs in Radiertechnik, aber diese zuerst von ihr mit soviel Freude angewandte Technik machte ihr nun immer weniger Spaß, so daß sie die Arbeit mit der Radiernadel bald aufgab, weil die Ergebnisse sie nicht befriedigten. Noch einmal hatte sie lange vor Raffaels „Heiliger Caecilia" gestanden und wieder hatte sie die eigenartige Verwandtschaft gespürt, die sie mit der Dargestellten verband. Noch konnte sie nicht ahnen, daß auch andere diese Zusammenhänge erkennen würden; sie malte sich die Erregung, in die sie das Bild immer wieder versetzte, mit einer eigenen „Caecilia an der Orgel" von der Seele. Leider wurde das Bild im Zweiten Weltkrieg zerstört.

Angelika hatte sich in den wenigen Jahren seit ihrem ersten Aufenthalt in Bologna sehr verändert. Sie war nicht mehr das schüchterne junge Mädchen, das sich den Wünschen anderer unterordnete. Sie bildete sich ihre eigenen Urteile und handelte auch danach. Eine Tatsache, die besonders ihrem Vater Johann Joseph, der bisher in allem die letzte Instanz gewesen war, zunehmend zu schaffen machte.

Venedig war eine Weltstadt, eine sehr altertümliche zwar, was die staatlichen und auch die kirchlichen Strukturen anbelangte, aber trotz enger konventioneller Regeln eine lebenslustige und weltoffene Stadt, in der die Commedia dell'Arte blühte, ebenso die Künste und festliche Geselligkeit. Angelika sah die in vielen privaten Galerien hängenden Bilder Tizians, die sie magisch anzogen und sie tief beeindruckten. Sie studierte Veronese und Tintoretto. Zwar arbeitete Giovanni Battista Tiepolo mit seinen Söhnen gerade zusammen mit Anton Raphael Mengs in Madrid, aber die Schönheit des venezianischen Rokoko war Angelika schon aus ihrer frühen Jugend in Oberitalien und im südlichen Deutschland vertraut.

Wie an jedem Nachmittag in den letzten Tagen fand Angelika ihren Vater im angenehm kühlen Atelier des großen Kupferstechers und Verlegers Giuseppe Wagner. Die beiden fast gleichaltrigen Männer hatten eine Kanne Wein vor sich und waren eifrig ins Gespräch vertieft. Giuseppe Wagner hatte seine Werkstatt hinter dem Campo di Guerra aus kleinsten Anfängen heraus zu einem der größten und angesehensten Verlage in Venedig gemacht. Er stammte aus Thalerdorf am Bodensee, einem kleinen, zu Bregenz gehörenden Ort. So war es kein Wunder, daß sich die beiden Männer gut verstanden und über die Zeitläufe sinnierten.

Giuseppe Wagner galt als der Beste seines Fachs. Aber er war nicht nur ein Meister, sondern auch ein ausgezeichneter Lehrer. Seine sorgfältig ausgebildeten Schüler arbeiteten in Rom und Paris, in London und Dresden, sie gehörten, wie der in Florenz geborene Francesco Bartolozzi, zu denen, die mit neuen Techniken die alte Kunst des Radierens verbesserten und verfeinerten. Wagner arbeitete für die Höfe in Dresden, Wien und Berlin. Er hatte die Veduten Piranesis, Canalettos und Guárdis in qualitätvollen Drucken aufgelegt und so einem breiten Publikum bekanntgemacht. Als Angelika die Stiche und Schabblätter in seiner Offizin betrachtete, war ihr plötzlich klar, warum ihr das Radieren keine Freude mehr machte: Was sie selber auf diesem Gebiet leistete, genügte ihren eigenen Ansprüchen nicht.

Am wohlsten fühlte sich Angelika unter den vielen Engländern in Venedig. Merkwürdigerweise gelang es ihr nicht, Kontakt zu den Künstlern in der Stadt zu finden. Sicher wäre das anders gewesen, wenn die Brüder Zucchi ihr die Türen geöffnet hätten. So mußte sie sich mit den Kontakten begnügen, die ihr die Empfehlungsschreiben verschafften, mit denen die Künstler der englischen Kolonie in Rom die junge deutsche Kollegin ausgestattet hatten.

Unter anderem bekam sie auch Zugang zum gastfreundlichen Haus des britischen Gesandten in Venedig, John Murray. Er galt als ausgesprochener Weinkenner, und auch den Frauen zeigte er sich nicht abgeneigt, wie den zahlreichen über ihn in der Stadt kursierenden Anekdoten zu entnehmen war. Aber er war auch ein fähiger Diplomat, der Beziehungen zu allen östlichen und orientalischen Staaten unterhielt. Eine Tatsache, die sich in seiner nur wenige Monate später erfolgten Berufung auf den Botschafterposten in Konstantinopel niederschlug. Giacomo Casanova, der in der Botschaft ein gern gesehener Gast war, beschrieb John Murray als *„einen Freund des Bacchus und der Liebe“,* Eigenschaften, die seiner Frau Lady Bridget nur wenig auszumachen schienen.

Ihre Ehe, so hieß es, sei eine Zweckgemeinschaft, die von beiden als außerordentlich gelungen betrachtet wurde. Es war die zweite Ehe Lady Bridgets, die bei der Eheschließung darauf bestanden hatte, ihren früheren Namen „Wentworth“ weiterzuführen. Als Lady Wentworth war sie auch in der venezianischen Gesellschaft bekannt. Von der Versetzung ihres Mannes an die Goldene Pforte hatte sie mit Unbehagen Kenntnis genommen. Von Anfang an stand fest, daß sie ihn dorthin nicht begleiten würde. In Konstantinopel *„bei den Türken“* konnte sie nicht als unabhängige Lady agieren und ein großes, Künstlern offenstehendes Haus führen, wie sie es in Venedig so selbstverständlich tat.

Als Frau des britischen Botschafters hatte sie nicht nur Malern, sondern auch Schauspielern und Sängern eine nicht zu unterschätzende Plattform bieten können. Eine Rolle, in der sich Lady Wentworth gefiel. Stolz und glücklich präsentierte sie Angelika in ihrem Haus. Längst hatte sie von ihren Bekannten in London gehört, wieviel Aufsehen Angelikas Porträt des großen Schauspielers David Garrick bei der Ausstellung der „Free Society“ erregt hatte. Wenn sie der Künstlerin immer wieder die großen Annehmlichkeiten der britischen Hauptstadt in den rosigsten Farben schilderte, dann verfolgte Lady Wentworth damit nicht nur uneigennützige Ziele. Angelika mit ihrer guten Erziehung, ihrer schönen Stimme und ihrem großen malerischen Talent würde einem Salon der Lady, den sie nach ihrer Rückkehr in London zu eröffnen gedachte, einen ungeheuren Anfangserfolg eintragen. Sie konnte sich ausrechnen, welche Attraktion Angelika bei den Gesellschaften am Hofe von St. James wäre. Ihr Name würde in aller Munde sein. Angelika war liebenswert und hübsch, fleißig und bei aller Bescheidenheit sehr selbstbewußt. Eine vorzügliche Mischung, einen gelangweilten Hof in Entzücken zu versetzen.

Für Angelika war das Angebot der Lady, sie mit nach London zu nehmen, die große Chance, das mußte auch der Vater einsehen. Natürlich war Johann Joseph Kauffmann nicht begeistert von der Aussicht, sein „Kind" allein in ein neues Leben ziehen zu lassen. Aber welcher Vater läßt sich schon gerne nachsagen, er stünde der Zukunft der Tochter im Wege. So gut konnte Angelika inzwischen mit ihm umgehen, daß es ihr ein Leichtes war, ihn davon zu überzeugen, wieviel besser es sei, in Gesellschaft einer Lady Wentworth nach London zu kommen und ihr Gast zu sein, als ausgestattet mit Empfehlungsschreiben an Türen zu klopfen, die sich vielleicht nur widerwillig öffneten. Johann Joseph machte schließlich gute Miene zum bösen Spiel. Rossi hat vielleicht gar nicht so Unrecht, wenn er schreibt: *„. . . und der Vater vertraute gerne seine Tochter der edlen Dame an; indem er selbst eines wichtigen Geschäftes wegen sich nach Deutschland begeben mußte, er versprach jedoch, bald darauf in London zu ihr zu kommen."*

Der Abschied fiel Vater und Tochter unendlich schwer, es war das erste Mal, daß sie sich über einen längeren Zeitraum trennten. Bei dem Gedanken, daß Meere zwischen ihnen liegen würden, brach Angelika in Tränen aus. Selbst der Zuspruch Lady Bridgets konnte sie lange nicht trösten. Sogar der nicht so leicht aus der Fassung zu bringende Vater spürte, daß die Zeit der beglückenden Gemeinsamkeit nun für immer zu Ende ging. Jede Meile, die sich zwischen ihn und die Tochter schob, machte den Abschied endgültiger. Erst die Arbeit in Mailand brachte ihn wieder auf andere Gedanken. Bei der Ankunft in Morbegno bei seiner Schwester Anna Maria Florini war er schon wieder der Alte. Seine Nichte Rosa war ja immer Angelikas Lieblingskusine gewesen, er würde sie mitnehmen in das ferne, fremde London. Schließlich brauchte jeder eine Ansprache aus der Heimat, und wer konnte das für Angelika besser sein als Rosa Florini, die Gespielin weit entfernter Kindertage.

Als der Vater abgereist war, zog Angelika zu Lady Wentworth. Zum erstenmal mußte sie ihre Entschlüsse treffen, ohne sie vorher mit dem Vater besprechen zu können. Aber schneller, als sie gedacht hatte, gewöhnte sie sich daran. Der Umgang mit Johann Joseph war in den letzten Jahren nicht immer einfach gewesen, und Angelika genoß nun die Großzügigkeit, mit der im Hause Wentworth geschaltet und gewaltet wurde.

Bevor sich die Lady aber den Gefahren einer Reise aussetzte, wollte sie noch die Annehmlichkeiten eines mondänen Badeortes genießen. Sie entschloß sich zu einem mehrwöchigen Aufenthalt in Abano Terme in der Nähe von Padua. *„Miss Angel"*, wie sie ihre Entdeckung nannte, begleitete sie zu den schon von den Römern gepriesenen Schwefelbädern. Der Ort war klein, aber die Häuser waren zum größten Teil neu gebaut und sehr schön ausgestattet. Am Fuße der Colli Euganei sehr malerisch gelegen, hatte Abano berühmte Gäste angezogen. Der große Baumeister Palladio schrieb, daß dort *„die von den Erregungen der Stadt ermüdete Seele endlich Erholung und Trost finden kann."*

Von Abano Terme aus unternahmen sie Ausflüge nach Padua und in die Umgebung. Unvergeßlich war für Angelika der Blick von der Einsiedelei bei Rua. Die Sicht war so klar, daß sie einen herrlichen Blick auf die Stadt Padua, die Lagune, Venedig und zu Angelikas Erstaunen auf die Alpen gewährte. Bei dem einst so vertrauten Anblick der majestätischen Berge brach sie zu ihrer eigenen Überraschung in Tränen aus. Lächelnd führte Lady Wentworth sie zum Wagen zurück. Aber die Sehnsucht nach dem Vater und den heimatlichen Bergen verblaßte gegenüber den Wundern der Reise, die Angelika nun antrat.

Staunend entdeckte sie, mit welchem Komfort man reisen konnte. Die eigene Kutsche der Lady wurde begleitet von mehreren Wagen, die ihre persönliche Habe und die von Angelika enthielt. Natürlich verzichtete die Lady nicht auf die gewohnte Kammerzofe und die Bedienten. Es war eine sehr angenehme Art, sich fortzubewegen. An den Stationen bekam die Gesellschaft immer die besten Pferde, und Angelika machte sich ihre Gedanken, wieviel Flüche einfache Reisende hinter dem vornehmen Troß herschicken mochten.

Über Turin ging es nach Lausanne am Genfer See. Trotz der Schönheit der Landschaft und des herrlich gelegenen Hotels drängte Lady Wentworth auf eine schnelle Weiterreise. In Paris machten sie dann einige Tage Station, viel zu kurz, um sich ein Überblick über die Kunstwerke der Stadt zu verschaffen, einige wenige Werke von Rubens blieben ihr im Gedächtnis. Lady Wentworth drängte nach Hause, die Aussicht, eine ganze „season" des Londoner Gesellschaftslebens zu verpassen, ließ sie Flandern im Eiltempo durchqueren. Wie hatte sich Angelika auf die großen Galerien gefreut, aber abgesehen von einigen wenigen Werken von Rembrandt und van Dyck bekam sie kaum etwas von den berühmten Holländern zu sehen.

Ein wenig ängstlich betrachtete Angelika das große Segelschiff, das sie hinüber nach England bringen sollte. Die Kutschen wurden ordentlich vertäut, das Gepäck festgezurrt, damit auch bei unruhiger See nichts ins Schlingern geraten konnte. Die Anker wurden gelichtet, und schon verschwand das Festland im diesigen Morgendunst. Je weiter sie auf die See hinauskamen, desto ruhiger lag das Schiff im Wasser. Angelika beobachtete die schaumgekrönten Wellen, die in gleichmäßigen Abständen gegen die Bordwand schlugen. Plötzlich trat Lady Wentworth hinter sie und legte ihr den Arm um die Schultern: „Dort, meine liebe Miss Angel, taucht gerade die englische Küste auf, sehen Sie nur genau hin!" Und wirklich, immer deutlicher konnte sie jetzt den Küstenstreifen erkennen, dann eine Flußmündung, der Wind war günstig, und schneller als gedacht machten sie im Hafen fest. Am Abend des 22. Juni 1766 lag Angelika zum ersten Mal in ihrem Bett im Londoner Stadthaus der Lady Wentworth.

Vor wenigen Jahrzehnten erst war der jüngste und mit Abstand eleganteste Londoner Wohnbezirk aus dem offenen Wiesenland in Mayfair entstanden. In der vornehmen Charles Street lag das Stadtpalais der Familie Wentworth, ein großes stattliches Haus mit einem Dienstbotengeschoß, es blickte hinaus auf den ruhigen Berkeley Square mit seinen schönen Platanen und gepflegten Wegen. Seinen Namen verdankte der neue Stadtteil der „May Fair", einem alljährlichen Jahrmarkt im Mai, der auf dem freien Feld zwischen Berkeley Street und Park Lane abgehalten wurde und der immer vornehmer werdenden Nachbarschaft ein rechter Dorn im Auge war.

„In meinem ganzen Leben habe ich noch nie eine solche Vielzahl von faulen, herumlungernden Schurken und Halunken und so ein abscheuliches Gedränge von zerlumpten, verkommenen Hurenweibern gesehen, die wahrhaft ein Skandal im Angesicht der Schöpfung sind, Feinde jeglicher Reinlichkeit, die einem allein schon jede Lust an der Ausschweifung nehmen", ereiferte sich der brave Bürger Ned Ward in seinen Erinnerungen zu Beginn des 18. Jahrhunderts. Trotz der vornehmen Neubürger änderte sich an diesen Zuständen im Laufe der Jahrzehnte wenig. Als Dr. Samuel Johnson, Literaturkritiker und graue Eminenz der Londoner Intellektuellen, einmal nach einem Besuch am Grosvenor Square dem heimatlichen Johnson's Court bei der Fleet Street zustrebte, wurde er von hinten angefallen und mußte sich unversehens mit einem kräftigen Dieb herumschlagen, der ihm sein Taschentuch stehlen wollte. Der erboste Johnson, gerade an der Herausgabe seiner großen Shakespeare-Ausgabe arbeitend, packte den Angreifer am Kragen und ließ ihn dann *„mit einer so mächtigen Ohrfeige unsanft fahren, daß der Dieb vom Gehsteig in die Gosse torkelte."*

Davon ahnte die junge Malerin Angelika Kauffmann nichts in ihrem behüteten Dasein in der Charles Street. Das Land, dessen Hauptstadt sie sich zu erobern anschickte, erlebte eine wirtschaftliche und kulturelle Blüte. Auf den derben, unbeliebten Hannoveraner Georg II., dessen feindseliger Satz: *„I hate Bainting and Boetry"* die Kultur in seinem Land zu einem Schattendasein gezwungen hatte, war sein Enkel Georg III. gefolgt. Er war seit langer Zeit wieder der erste in England geborene König und sprach Englisch als Muttersprache. Allerdings war er langsam und schwerfällig, eine Tatsache, die seine Erzieher mehr als einmal auf harte Proben stellte. Aber er war besessen von der Aufgabe, ein *„guter König"* zu sein. Seine Frau, Königin Charlotte, stammte aus dem armen Mecklenburg-Strelitz, dessen gesamte Staatseinnahmen eines ganzen Jahres nicht die Einkünfte eines einzigen Peers im Königreich ihres Mannes überstiegen. Es ging die Sage, daß die arme Aschenbrödel-Prinzessin bei der Übergabe an die Herzogin von Hamilton und an Lady Spencer große Augen bekommen und gefragt habe: *„Sind in England alle Damen so schön?"*

Charlotte ließ sich nicht blenden vom Reichtum ihrer neuen Heimat. Der englische Hof, der bisher seinen Reiz von den immer wieder neuen Mätressen, Intrigen und Saufgelagen des jeweiligen Königs bezogen hatte, gewöhnte sich daran, daß die einzige Abwechslung in der jährlich aufs neue zu erwartenden Niederkunft der Königin bestand. Die Londoner hatten den alten König Georg II. gehaßt. Er hatte niemals einen Hehl aus seiner Vorliebe für das Kurfürstentum Hannover gemacht, dem England in Personalunion verbunden war. Hannovers wegen hatte Großbritannien in den Siebenjährigen Krieg eintreten und jahrelang mit der Furcht vor einer Invasion durch die Franzosen leben müssen. Mit enormen Anstrengungen konnte der große Staatsmann William Pitt der Ältere die Seemacht Großbritanniens ausbauen und durch gigantische Subsidienzahlungen an Friedrich den Großen dessen Heer so stärken, daß für Hannover keine Gefahr bestand. Georg III. war die Kurwürde in Hannover lästig. *„Viel zu lange schon hatte das elendigliche Kurfürstentum die Lebenskraft Englands gekostet"*, überlegte er laut und wußte sich einig mit seinen unter der Last des Krieges stöhnenden Untertanen.

Er bemühte sich, *„den blutigen und teuren Krieg mit Frankreich"* vorzeitig zu beenden. Dabei schien es so, als sollte das britische Weltreich in Schlesien gewonnen werden: Mit Guadeloupe fiel die reichste der französischen Zuckerinseln an England. Fast bedeutender noch waren die britischen Erfolge im Westen. Nach dem Fall von Louisburg an der Mündung des St. Lorenzstromes und der Einnahme von Fort Duquesne hatten die Briten die entscheidende Schlüsselposition in Kanada inne. Der dankbare Georg II. benannte das französische Fort schleunigst nach seinem erfolgreichen Staatsmann in Pittsburg um. 1759 kam es zum entscheidenden Sieg der Briten über die Franzosen bei Quebec, einem Sieg, den der junge britische Oberbefehlshaber James Wolfe mit dem Leben bezahlte. Benjamin West hat dieses Ereignis in seinem imponierenden Bild „Wolfe's Tod" festgehalten.

Im Frieden von Fontainebleau einigten sich Frankreich und England am 3. November 1762. England ging als der große Gewinner aus dem Krieg hervor. Es erhielt von Frankreich Kanada und Cape Breton, von Spanien Florida. In Indien mußten die Franzosen mit Ausnahme von fünf Hafenstädten ihre sämtlichen Besitzungen an England abtreten. Damit war der Traum Ludwigs XIV. von einem französischen Kolonialreich fürs erste ausgeträumt. Von den afrikanischen Besitzungen verlor Frankreich den Senegal. William Pitt der Ältere, dessen entschlossenes Vorgehen England den Sieg gebracht hatte, verlor nun sein Amt durch die Friedenspolitik des Königs und seines früheren Erziehers Bute, der jetzt Erster Lord des Schatzamtes war. Georg III. aber war jetzt bei den Whigs genauso verhaßt wie früher sein Großvater. Der Wohlstand der Friedensjahre begann das Land zu verändern. Der Überseehandel blühte, englische Erzeugnisse und Waren wurden in alle Welt exportiert. Der Londoner Hafen wurde zu klein für den enormen Warenumschlag, die Stadt war zur Hauptstadt eines Weltreiches geworden. Die dünne Schicht der Mächtigen und Reichen verfügte über ungeheure Geldmittel. Niemand störte sich daran, daß der Reichtum aus dem Sklavenhandel und der brutalen Ausbeutung ganzer Länder gewonnen wurde. Der stete Strom aus den Kolonien kam nicht mehr nur dem Adel, sondern mehr und mehr auch dem begüterten Bürgertum zugute. Seit langem schon gehörten Kavaliersreisen auf den Kontinent zum guten Ton, immer breitere Schichten konnten sich jetzt weite Reisen und Bildungsaufenthalte leisten. Sie wünschten sich Herrenhäuser und Schlösser, in denen ähnlicher, wenn nicht größerer Komfort als in den bisherigen Kulturzentren Europas herrschte. So entstanden Stadtpalais und Herrensitze von einmaliger Schönheit.

England galt zudem als das freieste Land in Europa. Voltaire notierte: *„Hier gibt es wohl Standesunterschiede, aber keine anderen, als die des Verdienstes."* Helferich Peter Sturz, Freund Klopstocks und später auch Angelika Kauffmanns, Legationsrat im dänischen Ministerium des Äußeren, der den jungen König Christian VII. auf seiner Reise durch England und Frankreich begleitete, konnte sich nicht genug wundern über das englische Demokratieverständnis: *„Wer die hiesige Verfassung nicht kennt und den König umgeben von seinen Hofämtern erblickt, wie sie in glänzendem Haufen, mit dem Zeichen ihrer Würde, mit dem schwarzen und weißen Stab in dem Kanzler- und Bischofsornat um ihn stehen, der glaubt nicht im Lande der Freiheit, sondern am Hofe eines morgenländischen Sultans zu sein."*

Als Sturz nur wenige Schritte entfernt vom Hof von St.James in einer Zeitung einen Artikel entdeckte, *„der über die Regierung mit aufrührerischem Frevel lästert"*, war er außer sich. *„Zügellos"* mußte das Volk sein, *„erbärmlich"* ein Monarch, der *„diesen Trotz nicht bändigen kann"*. Aber Sturz sah auch hinter die Dinge und schrieb ahnungsvoll: *„Großbritannien nähert sich der Epoche, in der sich Rom befand, als Asien geplündert war. Seine Triumphe im letzten Krieg, die Eroberungen in Indien haben Reichtum und verworfene Sitten, Überheblichkeit und Hochmut verbreitet . . . Dieser Staat ist auf dem Punkt der Reife, der mehr an das Verwelken grenzt."*

Angelika blieb wenig Zeit, sich mit der inneren Situation ihres Gastlandes vertraut zu machen. Kaum hatte sich die Nachricht von ihrer Ankunft in den Adelskreisen herumgesprochen, war sie auch schon ein begehrter Gast bei Gesellschaften und auf Festen. Lady Wentworth hatte sich nicht getäuscht, sie waren gerade noch rechtzeitig zur Sommersaison nach London gekommen. Für Angelika begann jetzt eine Zeit der Feste und Vergnügungen. Ihre Gönnerin war stolz und glücklich, daß ihr mit „ihrer" jungen Künstlerin ein so durchschlagender Erfolg beschieden war. Lord Exeter und Lady Spencer, die sich schon in Florenz sehr um Angelika bemüht hatten, waren ihr auch in London in jeder Hinsicht behilflich. Es verging kaum ein Tag, an dem Angelika nicht in neue Häuser eingeführt wurde. Lady Wentworth nahm sie mit zu ihrem Schneider und zu ihrem Friseur. Angelika auf der Schwelle zu einem neuen Leben war bereit, auf das „Decorum" zu setzen. Sie trug kostbare Kleider aus schwerer grauer Seide und sorgfältig frisierte Hochfrisuren. Einen großen Teil des für die Reise Ersparten mußte sie dafür bezahlen. Aber seit frühester Jugend war sie daran gewöhnt, daß das Äußere stimmen mußte, wenn man in der Gesellschaft gefallen wollte. Und die Rechnung ging auf.

Natürlich wollte sie besonders den Vater beeindrucken, wenn sie schrieb: *„Diesen Morgen hatte ich Besuch von Madame Garrick. Mylady Spencer ist vor zwei Tagen bei mir gewesen. Mylord Baltimore besucht mich auch zu Zeiten. Die Königin ist vor zwei Tagen niedergekommen, sobald sie besser ist, werde ich ihr präsentiert werden. Die Herzogin von Gloucester hat mich und meine Arbeit vor zwei Tagen besucht, diese ist eine von den ersten Hofdamen."* Angelika war überglücklich und wurde nicht müde, ihren Vater mit Erfolgsmeldungen zu überhäufen. Das neue Leben machte ihr Spaß. Ein Porträt der Herzogin von Braunschweig gefiel so gut bei Hofe, daß es sich die Mutter des Königs, die Prinzessin von Wales, nicht nehmen ließ, die junge Künstlerin in ihrem Atelier zu besuchen.

In der jungen, ein wenig scheuen Königin Charlotte fand Angelika eine aufrichtige Freundin. Sie malte die Königin, und Charlotte, die ganz bestimmte Vorstellungen von Bildern hatte – so durfte niemand den König älter darstellen als im Alter von dreißig Jahren – war zufrieden. Jetzt war Angelikas Erfolg nicht mehr aufzuhalten. Sie malte die Brüder des Königs und auch den zukünftigen Gemahl der jüngsten Schwägerin Charlottes, den dänischen König Christian VII., der so jung und schön wie ein Märchenprinz war.

Angelika war überglücklich: *„Nie ist einem anderen Maler solche Ehr widerfahren; der Beifall mit jener meiner Arbeit ist so groß, daß die öffentlichen Blätter rühmlich derselben erwähnen, und ich oft Verse in verschiedenen Sprachen zum Lob meiner Gemählde daran angeheftet finde."*

Der Vater der erfolgreichen Malerin wurde daheim im Bregenzerwald nicht müde, die Briefe seiner Tochter vorzulesen, die nun eine gefeierte Malerin in einem fernen Land geworden war. Die Mühen der Wanderjahre hatten sich gelohnt, das Wunderkind war flügge geworden. Sogar von einem Heiratsantrag erfuhr der Vater. Die Tochter lehnte ab: *„Ich werde mich nicht binden lassen; mir liegt immer Rom im Sinn. Der Heilige Geist wird mich leiten."*

Johann Joseph war beunruhigt, am liebsten würde er sofort die Reise nach England antreten. Aber noch hatte er seine Nichte Rosa Florini, die er als Hilfe für Angelikas Haushalt mit nach Großbritannien nehmen wollte, nicht abgeholt. Falls Angelika je von einer schnellen Rückkehr nach Rom geträumt hatte, im Trubel der Londoner Ereignisse hatte sie ihren Vorsatz entweder vergessen oder immer wieder hinausgeschoben.

Immer schwerer fiel Angelika das Arbeiten im Stadtpalais in der Charles Street, die vielen Gesellschaften ließen regelmäßiges Arbeiten nicht zu. Allzuoft konnte Angelika das Tageslicht nicht ausnützen, und bei der Fülle ihrer Aufträge konnte sie sich allzuviele Mußestunden nicht leisten.

Lady Spencer half Angelika, eine neue Wohnung zu finden, nicht weit weg vom teuren Mayfair, aber bezahlbar und zentral gelegen. In der Suffolk Street unweit von Charing Cross hatte sie Räume bekommen, die das von ihr benötigte Nordlicht boten und gleichzeitig repräsentativ waren, und deren Vermieter einer jungen, alleinstehenden Malerin auch den nötigen gesellschaftlichen Hintergrund bieten konnten. Charing Cross hatte zudem den unschätzbaren Vorteil, leicht erreichbar zu sein. Dr. Samuel Johnson schrieb: „*Fleet Street hat ein recht lebhaftes Ansehen, aber ich glaube, die Hochflut des Menschendaseins ist in Charing Cross!*"

Vielleicht zum ersten Mal war Angelika wirklich glücklich. Sie konnte sich ihr Leben einteilen, wie sie wollte und wie es der Arbeitsanfall zuließ. Sie brauchte weder auf eine exzentrische Lady noch auf einen Vater Rücksicht zu nehmen. Sie konnte auf Gesellschaften gehen und sich feiern lassen, mit Kollegen fachsimpeln und mit Madame Garrick deren Mann in einer seiner großen Rollen im Drury Lane Theater bewundern.

Rossi beschrieb die junge elegante Malerin dieser ersten Londoner Tage: „*Ihr Körper war wohlproportioniert, obwohl übrigens nicht von sehr hoher Statur. Ihr Teint war frisch und blühend, ihre Züge waren regelmäßig, der Mund allerliebst, die Zähne blendend weiß. Besonders ihre lebhaften blauen Augen besaßen einen so zauberischen Reiz, daß wer sie nicht kannte, sich unmöglich vorstellen konnte, wie sprechend ein Blick von ihr war. Ihr einnehmendes Wesen, ihre Tugend, ihr Talent, die seltene Sanftmut ihres Charakters waren Eigenschaften, die einen jeden, der sich mit einer Gefährtin zu verbinden wünschte, die im friedlichen Bunde seine Lebenstage beglücke, ihre Hand wünschenswert machen mußte. Schon der Enthusiasmus, womit die englische Nation ihre Werke aufnahm, und die seltene Großmut, womit sie dieselben belohnte, eröffneten einen holden Gesichtskreis von Hoffnungen demjenigen, der in den Banden Hymens Ketten von Rosen und Gold zu finden wünscht.*"

So poetisch Rossi sich ausdrückte, die solide Angelika

war im reichen und festlichen London zu einer zauberhaft gekleideten, sich kostbar herausputzenden jungen Frau geworden. Die Art, wie sie sich kleidete und wie sie malte, galt als schick und nachahmenswert an einem Hof, an dem König und Königin abends inniglich miteinander in die Betrachtung ihrer sich Jahr für Jahr vermehrenden Kinderschar versunken waren. Georg III. war am glücklichsten, wenn er auf dem Lande einen einfachen Edelmann spielen konnte. Seiner Königin hatte er das damals weit außerhalb der Stadt gelegene Buckingham House gekauft. Hierher kehrte der König am Abend aus dem St. James Palast, den er nicht ausstehen konnte, heim zu seiner Familie. Im Erdgeschoß hatte der König seine Räume, im zweiten Stock wohnte die Königin, die Hofhaltung war bescheiden. Gesellschaften gab das Königspaar nur in den Londoner Schlössern, die Landsitze blieben der Familie vorbehalten. Georg III. kümmerte sich um die Genealogie seiner Familie und die Uniformen seiner Offiziere, dazu pflegte er eine tiefe Freundschaft mit Benjamin West, der am Hof Karriere machte. Die Königin liebte Musik und Bildende Kunst; sie umgab sich mit schönen, alten Gemälden aus dem reichen Fundus der königlichen Besitzungen.

Merkwürdig an Rossis Schilderungen muten die blauen Augen an, die doch auf den Selbstporträts der frühen Jahre dunkel erscheinen. Aus späteren Jahren gibt es einen Brief Klopstocks, in dem er Angelika bat, sich ja mit blauen Augen und nicht mit dunklen zu malen. Angelika, das idealisierte Kunstgeschöpf, war selber ein Produkt ihrer Kunst, ihr schönstes Bild. Eine junge Frau, mit Weinlaub im lockigen Haar, ein bezaubernd schönes Wesen, eine antike Hebe im klassischen Gewand, mit einem merkwürdigen Lächeln im schönen Gesicht, so malte sie sich auf einem Selbstporträt. Diese Angelika, kokett und vergnügt, hatte wenig gemein mit Rossis sittsamer Muse.

Wer will es ihr verdenken, daß sie ernsthaft erschrak, als der Vater noch im Winter des Jahres nach London kommen wollte. Nur das nicht, ein paar Monate wollte sie das Alleinsein noch genießen. Sie schrieb ihm einen Brief, in dem sie alle Argumente zur Sprache brachte, die eine gehorsame, sittsame und den Vater liebende Tochter überhaupt ins Feld führen konnte, um ein paar Monate ohne die strenge väterliche Aufsicht verleben zu können. So entstand ein Brief, in dem jeder Satz eine schwierige Gratwanderung zwischen Gehorsam und Freiheitsliebe war. Aber Angelika wußte, wie sie den soliden Bregenzerwälder am besten von seiner Reise abhalten konnte:

„Aller Libster Vatter,

Habe ewer schreiben von 20 Augusten wie auch den ledsten von 13 September Richtig, und mit vihlem Vergnügen erhalten, freut mich von Hertzen daß ihr wohl auff seind, ich befinde mich auch gantz wohl Gott sey Dankh. in ewren ledsten vernamme ich daß ihr folgenden tag sambt der lieben Rosa Morbegnio verlassen werden. der gedankhen und die Hoffnung euch zu sehen freut mich über alles – und wünsche es Recht sehr – ich sehe ihr seynd entschlossen die Reysse fortzusetzen vor ihr eine antwort von mir erwarten, ist also ungewiss ob dißer briff euch zu handen Komme. Jedoch Kan ich nicht umgehn euch genau zu berichten von beschaffenheit hißigeß Landeß – damit ihr euch darnach richten, und selbst überlegen welches besser ist, die Reisse anjetzo fortzusetzen, oder auffschiben biß Könfftigs frühjahr; seind versichert ich wünsche euch zu sehen, allein ich bitte mir es nicht übel zu nemmen: ich und einige gute freund finden nicht for Ratsam daß ihr dißen winter anherro Kommen sollen. wenn ihr die ursachen selbst überlegen, werden ihr selbst finden, daß es nicht for unsern avantagio were. Die Kösten hir seynd außerordentlich – ich bin in einem particular Hauß, bey sehr braffen und Ehrlichen leuten, alte bekannt von Mylady – sy hat die güte gehabt diesen leuten mich so anzubefelen, alß were ich ihr eigene tochter, ich bin über ein Monat hie im Hauß – habe gutes licht, die leute im Hauß gehen mir in allem an die hand – die frau ist eine muter gegen mir. ihre Zwei töchter liben mich wie eine schwester. Die gelegenheit war so gut und in allem mir so anständig, daß ich mir khein bedenken gemacht habe mich zu versichern und das quartir for den gantzen winter zu nemmen. ich habe vier zimmer, eins wo ich mahle, daß andre, wo ich meine fertigten bilder stehen habe (wie es hier der brauch ist, die leute Kommen die Arbeit zu sehen ohne den Künstler zu verstören, die andre 2 Zimmer seynd sehr Klein, Kaum hat ein bet platz zu stehen, einß von diesen ist mein schlaffzimmer, daß andre dint for tücher und dergleichen sachen darin aufzubehalten; for die Zimmer bezahle ich 2 gine die Wochen. 1 gine for die Kost – sambt dem bedinten, den ich Kleiden muß. Dises ist ohne wasch, und andere Kleinigkeiten die ich täglich unumgänglich vonnöten habe, den bedienten Könt ich ebenfalß nicht entberen; dießes seynd meine außgaben, die euch nicht Klein vorkommen werden, Kunte eß genauerer nicht ein Richten. ich versichere solten ihr auff den winter Kommen, so müssen wir ein Hauß nemmen, welches sehr schwer zu finden ist; und unter Hundert gines Jährlich gar nicht zu haben. unmobiliert verstet es sich, ein Hauß auf hißige art zu mobilieren Kombt auff vierhundert gines – Betrachten selber wie hoch dieses kommen würde besonderst im winter wo alles vihl teurer ist, die tage sehr Kurtz – die arbeit gibt nicht vihl auß wie ihr wohl wisset. wir müsten ein bedinten haben und eine Magt – das decorum erfordert es – ich bin hie nun bey Jedermann bekant und in ansehen. ich muß mein Caracter nicht nur allein mit meiner arbeit sutenieren, all übriges muß darnach eingerichtet seyn – mit einer gewissen propertet, die heut zu tage sehr notwendig ist, wen man sich Distinguiren will die vornehmsten Damen Kommen inß Hauß, zu sitzen – mich zu besuchen – oder meine arbeit zu seehen; in einen schlecht eingerichten Hauß dörfft ich leut von solchem Range nicht empfangen. mein gegenwertige einrichtung is ordentlich – und zu gleicher zeit so genau als man sie haben Kan; eine veränderung würde nichts verbessern; so lange ich allein bin hab ich hoffnung (unerachtet die Kösten die ich habe) ein merkhliches zu ersbaren, dissen winter durch – und dann auf den sommer eine andre ein Richtung machen – die häußer seynd leichter zu haben und all übrigeß ist nicht so teuer. noch einß welches mir große sorge geben würde, ihr seynd der hiesigen lufft und daß Clima nicht gewont – wir seynd schon sbät in der Zeit, wir haben hir schon der mänge nebeliger finsterer tage – der tampf von den Kollen ist gar nicht angenem – und besorge ihr Konten

Krankh werden was wer das for ein Creutz, ich darf nichts mehr sagen – ich förchte ihr möchten denkhen ich suche eure ankonfft auß andern ursachen zu verhindern. Nein gewiß nicht – meine absicht ist, mein und ewern nutzen so vihl möglich zu befördern und in gegenwärtigen umständen unnötige Kösten zu ersbaren. mit der Zeit Kan alles eingericht werden – willß Gott, nach unserm wunsche, bitte ihr wohlen aldises wohl überlegen, und nichts übereilen. der liebe Gott erhalte euch gesund, ich verbleibe bis in den tod ewer gehorsamme tochter Ang. Kauffmann

meine adreße ist
To Miss Angelika Kauffmann at Ms. Humes
Surgeon in Suffolk Street
Charing Cross
London."

Die Rechnung der „*gehorsamen Tochter*" ging auf: Der „*aller Libste Vatter*" verlegte seine bereits fest geplante Reise ohne zu Murren in die preiswerteren Frühjahrmonate des Jahres 1767. Um keinen Preis der Welt hätte der sparsame Johann Joseph seiner haushälterischen Tochter unnötige Mehrkosten aufhalsen wollen. Vermutlich hatten Angelikas Rechenkünste den Vater weit mehr überzeugt als die liebevolle Sorge, seine Gesundheit könne im Londoner Winternebel leiden.

Der wohlberechnete Brief zeigte aber auch die Spontaneität der Briefschreiberin Angelika. Obwohl sie wenig Übung im Deutschen hatte, schrieb sie drauflos, wie ihr der Schnabel gewachsen war. Ihr Deutsch war geprägt vom Alemannischen des Bregenzerwaldes, eine Färbung, die sie bei ihrer Muttersprache nie verlieren sollte. Im übrigen sprach sie selten genug deutsch. Von klein auf dazu erzogen, sich anzupassen, hatte sie immer in die Sprache des Gesprächspartners gewechselt oder mit Winckelmann, der Italienisch dem Deutschen vorzog, meistens in der Sprache Dantes und Petrarcas diskutiert. Seit ihrer Ankunft in London hatte sich ihr Englisch so gebessert, daß sie kaum noch eine andere Sprache benutzte. Mit Königin Charlotte und mit Garricks Frau, die aus Wien stammte, redete sie manchmal im heimatlichen Dialekt, wenn sie bei Hof eingeladen war oder mit Eva Garrick eine Gesellschaft besuchte.

Stolz konnte Angelika dem Vater schreiben: *„Man hat mir tausend Mal gesagt, daß die Engländer, wenn sie zurück in ihr Heim kommen, ihre Bekannten vergessen und die Versprechungen der Freundschaft, die sie im Ausland geschlossen haben. Aber ich finde gerade das Gegenteil. Besonders die Damen sind sehr liebenswürdig, von einer aufrichtigen Höflichkeit und im allgemeinen sehr gutmütig."*

Aber nicht nur die zur Beruhigung des Vaters angeführten gutmütigen Damen machten Angelika ihre Aufwartung. Auch Nathaniel Dance, einer ihrer treuesten Verehrer in Rom, zählte nun, da sie über eigene Räume verfügte, zu ihren ständigen Besuchern. Er wurde nicht müde, ihr die Lobeshymnen aus den Zeitungen zu Gehör zu bringen. So stand im „Public Advertiser" zu lesen:

Während die gute Angelika mit unübertrefflicher Anmut
Malt Conway's lieblich' Gestalt und Stanhope's Gesicht,
Willig der Schönheit verfallen sind unsere Herzen,
Und rühmend, bewundernd schmilzt unsere Seele hinweg.

Während Angelika konzentriert an dem fast fertigen Porträt auf der Staffelei weiterarbeitete, setzte sich Dance auf einen der hochlehnigen Fauteuils und sah ihr zu. Sie hatte es gerne, wenn man ihr beim Malen vorlas, eine Gewohnheit, die sie bis in ihr Alter beibehalten sollte. Dance liebte Angelika seit dem ersten Tag, als er ihr in Rom begegnet war. Damals hatten sie nebeneinander in der Akademie gesessen und sogar gemeinsam eine Zeichnung angefertigt. Wie hatte er sich auf das Wiedersehen in London gefreut! In Rom hatte er Angelika einen Heiratsantrag gemacht, sie hatte die Antwort darauf verschoben, hatte auf ein Wiedersehen in der britischen Hauptstadt verwiesen. Doch jetzt brachte sie tausend Ausflüchte vor, wie Nathaniel Dance manchmal bitter dachte. So jeden-

Angelika Kauffmann
Selbstbildnis

falls hatte er sich das Wiedersehen in London nicht vorgestellt.

Ganz selten nur hatte er Angelika für sich, Dance hatte den Verdacht, daß sie es mit Absicht so einrichtete. Ihre Hauswirtin achtete peinlich darauf, sie nie mit ihrem hartnäckigen Verehrer allein zu lassen, und die beiden Töchter des Hauses saßen oft stickend oder lesend in einer Ecke des Raumes, der Angelika als Atelier diente. Das wäre aber gar nicht nötig gewesen, denn Kunden und Besucher drängten so zahlreich zu Angelika, daß sie schon überlegte, feste Stunden für die Besuche einzurichten.

Die Künstlerin malte indessen scheinbar unbeteiligt weiter. Aber ihre Gedanken waren weit entfernt von dem Porträt, das bis auf einige Details am wolkenverhangenen Himmel des Hintergrundes fast fertiggestellt war. Vor einigen Monaten noch, in Rom, hatte sie gemeint, Nathaniel Dance heiraten zu können. Aber jetzt sah alles anders aus. Sie wollte Erfolg haben und endlich einmal die Früchte ihrer Arbeit genießen, ohne Fragen beantworten und Argumente für ihr Tun finden zu müssen. Sie wollte sich nicht binden, und auf gar keinen Fall wollte sie einen Maler heiraten. Einen Maler zum Vater, einen zum Mann, und vielleicht bald auch noch malende Kinder! Sie zog die Stirn kraus. Nathaniel Dance hatte seinen Vater gebeten, im Namen des Sohnes um ihre Hand anzuhalten. Schon wieder ein Vater, der mit wohlgesetzten Worten Druck auf sie ausüben wollte!

Seufzend legte sie den Pinsel nieder, sie würde ablehnen, ein für alle Mal. Daran war weniger Dance schuld als der denkbar ungünstige Zeitpunkt seiner Werbung, vielleicht später einmal ... Während Angelika noch überlegte, trat Lady Mary Coke auf sie zu. Sie interessierte sich lebhaft für das Porträt der jungen Miss Conway, das Angelika gerade in Arbeit hatte. Liebenswürdig beantwortete die junge Malerin Frage um Frage, lächelte und erzählte von ihrer Ausbildung in den Kunstzentren Italiens. Fasziniert hörten die Anwesenden zu. Noch am selben Abend schrieb Lady Mary Coke begeistert über den Besuch an ihre Schwester: *„Ich ging zu Lady Ailesbury's und fand sie und Mr. Conway auf dem Weg zu einer Malerin, die gerade aus Italien angekommen ist. Lady Wentworth hat sie mit herübergebracht. Es ist die gleiche, die das Bild von Mr. Garrick gemalt, das, wie ich gehört habe, in der Ausstellung der „Freien Maler" hing. Ich ging mit ihnen und sah das Bild, das sie von Miss Conway, die nun achtzehn ist, gemalt hat. Es ist sehr ähnlich und auch gut gearbeitet, aber zu groß, so als hätte sie eine erwachsene Frau gemalt."*

Angelika war in aller Munde, sie gehörte einfach dazu! Bemerkenswert schnell hatte sie sich ihren Platz in London erobert. Man traf sich bei ihr, so wie man sich auch in den Ateliers der anderen bekannten Maler traf. Bei Angelika, das pfiffen die Spatzen von den Dächern, konnte man besonders viele attraktive junge Männer antreffen. Sie zogen die heiratsfähigen Töchter der Aristokratie an, die sich hier, auf neutralem Boden, nach einem Ehemann umgucken konnten, ohne daß es auffiel. Armer Nathaniel Dance, er wollte nicht begreifen, daß sich seine hartnäckig angebetete „liebe Angelika" immer weiter von ihm entfernte. Dazu hatte sie neben all den vielen jungen Anbetern auch einen, dessen Zuneigung ihr vor allen anderen schmeichelte und ihr guttat. Mehr und mehr fühlte sie sich zu Joshua Reynolds, dem berühmten Maler hingezogen. Neben vielen Begabungen und Eigenschaften hatte Reynolds die sehr seltene Gabe, ein guter Freund zu sein. Dr. Samuel Johnson hatte einmal gesagt: *„Wenn ich ihn verliere, habe ich den einzigen Mann verloren, den ich wirklich einen Freund nennen kann."* Reynolds gab Angelika das Gefühl völliger Sicherheit auf dem Londoner Parkett, seine Ratschläge halfen ihr, ohne sie einzuengen. Reynolds beeinflußte sie nicht, er leitete sie behutsam. Achtzehn Jahre älter als Angelika, verfügte er über genügend Lebenserfahrung, die junge hübsche Kollegin nicht mit seiner Zuneigung zu überfallen.

Joshua Reynolds wurde am 16. Juli 1723 in Plympton

bei Plymouth geboren, wo sein Vater Lehrer an der Grammar School war. Als Siebzehnjähriger begann er eine Lehre bei dem bekannten Porträtmaler Thomas Hudson in London, danach pendelte er zwischen seiner Vaterstadt und London und versuchte sich als Porträtmaler durchzuschlagen. Als sich Reynolds 1749 die Gelegenheit bot, mit einem Expeditionsschiff kostenlos bis nach Menorca zu kommen, sah er seine Chance und griff zu. Von der Mittelmeerinsel gelangte er auf allerlei Umwegen in die großen Kunstzentren Italiens. In Rom wohnte er im Palazzo Zuccari auf dem Pincio.

Was für ein Vergnügen war es nun für Angelika, mit Reynolds über Rom zu sprechen und über ihre Vorlieben unter den großen Malern! Sie teilten die Liebe zu Raffael und Michelangelo. Erst jetzt in London, unter der behutsamen Anleitung von Joshua Reynolds, gelang es Angelika, ihre Schwierigkeiten bei der Bewältigung des Helldunkels langsam zu überwinden.

Was der eifersüchtige Nathaniel Dance von diesen kollegialen Fachsimpeleien hielt, hat er überdeutlich in einer mehr als realistischen Zeichnung dargestellt. Der offensichtlich schwerhörige Reynolds hält die eine Hand hinters Ohr, um Angelikas Plaudereien besser zu verstehen, ihr Profil entspricht nicht gerade dem von ihr selber angestrebten Schönheitsideal und wird von der Spitzenhaube auf ihrem Kopf noch ungünstig unterstrichen.

Angelika war noch nicht einmal vier Wochen in London, als Reynolds sie porträtierte. Es entand eines der schönsten Bilder, das es von ihr aus der Londoner Zeit gibt. Reynolds schien wirklich verliebt zu sein in diese hoffnungsvolle junge Kollegin. Einige Locken haben sich aus der Hochfrisur gelöst und umrahmen nun ein apartes schmales Gesicht mit sehr zarten Zügen. Im Gegensatz zu den vielen vornehmen Damen auf den Porträts der Zeit wirkt Angelika ungeschminkt, was die Klarheit der Züge erhöht. Ein geheimnisvolles Lächeln umspielt den Mund, ihre Augen blicken aufmerksam auf den Betrachter. In

Reynolds Atelier am Leicester Square Nr. 47 wurde das Porträt im Herbst für alle Besucher sichtbar aufgestellt.

Angelikas kometenhafter Aufstieg erinnerte Joshua Reynolds an den Beginn seiner eigenen Karriere. Als er sich 1755 dauerhaft in London niederließ, malte er an die einhundert Porträts im Jahr, vier Jahre später verzeichnen seine lückenlos geführten Notizbücher schon gut einhundertfünfzig Porträts, ein ungeheures Arbeitspensum. Wie hilflos war er damals manchmal gewesen, wenn es darum ging, Preise auszuhandeln und festzusetzen.

Auch Angelika, mit Sprache und Landessitten nicht so vertraut wie Reynolds, wußte oft nicht, wieviel sie verlangen konnte. Der gutmütige Reynolds erbot sich, dies Geschäft für sie zu übernehmen; die Summen, die er festsetzte, entsprachen seinen eigenen Preisen. Das behaupteten wenigstens die nicht wenigen Neider, die Angelika in der britischen Hauptstadt hatte. Selbst der der Künstlerin seit ihren Jugendtagen verbundene Botschafter Graubündens Henry de Salis konnte sich nicht verkneifen, an seinen Bruder Graf Peter Salis in Chiavenna zu berichten: *„Mademoiselle Angelika malt hier mit großem Erfolg, sie nimmt 20 Guineas für ein Porträt. Reynolds, der ihr seit ihrer Ankunft hier große Aufmerksamkeit entgegenbringt, setzt die Preise für sie fest, und ich denke, viel zu hoch!"*

Angelika weilte oft zu Gast bei Joshua Reynolds in seinem großen Haus am Leicester Square. Seine Schwester Frances führte dem Junggesellen den Haushalt. Sie war selber eine bekannte Pastellmalerin, deren Bilder bei vielen großen Anklang fanden. Obwohl sie langsam und schwerfällig arbeitete, zeigten ihre Porträts viel natürliche Frische und Farbigkeit. Ihr Bruder Joshua allerdings geriet jedes Mal außer sich, wenn jemand in seiner Gegenwart die Malkünste seiner Schwester erwähnte. Seinem Urteil nach waren *„diese Erzeugnisse nur ein Kompendium seiner sämtlichen Schwächen"*. Wie mochte sich Frances Reynolds darüber geärgert haben, daß auch die berühmten Freunde des Bruders nur Spott für sie übrig hatten. Der Dichter Goldsmith lästerte, sie liebe die Bildende Kunst mehr, als daß sie sie verstünde, und der sarkastische Dr. Johnson konnte sich nicht verkneifen, ein Spottgedicht über sein von Frances gemaltes Porträt zu verfassen. Kein Wunder, daß das Verhältnis zwischen den Freunden und der Schwester des Malers ein wenig gespannt war.

Deswegen hatte Reynolds in der Taverne „Zum Türkenkopf", nur wenige Ecken von seinem Haus entfernt, den „Club" gegründet, eine lose Vereinigung von Schriftstellern, Künstlern und Gelehrten, die sich dort einmal in der Woche zum Abendessen mit anschließendem Umtrunk und zu Diskussionen und Gesprächen trafen. Neben Reynolds und Garrick gehörten Dr. Johnson, Boswell und Goldsmith zu den ersten Mitgliedern.

In Reynolds Tagebüchern taucht der Name Angelikas häufig auf, bald schon nannte er sie *„Miss Angel"*, oft ist hinter ihrem Namen *„Fiori"* vermerkt, der aufmerksame Kollege schickte Blumen in das Atelier der angebeteten Kollegin! Die Gerüchteküche begann zu brodeln. Hatte der eingefleischte Junggeselle seiner „Miss Angel" nun einen Heiratsantrag gemacht oder nicht? Ohne Zweifel war Angelika tief beeindruckt von Reynolds, an den Vater schrieb sie: *„ . . . aber Mr. Reynolds ist der beste von allen, ein sehr großer Meister. Seine Art zu Malen ist ganz seine eigene und seine Porträts sind meistens historisierend. Er hat einen fliegenden Pinsel, der einen wunderbaren Effekt von Licht und Schatten gibt."*

Auch sie hat Reynolds gemalt, ein Bild, das vom „Public Advertiser" in den höchsten Tönen gelobt wurde. Aber Joshua Reynolds mutet auf dem Bild eher wie ein vorzeitig gealterer Lebemann mit schütterem Haar und fahlen Wangen an als wie ein Liebhaber, der seiner Angebeteten gerade einen Heiratsantrag gemacht hat. Der Dargestellte schwieg sich aus, Angelika schrieb dem Vater, er habe sich sehr lobend darüber geäußert. Dafür gibt es keinen Beweis, allerdings vollendete Angelika das Bild nicht, das geschah erst zwei Jahre später, als sich dafür ein Käufer fand. Von Goldsmith gibt es ein Spottgedicht auf allzeit lobende Journalisten, das in unmittelbarem Zusammenhang mit Angelikas Reynolds-Porträt zu stehen scheint. Kein Wunder, daß die bisher nur Gelobte den Spaß daran verlor!

Man sagte dem hochgebildeten Reynolds nach, er habe den Satz geprägt: *„Wenn ein Maler heiratet , ruiniert er einen Maler!"* Wie reimte sich das jetzt mit seinem Heiratsantrag an Angelika zusammen? Die gute Gesellschaft schloß messerscharf, die „Kokotte" könnte dem großen Meister nur mit ihren Verführungskünsten den Kopf verdreht haben. Dann aber hätte sie seinen Heiratsantrag annehmen müssen, – daß sie es nicht tat, beweist, daß sie bisher kühlen Kopf inmitten des Erfolgs bewahrt hatte. Reynolds zu heiraten wäre eine große Ehre gewesen, und eine gebildete und berühmte Frau wie Angelika hätte seinem Atelier gut angestanden. Aber wer zwei und zwei zusammenzählen konnte, der mußte erkennen, daß der große Mann eifersüchtig von seiner Schwester bewacht wurde. Frances Reynolds sah nicht so aus, als würde sie sich von der liebgewordenen Herrschaft über den großen Haushalt ihres Bruders kampflos trennen!

Angelika verdiente gut, sie stand zum ersten Male auf eigenen Füßen. Der Schmetterling war geschlüpft und wollte sich die Richtung, in die er flog, nicht vorschreiben lassen! Sie mochte Reynolds sehr, aber sie liebte ihn nicht. Seine Freundschaft zu behalten, war ihr wichtiger, als sich gegen eine kampferprobte Schwester durchzusetzen und ein großes Haus zu führen, das doch nicht das ihre war. Joshua Reynolds war nicht der Mann, der Angelika einen Korb übelnahm, er blieb der Freund, der er die ganze Zeit gewesen war. Angelika war ihm eine große Stütze in seinen Bemühungen, in London eine Akademie und damit eine nationale Schule für Malerei zu gründen, die denen auf dem Kontinent zumindest ebenbürtig sein konnte.

Das Frühjahr hatte noch kaum begonnen, als Johann Joseph Kauffmann, begleitet von seiner Nichte Rosa Florini, in London eintraf. Angelika staunte, wie schnell er sich trotz seiner mangelnden Englischkenntnisse in der für ihn fremden Stadt zurechtfand. Nachdem er sich ein wenig umgehört hatte, gelang es ihm mit seinem untrüglichen Sinn für das „Decorum", eine standesgemäße Unterkunft für seine Tochter zu finden. Das Haus war nobel und nicht zu teuer, es hatte genau den richtigen Abstand zum Viertel der Reichen in Mayfair, um nicht als unangemessen für eine so junge Malerin, die erst kurze Zeit in London lebte, angesehen zu werden. Aber es lag doch nah genug an den Stadthäusern des Adels, um noch als standesgemäß zu gelten. Das Haus hatte Nordlicht und lag im Schatten der Platanen des Golden Square, in dessen Mitte sich Georg II. in römischer Tracht erhob, so als täte er das, was gerade er niemals gewollt hatte: Seinen Untertanen mit ausgestreckter Hand entgegenkommen.

Johann Joseph richtete das Haus mit schönen Möbeln und vielen Bildern und Kunstgegenständen kostbar ein. Mit Staunen hatte er die Ersparnisse, die seine Tochter in nur einem Londoner Winter angehäuft hatte, zur Kenntnis genommen. Im ersten Überschwang erstand er für Angelika ein sehr schönes Cembalo.

Zu seiner großen Freude hatte Johann Joseph in London einen alten Freund aus der Zeit seiner Wanderjahre am Bodensee wiedergetroffen: den Emailmaler Georg Moser, der schon zu Beginn der Vierziger Jahre nach England gegangen war, um im Gefolge der Brüder Adam Schlösser und Herrensitze einzurichten und auszustatten. Seine 1744 in London geborene Tochter Mary war trotz ihrer Jugend eine berühmte Blumenmalerin und erfreute sich der besonderen Gunst der Königin Charlotte. Auch Angelika verstand sich mit der nur wenige Jahre jüngeren Mary Moser sehr gut. Beide unterstützten Joshua Reynolds in seinen Bemühungen, eine Londoner Akademie zu gründen und hatten auch sonst gemeinsame Freunde und Verehrer.

Einer der interessantesten unter ihnen war der junge Schweizer Schriftsteller und Maler Johann Heinrich Füßli, der Sohn des berühmten Landschaftsmalers und Besitzers von Angelikas Winckelmann-Porträt, Johann Caspar Füßli, der Cousin des „Milchlammes", mit dem Angelika in Rom zu Winckelmanns Füßen gesessen hatte. Nach einem Theologiestudium war der junge Füßli als Geistlicher der reformierten Kirche ordiniert worden, seine Interessen galten aber vorrangig der Literatur und der Politik. England war für ihn das freieste Land; nachdem er immer wieder Schwierigkeiten mit der Schweizer Obrigkeit wegen seiner liberalen Ansichten bekommen hatte, emigrierte er nach London. Auf Winckelmanns Wunsch hatte er 1765 die Erstausgabe seines Hauptwerkes „Gedanken über die Nachahmung der griechischen Werke in der Malerei und Bildhauerkunst" besorgt. Angeregt durch die ihn ungeheuer beeindruckenden Aufführungen der Werke Shakespeares in den Londoner Theatern, begann er die Werke seiner Lieblingsdichter – neben Shakespeare Milton und Dante – zu illustrieren. Bei einem Zusammentreffen zeigte er seine Bilder Joshua Reynolds, der sie lange betrachtete und sich tief beeindruckt zeigte. Er riet Füßli, sich ganz der Kunst zu widmen. Reynolds beschwor ihn, eine Bildungsreise durch Italien zu unternehmen, doch die zahlreichen Liebesaffären, Wettskandale und Zusammenstöße mit der Polizei verzögerten den Aufbruch Füßlis ins Sonnenland Italien immer wieder. Er malte, schrieb und liebte sich durch die Londoner Gesellschaft, ein Skandal folgte dem anderen.

Am liebsten hielt er sich in Angelikas neuem Atelier am Golden Square auf. Seine Zeichnungen zeigten bereits Anklänge an sein Gemälde „Der Nachtmahr", das 1802 ungeheure Aufregung hervorrufen sollte. Die wilden Gestalten mit ihren zupackenden Gebärden und dämonischen Gesichtern erschreckten die sanfte „Miss Angel" zutiefst. Falls „Henry Fuseli", wie ihn die Briten nannten, Angelika einen Heiratsantrag gemacht haben sollte, dann wird sie ihn starr vor Schrecken abgelehnt haben. Fuseli zu heiraten, mußte ihr vorkommen, als wenn sie sich auf dem

Vesuv ansiedeln sollte. Selbst Goethe, der Henry Fuselis späte Bilder durchaus zu schätzen wußte, beurteilte befremdet: *„Was für eine Glut und Ingrimm ist in diesem Menschen!“* Für wirkliche Glut und Leidenschaft war das zarte Kunstgeschöpf Angelika nicht zu haben. Der unruhige Geist Henry Fuselis fand Zuflucht und Ruhe in Angelikas Atelier, die beiden unterhielten sich im heimatlichen Dialekt, und ihre Gespräche erschöpften sich in Erinnerungen an frühere Zeiten. Angelika atmete auf, wenn sich die Tür hinter dem aufregenden Sproß der Familie Füßli wieder geschlossen hatte. Aber bei einer anderen hätte er durchaus Chancen gehabt, Mary Moser liebte den Draufgänger aufrichtig, aber er beachtete sie kaum.

Angelika war nun, noch nicht einmal ein Jahr nach ihrer Ankunft, eine gesuchte Porträtistin mit einem eigenen, florierenden Atelier. Es gehörte zum guten Ton, bei ihr vorzusprechen und sich ihre neuesten Werke anzusehen. Johann Joseph führte die Gäste, er machte die Arbeit im Hintergrund, spannte die Leinwände und rieb die Farben. Rosa Florini, hübsch und solide, besorgte den Haushalt mit leichter Hand und war die Freude der Künstler, die aus dem Veltlin und Oberitalien stammend, im Gefolge der Brüder Adam Schlösser und Herrensitze der noblen Oberschicht neu ausstatteten und renovierten.

Angelika hatte ihren Vorsatz, Historienbilder zu malen, nicht vergessen, für die Jahresausstellung der Gesellschaft Freier Künstler steuerte sie diesmal kein Porträt, sondern eine Schäferszene bei. Erfreulich war auch, daß sie in diesem Frühjahr zum ersten Mal in ein Lexikon aufgenommen wurde. Voller Stolz konnte Angelika im ihr von Henry Fuseli überreichten „Allgemeinen Künstlerlexikon“ von 1767 nachlesen:

„Kaufmann, (Maria Angelica) gebohren zu Chur in Pündten um 1742, lernte bei ihrem Vater, einem mittelmäßigen Portraitmaler aus der Herrschaft Bregenz am Bodensee gebürtig. Hernach ging sie mit ihm gen Constanz und wirkte darauf in Italien, wo sie nach den besten Meistern copierte. Man siehet auch Portraite

von ihrer Hand, welche in der Ähnlichkeit, Ausführung, Colorit, und schöner Erfindungen der Stellungen, den Bildnissen grosser Meister an die Seite gesetzt werden können. Diese vortreffliche Künstlerin begab sich auf das Historien malen von mittelmäßiger Größe. Ihre Compositionen sind sehr poetisch, die Ausdrücke meistens glücklich und voll Geist. Ihr Colorit ist harmonisch, sanft und kräftig, nach der neuesten besten italienischen Manier. Sie verstand die Antiken, verriet aber in männlichen Figuren zu viel von ihrem Geschlecht. Sie fing um 1763 an, einige Blätter mit einer leichten und freien Manier in Kupfer zu ätzen ..."

Nachdenklich legte Angelika das Buch beiseite. Sie stand in einem richtigen Lexikon! Es war wie ein Rausch, einen flüchtigen Moment dachte sie an Schwarzenberg und die Verwandten, wie hatte sich ihr Leben seit damals verändert! Sie hatte viel von dem, was sie sich vorgenommen hatte, erreicht. Manchmal war sie müde von den vielen Sitzungen, die sie für die Porträts zu überstehen hatte. Die Augen taten ihr weh. Wie schön müßte es sein, in Schwarzenberg zu sein und hinüber zu wandern aufs Bödele, die Wallfahrt nach Maria Bildstein fiel ihr ein. Aber zu lange konnte sich Miss Angel solche Träumereien gar nicht leisten. Die Arbeit rief, und das gute Tageslicht mußte ausgenutzt werden. Schon trat der Vater zu ihr, er schüttelte den Kopf: „Laß doch Mylady nicht warten". Angelika drehte sich lächelnd zur Tür. Manchmal hatte sie es wirklich satt, „auf den Kauf" zu malen, aber das wußte, dem Himmel sei Dank, kein Mensch.

Kapitel 8
Skandal am Golden Square

London schmückte sich für einen königlichen Besuch. Im Sommer 1767 hatte Georg III. seine damals kaum fünfzehnjährige Schwester Caroline Mathilde an den dänischen König Christian VII. verheiratet. Ein knappes Jahr später kam der junge Monarch zu einem Besuch in die Heimat seiner Frau. Es war schon eine Weile kein Geheimnis mehr, daß es um die königlich dänische Ehe nicht zum besten stand, denn Christian VII. interessierte sich für alle Frauen, nur nicht für die eigene. Caroline Mathilde nahm das nicht allzu tragisch, sie tröstete sich mit dem dänischen Premierminister Johannes Friedrich Struensee. Solche Gerüchte konnten die Festeslust der Londoner Gesellschaft nicht trüben. Neben vielen Empfängen und Lustbarkeiten bereitete die „Gesellschaft der Künstler" Christian VII. mit einer ihm zu Ehren stattfindenden zweitägigen Sonderausstellung eine besondere Überraschung.

Am ersten Tag konnten nur vom Hof persönlich geladene Gäste die Ausstellung besichtigen, am zweiten Tag war sie auch für die Mitglieder der „Gesellschaft der Künstler" und ihre Freunde geöffnet. Diese illustren Ausstellungsbesucher waren die ersten, die drei nun fertiggestellte Historienbilder Angelikas, „Venus erscheint Äneas", „Penelope mit dem Bogen des Odysseus" und „Hektors Abschied von Andromache" außerhalb des Ateliers am Golden Square zu Gesicht bekamen. Noch hatten sich die Hoffnungen der jungen Künstlerin, Aufträge für Bilder mit geschichtlichem oder mythologischem Inhalt zu bekommen, nicht erfüllt. Aber Joshua Reynolds war überzeugt, daß der Erfolg nur noch eine Frage der Zeit sein konnte.

Die ganze Ausstellung, besonders aber die Werke

Angelikas, erregten großes Aufsehen. Bilder dieser Art waren in London noch nie gezeigt worden. Wie kein anderer Künstler der Zeit hatte Angelika das Rokoko überwunden und die von Winckelmann geforderte Strenge und Klarheit des klassizistischen Stils verwirklicht. Farblich sind die Bilder sehr reizvoll, Angelika war es gelungen, die sensible Farbgebung der venezianischen Schule einzubringen. Komposition, Farbigkeit und Themenwahl bestätigen ihre künstlerische Lernfähigkeit und Aufnahmebereitschaft. Zwar war sie immer noch beeinflußt von den Malern der englischen Kolonie in Rom, Gavin Hamilton und Nathaniel Dance, aber zunehmend zeigten sich auch Anklänge an Reynolds' Malweise in ihren Bildern.

Ein Jahr später wurden diese drei Bilder zusammen mit einem vierten, „Achill von Ulysses entdeckt", bei der großen Eröffnungsausstellung der „Royal Academy of Arts" gezeigt. Dort waren auch zwei Historienbilder von Benjamin West mit den Titeln „Abschied des Regulus" und „Venus betrauert den Tod des Adonis" zu sehen. In dieser für die weitere Entwicklung der Kunst in Großbritannien so außerordentlich wichtigen Ausstellung erregten Angelikas Gemälde neben den Bildern Benjamin Wests das meiste Aufsehen.

Aber trotz aller öffentlichen Lobeshymnen waren die Bilder kaum zu verkaufen. Einer der glühendsten Verehrer Benjamin Wests antwortete auf die Frage, warum er denn keines der von ihm so gelobten Bilder kaufe, empört: *„Was sollte ich damit wohl machen, wenn ich es hätte? Sie werden doch nicht glauben, daß ich außer einem Porträt ein modernes englisches Bild in mein Haus hängen würde!"* Benjamin West hatte zu seinem großen Glück in Georg III. einen kaufwilligen und zahlungskräftigen Mäzen, dadurch konnte er es sich leisten, auf die lästige Porträtmalerei weitgehend zu verzichten.

Aber auch Angelikas Hoffnungen auf einen Käufer erfüllten sich mit Hilfe von Joshua Reynolds. Seit seiner Jugend war der in Plympton geborene Maler mit John Parker, dem Besitzer von „Saltram House“ bei Plymouth, einem der schönsten Herrensitze in Devonshire, befreundet. Für „Saltram House“ trug Reynolds im Auftrage Parkers eine exquisite und beachtenswerte Kunstsammlung zusammen, in der auch zeitgenössische Bilder nicht fehlen sollten. Dadurch, daß Reynolds die vier außerordentlichen Bilder Angelikas für „Saltram House“ ankaufte und weitere Käufe in Aussicht stellte, gab er der Künstlerin die Möglichkeit, auf ihrem einmal eingeschlagenen Weg fortzufahren und sich zu vervollkommen. Auch die herausragenden Bilder der nächsten Jahre, „Vortigern und Rowena“ und „Edgar und Elfrida“, wurden von Reynolds für „Saltram House“ übernommen und sind bis heute dort zu sehen.

Das kunstsinnige London war hingerissen von „Miss Angel“ und ihrer Art, die mythologischen Themen in melancholische Farben zu hüllen und so zu einer Sinfonie von Schönheit und Eleganz zu verschmelzen. Angelikas Angewohnheit, mit lauschend geneigtem Kopf ruhig zuzuhören, fand viele Nachahmerinnen unter den jungen Mädchen der Gesellschaft. Wenn sie in ihrem Arbeitskleid aus weißer Spitze – ein Seidenband in den lockigen Haaren – an ihrer Staffelei saß und malte, dann konnten sich die Besucher nicht satt sehen an dem anmutigen Bild.

Es schien sie nicht einmal zu stören, wenn sich die Besucher miteinander unterhielten. Am schönsten war es, wenn einer der Gäste aus einem der neuen Bücher der Saison oder aus Werken der Weltliteratur vorlas. Zum Entzücken aller setzte Angelika sich in den Abendstunden, wenn das Licht zum Malen nicht mehr ausreichte, an ihr kunstvoll bemaltes Cembalo und spielte.

Der berühmte Musikkritiker Dr. Charles Burnley war, nachdem er Angelika zum ersten Male singen gehört hatte, zu ihr hingestürzt und hatte sie beschworen, eine Bühnenlaufbahn einzuschlagen. Lächelnd hatte sie mit einem langen Blick auf ihren Vater abgelehnt. Immer wieder hatte Burnley sie gebeten, in seinem Haus bei einem seiner

Feste zu singen. Schließlich gab sie doch nach. Reynolds hatte sie inständig im Namen seines Freundes und Kameraden im „Club" Dr. Charles Burnley gebeten, daß sie einfach nicht mehr ablehnen konnte. Aber als sie nun sah, wie viele Gäste an diesem Abend dem festlich erleuchteten Haus Burnleys zustrebten, wäre sie am liebsten wieder umgekehrt. Doch schon hatte David Garrick, der mit seiner Frau Eva in ein angeregtes Gespräch mit Samuel Johnson vertieft war, sie entdeckt. Drüben am Aufgang zum Saal winkte ihr Oliver Goldsmith zu; alle, die in der Londoner Gesellschaft etwas galten, schienen an diesem Abend hier versammelt zu sein. Angelika gab sich einen Ruck und spürte, wie ihr Lampenfieber nachließ.

Oben auf dem Treppenabsatz hatte sich die gerade fünfzehnjährige Fanny, die Tochter Burnleys, mit ihrem Tagebuch niedergelassen. Sie hatte es sich zur Aufgabe gemacht, ihre Zeit lückenlos zu dokumentieren. Über weite Strecken ist ihr das auch gelungen. Fanny Burnleys Tagebuch ist eine unschätzbare Fundgrube für das Leben im London des ausgehenden 18. Jahrhunderts. Es ist seltsam, daß Angelika, die doch oft und gerne zu Gast in Fannys Vaterhaus war, selten darin erwähnt wird. Auch in anderen Memoirenwerken wurde von der gefeiertsten Malerin der Zeit kaum Notiz genommen. Niemand notierte, was Angelika dachte oder sagte, neben ihren Bildern fanden allenfalls ihre ausgesucht schönen Kleider und Frisuren Erwähnung.

Unter den Gästen entdeckte Angelika auch Johann Christian Bach, den jüngsten Sohn des großen Johann Sebastian, mit seinem Freund Carl Friedrich Abel. Der junge Bach war nicht nur ständiger Komponist am King's Theatre, sondern auch noch an anderen Bühnen der Stadt. Zusammen mit Abel hatte er vor einigen Jahren die „Bach-Abel-Konzerte" gegründet, eine der ersten Abonnements-Konzertreihen, für die sie ständig neue, vielversprechende Künstler suchten. Anerkennend nickten sie Angelika zu, die Stimme war schön und voll, und auch ihr Cembalospiel verriet musikalisches Gefühl.

Kaum war der letzte Ton verklungen, trat Dr. Burnley auf die Sängerin zu und küßte ihr die Hände. Im Nu war Angelika umringt von einer großen Schar von Gratulanten, Reynolds überreichte ihr mit großer Geste einen Blumenstrauß, und Nathaniel Dance hielt ein Glas Champagner für sie bereit. Da fiel Angelikas Blick auf einen Mann, der lässig am Kamin lehnte und sie mit unverschämtem Blick taxierte. Irritiert wandte sie den Blick ab, aber ihre Augen wurden zwingend von der anmutigen Gestalt des jungen Mannes angezogen. „Ein Bild zum Malen!", durchzuckte es sie. Ein spöttisches Lächeln umspielte den schön geschwungenen Mund des eleganten Jünglings. Amüsiert kam er auf Angelika zu, mit einer abwehrenden Handbewegung schob er Dance beiseite und stellte sich mit einer leichten Verbeugung vor: „Graf Frederick de Horn!" Sein Lächeln wurde eine Spur breiter: „Für eine erfolgreiche Malerin singen Sie sehr schön!" Angelika spürte, wie ihr der Hals trocken wurde, sie bekam kaum noch Luft. Um sich abzulenken, nippte sie an dem Champagner, den Nathaniel ihr gereicht hatte.

Besorgt sah der Fremde ihr ins Gesicht: „Ich glaube, es war doch ein wenig viel für Sie, lassen Sie uns in den Garten hinausgehen, das wird Ihnen guttun!" Fast willenlos ließ Angelika zu, daß der junge Mann ihren Arm nahm und sie hinaus in den Garten auf die Terrasse führte. Schweigend standen sie eine Weile nebeneinander. Plötzlich ergriff Frederick de Horn Angelikas Hände: „Ich muß jetzt gehen, mein Wagen wartet, aber wir werden uns wiedersehen!" Mit einer raschen Gebärde zog er Angelika an sich, und zu ihrer eigenen Überraschung wehrte sie sich nicht, als er sie küßte. „Ich muß Sie wiedersehen!" Wieder dieser leicht spöttische Blick aus den schönen dunklen Augen, und schon war er im Gewühl der Gäste verschwunden, als hätte es ihn nie gegeben.

Wie im Traum unterhielt sich Angelika mit Johann

Christian Bach, besorgt hatte Eva Garrick schon einige Male zu ihnen herübergesehen. Aber Angelika schüttelte nur abwehrend den Kopf und bedeutete ihr, daß sie Kopfschmerzen habe. Früher als sonst verlangte sie nach ihrem Wagen, um heimzufahren. Dr. Burnley, der sie zur Tür begleitete, sah ihr kopfschüttelnd nach, wie sie ganz in sich selbst versunken die Treppe hinunterging. Seine Tochter Fanny hatte sich von ihrem Logenplatz erhoben und maulte altklug: „Erst küssen sie sich, und wenn's dann interessant wird, verschwinden sie wie die Gespenster." Burnley fuhr herum, aber er verschluckte die Frage, die ihm auf der Zunge lag. Hastig schickte er Fanny zu Bett.

Am nächsten Morgen schon wurde das wohl kostbarste Blumengebinde, das Angelika jemals zu Gesicht bekommen hatte, im Haus am Golden Square abgegeben. Rosa Florini schimpfte vor sich hin, nur einem Mann konnte es einfallen, einer Angebeteten etwas so Unpraktisches ins Haus zu schicken. Hastig öffnete Angelika den beigefügten Brief. Beim Lesen verschlug es ihr den Atem, kein Mann der Gesellschaft schrieb solche Briefe. Neugierig war Rosa Florini stehengeblieben. Wie oft hatten sie sich schon über das hölzerne Süßholzgeraspel von Angelikas Kavalieren amüsiert. Aber diesmal lachte Angelika nicht, wieder und wieder las sie das Billettchen, so als wolle sie es auswendig lernen. Aber es sah nicht so aus, als wollte sie ihr Geheimnis mit der Kusine teilen. Stattdessen drückte sie ihr Gesicht verwirrt und verlegen in die Blumen. Von nun an gab es keinen Tag, an dem nicht ein ebenso teures wie riesiges Blumengebinde von Frederick Graf Horn bei Angelika abgegeben wurde. Rosa schüttelte den Kopf, bald konnte man vor lauter Blumen nicht mehr laufen, aber der geheimnisvolle Anbeter tauchte nicht auf.

Immer öfter ertappte sich Angelika dabei, daß sie, sobald sie einen Wagen vorfahren hörte, Arbeit Arbeit sein ließ und ans Fenster eilte. Sie stellte ihre Staffelei so, daß sie die Straße überblicken konnte. Die nüchterne Veltlinerin Rosa Florini konnte nur den Kopf schütteln über die

„Bas“, die ihr einmal weisgemacht hatte, daß die Staffelei wegen des Lichteinfalls so und nicht anders stehen dürfe. Jetzt schien das alles auf einmal nebensächlich zu sein. Rosa verstand die Welt nicht mehr.

In übermütigster Laune ließ Angelika nicht locker, bis ihr Vater ihr die schaurig schöne Geschichte der heldenhaften Bregenzerwälder Frauen und des einen überlebenden Schweden noch einmal erzählte. Johann Joseph schüttelte gerührt den Kopf. Auf welch seltsame Gedanken sein „Kind“ trotz aller Berühmtheit immer noch kam. Wenn der Vater allerdings geahnt hätte, welch' schöne Augen Angelika bei seiner Geschichte im Kopf herumspukten und daß sie ausgerechnet einem Schurken aus dem hohen Norden gehörten, dann wäre ihm vermutlich seine Geschichte im Halse steckengeblieben. Endlich, als Angelika schon fast die Hoffnung aufgegeben hatte, fuhr die elegante Equipage des Grafen vor. Frederick de Horn erschien Angelika bei diesem ersten Wiedersehen durch das Atelierfenster noch schöner, als sie ihn in Erinnerung hatte.

Wie alle neuen Besucher im Atelier der Tochter bekam Graf Horn von Angelikas Vater die fertigen Bilder im großen Saal neben dem Atelier gezeigt. Als er das große Interesse des vornehmen Besuchers bemerkte, konnte sich der Bregenzerwälder nicht zurückhalten, er erzählte von den ungeheuren Erfolgen seiner Tochter in der britischen Hauptstadt. Alles, was der Graf sah, hatte sich Angelika mit eigenen Händen in noch nicht einmal einem Jahr erarbeitet. Horn lächelte anerkennend. Genau das war ihm auch überall dort gesagt worden, wo er sich nach der schönen Malerin im mauvefarbenen Seidenkleid erkundigt hatte. Wohlhabend sei sie geworden in ganz kurzer Zeit. Sie hatte eben die richtigen Verbindungen! Bei Hof sei sie angesehen, und die Ladies und Gentlemen der Hocharistokratie rissen sich um ihre Bilder. In Gedanken versunken hörte Horn dem alten Mann zu.

Angelika kam es wie eine Ewigkeit vor, bis sie den Grafen bei sich im Atelier begrüßen konnte. Sie seufzte: „Was der Vater nur wieder erzählt, von meiner Wunderkindvergangenheit, auch den Bischof Nevroni wird er nicht auslassen, manchmal ist es gar zu kindisch, was er so von sich gibt!" Kaum hatte sie den Gedanken gedacht, versuchte sie ihn zu verdrängen. Wieviele Entbehrungen hatte der Vater auf sich genommen, um ihr eine Ausbildung zu ermöglichen. Er hatte auf so vieles verzichtet. Die Scham wich einem Gefühl der tiefen Dankbarkeit für den Vater, dem sie alles verdankte. Er konnte nichts dafür, daß ihre Welt nicht mehr die seine war.

Graf Horn neigte sich über Angelikas Hand: „Was sind all die gemalten Bilder gegen das schönste Bild in diesem Raum: Sie selber!" Er lächelte, und seine dunklen Augen glitten über ihr Gesicht und verweilten eine Spur zu lange auf ihrem Mund. Dunkle Röte schoß Angelika in die Wangen. Endlich waren sie allein, aber zu Angelikas grenzenlosem Bedauern blieben sie es nicht lange. Nathaniel Dance wollte ihr aus der neuesten Nummer des „Public Advertiser" ein ganz erstaunliches Gedicht über die Zukunft der bildenden Kunst vorlesen. Am liebsten hätte sie Dance den Hals umgedreht, höflich verabschiedete sich Horn sofort. Angelika hätte weinen mögen wie ein kleines Kind. Sie wollte rufen: „Nein, bitte bleiben Sie." Aber da hatte sich der Graf schon mit einer knappen Verbeugung zurückgezogen. Nur mit Mühe konnte Angelika Dance gegenüber ihre gewohnte Freundlichkeit bewahren.

Von nun an kamen vormittags die Blumen des Grafen, und an den Nachmittagen fuhr er selber vor. Johann Joseph hatte Erkundigungen über diesen geheimnisvollen neuen Verehrer seiner Tochter eingeholt. Abgesehen davon, daß er ihn nicht ausstehen konnte, weil er Schwede war, hörte er nur das beste. Frederick de Horn sollte aus einer der angesehensten und reichsten Familien Schwedens stammen. Seine sehr aufwendige Kavalierstour hatte ihn bisher nach Italien und Frankreich geführt, nun sei er auf Wunsch einiger Briten, die er vom Festland her kannte, nach England gekommen. Glänzend in die Gesellschaft eingeführt und von ihr aufgenommen, wohnte er mit seinem ganzen Gefolge im Claridges-Hotel, dem vornehmsten der Stadt. Man munkelte zwar über große Verluste an Spieltischen, sogar von dem verwerflichen Hazard-Spiel war die Rede, aber das konnten alles böswillige Verleumdungen derjenigen sein, die ihm seine enormen Geldmengen neideten. Er gab viel Geld für Kunstgegenstände und Bilder aus, ein junger Mann aus gutem Hause, der es sich leisten konnte, die Welt anzusehen, bevor er sich in der Heimat einrichtete.

Johann Joseph nahm sich vor, wachsam zu sein. Seine Angespanntheit ist dem Text, den er Rossi lange nach den unerhörten Ereignissen in die Feder diktierte, noch immer anzumerken:

„Es war in London ein Mann von schönem Aussehen, von lebhaftem Talente, von ziemlicher Verstandesbildung, und sehr angenehmen Manieren erschienen, der sich unter dem Namen eines Grafen Friedrich von Horn für einen angesehenen schwedischen Kavalier ausgab."

Es gab keinen Zweifel, Angelika war verliebt. Sie sehnte sich nach dem schönen jungen Grafen, sobald sie ihn nicht mehr sah. Mehrere Male schon hatte er nachts an ihrem Fenster gestanden und kleine Steine heraufgeworfen. Als sie hinausgesehen hatte, waren den Steinen zärtliche Billettchen gefolgt. Gegangen war er erst, als Angelika ihm versichert hatte, daß sie ihn liebe. Sonst, hatte er gedroht, würde er auf der Stelle mit einem tollen Katzenkonzert den gesamten Golden Square aufwecken. Besorgt sah Angelika sich um, sie hatte Angst, daß er es schon getan hatte. Sie fürchtete sich vor der Entdeckung und hätte doch ihr Glück am liebsten allen mitgeteilt. Angelika, die sich nicht hatte vorstellen können, einen Joshua Reynolds zu heiraten, und die einen Nathaniel Dance nicht nur einmal abgewiesen hatte, malte sich jetzt aus, wie es wäre, wenn ihr schöner junger Graf auf Knien vor ihr läge und sie um ihre Hand bitten würde.

Während sie an ihrer Staffelei saß, stellte sie sich das gräfliche Schloß derer von Horn in Schweden vor. Auch dort gab es ein Atelier, sie malte darin, aber nur Bilder, die ihr Freude machten. Es gab keinen Druck mehr, ob sich das, was sie malte, auch verkaufen ließe, ob überhaupt morgen noch jemand ein Bild haben wollte. Ein Leben wie die Damen, die sie malte, und dazu noch an der Seite eines Mannes, der geradenwegs aus einem Gemälde Correggios oder Raffaels entstiegen sein könnte. Sie waren ein schönes Paar, wenn sie miteinander tanzten oder zusammenstanden. Angelika hatte die bewundernden Blicke, die sie beide anzogen, wohl gesehen.

Eva Garrick war die einzige von Angelikas vermeintlichen Freundinnen, die ihr mit Vehemenz von einer Freundschaft mit dem Grafen Horn abriet. „Irgendetwas an ihm gefällt mir nicht", hatte sie auf Angelikas Frage geantwortet, „ein Mann, der solche Buketts verschickt, hat keine ernsthaften Absichten. Wer soviel Geld vergeudet, hat vielleicht weniger, als man annimmt." Ohne ein weiteres Wort war Angelika von dem schön gedeckten Teetisch in Garricks großer Bibliothek aufgesprungen. Außer sich vor Zorn hatte sie die Wohnung in der Southhampton Street verlassen. Wie konnte Eva Garrick nur so gering von einem Manne denken, an dem alles vollkommenste Schönheit war! Lehrte Winckelmann nicht, daß in einem schönen Körper auch ein schöner Geist wohnt? Noch nie hatte Angelika bei einem lebendigen Menschen soviel Übereinstimmung zwischen äußerer und innerer Schönheit erlebt. Angelika war so durcheinander, daß sie nicht einmal auf die Idee kam, eine Kutsche zu nehmen. Zu Fuß legte sie den langen Weg zum Golden Square zurück. Ihr Herz hämmerte gegen die Rippen, die Seiten taten ihr weh. Sie wußte, sie liebte diesen Frederick Horn, und sie würde ihn heiraten. Koste es, was es wolle! Ihre Ehe würde mindestens so glücklich werden wie die Ehe der Garricks, die umgeben von Nichten und Neffen und einer Unzahl von Hunden zwischen ihrer Stadtwohnung und dem herrschaftlichen Haus an der Themse in Hampton Court hin- und herpendelten.

Dabei hatte es Garrick nach seiner Heirat mit der berühmten Tänzerin Eva Violetta, dem „zarten Veilchen" aus Wien, sehr schwer gehabt, seinen Kolleginnen am Drury Lane Theater klarzumachen, daß es nur noch Eva in seinem Leben gab. Aber selbst David Garrick, der doch so solide und grundanständig war wie kein zweiter, hatte bis heute noch nicht einmal seinen eigenen Bruder davon überzeugen können, daß Schauspieler ein ehrenwerter Beruf sei.

Als sie endlich zu Hause ankam, stand für Angelika fest: Sie würde zu Frederick Horn halten, egal was geschehen würde. Gleich nachher wollte sie ihm sagen, wie sehr sie ihn liebte. Aber an diesem Tag erschien Graf Horn nicht in Angelikas Atelier. Blaß und abgehetzt tauchte er am Tag darauf zu ungewöhnlicher Stunde auf. Angelika fand ihn noch schöner, wie eine Marmorstatue. Mit bebenden Lippen lauschte sie seinen abgehackten, zwischen Schluchzern hervorgestoßenen Sätzen. Was sie hörte, raubte ihr den Atem. Die Opposition habe in Stockholm gesiegt, seine Familie sei nun ihres Lebens nicht mehr sicher, die Güter eingezogen, die Ämter verfallen. Nur sie, Angelika, könne ihn vor der Auslieferung in sein Heimatland, in dem ihm der Tod von seinen politischen Feinden drohe, bewahren. Die Königin, Angelikas Freundin, sei die einzige, von der Hilfe kommen könne. Aber erst müßten sie vor Gott und dem Gesetz Mann und Frau sein, sonst nützte auch der Schutz der Königin nichts!

Angelika wußte selber nicht, wie es geschah, mit fester Stimme versprach sie, ihn zu heiraten. Heimlich müsse das geschehen, so verlangte Graf Horn. Nicht einmal ihren Vater dürfe sie einweihen. Je mehr Mitwisser, desto einfacher hätten es seine Feinde, ihn festnehmen und nach Schweden bringen zu lassen. Angelika glaubte ihrem Grafen und schwieg.

Vermutlich hätte zu diesem Zeitpunkt kaum jemand an

den Worten Horns gezweifelt. Die politischen Verhältnisse in Schweden waren äußerst verworren. Seit dem Tode des von seinem Volk vergötterten Königs Karl XII. wurde das Land von den beiden miteinander verfeindeten Adelsparteien der „Hüte“ und der „Mützen“ beherrscht. Die beiden den englischen „Whigs“ und „Tories“ entsprechenden Parteien bekämpften einander mit äußerster Brutalität. In ihrem Kampf um die Macht im Land wurden sie von den Großmächten Frankreich und Rußland großzügig unterstützt, die so hofften, ihre eigenen Interessen durchsetzen zu können.

Während Angelika heimlich die Vorbereitungen für die Hochzeit traf, arbeitete sie wie gewohnt im Atelier. Das war nicht einfach, denn die Sitzungen fanden wie immer statt, und die Besucher kamen und gingen. Es ist erstaunlich, wie es Angelika gelang, die Hochzeit vor den vielen, mit ihr in enger Verbindung stehenden Menschen geheimzuhalten. Als sie am 20. November 1767 mit Frederick de Horn in der schönen und als Heiratskirche sehr beliebten St. James Church am Piccadilly vor dem Traualtar stand, waren neben dem Brautpaar nur der Pfarrer und die beiden vorgeschriebenen Zeugen zugegen. Keine strahlende Hochzeit für ein so schönes und verliebtes junges Paar! Vor allem keine Hochzeit, wie Angelika sie sich vorgestellt hatte.

Als Trauzeugen fungierte ein von Horn gedungenes Ehepaar mit dem vermutlich erfundenen Namen „Horne“. Wie schwer muß es Angelika gefallen sein, am Tag ihrer Hochzeit auf das gewohnte „Decorum“ zu verzichten. Die Zeremonie war eher düster als erhebend. Wenige Minuten genügten dem Kuraten Bume George Baddelley, die Trauung zu vollziehen. Das Brautpaar unterschrieb neben den Zeugen, die so schnell, wie sie gekommen waren, auch wieder verschwanden. Vor der Kirche stieg Angelika in ihren Wagen, der sie zu ihrem Haus am Golden Square zurückbrachte, während der ihr Angetraute sich in sein Hotel bringen ließ. Es gab für Angelika an diesem Tag keine Blumen, kein Fest und auch keine noch so kleine Hochzeitsreise, sie sah ihren Mann nicht einmal. Wie konnte sie ihrem Vater entgegentreten, vor dem sie doch bisher kaum ein Geheimnis gehabt hatte, und wie der „Bas" Rosa Florini? Es gibt darüber keine Aufzeichnungen und keine Briefe. Vermutlich hat Angelika später alles, was mit der Heirat und den schwierigen Wochen darauf in Zusammenhang stand, vernichtet.

Jetzt war Angelika zwar Gräfin Horn, wie sie es sich sehnlichst gewünscht hatte, aber sie durfte es niemandem sagen. Wie dankbar war sie ihrem Mann, als er trotz seiner Sorgen und Ängste zustimmte, die Trauung auch noch nach katholischem Ritus vollziehen zu lassen. Das war in England offiziell verboten, aber es gab die kleine Kapelle San Jacopo des kaiserlich deutschen Gesandten, in der sein Privatgeistlicher Dienst tat. Wie es Horn gelang, den Priester dazu zu bewegen, ihn und Angelika ohne offizielle Papiere und ohne Zeugen in einer Nacht- und Nebelaktion zu trauen, ist eines der Rätsel, das diese Ehe umgibt. Angelika war nun verheiratet, ohne es wirklich zu sein. Sie traf ihren Mann bei Gesellschaften und Empfängen, er kam zu ihr ins Atelier. Aber der Charme des Abenteurers war dahin. Er brauchte Geld, nichts als Geld, und je mehr ihm Angelika ohne Wissen des Vaters aushändigte, desto mehr verlangte er.

Die Gerüchteküche in London kochte. Der Klatsch über offene Rechnungen im Hotel Claridges gelangten endlich auch zu Ohren Johann Joseph Kauffmanns, der sich schon lange wunderte, warum der einst so eifrige Verehrer seiner Tochter nur noch heimlich zu ihr ins Atelier kam. Angelika war blaß und abgespannt, immer seltener hatte sie Lust, abends Cembalo zu spielen oder auszugehen. Sie verkroch sich in den eigenen vier Wänden und war nicht einmal für Eva Garrick oder Mary Moser zu sprechen. Als offensichtlich wurde, daß dem Grafen die Dienstboten davongelaufen waren, weil sie schon lange keinen Lohn mehr gesehen hatten, verbot ihm Johann Joseph das Haus am Golden Square.

Aber der Graf lachte ihn nur aus. Ob er denn immer noch nicht wisse, daß das Haus, und alles was darin war, ihm gehöre. Denn er sei der angetraute Ehemann Angelikas. Lange konnte Johann Joseph Kauffmann nicht glauben, was er da hörte. Immer wieder suchte er die Schuld bei sich, wie konnte es sein, daß Angelika in einer so wichtigen Frage wie einer Heirat nicht seinen Rat gesucht hatte? Johann Joseph hat sich von dem Schlag, den ihm die heimliche Heirat seiner Tochter versetzt hatte, nie wieder ganz erholt.

Trotzdem versuchte er zu retten, was zu retten war. Aber die vorgelegten Papiere bewiesen klar und deutlich: Angelika war diesem zwielichtigen Mann rechtmäßig angetraut. Nur konnte niemand sagen, wer dieser Mann überhaupt war. Während er mit der weinenden Tochter sprach, erkannte der nüchterne Bregenzerwälder immer deutlicher, wie schlimm ihre Lage wirklich war. Es gab keinen Ehevertrag, nicht das kleinste Papier. Alles, was sich Angelika an materiellen Werten in London aufgebaut hatte, gehörte ihrem Mann. Und der war, von allem anderen abgesehen, hochverschuldet. Es zeigte sich, daß die Regeln der Gesellschaft, die sie sich selber gegeben hatte, funktionierten: Einmal eingeführt, bekam der ehrenwerte Graf Kredit, wo immer er ihn verlangte. Er hatte aus dem Vollen gelebt, ein Loch mit dem nächsten Kredit gestopft. Jetzt brach das Kartenhaus zusammen, aber noch hatte er ein Faustpfand, mit dem keiner gerechnet hatte: Angelika.

Rossi gibt wieder, wie Johann Joseph versuchte, die Entscheidung Angelikas zu begreifen: *„Sein äußerer Aufwand war groß und glänzend, und da er alles den Vornehmen von London nachtun, und sich in allem nach dem Ton der Mode richten wollte, so fand er sich auch im Studierzimmer Angelikas ein, und faßte die abscheulichsten Pläne wider sie. Seine gefällige Gestalt, sein bescheidener feiner Umgang, die katholische Reli-*

gion, zu welcher er sich angeblich bekannte, machten, daß Angelika ihn mit einigem Wohlgefallen, und, was mehr ist, mit einer Art von Sicherheit sah. Er wiederholte seine Besuche, machte sein Benehmen immer einnehmender, und zurückhaltender, und bahnte sich hierdurch nach und nach den Weg zu ihrem Herzen, welches ihn mit sichtlicher Auszeichnung zu betrachten anfing. Der Verschlagene nimmt es wahr, benützt einen schicklichen Augenblick, und erklärt dem guten Mädchen auf die verführendste Weise seine Leidenschaft . . . das unglückliche Mädchen läßt sich berücken, und verspricht ihm unbesonnener Weise ihre Hand . . ."

Inzwischen war der Skandal auch Königin Charlotte zu Ohren gekommen. Ihr tat die junge Künstlerin leid, die so schöne Bilder malte, und sie lud Angelika zu sich nach Buckingham House. Die Königin hatte es nicht leicht gehabt, sich ihre Stellung am Hof zu erobern. Ihre Schwiegermutter, die Prinzessin von Wales, ließ keine Gelegenheit vorübergehen, einen Keil zwischen den König und seine Frau zu treiben. Gerüchte wollten wissen, daß der König seine ihm frisch angetraute Frau in ihren Gemächern eingeschlossen hielt, wenn er seine Mutter besuchte. Aber mit jedem der vier Prinzen, die sie ihrem königlichen Gemahl in den vergangenen Jahren geschenkt hatte, konnte die robuste Mecklenburgerin ihre Position stärken und den Einfluß der Schwiegermutter zurückdrängen.

Horace Walpole, Sohn des ersten britischen Premierministers und Chronist des Hofes, sagte von der jungen Königin, sie sei „*nicht groß und keine Schönheit, blaß und sehr dünn, sie sieht aber verständig aus und ist sehr freundlich und höflich. Ihr Haar ist fein und ziemlich dunkel, ihre Stirn ist niedrig, ihre Nase gut geformt, bis auf die zu weit ausgedehnten Nasenflügel; denselben Fehler hat auch ihr Mund, aber ihre Zähne sind gut. Sie spricht ziemlich viel, und ihr Französisch ist leidlich. Sie trägt sich gut und beherrscht, ist offen, hat aber große Ehrfurcht vor dem König.*"

Königin Charlotte sprach lange mit Angelika, aber auch sie konnte sich keinen Reim auf das seltsame Verhalten Frederick Horns machen. Noch ahnte keine der beiden Frauen das Ausmaß des Betruges, dem Angelika aufgesessen war. Beide waren überzeugt, daß alles ein großes Mißverständnis sei, das sich plötzlich in Wohlgefallen auflösen würde. Freundschaftlich bot die Königin Angelika eine Audienz für ihren Mann an, sicher würde er seine Position viel besser und klarer darlegen können.

Dankbar und glücklich verließ Angelika Buckingham House. Ein wenig von der Hektik und der Unruhe der letzten Wochen war von ihr abgefallen. Aber Frederick Horn konnte die Begeisterung seiner Frau über die Freundlichkeit der Königin nicht teilen. Er schrie und tobte und bezichtigte sie, ihn bei Hofe verraten zu haben. Jetzt bliebe ihnen beiden nichts anderes übrig, als außer Landes zu gehen. Angelikas Geld würde schon eine Weile für beide reichen, und dann, bei den Talenten seiner Frau, sei es ja nicht weiter schwierig, neues Geld zu verdienen. Sprachlos starrte Angelika ihn an. Mit einem Schlag erwachte sie aus dem kurzen Traum einer Ehe, die keine war.

Nicht in London leben? Wie sollte sie im Ausland Geld verdienen, wo sie nicht so bekannt war? Was sollte dann aus dem Vater werden? Der Bann des Grafen war gebrochen. Aber noch immer wußte keiner, wer sich hinter seiner schönen Maske verbarg. Lähmendes Entsetzen und großes Mitgefühl für die angebetete Malerin, der so ein schlimmes Leid widerfahren war, machte sich breit: *„Die Bekanntwerdung ihrer Heirat hatte indessen unter den Freunden und Beschützern Angelikas einiges Aufsehen erregt; und die Neugierde, zu erfahren, wer doch dieser vermeintliche Graf eigentlich wäre, nahm bei vielen zu. Binnen drei Tagen geschahen die genauesten Nachforschungen über ihn, und der Verdacht eines Betruges wurde immer stärker."*

Angelika war nun fest entschlossen, diesen Alptraum einer Ehe so schnell wie möglich zu beenden. Noch vor dem Jahreswechsel reichte sie die Scheidung ein. Sie war bereit sich loszukaufen, aber der Ehemann verlangte ihr gesamtes Vermögen. Es war Johann Joseph, der klug und gerissen, beraten von den besten Juristen, um Angelikas Vermögen kämpfte und schließlich die Scheidung durchsetzte. Aber der Preis war hoch. Angelikas Freiheit kostete einen beträchtlichen Teil ihres Vermögens, dazu hatte sie ihr Selbstvertrauen völlig verloren. Am liebsten saß sie zu Hause an der Staffelei, sie las und malte und spielte auf dem Cembalo. Zu den wenigen, die sie vorließ, gehörte Joshua Reynolds. Gegen ihn hegte sie keinen Groll, er war wie immer ein Freund. Vergebens versuchte Eva Garrick ihr auszureden, daß ein jeder, der von ihrer Schmach wisse, über die leichtgläubige Malerin den Kopf schüttle. Es dauerte lange, bis Angelika den Schock überwunden hatte. Wie sollte sie nur jemals dem Vater wieder in die Augen sehen können?

Als Horn merkte, daß sein Spiel verloren war, versuchte er, Angelika aus ihrem eigenen Haus von gedungenen Verbrechern entführen und auf ein auf der Themse wartendes Schiff schleppen zu lassen. Angelika wurde gewarnt und entging so mit knapper Not dem Anschlag. Aber noch immer war sie nicht in Sicherheit, denn die Scheidung war noch nicht ausgesprochen.

Allmählich wurde immer klarer, daß die feine englische Gesellschaft auf einen Betrüger hereingefallen war. Die Liste der Verbrechen des Mannes, der in den feinsten Häusern Londons ein gern gesehener Gast gewesen war, wurde täglich länger. Aus Deutschland meldete sich sogar eine verlassene Ehefrau, die sofort nach London kommen wollte, um gegen den Schurken auszusagen. Noch mehr Peinlichkeiten brachen über Angelika herein, als bekannt wurde, daß der vermeintliche Graf, dieser schönste aller Männer, nach einem Unfall impotent war. Nie konnte sie die Schmach und die Qual der letzten Monate auslöschen. Aber sie wehrte sich gegen die Verbitterung, die von ihr Besitz ergreifen wollte: *„Nicht dem Geist des Zornes und der Rache gebe ich Wohnung in meinem Herzen; wenn er mich getäuscht hat, überlasse ich es Gott, ihn zu strafen.“*

Angelika war vernichtet. Nicht nur, daß inzwischen ein echter Graf Horn in London eingetroffen war, der sehr schnell nachweisen konnte, daß er kein Betrüger war. Er war schon ein älterer Herr, und bald kursierten Gerüchte, der schöne, junge Betrüger wäre sein unehelicher Sohn, gezeugt mit der Magd Christine Brandt. Aufgewachsen neben dem Schloß des Vaters, erwachten Haß und Mißgunst in ihm, als er begriff, daß er zwar der Sohn eines Grafen war, aber keinerlei Rechte hatte. Vielleicht war es ein Teil seiner Rache an der Gesellschaft, in die er nicht aufgenommen wurde, daß er sie betrog, wo er konnte. Aber die Gesellschaft, die er so lange zum Narren gehalten hatte, entledigte sich seiner, so schnell sie konnte, damit ihr keiner den Spiegel vorhalten konnte. Es gab keinen Prozeß in England, keiner der Geschädigten klagte. Weil kein Untertan seiner britischen Majestät Schaden genommen hatte, wurde Horn lediglich aus England ausgewiesen.

„Am 10. Februar 1768 wurde das Instrument über die Auflösung ihrer Ehe ausgefertigt, und so hatte diese schmerzliche Intrige im vierten Monat nach ihrer Vereinigung, im dritten seit der Betrüger ihr Haus verlassen, ein Ende . . .“

Nüchterne Worte, die den Schmerz und den Kummer Angelikas ausgrenzen. Der Betrüger hatte die Scheidungsurkunde mit dem Namen Brandt unterzeichnet. Vielleicht war er wirklich des echten Grafen Horn Sohn. Angelika war nun geschieden, aber um endgültig frei zu sein, mußte sie die Ehe vom Vatikan in Rom für ungültig erklären lassen. Aber sie schreckte davor zurück, obwohl die Annullierung der Ehe keinerlei Schwierigkeiten gemacht hätte. Es sollte zehn Jahre dauern, bis sie sich zu diesem Schritt entschließen konnte.

Kapitel 9
„The whole world is ‚angelicamad'"

Energisch und endgültig strich Angelika den „schönen Grafen", der mehr als ein halbes Jahr ihr Tun und Denken bestimmt hatte, aus ihrem Gedächtnis: *„Niemals mehr will ich diesen Namen hören!"* Sie wollte vergessen, nichts als vergessen. Kein Porträt, keine Zeichnung, kein Brief rief die Erinnerung an ihn ins Gedächtnis zurück. Die Freunde versuchten, ihr den Neuanfang zu erleichtern, aber es gelang ihnen nur selten, sie aus ihrer trüben Stimmung zu reißen. Angelika hatte sich verändert, sie war noch zarter geworden, hatte sich noch mehr in sich zurückgezogen.

Die Katastrophe hatte sie völlig unvorbereitet getroffen. Seit frühester Kindheit war jede ihrer Entscheidungen ein Schritt auf dem Weg zum Erfolg gewesen. Zum ersten Mal erlebte die umschwärmte „Miss Angel" die Bitterkeit einer Niederlage. Die Erfahrung war umso schmerzlicher, als sie Angelika im Innersten traf. Noch Jahrzehnte später war sie nicht imstande, Johann Gottfried Herder die Geschichte ihrer Ehe zu erzählen, ohne in Tränen auszubrechen. Die Erfahrung dieser bitteren Zeit drückte sie selbst in der Erinnerung immer wieder nieder, auch der inzwischen wieder erworbene äußere Glanz und Reichtum konnte sie nicht tilgen.

Angelika litt, sie trauerte nicht nur einer verlorenen Liebe nach, sondern sie fühlte sich auch zum Gespött von ganz London gemacht. Dazu kamen die stummen Vorwürfe des Vaters. Je mehr sie grübelte, desto weniger konnte sie sich selber begreifen. Um der Neugierde, dem Gespött und vor allem den üppig wuchernden Gerüchten zu entgehen, stürzte sich Angelika in die Arbeit. Der Hof bekundete seine Anteilnahme und seine Freundschaft mit einem Porträtauftrag des Königs. Georg III. selber saß Angelika,

Cupid's revenge

und das außerordentliche Wohlwollen des Monarchen führte viele neue Auftraggeber in das Haus am Golden Square.

Zu Johann Josephs großer Freude kehrten Antonio und Giuseppe Zucchi im Gefolge der Architekten-Brüder Adam nach London zurück und richteten sich nicht weit entfernt vom Golden Square ein großes, repräsentatives Haus in Soho ein. Giuseppe und Antonio Zucchi hatten Schlösser wie Syon House, Woburn und den aufsehenerregenden Herrensitz Nostell Priory bei Wakefield ausgestattet. Die Brüder Adam bauten nicht einfach nur Häuser, sie schufen Gesamtkunstwerke, in denen nicht nur die steinerne Hülle, sondern auch die gesamte Inneneinrichtung und Dekoration dem Stil des Hauses entsprechen mußte. Dazu brauchten sie Künstler, die sich dem großen Ganzen unterordnen konnten. Antonio Zucchi galt als einer der fähigsten Mitarbeiter der Brüder Adam. Nicht selten war er es, der die Entwürfe der Maler für Porzellanbilder und Lünetten in den Räumen der Herrensitze montierte. Darunter auch Werke von Angelika Kauffmann, wie den Fries über dem Kamin in Bradwell Lodge in Essex und die Illustration zu Shakespeares „Sturm" in Luton Hoo, das die Brüder Adam für den Erzieher Georgs III. und späteren Schatzkanzler Lord Bute zu einem der schönsten Herrensitze Englands ausbauten. Der Wohlstand einer kleinen englischen Führungsschicht täuschte über das Elend der breiten Massen und die unter der Oberfläche schwelenden sozialen Konflikte hinweg. Schon gab es erste Unruhen und Krawalle in der Bevölkerung, aber der kaiserliche Gesandte Graf Seilern berichtete begeistert von einer durch das Land unternommenen Reise nach Wien: *„Der herrschende Reichtum und Überfluß sei zu bewundern, und zugleich zu beobachten, daß die seit einigen Jahren anhier in London stets zunehmende Pracht auch auf den Landgütern eingeführt wird."*

In der britischen Hauptstadt hatten die Brüder Adam mit Genehmigung des Parlamentes ein großes Grundstück am Ufer der Themse erworben. An der Stelle des früheren Stadtpalastes der Bischöfe von Durham – später war es das Heim Sir Walter Raleighs gewesen, in dem er sogar Königin Elizabeth I. empfangen hatte – wollten die rührigen Brüder eine elegante Wohnanlage, die erste am Themseufer, errichten. Der einmalig schöne Blick über die Themse und die Nähe zur City machte die Terrassenanlage zu einer der attraktivsten Adressen im London des ausgehenden 18. Jahrhunderts. Schon sicherten sich die Reichen und die Superreichen unter den Londonern die besten Wohnungen. Eva und David Garrick entschieden sich für eine ineinandergehende Zimmerflucht im Mittelbau.

Mehr und mehr wurde Angelikas Atelier am Golden Square zu einem Treffpunkt der Künstler, Literaten und Gelehrten. Es gehörte zum guten Ton, bei „Miss Angel" vorbeizuschauen, auch wenn man nur auf der Durchreise war. Angelika ging kaum noch aus, neben der Arbeit wandte sie sich ganz der Literatur zu. Für eine Malerin von Historienbildern war es unerläßlich, nicht nur die alte Literatur, sondern auch die neuen Werke zu kennen. Der Erfolg hing nicht zuletzt von der geschickten Wahl eines Themas ab. Für Angelika war es sehr wichtig, daß ihre Freunde ihr vorlasen, während sie arbeitete. Daraus entstand die besondere Atmosphäre ihres Ateliers. Oft wurde das Haus am Golden Square als Oase der Ruhe fern des Trubels einer Weltstadt und auch fern des Klatsches beschrieben.

Durch die Katastrophe, die ihr Leben in seinen Grundfesten erschüttert hatte, war Angelika nicht böse und bitter geworden – freundlich und liebevoll wandte sie sich den Menschen zu. Nur diejenigen, die sie sehr gut kannten, bemerkten den Panzer aus Vorsicht und leiser Abwehr, mit dem sie sich umgab. Sie war die kluge Zuhörerin und anteilnehmende Freundin geblieben, aber sie hütete sich, ihr Innerstes preiszugeben.

Kaum vier Wochen nach Angelikas Scheidung war am 18. März 1768 der große Dichter Laurence Sterne erst

55jährig seiner Tuberkulose erlegen. Wenige Augenblicke vor seinem Tod traf ein Bote seiner besorgten Freunde David Garrick, Oliver Goldsmith und Joshua Reynolds bei ihm ein, um sich nach seinem Gesundheitszustand zu erkundigen, er überbrachte den Freunden die Todesnachricht und die letzten Wort Sternes: *„Es ist vollbracht!“* Sein gerade erschienenes Werk „Sentimental Journey“ gehörte auch in Angelikas Atelier zur bevorzugten Lektüre und lieferte Stoff für lange Diskussionsabende. Angelika hat beeindruckende Illustrationen zu diesem Werk der Weltliteratur geschaffen.

Helferich Peter Sturz, dänischer Legationsrat in Diensten Christians VII., berichtete über einen Besuch in Angelikas Atelier am 15. September 1768 außerordentlich lebendig:

„Unsere Landsmännin Angelika Kauffmann, fand ich heute mit dem Messias in der Hand, und Popes Homer lag in der Nähe. Sie liest beide mit Entzücken: aber der Deutsche ist näher ihrem Herzen vertraut; er veredelt ihr Gefühl, und erhebt sie bis zu seiner Schöpfung.

Sie ist, wenn ich mich recht erinnere, in Bregenz geboren, und kam jung nach Italien. Hier ward ihr empfänglicher Geist, unter Kunstwerken, und in der guten Gesellschaft, ganz zum platonischen Wohlklang gestimmt. In ihrer Gestalt und ihren Gemälden, in ihrer Rede und ihrem Wandel, ist überall nur ein Ton herrschend; nämlich sanfte jungfräuliche Würde. Sie ist jetzt ungefähr 27 Jahre alt, keine vollendete Schönheit, aber dennoch einnehmend in ihrer Form und ihrem ganzen Anstand. Der Charakter ihres Gesichts gehört zur Gattung, welche Dominichin gemalt hat, der in seinen Köpfen den Raphael erreichte: edel, schüchtern und bedeutend, anziehend und mitteilend. Man wird sie nirgends flüchtig gewahr, sondern sie hält den Blick des Beobachters fest; ja es gibt Augenblicke, wo sie tiefere Eindrücke macht. Wenn sie vor ihrer Harmonika, Pergolesis Stabat singt, ihre großen schmachtenden Augen, pietosi a riguardar, a mover parchi, gottesdienstlich aufschlägt, und dann mit hinströmendem Blick dem Ausdruck des Gesanges folgt, so wird sie ein begeisterndes Urbild der heiligen Cäcilia. Welcher Beruf, mein Freund, mit so vielen Talenten glücklich zu sein! – Aber Angelika ist es jetzt nicht. Ihre sichtbare Schwermut ist eine Frucht mißlungener Liebe, die sich mit einer unglücklichen, jetzt wieder getrennten Heirat endigte. Aller Genuß des Ruhms und des Lebens wird durch das Leiden des Herzens verbittert.

Als Malerin fehlen ihr gleichwohl wichtige Teile der Kunst: sie zeichnet nicht allerdings richtig, und muß daher reiche, handlungsvolle Erfindungen meiden; selbst in der einzelnen Figur darf sie keine schwere Stellung und keine Verkürzungen wagen; sie deutet die Anatomie des Nackenden ungewiß und furchtsam an; wenn auch ihre Verhältnisse richtig sind, so sind doch ihre Umrisse, zumal an Händen und Füßen, nicht immer korrekt. Man findet ihr Kolorit kalt und fremd, ihre Schatten eintönig, und über ihrer Karnation schwebt ein violetter Duft, dahingegen dringt die Farbe der Gewänder allzu blendend vor, und ist nicht mit der Haltung des ganzen Stücks vereinigt, auch versteht sie wenig Luftperspektiv, kein Beiwerk, keine Landschaft, überhaupt keine Gründe; aber alle diese Fehler hat sie durch Schönheiten aufgewogen. Ihre Werke sind tiefen Sinnes: Sie wählt, mit vieler Weisheit, eine leicht zu fassende einfache Haltung, und den Augenblick der Entscheidung, wenn das Interesse durch die Ahndung gesteigert wird, und die Einbildungskraft in einem weiten Spielraum schwärmt; ihre Formen sind voller Anmut, ganz in der griechischen stillen Würde hingestellt; und in ihren Frauengestalten ist eine eigene, unnachahmliche Weiblichkeit, so ein Ansichhalten und Hinschmachten, so ein rührendes Ergeben, so ein Bewußtsein der Geschlechtsabhängigkeit, die alle männlichen Kenner einnimmt. Freilich geht von diesem Charakter auch etwas in ihre Männer über; diese stehen so züchtig und blöde, wie verkleidete Mädchen, da, und es wird ihr nie gelingen, Helden oder Verbrecher zu malen.

Man weilt nachdenklich bei ihren Werken und gerät unversehens in die sanfte elegische Laune der Künstlerin. Jetzo wird ihr Name bekannter; man fängt an sie britisch zu belohnen. Eminent ist in diesem Lande ein ehrwürdiges fruchtbares Beiwort. Angelika ist bescheiden, sonst darf ein eminent artist in jeder großen üppigen Stadt ungefähr mit seinem Liebhaber, wie eine eigensinnige Kokette mit dem ihrigen umgehen; er darf ihn plündern und mißhandeln, ohne einen Bruch zu besorgen, und kann so reich werden, als er Lust hat. Ja es ist einerlei, ob der Virtuos Künstler, oder Friseur, Farinelli, oder ein Taschenspieler ist."

Noch niemals hatte England so viele erstklassige Maler vorzuweisen wie in den sechziger Jahren des 18. Jahrhunderts. Neben Joshua Reynolds wirkten Thomas Gainsborough, George Romney, Nathaniel Dance und Benjamin West, um nur die bekanntesten zu nennen. Sie alle hatten jedoch kaum eine Möglichkeit, ihre Bilder außerhalb des eigenen Ateliers einer kunstinteressierten Öffentlichkeit in repräsentativen Ausstellungen zu zeigen. Seit Jahren schon hatte Joshua Reynolds den Plan gehabt, eine nationale Kunstschule zu errichten, in der begabte junge Leute auch innerhalb des eigenen Landes Kunst studieren und bei guten Lehrern ernsthaft arbeiten konnten. Sir James Thornhill hatte schon einmal zu Beginn des Jahrhunderts einen Schulbetrieb gegründet, aber mit seinem Tod war auch die Schule erloschen.

Der Miniaturenmaler George Moser betrieb seit Jahren mit Erfolg eine „Schule des Zeichnens", in der interessierte Laien *„am lebenden Modell und bei Kerzenlicht"* die Anfangsgründe der Bildenden Kunst erlernen konnten. Der große Erfolg der kleinen Schule konnte nicht darüber hinwegtäuschen, daß es in der reichen Weltstadt London keinen geordneten Kunstunterricht mit verschiedenen Studiengängen gab, ganz zu schweigen von Kursen in Kunsttheorie und Kunstgeschichte.

Die Kulturfeindlichkeit der ersten Könige des Hauses Hannover hatte Kunst, Theater und Literatur im Lande fast zum Erliegen gebracht. Georg III. besaß zwar nicht immer die richtige Urteilskraft, aber es bestand kein Zweifel, daß er die Kunst liebte und sich lieber mit Künstlern als mit Hofschranzen umgab. Der rasche Aufstieg Englands zur Weltmacht und der Reichtum seiner Führungsschicht führten immer mehr begüterte junge

Männer auf Bildungsreisen durch ganz Europa. Hier sahen sie Bilder und Kunstwerke, mit denen sie ihre Herrensitze und Stadthäuser zu schmücken wünschten. Die in den Kunstzentren des Kontinents geschulten Künstler des Königreiches sehnten sich danach, in der Heimat ähnliche Bildungsmöglichkeiten vorzufinden wie in Rom, Paris, Florenz oder Neapel.

Die Künstler machten schließlich selbst den Anfang mit der „Gründung der Gesellschaft der Freien Künstler" im Jahre 1765. Vier Jahre später zählte sie bereits 211 Mitglieder. Dr. Samuel Johnson legte im Vorwort des Kataloges zur Ausstellung der „Gesellschaft" im Jahre 1762 die Grundsätze und Ziele der jungen Gruppierung dar: Es ginge ihr weniger darum, den einzelnen Künstler herauszustellen, viel mehr wolle sie die Kunst weiterbringen und ihr ein größeres Forum schaffen. Viele Künstler seien einfach nicht in der Lage, ihre Werke zum tatsächlichen Wert zu verkaufen. Darum setzte bei allen in der Ausstellung gezeigten Bildern das Komitee den Verkaufspreis fest, die Listen der so ermittelten Preise lagen im Sekretariat unter Verschluß. Wurde das Bild teurer verkauft, erhielt der Künstler den gesamten Betrag. Lag der Erlös unter dem Nennwert, zahlte die Ausstellungsleitung dem Künstler die Differenz zwischen dem tatsächlich erreichten und dem festgesetzten Preis. Tatsächlich boten diese Ausstellungen einheimischen wie ausländischen Künstlern das einzige Forum, ihre Werke einem an Kunst immer stärker interessierten Publikum zu zeigen. Auch Angelika hatte diese Möglichkeit, selbst von Italien aus, dankbar wahrgenommen.

Bei der großen Zahl der Mitglieder mit verschieden gelagerten Interessen konnten Zwistigkeiten nicht ausbleiben. Der Architekt William Chambers, seit Kindheitstagen mit Joshua Reynolds befreundet, beschloß, König Georg III. in das „große Spiel" um die zu gründende „Royal Academy of Arts" mit einzubeziehen. Der König hing sehr an Chambers, der sein Lehrer für Architektur gewesen war und den er nach seiner Thronbesteigung zum „Architekten der Krone" ernannt hatte. Er war begeistert von der Idee, und Chambers schlug seinen Freund Reynolds zum Präsidenten der Akademie vor. Aber bevor Reynolds die Wahl annahm, wollte er sich mit Dr. Samuel Johnson beraten. Das wiederum nahm der König übel, denn Johnson gehörte den „Whigs" an, denen Georg III. ihre Kritik an seinem Sonderfrieden im Siebenjährigen Krieg immer noch nachtrug. Es spricht für Reynolds, daß er sich in seiner Freundschaft nicht beirren ließ, obwohl er ihretwegen niemals einen Auftrag vom Hof bekam. Aber auch der König bewies, daß er über persönliche Ressentiments hinwegsehen konnte, wenn es der Sache diente. Er bestätigte die Wahl Joshua Reynolds' zum Präsidenten der „Royal Academy of Arts". Denn wie kein anderer war der „Malerfürst" prädestiniert, das neue Staatsinstitut in das kulturelle Leben des Landes einzubinden. Der Reynolds-Biograph Max Osborn schreibt: *„Vielleicht war Reynolds auch darum der rechte erste Präsident der Akademie, weil er selbst gar nicht so sehr zum Lehrer geschaffen war. Die Folge davon war, daß er auch seinen Kollegen, die hier als Professoren und Lehrer der Jugend walten sollten, keine allzu ängstlichen Vorschriften über die Formen des Unterrichts machte. Die Londoner Akademie ist vielleicht hierdurch an der bösen Klippe vorbeigesegelt, an der die meisten anderen staatlichen Kunstanstalten Europas in ihren Bemühungen scheiterten: die jungen Leute, die hier studierten, wurden nicht allzusehr in spanische Fesseln eingeschnürt. Man begnügte sich damit, ihnen eine solide handwerkliche Grundlage zu geben und vermied es, sie auch in Bezug auf das Sujet, die Stoffkreise, die erlaubten und nicht erlaubten Gegenstände der Darstellung festzunageln. Dadurch daß der Präsident selbst kein Schulmeister war, kam zweifellos ein freierer und frischerer Luftzug in die akademische Schulstube, der sehr wohltätig wirkte."*

Vierzig Gründungsmitglieder zählte die „Royal Academy of Arts", unter ihnen waren mit Angelika Kauffmann und Mary Moser gleich zwei Frauen. Eine Tatsache, die ebenso für die unkonventionelle Haltung des Präsidenten wie für die Liberalität der übrigen Mitglieder spricht, unter denen Benjamin West, Francesco Bartolozzi, Nathaniel Dance und Nathaniel Hone waren, um nur die bekanntesten zu nennen. Eine so überragende Persönlichkeit wie Joshua Reynolds konnte zwar die Wahl seiner Wunschkandidatinnen unter die Gründungsmitglieder durchsetzen; aber das Unbehagen, das die männlichen Mitglieder der Generalversammlung empfanden, wenn sie sich in ihrem erlauchten Kreis mit dem weiblichen Teil der Schöpfung konfrontiert sahen, spiegeln die Bilder wieder, die sie von dem großen Ereignis malten.

Auf dem von Johann Joseph Zoffany geschaffenenen Gemälde der ehrenwerten Generalversammlung anläßlich der Gründung der Akademie posieren im skulpturengeschmückten Versammlungssaal nur die 38 Herren. Die beiden Damen sind nicht leibhaftig anwesend, sie sind lediglich auf zwei Bildern zu erkennen, die im Hintergrund des Saales an der Wand hängen. Auf anderen Gemälden sind Angelika und Mary Moser zwar vorhanden, aber sie halten sich sittsam und bescheiden im Hintergrund. Es sollte über 150 Jahre, bis zum Jahre 1922 dauern, daß die „Royal Academy of Arts“ mit Mrs. H. L. Swynnerton ein weiteres weibliches Mitglied in ihre Reihen berief.

Der König war ungeheuer stolz auf „seine“ Akademie und übernahm mit Freuden die Schirmherrschaft für die erste Ausstellung, die in den Räumen des Auktionshauses Christies in der Pall Mall stattfand. Die breitgefächerten kulturellen Aktivitäten des Präsidenten sicherten der Akademie das Interesse der geistigen Elite des Landes, des Adels und der Wissenschaften. Hier trafen sich Reynolds Vorstellungen mit denen Angelikas. Vielleicht hatte er auch darum auf ihrer Aufnahme in die Akademie bestanden, weil er von ihrer Integrationsfähigkeit überzeugt war.

Stolz und glücklich saß Angelika beim feierlichen Ausstellungsdinner am Eröffnungstage und lauschte dem programmatischen Vortrag über Kunst, den Joshua Reynolds hielt. Als Künstlerin hatte sie weit mehr erreicht, als sie sich bei ihrer Ankunft in London vor kaum drei Jahren hatte träumen lassen. Ihre Porträts und Bilder hingen in den Galerien des Landes, bei Hof war sie angesehen und in den Häusern der besten Köpfe des Königreiches ein willkommener Gast. Ihr Studio am Golden Square entwickelte sich mehr und mehr zu einem Treffpunkt der geistig interessierten Welt.

So wie Reynolds es vorgeschlagen hatte, hingen vier ihrer Historienbilder in der Ausstellung. Konsequent ging sie ihrenWeg von der Porträtistin zur Historienmalerin. Bereits mit den ersten Bildern dieses Genres deutete sich an, daß sie sich weniger biblischen Themen widmen würde. Ihre Stärke lag in der Gestaltung literarischer und mythologischer Themen.

Die glanzvolle Ausstellung fand ihren Niederschlag auch in der Presse, der „Public Advertiser" berichtete: *„Am Montag kam die Königinmutter, die Prinzessin von Wales, und gestern Seine Majestät, der König, begleitet von seiner königlichen Hoheit, dem Herzog von Gloucester, und die beiden Prinzen von Mecklenburg-Strelitz, und sie besuchten die Ausstellung der Royal Academy in Pall Mall, mit der sie sich außerordentlich zufrieden zeigten."*

Einige Tage vor der Eröffnung der Ausstellung war Joshua Reynolds vom König in den Adelsstand erhoben worden. Der Künstler vermerkt das Ereignis nur knapp in seinem Notizbuch: *„Knighted at St. Jame's"*. Wichtiger scheint ihm gewesen zu sein, daß der eingeschworene Biertrinker Samuel Johnson sich zur Feier des Tages herabließ, ein Gläschen Wein auf die Gesundheit des frischgebackenen Sir Joshua zu trinken.

Über den Erfolgen der Künstlerin gerieten die tragischen Ereignisse, die Angelika erst wenige Monate zuvor getroffen hatten, mehr und mehr in Vergessenheit. „Miss Angel" hatte ihren Platz in der Gesellschaft wieder eingenommen. Aber vergessen hatte sie nicht, leise Melancholie überschattete den Ausdruck ihres Gesichts, während ihre Gestalt von Traurigkeit umflossen schien. Sie, die früher so gerne gereist war, blieb jetzt, auch im Sommer, am liebsten in der Stadt. Für die große Halle der „Royal Academy" in Somerset House schuf sie vier Deckengemälde: „Malerei", „Invention", „Entwurf" und „Kompositon". Beim Umzug der Akademie nach Burlington House wurden die Kartons abgenommen und schmücken heute noch immer die Eingangshalle.

Angelika arbeitete wie eine Besessene, je mehr Werke ihr Atelier verließen, desto mehr steigerte sich ihr Ruhm und damit die Nachfrage nach bezahlbaren Reproduktionen. Fast alle namhaften Stecher der Zeit arbeiteten nach ihren Werken und machten so ihre schönsten Bilder in ganz Europa bekannt.

Einer der genialsten unter ihnen war William Ryland, niemand arbeitete so genau und mit einer solchen schlafwandlerischen Sicherheit wie dieser Sohn eines Druckers aus der Newgate Street in der Nähe des Old Bailey. Seine Wanderjahre hatte er auf dem Kontinent verbracht, fünf Jahre lebte und arbeitete er in Paris. Von dort brachte er eine Technik mit, die er nach seinen Bedürfnissen verfeinerte. Nach London zurückgekehrt, heiratete er ein hübsches Mädchen vom Lande und eröffnete ein Kupferstichkabinett, mit dessen Erlösen er sich und seine Familie mehr schlecht als recht durchs Leben brachte. Ryland machte Bankrott, seine Familie lebte nun auf dem Lande, weil es dort billiger war. Allein in London, baute er sein Geschäft neu auf.

Mit dem sicheren Instinkt für das Verkaufbare bot er Angelika seine Dienste an, ihr gefielen seine Arbeiten. Die Schabblätter und Stiche nach Angelikas Werken wurden Ryland aus den Händen gerissen, neben Thomas Burke und Francesco Bartolozzi gehörte er bald zu ihren bevorzugten Stechern in London.

Es scheint, daß Ryland – schön, dunkelhaarig, und trotz seiner enormen Einnahmen aus den Reproduktionen ständig in Geldnot – Angelika sehr gut gefiel. Die Zeitgenossen bescheinigen ihm einen dunklen Charme, Witz und weltgewandtes Auftreten. Ryland verschwieg der Malerin wohlweislich, daß er bereits verheiratet und Vater mehrerer Kinder war. Auch die zahlreichen Wechselgeschäfte des ewigen Bankrotteurs und Spielers hätten nicht die Billigung der soliden Angelika gefunden. In Auftreten und Aussehen dem „Grafen Horn" ähnlich, flirtete Angelika gerne mit Ryland. Die Unbedenklichkeit, mit der sie ihm ihre Werke für Reproduktionen überließ, erinnerte an die Sorglosigkeit, die sie bei der Wahl ihres ersten Mannes an den Tag gelegt hatte. Eine Sorglosigkeit, die ihr sonst ganz fremd war. Johann Joseph, der in den letzten Jahren viel kränkelte und nun, mit beinahe siebzig Jahren, immer öfter daran dachte, was aus seiner Tochter nach seinem Tode würde, betrachtete diese Entwicklung mit Sorge. Merkwürdig ist auch, daß Angelika nun, fast zehn Jahre nach ihrer Scheidung, an eine Auflösung ihrer Ehe beim Vatikan nachdachte. Ryland schwärmte von Angelika als seinem „Engel", er hatte auch allen Grund dazu, denn finanziell war es ihm noch nie so gut gegangen.

Aber in einer Stadt wie London gab es viele Zuträger, und eines Tages erfuhr Angelika, daß der Mann, in den sie sich zu verlieben im Begriff war, nicht nur eine Frau und Kinder auf dem Lande, sondern auch eine Geliebte und ein uneheliches Kind in London hatte. Einmal hatte sich Angelika die Finger verbrannt – ein zweites Mal sollte ihr das nicht passieren! Sie zog sich so unvermittelt und vollständig zurück, daß Ryland keinerlei Gelegenheit zu einem Gespräch mit der Angebeteten blieb. Sie war nicht mehr für ihn zu sprechen und widerrief ihre Druckgenehmigungen. Eine Weile noch gelang es Ryland, sich mit den schon fertigen Blättern über Wasser zu halten. Er wollte Angelika beweisen, daß er auch ohne sie nicht darben mußte, und führte ein Leben in unvorstellbarem Luxus. Mehr und mehr versank er in Schulden. Um den dringendsten Forderungen seiner Gläubiger nachzukommen, verlegte er sich auf kleine Betrügereien. Endlich schien er den großen Fisch an der Angel zu haben: Er fälschte einen Wechsel der East-Indian-Company, wurde erwischt, gefangengenommen und nach einem langen Prozeß schließlich zum Tode verurteilt. Aber da war sein „Engel Angelika" schon lange aus London abgereist.

Durch die Vermittlung des dänischen Legationsrates Helferich Peter Sturz hatte der Dichter Klopstock Angelika seine Werke geschickt, was eine ganz große Freude für die Künstlerin bedeutete. Für sie war Dichtung immer auch eine Folge von Bildern, mit sicherem Blick für das „Decorum" fand sie die Stellen heraus, die sich besonders für die bildliche Darstellung eigneten. Obwohl sie selber eine berühmte Malerin war, ließ ihre Bescheidenheit es lange nicht zu, Klopstock brieflich zu danken, endlich, im Mai 1769, konnte sie sich überwinden:

„Ich bitte Sie, vergeben Sie mir eine Freiheit, die nur wahre Hochachtung gegen Sie zum Grunde hat. Wie ist es möglich, daß ich ein so schätzbares Geschenk, wie Ihren Messias, empfangen kann, ohne Ihnen meinen schuldigsten Dank dafür abzustatten? Aber mir fehlen Worte, die Freude auszudrücken, die Sie mir damit verursachen. Das unendlich Schöne, das Edle und Erhabene, das ich in Ihrem Messias finde, bewegt meine ganze Seele – wie manche vergnügte Stunde habe ich bei Ihrem ersten und zweiten Teil zugebracht! und wie wird durch Dero gütiges und mir so liebes Geschenk die Zahl derselben vermehrt! O, wie oft hab' ich gewünscht, Sie persönlich zu kennen! Nur der Gedanke und die Hoffnung, Sie zum Freunde zu haben, macht mich schon mehr, als ich sagen kann, glückselig, – Ich bitte, berauben Sie mich doch nicht dieser Hoffnung, die Sie nunmehr in mir erweckt haben. Glauben Sie mir, daß ich Sie wahrhaft ehre – und daß ich zeitlebens mit der vollkommensten Hoffnung zu seyn verlange Dero aufrichtige Freundin und Dienerin Angelika Kauffmann."

Der geschmeichelte Dichter schrieb nur wenige Wochen später an die mit ihm befreundete Caecilie Ambrosius:

„Wenn ich Ihnen erzähle, daß ich seit kurzem eine Correspon-

dentin, die in London lebt, bekommen habe! so raten Sie gewiß nicht, was . . . ich Ihnen weiter zu erzählen habe. Nun legen Sie das Blatt weg, und suchen Sie, ob Sie raten können. Ich setze mich an Ihre Stelle, und rate: Eine Engelländerin liest den Messias, und hat die Phantasie, dem Verfasser zu schreiben. Gehorsamer Diener! Meine Correspondentin heißt Angelika, und so pflegen Engelländerinnen nicht zu heißen. ‚Eine Italienerin also?' Noch einmal gehorsamer Diener, sie heißt Angelika Kauffmann. ‚Eine Deutsche also?' ‚Getroffen!' ‚Und was schreibt sie denn?' Wissen Sie denn nicht mehr, daß Sie es erraten sollen? . . . daß sie mir eine Geschichte aus dem Messias, den Kopf von Ossian, und ihr eigenes Porträt malen will. ‚Nun das ist mir doch lieb, daß ich es endlich erraten habe', sagen Sie ferner. Freilich, erraten, aber eins haben Sie doch noch vergessen, nämlich, daß sie eine so gute Malerin ist, daß ihr die Herren Großbritannier 50 Guineen für ein Porträt bezahlen . . ."

Angelikas von Menschen immer wieder so tief enttäuschtes Gefühl floß jetzt ganz der Dichtkunst zu. In den für die damalige Zeit so neu und erhaben klingenden Versen des Messias fand sie Trost und Zuspruch und auch eine seelische Verwandtschaft mit dem Dichter. Spontan entschloß sie sich, das in vielen literarischen Zirkeln gelesene und diskutierte Werk zu illustrieren. Brieflich immer wieder von Klopstock angefeuert, blieb es doch bei dem in der ersten Begeisterung entstandenen Blatt „Samma umfaßt die Urne Benonis und drückt die Stirne daran". Klopstock war begeistert und träumte davon, ein *ganzes Cabinet von Gemälden* zu besitzen. Aber seine Vorschläge verschreckten die zartbesaitete Malerin eher, als daß sie sie an die Staffelei zwangen.

Klopstock schrieb: *„Aber die Hölle. Hier zittern Sie nicht vor der Schwierigkeit der Vorstellung, sondern vor der Sache. Erholen Sie sich Liebste. Nichts Scheussliches; aber Schreckliches, sehr Schreckliches. Sehr Schreckliches, sagen Sie, kann ich nicht zeichnen. ich mag es nicht denken. Keine Hilfe, Beste: Sie müssen . . . Aber hier müssen Sie sich viel noch Schrecklicheres für einen anderen Auftritt der Hölle, den, da sich die bösen Engel für*

Totengerippe halten, aufsparen. Sie erlauben mir, Ihnen Entwürfe zu machen. Sie sagen mir dann, was Sie zeichnen und nicht zeichnen können . . ."

Diese leidenschaftlichen Aufrufe Klopstocks verschreckten Angelika nur. Sie konnte damit wenig anfangen, sie wollte schöne Bilder malen, die das Auge erfreuten. Schon die dämonische Malweise Henry Fuselis war ihr unbegreiflich geblieben, und so konnte sie auch einer Malerei, die leidenschaftliche Gefühle zum Ausdruck brachte, nichts abgewinnen. Für sie galt in hohem Maße die Forderung Winckelmanns: *„Denn da die Kunst, und vornehmlich die Malerei, eine stumme Dichtkunst ist, wie Simonides sagt, so soll sie erdichtete Bilder haben, das ist, sie soll die Gedanken in Figuren persönlich machen!"* Der Briefwechsel mit Klopstock dehnte sich über ein Jahrzehnt bis zu Angelikas Abreise aus London, wirklich gebraucht hat sie Klopstock und den „Messias" nur in den ersten Jahren nach ihrer Scheidung.

An Gleim hatte Klopstock überglücklich nach dem Erhalt des Samma-Bildes geschrieben: *„Bald nach Ihrem bekam ich ein Gemälde von Angelika aus London. Es ist vortrefflich; das Mädchen hat den Raphael studiert. Drei Personen: Der todtbleiche Samma, der die Urne Benonis sitzend mit daran gelehntem Kopfe umfaßt; Joel, der Johannes tränend bittet, und Johannes, ausnehmend schön und sanft, der sich über ihn beugt und ihn mit voller Aufmerksamkeit hört . . . Ich habe sie gebeten, sich als Thusnelda zu malen, nämlich einen Köcher an der Schulter, in Leinen mit Purpuraufschlägen gekleidet, die Arme fast ganz bloß, einen Feldblumenstrauß mit etwas langem Eichenlaub untermischt. (Ich hoffe ja, daß Sie wissen, daß Thusnelda blaue Augen hatte; gleichwohl habe ich die Angelika gebeten, ja ihre schwarzen Augen bei dieser Gelegenheit nicht in blaue zu verwandeln.) . . .*"

Für Angelikas weitere Entwicklung war dieser erste Briefwechsel mit einem deutschen Dichter von größter Wichtigkeit. Sie erschloß sich mit der Dichtkunst eine ganz neue Erlebniswelt. Vorsichtig und tastend unternahm sie ihre ersten Schritte auf dem ungewohnten Terrain des geschriebenen Wortes. Sie war glücklich, Klopstock die begehrten Melodien zu den gerade in ganz Europa in Mode gekommenen nordischen Dichtungen des Ossian besorgen zu können. Klopstock seinerseits revanchierte sich mit einer detaillierten Schilderung des jungen Kaisers Joseph II., dem er seine „Hermannschlacht" gewidmet hatte.

Angelika, deren innerste Heimat der Bregenzerwald geblieben war, sammelte begierig alle Informationen über diesen erstaunlichen jungen Kaiser, der nach ihrem Selbstverständnis ihr Souverän war. Ihre ersten Nachrichten über den Sohn Maria Theresias stammten von Graf Carl von Zinzendorf, der im Auftrage des Kaisers durch die europäischen Länder reiste. Er besichtigte Fabriken und Manufakturen, studierte die Wirtschaft und machte Analysen über die Stimmung in der Bevölkerung und ihre soziale Lage.

Natürlich besuchte er auch Angelikas Studio am Golden Square und war begeistert von der *liebenswürdigen Malerin,* die ihm ihre neuesten Werke zeigte. Darunter war das gerade fertiggestellte Porträt der Königin Charlotte, die den Genius der schönen Künste aufweckt: *„Die Künstlerin erschien wundervoll gekleidet, sie sang eine italienische Arie und spielte auf dem Harmonicon, einer Art gläsernes Klavier . . ."*

Nicht nur für Angelika, auch für die aus Wien stammende Eva Garrick war Graf Zinzendorf ein begehrter Gesprächspartner, der auf jede Frage zu den Zuständen im *lieben Vatterland* eine Antwort wußte. Aber die Stunden der Erinnerung waren kurz bemessen, die Tagesereignisse in der lebendigen Weltstadt London ließen wehmütige Stimmungen gar nicht erst aufkommen.

Nach dem Erscheinen der von Dr. Samuel Johnson besorgten großen Ausgabe der Werke Shakespeares und den Jubiläumsfeiern anläßlich des 200. Geburtstages und des 150. Todestages befand sich das intellektuelle London in einem Shakespeare-Taumel ohnegleichen.

Jeder Maler, der etwas auf sich hielt, suchte nach seinen Kräften zum Nachruhm des großen Dichters beizutragen. Den entscheidenden Anteil daran hatte der große Shakespeare-Darsteller David Garrick, dessen Arbeitskraft ebenso unerschöpflich zu sein schien wie seine Einfälle, dem von ihm geleiteten Drury-Lane-Theater zu mehr Geld zu verhelfen. Er schaffte kurzerhand das Privileg des Adels auf unbezahlte Plätze ab. Zwar löste er damit zunächst einen Sturm der Entrüstung aus, langfristig verschaffte er dem Theater beträchtliche Mehreinnahmen.

Garrick antwortete jungen Schauspielern, die er neidlos förderte und die ihn nach dem Geheimnis seines Erfolges fragten: *„Arbeite hart, lieber Freund, für sieben Jahre, dann magst Du für den Rest Deines Lebens ruhen. Ich will Dir raten, lese viel – nicht nur die Stücke, die Du gerade spielst ... aber vor allem, laß nie den Shakespeare aus Deiner Hand gehen oder aus Deiner Tasche, trag ihn als einen Talisman mit Dir. Je mehr Du ihn liest, je mehr wirst Du ihn lieben, und umso besser wirst Du ihn spielen."*

Vor den Toren Londons, an der Themse bei Hampton Court, hatten sich David und Eva Garrick ein Landhaus gekauft, das nach ihren Wünschen von Robert Adam umgebaut und erweitert wurde. Als Dr. Samuel Johnson zum ersten Mal dorthin kam, seufzte er: *„Weißt Du, David, Orte wie Dein Haus zu verlassen, macht den Gedanken an das Sterben entsetzlich."* Im Sommer war das große Grundstück mit dem freien Blick über die Themse der Ort geselliger Feste und Zusammenkünfte. Helferich Peter Sturz schrieb in einem Brief über einen Besuch:

„Ich habe gestern einen meiner schönsten Tage auf Garrick's Landhause zugebracht. Ich verließ in Murphy's Gesellschaft London früh. Es war ein wollüstiger Sommermorgen: ein durchsichtiger Nebel zitterte durch die warme Gegend, wie in Claude Lorrains Landschaften, und die Natur gewann im Schleier ...

Garrick's Haus ist ein kleiner Palast, und nach guten Verhältnissen gebaut. Es liegt am Ufer der Themse, die sich hier durch eine reichbewohnte und ausgeschmückte Gegend windet; was man aber seinen Garten nennt, ist nichts mehr, als ein rein gehaltener Rasen, auf welchem mancherlei Gebüsche und gesellschaftliche Bäume ohne Symmetrie verstreut sind.

Unten am Wasser steht Shakespeare's Tempel, ein Heiligtum für jeden Britten im eigentlichen Verstande. Das Bild des Unsterblichen ist von weißem Marmor, in natürlicher Größe, zur Verehrung aufgestellt, und der Künstler hat ihm einen Blick der Entzückung gegeben, als wenn er in den Welten seiner eigenen Schöpfung herumirrte, und auf die Gesänge Ariels lauschte. Im Wohnhause finden Sie weder Pracht, noch Modegeschmack, aber eine heitre, edle Einfalt, die in das ländliche Leben gehört, und hie und da die Merkmale von dem Geiste, oder auch der Laune des Besitzers. Alle Tapeten sind helle, von sanften, verträglichen Farben; sie sind mit den Gemälden berühmter Schauspieler und Schauspielerinnen behangen, welche sämtlich in wichtigen Szenen ihres Spiels mit vielem Ausdruck vorgestellt sind . . .

Ferner sah ich Garrick's Bildnis von unserer Landsmännin Angelika Kauffmann grau in grau gemalt, und ein anderes, in China, nach Reynolds, sklavisch kopiert. Ich darf auch unter den Kunstwerken ein Kästchen von dem heiligen Maulbeerbaum nicht vergessen, unter dessen Schatten Shakespeare geruht haben soll, und das hier mit Andacht, wie eine wundertätige Reliquie gezeigt wird . . ."

Angelika hat neben dem sehr guten, noch in Italien entstandenen Porträt David Garricks, mit dem sie ihren Ruhm in England begründete, viele Gelegenheiten wahrgenommen, Szenen aus Shakespeares Werken darzustellen. Nicht wenige davon wurden in großer Anzahl gestochen und waren weit über die Grenzen Großbritanniens hinaus verbreitet. Bereits in ihrer ersten Londoner Zeit entstand das Shakespeare-Idealporträt, das heute in der Shakespeare Memorial Gallery in Stratford on Avon hängt. An den liebevoll ausgeführten Details des Bildes ist die ganze Empfindsamkeit der jungen Angelika abzulesen. Das Werk war gedacht als eine Huldigung an das Land, in dem sie nun Fuß fassen und leben wollte. Sehr romantisch empfunden sind die Blätter „Die Geburt Shakespeares" und „Shakespeares Grab", beide Bilder wurden von Francesco Bartolozzi gestochen und sind sehr bekannt geworden. Die Künstlerin, die besonders für zarte Liebesgeschichten zu begeistern war, hat nicht wenige solcher Szenen aus dem „Sommernachtstraum" und dem „Sturm" als Vorlagen für Bilder gewählt.

Angelika konnte es selber kaum fassen, aber seit ihrer Ankunft in London waren fünf Jahre vergangen. Jahre, in denen sie außer der englischen Hauptstadt und ihrer Umgebung kaum etwas vom Lande selbst zu sehen bekommen hatte. Wo war nur ihre Reiselust geblieben, die sie früher von einem Ort zum anderen getrieben hatte? Erst dreißig Jahre alt, hatte sie fast alles erreicht, was eine Künstlerin überhaupt erreichen konnte. Die Aufträge häuften sich, auf Jahre hinaus war ihr Auskommen und das ihres Vaters gesichert. Die jährlichen Ausstellungen, die Dinners und Gesellschaften, selbst die Besuche bei Hofe waren längst zur Routine geworden. Angelika hatte große Lust, das alles einmal abzuschütteln und Neues zu sehen und zu erleben.

Begeistert folgte sie daher der Einladung des Vizekönigs von Irland, Lord George Townsend, den Sommer des Jahres 1771 auf der grünen Insel zu verbringen. Die Überfahrt verlief stürmisch und unangenehm. Angelika hatte es nicht anders erwartet, seit ihrer allerersten Seefahrt auf dem Bodensee hatte sie Seereisen nichts abgewinnen können. Aber als die leuchtende Bucht von Dublin mit den schimmernden Häusern der Stadt am Horizont auftauchte, fühlte sie sich an Neapel erinnert, und eine unbeschreibliche Sehnsucht nach Italien drückte ihr fast die Luft ab. Wie schön die Stadt dalag und wie vornehm! Im Nu hatte sie die Unbequemlichkeiten der Reise überwunden und gab sich ganz der Schönheit des Augenblicks hin. Wie hatte sie nur vergessen können, wie schön es war zu reisen! Sie streckte die Arme nach der Küste aus und freute sich auf das neue Land, das dahinter lag.

Lord Townsend war der erste Vizekönig Irlands, der

ständig mit seiner Familie im Lande lebte und den Iren das Gefühl gab, daß er es nicht nur auf die hohen Bezüge seines Amtes abgesehen hatte. Er hatte für eine geordnete Verwaltung gesorgt und bemühte sich, das Zusammenleben zwischen Iren und Briten zu erleichtern, Unterschiede abzubauen und soziale Spannungen zu entschärfen. Townsends besondere Liebe gehörte der Hauptstadt Dublin, die er für schöner, reicher und viel interessanter als London hielt.

Seine sichtbare Schönheit verdankte Dublin der neuen protestantischen Oberklasse der Anglo-Briten. Sie führten den modernen, sich an klassische Vorbilder anlehnenden Georgian-Style, der mit seiner Harmonie, seiner Klarheit und Strenge ihrer puritanischen Grundhaltung entsprach, in Dublin ein. 1757 war mit der Wide Street Commission in Dublin die erste europäische Stadtplanungsbehörde ins Leben gerufen worden, ihr verdankte die Stadt ihre offenkundige Großzügigkeit. Das weithin sichtbare Marino Casino hatte Sir William Chambers, der „Architekt der Krone", geschaffen, sonst war das georgianische Dublin im wesentlichen das Werk irischer Baumeister. Sie bauten nicht nur Schlösser und Herrensitze nach dem Vorbild der französischen Neoklassik und im Sinne Palladios, sondern sie statteten die irische Hauptstadt auch mit breiten Straßenzügen und großzügig bemessenenen Grünflächen und Parks aus. Eine geradezu großartige planerische Leistung waren die Ringstraßen, die in Form einer Ellipse die Stadt umgaben und sie so weitgehend vom Wagenverkehr freihielten.

Während die neureichen Anglo-Iren im Luxus schwelgten und gesellschaftlich den Ton angaben, bot das Dublin des kleinen Mannes ein trauriges Bild. *„Die Bauherren haben all die kommoden und einladenden Plätze für den Bau ihrer Häuser gefunden"*, beschwerte sich Jonathan Swift, *„während fünfzehnhundert alte, was ein Siebtel der Stadt ist, unbewohnt sind und zu Ruinen werden."*

Der Reisende Richard Twiss berichtete in seinem Buch

„Reise durch Irland" aus dem Jahr 1775: *„Die Außenbezirke Dublins bestehen hauptsächlich aus Hütten, die man dort ‚cabins' nennt. Sie sind aus getrocknetem Lehm und haben oftmals weder Kamin noch Fenster. In diesen elenden Quartieren bringen die meisten Bewohner Irlands ihr Leben zu."*

Die führenden Familien Irlands lebten ein auch von englischen Einflüssen weitgehend freies Leben in ihren prächtigen Stadthäusern und riesigen Schlössern. Die meisten von ihnen ließen sich ihre Häuser – nach der Kavalierstour auf den Kontinent – dem Geschmack der neuen Zeit entsprechend umbauen.

Es entstanden so prächtige Paläste wie Leinster House, das Lord Winster gehörte, dem ersten Peer von England, und Ely House, dessen Schönheit Angelika bewunderte und in dem sie arbeitsreiche Ferienwochen verbrachte. Das kunstsinnige Irland besaß eine 1742 gegründete Kunstakademie, in der ausdrücklich beide Geschlechter zum Studium zugelassen waren. Angelika malte als erstes die Familie ihres Gastgebers, des Vizekönigs. Danach hatte sich ihre Anwesenheit auf der grünen Insel herumgesprochen, und die Aufträge kamen so zahlreich, daß sie kaum zu bewältigen waren.

In dem kunstsinnigen Haus der Witwe des Bischofs von Clogher, Mrs. Clayton, gingen die Intellektuellen Dublins aus und ein. Solange es das Tageslicht zuließ, malte Angelika. An den Abenden nahm sie an dem geselligen Leben im gastfreundlichen Haus teil. Es gab Gespräche über Kunst und Musik, die Zeit verging mit Hauskonzerten und Diskussionen. Unzählige Bilder und Kunstschätze füllten die Stadtwohnung des Staatssekretärs Philip Tisdal in der Leinster Street in Dublin, und auch den Landsitz der Familie Stillorgan Park. Hier malte Angelika die Familie des Staatssekretärs, seine Töchter und ihre schöne Mutter, die allgemein als die schönste Frau Irlands galt.

Die längste Zeit verbrachte die Künstlerin auf Schloß Rathfarnham bei Lord und Lady Ely. Dort schuf sie das größte und auch kompositorisch schönste Gemälde ihres

Aufenthaltes in Irland. Lange hat man geglaubt, die junge Frau am Spinett sei die Künstlerin selber, die sich auf diese Weise geschickt mit in Szene gesetzt habe. Aber Miss Anna Morris, eine Nachfahrin der Familie Lord Elys, weist nach: *„Die Dame am Spinett ist meine Ur-Ur-Ur-Großmutter Frances Monroe, deren Schwester Dorothea, genannt Dolly, eine der berühmtesten irischen Schönheiten ihrer Zeit, neben dem Instrument steht, im Begriff mit dem Singen zu beginnen. Die Eltern der beiden Mädchen starben, als sie noch Kinder waren, und Lord und Lady Ely nahmen ihre Nichten wie ihre eigenen Kinder auf ihrem Familiensitz Schloß Rathfarnham auf."*

Das Bild gibt wie kaum ein anderes den Reichtum und das Selbstverständnis der wohlhabenden Familien Irlands am Ende des achtzehnten Jahrhunderts wieder, es ist heute im Besitz der National Gallery von Irland. Es ist kaum möglich, daß Angelika während ihres kurzen Aufenthaltes in Irland neben all den Porträts auch die Wanddekorationen, Lünetten und Porzellanmalereien geschaffen hat, die ihr zugeschrieben werden. Vielleicht hat sie Entwürfe angefertigt, die dann von anderen ausgeführt wurden. Als sie im Frühjahr des Jahres 1772 nach London zurückkehrte, konnte sie stolz und glücklich auf einen künstlerischen und persönlichen Triumph ohnegleichen zurückblicken.

Mit sicherem Gespür für das „Decorum" wußte die Künstlerin diesen Erfolg der Öffentlichkeit zu präsentieren: Zwei der fünf von Angelika in der Ausstellung der Royal Academy des Jahres 1772 gezeigten Bilder hatten Auftraggeber aus der besten anglo-irischen Gesellschaft. Die Porträts des Primas von Irland, Dr. Robinson, und der schönen Lady Caroline Damer waren nicht nur gelungene Arbeiten, sie zeigten auch das Renommee, das die Malerin Angelika Kauffmann im irischen Teil des Landes genoß.

Mit der ihr seit frühester Jugend eigenen Selbstdisziplin hatte Angelika während der neun Monate, die sie in Irland verbrachte, eine unglaubliche Zahl von Bildern und Gemälden geschaffen. Trotz der vielen Arbeit schien ihr die Zeit auf der grünen Insel eher wie Urlaub vorgekommen zu sein, denn an den mit ihr befreundeten Grafen Giuseppe Beltramelli in Bergamo schrieb sie: *„Ich verbrachte den vergangenen Sommer in Irland. Ich war dorthin von einigen meiner Freunde eingeladen. Mit ihnen verlebte ich in ihren Villen die Zeit sehr angenehm und mit Profit.“*

Im Haus am Golden Square schien die Zeit stillgestanden zu sein. Es war Angelika, als sei sie keinen Tag fortgewesen, und doch hatte sich etwas verändert. Zur Begrüßung waren Antonio und Giuseppe Zucchi erschienen, und mit ihnen war ein nicht mehr ganz junger Architekt aus Oberitalien gekommen, Joseph Bonomi. Er hatte mit Sir William Chambers in Dublin gebaut, jetzt arbeitete er in London für die Brüder Adam, deren prachtvolle Adelphi-Terrassen an der Themse gerade der Vollendung entgegengingen. Elegant schienen die neuen Häuser auf ihren steinernen Bögen hoch über dem Wasser der Themse zu schweben. Zusammen mit Eva Garrick hatte Angelika die neue Stadtwohnung der Garricks im bereits fertiggestellten Mitteltrakt besichtigt. Robert Adam entwarf gerade die für die Zimmer bestimmten Möbel. Der Blick von der Wohnung auf das gegenüberliegende Ufer der Themse und die grüne Landschaft dahinter war von atemberaubender Schönheit.

Traumverloren hatte Angelika über den Fluß geblickt, sanfte Hügel gingen ganz allmählich in den Horizont über. Sie dachte daran, wie sie den Vater als Kind mit der Frage: „Und was kommt dahinter?“ geplagt hatte. Was kam nach London? Sie wußte es nicht. Immer häufiger fiel ihr, während sie an der Staffelei saß und malte, Italien ein, besonders *Rom war immer in ihren Gedanken.*

Sie hatte die Blicke, die zwischen ihrer „Bas“ Rosa und Joseph Bonomi hin und her gingen, wenn sich die beiden unbeobachtet glaubten, schon am ersten Abend bemerkt. Angelika seufzte und wandte sich ab, als Eva Garrick sie erstaunt ansah. Das waren Blicke, mit denen die Liebe begann, – bei den anderen, nur bei ihr nicht. Aber, sie gestand es sich nicht gerne ein, ihr war die Malerei und der

Erfolg im entscheidenden Augenblick immer wichtiger gewesen. *„Wenn ein Maler heiratet, ruiniert er einen Maler!"* Je öfter sie über den Ausspruch des Freundes nachdachte, desto glaubhafter fand sie ihn. Für den wahren Künstler gab es kein Glück außer in der Kunst. Wenn die Ehe glücklich war, so wie bei Benjamin West und seiner geliebten Elizabeth Shewell, dann lebte der eine Teil ganz im Hintergrund, als Stütze des anderen. Auch Eva Garrick hatte ihren Beruf aufgegeben und war nur noch für ihren Mann da. Niemand hatte sie je gefragt, was es für sie bedeutet hatte, nicht mehr als gefeierte Primaballerina in den bedeutendsten Theatern Europas aufzutreten, sondern als viel beneidete Frau eines großen Mannes in London zu leben. Vielleicht war es so, wie Eva Garrick sagte, daß man nichts Begehrenswertes bekam, ohne etwas anderes dafür herzugeben.

Als die „Bas" Rosa den Architekten Joseph Bonomi heiratete, richtete Angelika den beiden ein glanzvolles Fest aus, sie hielt auch den erstgeborenen Sohn der beiden, den kleinen Ignatio, über den Taufstein. Fünf weitere Kinder wurden dem jungen Paar in London geboren, für „Bas" Angelika Grund genug, noch einige Male als Gevatterin am Taufstein zu stehen.

Es wurde Angelika nicht leicht, Rosa herzugeben, fast ihre ganze Jugend hatten die beiden zusammen verbracht und kaum jemals ein Geheimnis voreinander gehabt. Jetzt zogen fremde Dienstboten in das Haus am Golden Square ein, Johann Joseph Kauffmann kränkelte und wurde mit zunehmendem Alter immer schwieriger. Er sehnte sich heim in den Bregenzerwald und nach Italien, nur fort aus der nebeligen Nässe Londons, die sich besonders im Winter auf die Lungen legte und das Atmen schwer machte.

Besucher aus der Heimat waren immer gern gesehen und blieben häufig länger, als sie es sich vorgenommen hatten. Eines Tages traf auch Johann Hackert, ein vielversprechender junger Maler, bei Angelika ein. Sein Bruder Philipp war ebenfalls Maler und lebte in Italien. Johann

Hackert war bereits schwer lungenkrank, als er in London eintraf, das feuchte Klima beschleunigte seine Krankheit noch. Angelika hoffte, ihm mit einem Aufenthalt im milden Klima Südenglands helfen zu können, aber seine Tuberkulose war schon zu weit fortgeschritten, er starb während der Kur in Bath. Angelika sorgte für seine Beerdigung und schickte dem Bruder in Italien die persönliche Habe des Verstorbenen. Johann Wolfgang von Goethe erinnerte daran in seiner Biographie über Philipp Hackert: *„... die schon damals berühmte deutsche Künstlerin Angelika Kauffmann hatte die Güte, für die Übersendung seines nachgelassenen Besitzes und seiner unvollendeten Arbeiten an den Bruder Sorge zu tragen.“*

Die Hochzeit Rosa Florinis hatte Angelikas Haushalt mehr durcheinandergebracht, als der Künstlerin lieb sein konnte. Es dauerte eine Weile, bis die alte Behaglichkeit sich wieder einstellte. Zu diesem Zeitpunkt entschloß sich Angelika, ein junges Mädchen bei sich aufzunehmen, dessen Eltern sie von ihrer Studienzeit in Florenz her kannte. Maria Hadfield war noch sehr klein gewesen, als die junge Angelika Kauffmann, ausgestattet mit einem Empfehlungsschreiben des Grafen Firmian, die berühmten Gemälde der großen Maler in den Uffizien kopierte. Marias Mutter, Mrs. Hadfield, betrieb damals eine gutgehende Pension. Die kleine Maria war Angelika nicht von der Seite gewichen, alles was die Malerin machte, wollte sie auch tun. Sie zeichnete und malte wirklich sehr nett und hatte dazu noch eine gute Stimme.

Angelika war schon längst abgereist, als Maria immer wieder mit Medaillen für ihre guten Leistungen im Malen und Zeichnen ausgezeichnet wurde, immer mehr setzte sich der Wunsch in ihr fest, Künstlerin zu werden wie ihr großes Vorbild. Nach der Schule nahm sie ein Studium an der Florentiner Akademie der Bildenden Künste auf, das sie dann in Rom fortsetzte. Von dort hatte James Northcote an Sir Joshua Reynolds geschrieben: *„Wir haben nun in Rom eine Miss Hadfield, die Kunst studiert. Sie spielt das Harp-*

sichord ungemein gut, und singt und komponiert, sie wird eine neue Angelika werden!"

Die Welt schien der jungen Maria offenzustehen, als unvermutet ihr Vater starb und die Familie mittellos zurückließ. Ihre Karriere war beendet, bevor sie recht begonnen hatte, das Studium mußte sie abbrechen. Die hoffnungsvolle junge Künstlerin haderte mit dem Schicksal und redete davon, in ein Kloster einzutreten. Als Angelika in London von dem Unglück hörte, das die Familie getroffen hatte, handelte sie schnell und freundschaftlich: Sie bezahlte die Reise nach England, suchte eine Unterkunft für die Mutter und lud Maria ein, in ihrem Haus zu wohnen. So hatte sie die Möglichkeit, die junge Malerin all ihren einflußreichen Freunden und Kunstsammlern vorzustellen.

Maria gefiel ungemein, bald war sie ein gern gesehener Gast bei Gesellschaften und Konzerten. Sie bekam Aufträge, ihre Zukunft war wieder hell und fröhlich. Angelika brauchte nicht lange auf Maria Hadfield aufzupassen. Schon bald nach ihrer Ankunft lernte das hübsche und gebildete Mädchen im Haus des bedeutenden Kunstsammlers Charles Townley – zahlreiche Kunstwerke aus seiner Sammlung befinden sich heute im Britischen Museum in London – ihren künftigen Mann, Richard Cosway, kennen. Bei der Hochzeit des jungen Paares durfte Angelika natürlich nicht fehlen, denn schließlich hatte sie das Glück Marias begründet. Für sie selbst war es wieder ein nachdenklicher Tag. Ihrem Schützling lachte das Glück aus den Augen, aber Angelika war sicher, daß die Künstlerin Maria Hadfield an diesem Tag die Träume vom Ruhm ausgeträumt hatte. Malen und Zeichnen für den Hausgebrauch, und Singen an der Wiege der zahlreichen Kinder! Angelika lächelte und dachte an die Heilige Cäcilie Raffaels in Bologna.

Kapitel 10
Ausklang in London

Die Ausstellung der Royal Academy of Arts des Jahres 1775 begann mit einem ungeheuren Skandal, der das kunstbeflissene London erregte und in zwei Lager teilte. Hatte Nathaniel Hone, Mitglied der Royal Academy, nun die berühmte Malerin Angelika Kauffmann nackt auf einem seiner für die Ausstellung bestimmten Bilder dargestellt oder nicht? Oder steckte vielleicht eine ganz andere Absicht hinter seinem Bild „Der Zaubermeister"? In London wurde gemunkelt, Hone ärgere sich über die von Sir Joshua Reynolds geübte Praxis, Auftraggeber von Porträts, die er nicht selber ausführen konnte, seiner lieben „Miss Angel" weiterzuempfehlen. Da Reynolds mehr und mehr von der Arbeit für die Academy in Anspruch genommen wurde, konnte das schon möglich sein. Außerdem mokierte sich Hone mit dem Bild über Reynolds, der sechs Maler der Academy, neben Angelika Kauffmann auch sich selber, Signor Cipriani, Benjamin West, Nathaniel Dance und James Barry, dazu bestimmt hatte, St. Pauls Cathedral, das Meisterwerk Christopher Wrens, auszumalen und zu dekorieren. Als Bischof Dr. Tenrick von diesem Vorschlag hörte, lief er öffentlich Sturm dagegen: Solange er Bischof von London sei, würden in keiner anglikanischen Bischofskirche papistische Bilder von Katholiken gemalt und aufgestellt. Tief gekränkt zog sich der allmächtige Präsident der Royal Academy zurück, seine Pläne waren in Rauch aufgegangen und zerstoben.

Der 1718 in Dublin geborene Hone war schon einmal unangenehm aufgefallen, als er auf seinem Bild „Zwei Männer in Maskerade" ein Kruzifix in den Mittelpunkt stellte. Auf Wunsch der Ausstellungsleitung hatte er an die Stelle des Kreuzes einen Punschlöffel malen müssen.

Aber Hones irischer Dickschädel nahm so etwas nicht lange hin, denn in der Ausstellung 1775 war dieses Bild auch wieder vertreten *„mit dem Kreuz . . . wiederhergestellt, wie zuerst beabsichtigt“*. Das Kruzifix blieb diesmal unbeanstandet, denn die Aufregung um Hones Bild „Der Zaubermeister“ war so ungeheuerlich, daß für andere Skandale kein Platz mehr blieb. Der aktuelle Stand der Auseinandersetzung wurde von den Anhängern der einzelnen Parteien mehrmals täglich weitergegeben und beschäftigte die bessere Gesellschaft wochenlang. Nathaniel Hone unternahm mehrere Versuche, den Verbleib des Bildes in der Ausstellung zu sichern, schließlich hatte er einen Ruf als Maler und als Gentleman zu verlieren. Als alle seine Interventionen nichts nützten, holte er seine Bilder bis auf eines und stellte sie in einer eigenen Ausstellung in der St. Martins-Lane Nr. 70 aus. Der Publikumsandrang war außerordentlich, jeder wollte „das Bild“ sehen, das vom Rat der Akademie zurückgewiesen worden war. Im Vorwort zum Katalog dieser eigenen Ausstellung gab Nathaniel Hone seine Sicht der Dinge wieder:

„Nachdem das fragliche Bild einige Tage an der Royal Academy ausgestellt gewesen war, besuchte Sir William Chambers mit einem anderen Herrn des Rates der Akademie Mr. Hone in seinem Haus und informierte ihn, daß das Gerücht umgehe, er habe eine unzüchtige Darstellung oder Karikatur einer hervorragenden Künstlerin gemacht; es täte ihnen leid, daß dem Publikum eine solche Taktlosigkeit zugemutet werden solle. Mr. Hone war sehr überrascht über die Anschuldigung und versicherte die Herren, daß er stets die höchste Wertschätzung für die betreffende Dame gehabt habe, sowohl wegen ihres Rufes als Künstlerin als auch wegen ihrer sonstigen Vollkommenheit; und daß, um die Möglichkeit eines solchen Verdachtes zu beseitigen, er jedwegliche Figur, welche Angelika Kauffmann oder die Herren vom Rat der Akademie wünschten, gleich am nächsten Tag, oder vor der Ausstellung ändern wolle; und daß er nicht beabsichtigt hatte, irgendeine weibliche Figur außer dem Kind, das auf des Zaubermeisters Knie lehne, in diesem Bild darzustellen, und daß er hoffe, sie

würden ihm die Gerechtigkeit widerfahren lassen, jedes Vorurteil, das der Dame durch Böswilligkeit oder Unwissenheit eingegeben worden sei, zu beseitigen; und daß er selbst der Dame zu diesem Zweck seine Aufwartung machen wolle. Am nächsten Morgen erschienen zwei weitere Herren des Rates (zusammen mit dem Herrn, der am Abend zuvor in Begleitung Sir Williams gewesen war) bei Mr. Hone, die alle so gütig waren, ihm Gerechtigkeit widerfahren zu lassen, indem sie sagten, sie hätten die Figuren sorgfältig überprüft und würden ihn von dem Verdacht befreien, daß irgendeine weibliche Figur darunter sei; sie seien ganz sicher, daß die Figuren männliche seien. Mr. Hone versicherte ihnen wie zuvor seinen Respekt für die Dame; er ließ es auch nicht dabei bewenden, sondern ging zweimal an diesem Tag, um der werten Künstlerin seine Aufwertung zu machen und sie von dem Irrtum zu überzeugen, wurde jedoch nicht vorgelassen: daraufhin sandte er einen Brief durch seinen Sohn, der ihn in ihre eigenen Hände entließ und von dem das folgende eine exakte Kopie ist.“

Hone mußte Angelika gut gekannt haben, mit männlicher Grandezza umschmeichelte er die gekränkte zarte Seele, vermutlich wäre die Malerin, wenn es nur um ihre eigenen Interessen gegangen wäre, zu einem Kompromiß bereit gewesen. Andererseits durfte sie im prüden London auch nicht den Schatten eines solchen Verdachtes auf sich sitzen lassen. Sie kannte die Gerüchte, die ihr nachsagten, sie würde zum Malen der männlichen Figuren Aktmodelle in ihr Haus bestellen. Ein ungeheurer Verdacht, der immer einmal wieder von Personen, die Angelika nicht wohlgesonnen waren, geäußert wurde. Hones Brief lautet so:

„Madame, vorgestern abend war ich nicht wenig erstaunt über eine Deputation (so fasse ich es auf) des Rates unserer Akademie, die mir kundtat, daß Sie äußerst ungehalten seien über meine Darstellung einer nackten Figur in meinem sich derzeit in der Royal Academy befindlichen Bild „Der Zaubermeister“, das ihre Person darstellen soll; ich empfand sofort, daß Ihnen irgendein eifriger Wichtigtuer, um keinen schlimmeren Namen zu verwenden, diese außergewöhnliche Lüge (von der Gott weiß) erzählt hatte: um Sie, Madame, zu überzeugen, erkläre ich jetzt, daß es

meinen Gedanken fern lag, Sie in dieser Komposition darzustellen. Ich habe Ihre Werke nie anders gesehen als mit dem größten Entzücken und mit dem Respekt, der einer Dame zukommt, die ich als Malerin für die beste ihres Geschlechts halte und als Person zu den anmutigsten der Frauen zähle. Neid und Verleumdung müssen seltsam gearbeitet haben; denn gestern früh versicherten mir einige weitere Herren der Akademie, daß Ihre Unruhe groß sei, ich versicherte ihnen, daß ich die Figur so ändern würde, daß es unmöglich sei, anzunehmen, es sei eine Frau – obwohl sie selbst mich von einem solchen Verdacht freisprachen, indem sie die Figur als männlich verstanden – und daß ich sie mit einem Bart versehen oder sogar bekleiden würde, um sie zufriedenzustellen. Ich gab mir die Ehre, gestern zweimal in Ihrem Haus vorzusprechen (hatte aber das Unglück, Sie nicht daheim anzutreffen) mit der Absicht Sie zu überzeugen, wie sehr Sie getäuscht wurden, was Sie verstehen werden, wenn Sie das Bild selbst sehen, und um Sie zu überzeugen, mit wieviel Respekt ich bin, Madame. Ihr gehorsamster und untertänigster Diener, Nathaniel Hone.“

Die in ihrer Tugendhaftigkeit beleidigte Angelika ließ Hone auf ihre Antwort warten, sie schrieb am nächsten Morgen:

„Sir, ich hätte Ihren Brief sofort beantworten sollen, aber ich war von Geschäften in Anspruch genommen. Ich kann mir nicht denken, warum mehrere Herren, die mich nie zuvor getäuscht haben, sich verbinden sollten, um es diesmal zu tun, und wenn sie selbst getäuscht wurden, dürfen Sie sich nicht wundern, daß andere auch getäuscht werden können und als Satire annehmen, was Sie als nicht beabsichtigt bezeichnen – ich werde nicht durch meine besonderen Gefühle bewegt, sondern durch eine Achtung vor den Künsten und den Künstlern und bilde mir ein, daß Sie es nicht als großes Opfer empfinden können, ein Bild zu entfernen, das auch nur einen Verdacht von Mißachtung einer Person erweckt hat, die niemals Sie zu verletzen wünschte. Ich bin, Herr, Ihre untertänige Dienerin, Angelica Kauffmann.“

Aber damit war für Angelika die Sache nicht abgeschlossen, der Rat der Akademie erhielt am Dienstagmorgen ein neues Schreiben der in ihrer Seele tief getroffenen Künstlerin und so hatte sich die leidgeprüfte Ausstellungskommission ein weiteres Mal mit den Argumenten Angelika Kauffmanns auseinanderzusetzen.

„Ich hatte die Ehre eines Besuches von Sir Will Chambers, dessen Absicht es war, mir zuzureden, zur Ausstellung eines Bildes, das mich beleidigt hatte, meine Zustimmung zu geben; wie sehr ich auch die Ehrenwertigkeit der Herren, die über der Böswilligkeit des Autors stehen, schätze, würde ich ihr Betragen viel mehr einer Bewunderung wert erachten, wenn sie den Respekt gegenüber dem Geschlecht, das zu beschützen ihre Ehre ist, in Betracht gezogen hätten.

Wenn Sie den Verlust eines Akademiemitgliedes, das diesem Geschlecht keinen Respekt zollt, fürchten, hoffe ich, die Freiheit zu genießen, Ihnen das Vergnüngen an diesem Mitglied zu überlassen, und jemandem, der es niemals verdiente, von ihm oder von Ihnen lächerlich gemacht zu werden, erlauben, sich zurückzuziehen.

Ich bitte um Erlaubnis, meine Wertschätzung der Gesellschaft darzubringen und hoffe, daß sie immer ihre eigene Ehre hochachten wird – ich habe nur eine Bitte – meine Bilder zurückzuziehen, wenn jenes ausgestellt werden soll. Ich bin, meine Herren, Ihre gehorsamste Dienerin A. K.“

Aber Angelika hatte sich immer noch nicht beruhigt. Am selben Tag, Dienstag, 13. April, um die Mittagszeit, wandte sie sich noch einmal an den Rat der Akademie:

„Sir, der Bericht, der mir über das fragliche Bild zuging, kam von mehr als einer glaubwürdigen Person – mein Vater hat es auf meine Bitten inzwischen gesehen und bestätigt mich in dem, was ich früher gehört habe -; jedoch wegen eines Versprechens, das ihm von einigen Herren des Rates gegeben wurde, den Autor zu bewegen, die Figur der sitzenden Frau, die eine Trompete präsentiert, zu entfernen, werde ich mich zufrieden geben – aber diese betreffende Figur muß vollkommen getilgt und keine andere an ihre Stelle gesetzt werden – widrigenfalls ich auf meiner früheren Entscheidung bestehe, meine eigenen Bilder zurückzuziehen. Ich habe die Ehre, zu sein mit wahrer Hochachtung, Sir, Ihre gehorsamste Dienerin Angelika Kauffmann.“

Nathaniel Hone galt nicht gerade als nachsichtig und sanftmütig, die Heirat mit einer reichen Frau hatte den Dubliner aus den engen wirtschaftlichen Fesseln befreit, zu seiner Kundschaft zählten die königliche Familie und Persönlichkeiten der Gesellschaft. Aber es konnte ihm nicht verborgen bleiben, daß die Londoner Wetten über den Ausgang des zähen Ringens zwischen der zarten „Miss Angel" und dem bissigen Spötter abzuschließen begannen. Noch hatte Hone die Hoffnung auf einen für ihn günstigen Ausgang der Affäre nicht aufgegeben, aber die beiden Briefe der Malerin an den Rat der Akademie hatten ihre Wirkung nicht verfehlt. Am Dienstagabend erhielt Nathaniel Hone ein knapp gehaltenes Schreiben des Sekretärs der Akademie überreicht, das ihm die Sprache verschlug: *„Sir, ich bin bestimmt worden, Ihnen mitzuteilen, daß eine vom Rat abgehaltene Abstimmung, ob Ihr Bild ‚Der Zaubermeister' in der Ausstellung zugelassen werden soll, negativ entschieden wurde. Sie werden deshalb gebeten, das Bild, sobald es Ihnen gelegen ist, abholen zu lassen. In bin, Sir, Ihr gehorsamster und untertänigster Diener. F. M. Newton, R. A., Sekretär."*

Der beleidigte Nathaniel Hone beeilte sich, eine eidesstattliche Erklärung abzugeben:

„Ich, Nathaniel Hone von der Royal Academy, beeide, daß ich in dem Bild eines Zaubermeisters, das für die diesjährige Ausstellung der genannten Akademie bestimmt war, niemals eine Gestalt, die auf Mrs. Angelika Kauffmann oder irgendeine andere Dame hinweist, darstellte oder darzustellen beabsichtigte; und ich gab die ausdrücklichste Erklärung darüber an Sir William Chambers und drei andere Herren der Akademie ab, die bei mir vorsprachen, um diese Sache zu prüfen; und ich sagte ihnen gleichzeitig, daß die Gestalt, die sie für den Anlaß einer Beleidigung hielten, entfernt werden sollte.

Nathaniel Hone.

Geschworen vor mir am 2. Mai 1775, W. Addington.

N.B. Nicht nur die Gestalt, von der gesagt wurde, daß sie Mrs. A.K. hätte sein sollen, ist jetzt entfernt worden, sondern auch alle anderen nackten Gestalten, damit man nicht sagen kann, daß sie eine Ähnlichkeit mit irgendwelchen bestimmten Herren oder Damen hätten, was Mr. Hone nie beabsichtigte, da der Wert eines Bildes nicht von einigen geräucherten Akademiegestalten abhängt, noch von jenen wohlgekleideten Herren, die die Stelle der Gestalten einnehmen, von denen gesagt wurde, sie seien unanständig, obwohl Mr. Hone das Bild in seinem Haus Damen von äußerst feinem Geschmack und Empfinden gezeigt hatte."

So gut besucht die Ausstellung Hones auch sein mochte, sein Vorgehen machte ihn nicht beliebter, weder bei den Kunstinteressierten noch bei den eigenen Kollegen. Der Maler Joseph Nollekens, ebenso wie Hone Mitglied der Royal Academy, bekam am Abend nach der Zurückweisung des „Zaubermeisters" Besuch von Hone, den er sowieso nicht leiden konnte. Hone bat ihn, am Abend im Rat der Akademie für ihn und sein Bild, dessen vollständiger Titel „Der Zaubermeister der Malerei entfaltet die gesamte Kunst optischer Verführung" war, gut zu sagen. Nollekens fuhr Hone an: *„Wie können Sie es wagen, so etwas von mir zu verlangen. Seit ich Sie kenne, spinnen Sie Ihre Intrigen gegen Sir Joshua. Es würde mich nicht wundern, wenn man Sie aus der Akademie hinauswerfen würde. Aber welcher Teufel hat Sie geritten, gegen Angelika vorzugehen. Sie wollten Sie lächerlich machen, aber es ist Ihnen nicht gelungen."*

Das Bild fand keinen Käufer und kam erst aus dem Nachlaß des Malers 1785 auf den Kunstmarkt, heute hängt es in der National Gallery von Irland. Mehrmals wurde die fragliche Stelle im Hintergrund geröntgt. Dabei wurden unter den bekleideten Herren vor St. Pauls Cathedral tatsächlich unbekleidete Gestalten sichtbar. Leider hat Nathaniel Hone seine Übermalungsarbeiten so perfekt ausgeführt, daß die Figuren nicht mehr genau zu erkennen sind. So war es nicht möglich, die von Angelika angegebene „Figur der sitzenden Frau, die eine Trompete präsentiert", auszumachen. Das Rätsel löste sich ein Stück weit, als der Londoner Tate Gallery im August des Jahres 1967 eine der Vorskizzen Hones zum „Zaubermeister" von drei jungen Brasilianern angeboten wurde. Die Galerie kaufte die Skizze, zusammen mit dem Offizierspatent Hones, einigen zeitgenössischen Zeitungsausschnitten, die den Skandal betrafen, und einem der Kataloge zu Hones eigener Ausstellung.

Skizze und Bild gleichen sich bis auf den bewußten Ausschnitt am linken Bildrand, hier tummeln sich sieben nackte Figuren, wie ursprünglich von Hone geplant, einige schwingen Pinsel gegen St. Paul, andere halten Paletten in den Händen. Alle Figuren scheinen männlich, bis auf eine, die im Gegensatz zu den anderen schwarze Stiefel trägt, ihr langes, dunkles Haar fließt in den Nacken hinab. Stellung und Anlage der Figuren auf Skizze und Gemälde stimmen überein.

Reynolds, der als unabhängiger Präsident der Akademie nicht ein Bild, dessen Sarkasmus ohne Zweifel gegen ihn selber gerichtet war, zurückweisen wollte, setzte offensichtlich „Miss Angel" als wahrhaften „Engel mit dem Flammenschwert" ein, um so das Bild aus der Ausstellung verbannen und damit den Augen eines amüsierten Publikums entziehen zu können. Hone hatte in seinen eigenen Augen alles getan, um den Verbleib des Bildes zu sichern, er übermalte die beanstandeten Partien und begriff dann: *„Andere Motive waren ausschlaggebend"*. Motive, die ein Kritiker der Ausstellung von 1775 mit dem Wissen der Zeit und wenigen Worten deutlich machte:

„Der Zauberer, der eine große Ähnlichkeit mit dem Gesicht von Sir Joshua Reynolds' ‚Count Ugolino' und ‚Captain of the Banditti' hat, hält in seiner Hand einen weißen Zauberstab, mit dem er auf eine Anzahl von Drucken zeigt, die über das Gemälde verstreut sind. Diese Drucke stellen die Werke der größten Maler dar, wie Michelangelo, Carlo Maratti, Piet. Da Cortona etc.; und in ihnen kann der Kenner leicht einige Ähnlichkeit feststellen mit der Haltung des Count Ugolino, dem Infant Jupiter und der Anlage der drei Schwestern der Montgomery Familie, alle von der Hand Sir Joshuas. Im Hintergrund sieht man einen Blick auf St. Paul mit sechs Künstlern, die daran arbeiten und deren Werke in Rauch aufgehen. Es gibt keinen Zweifel, daß das obige Bild

indirekt den größten Porträtmaler, den dieses Land vielleicht je hervorgebracht hat, des Plagiates bezichtigte."

Um das Maß vollzumachen, hatte Hone dem Zauberer die Züge von Reynolds' Lieblingsmodell, dem Pflasterer „Old George" White verliehen, und das nette junge Mädchen, das sich vertrauensvoll an ihn schmiegt, entsprach in Haltung und Ausdruck den schönsten der liebreizenden Kinderbildnisse des Meisters. Im ganzen war der Zauberer eine wohldurchdachte Attacke auf den großen Malerfürsten Sir Joshua, sogar seine Schlappe bei der Ausmalung von St. Paul's hatte Hone nicht vergessen.

Hinter dem Skandal standen neben Eifersucht und persönlicher Antipathie die sich ständig verschlechternden Arbeitsmöglichkeiten für Künstler in Großbritannien. Der scheinbar unablässige Geldstrom aus den Kolonien war unversehens ins Stocken geraten, als sich der Bruch mit den nordamerikanischen Besitzungen abzuzeichnen begann. Die Aufträge flossen merklich langsamer, sogar die vom Erfolg verwöhnte „Miss Angel" bekam das zu spüren. Elf Bilder hatte sie bei der Ausstellungsleitung der Akademieausstellung eingereicht, nur sechs waren angenommen worden. Angelika selber hätte das hingenommen, denn Jahr für Jahr drängten mehr Absolventen der Akademie zu den Ausstellungen, aber ihr Vater beschwor sie, sich an Sir Joshua zu wenden und ihn zu bitten, auch die zurückgesandten Bilder zu hängen. Der mächtige Akademiepräsident setzte sich schließlich durch, alle elf Bilder schmückten die Ausstellung, im Katalog finden sich vier davon allerdings lediglich im Nachtrag.

Als Angelika 1766 nach London kam, wurden ihre ersten Historienbilder als umwerfend neu empfunden. Besonders ihre geschickte Themenwahl aus der englischen Geschichte und der antiken Mythologie waren bahnbrechend und schulemachend. Jetzt, kaum zehn Jahre später, drängten viele junge Maler, deren Bilder preiswerter zu haben waren und die auf dem Werk Angelikas aufbauen konnten, auf den Kunstmarkt, der durch die schweren wirtschaftlichen und sozialen Unruhen in der Bevölkerung und durch den sich abzeichnenden Krieg mit den nordamerikanischen Provinzen ohnedies erschüttert war.

Angelika fühlte sich abgestoßen und gelangweilt von der vornehmen Gesellschaft, sie hatte es satt, *auf den Kauf zu malen.* Aber die Kosten für das große Haus, für die teuren Arztbehandlungen des kränkelnden Vaters und für das nun einmal notwendige „Decorum" mußten erwirtschaftet werden. Sie flüchtete sich immer mehr in die Dichtkunst. George Keate, ein junger englischer Dichter, gehörte zu ihrem engsten Freundeskreis. Bei seiner Kavalierstour nach Europa besuchte er auch den großen Schweizer Idyllendichter Salomon Geßner. Vielleicht hörte Geßner durch ihn von Angelika, oder Johann Heinrich Füßli berichtete bei einer Reise in die Heimat von der deutschen Malerin, die in London Triumphe feierte. Salomon Geßner schrieb im Frühling 1777 an die *liebe Angelika* und legte dem Brief auch eine *schöne Zeichnung* bei. Angelika erhielt die Sendung erst über zwei Jahre später und auf sehr merkwürdigen Wegen. Sie antwortete ihm sofort, und dem Schreiben ist die atemlose Überraschung, mit der sie die unerwartete Sendung in Empfang genommen hat, anzumerken:

„Waß werden Sie doch von mir gedenken – verehrungswürdiger Freund, daß ich Ihren Brief vom 28. März 1777 erst den 6. April 1779 beantworte; verwundern werden Sie doch – zu hören, auf was vor ein gantz besondre art der Brief sambt der schönen Zeichnung die Sie mir gewidmet, erst verwichenen Sonnabend durch ein Freund mir ist übergeben worden, die Zeichnung ist im hiesigen Cortum oder Zollhaus mit andre Sachen, wie es manche mahl geschieht verkauft worden und gekaufft von einem der erst vor wenig tagen mit einem Freundt von mir der ein teutscher Kauffmann ist, bekannt worden. Dieser kauffte die Zeichnung wieder, nahm den Brief zu Handen, den jener nicht verstehen konnte, was noch besonders gemelter Käufer erlitte letzlich eine Feuersbrunst wo er hatt alles verlohren und kaum die Zeichnung retten konnte. Endlich nach all dießen wunderlichen Bege-

benheiten hat das Glück doch wollen daß ein mir so wertes Geschenke zu Handen kommen soll.

Von Ihren schrifften aber habe ich nichts gesehen, und auch jetzo nichts erfahren können, welches mir sehr verdrießlich ist. Nun hoffe ich alles dieses mit meiner Unschuld an tag legen, daß ich nicht aus Nachlässigkeit bis jetzo aufgeschoben habe, Ihnen meinen Dank abzustatten und Sie meiner aufrichtigsten Hochachtung zu versichern und Ihnen zu sagen, daß ich so schon lange in Ihren Gedichten und Zeichnungen bewundert und verehrt habe – und sehnlich gewünscht, Sie persönlich zu kennen. Ich hoffe dieser Wunsch wird noch einmal erfüllt werden, indem ich gesint bin mit meinem Vatter künfftigen Sommer eine Reise nach Italien vorzunehmen. Bin entschlossen, die Reise so einzurichten in Zürich den großen Geßner kennen zu lernen wirt mir alsdann eine besondere Freude zu sein, den jederzeit geehrten Herr Füsslin wiederzusehen, ich bitte Sie selben Ihn indessen meiner unverenderlichen Hochachtung zu versichern."

Geßner, der schon gefürchtet hatte, der Brief sei verlorengegangen, antworte so bald als möglich voller Freude, Angelika bald bei sich begrüßen zu können, aber die Reise war schon wieder ungewiß geworden: *„Aber geliebte Freunde verschiedene Vorfallenheiten machen das Vergnügen Sie diesen Sommer zu besuchen, mir sehr ungewiß – viele Arbeit die ich nicht zu ende gebracht habe wirt mein Aufenthalt hier etwas verlängern. Doch der Tag wird kommen, der so sehr gewünschte tag, der mich so glückselig machen wird, sie beide freunde kennen zu lernen . . ."*

Das Jahr 1779 hatte trübe begonnen. Im Februar war David Garrick gestorben, es gab kaum ein Haus in London, das nicht seinetwegen schwarz geflaggt hatte. Angelika nahm an der Beisetzung des großen Schauspielers in Westminster Abbey teil. Dr. Samuel Johnson, sein Lehrer und Jugendfreund, hatte einst auf die Frage, ob Garrick sein Glück verdiene, geantwortet: *„Oh, er verdient alles was er errungen hat, denn er hat die Seele Shakespeares begriffen, hat sie in sich selbst verkörpert und ihren Ruhm über die ganze Welt verbreitet."* Sein schauspielerischer Realismus und seine

Lebensfrische haben der englische Darstellungskunst die führende Stellung verschafft und den Dichtungen Shakespeares den Rang gegeben, der ihnen zukommt. Ein unbekannter Verehrer brach bei Garricks Tod in die rührende Klage aus:

„Als Shakespeare starb, blieb uns zurück
Kein Mensch von gleichem Schaffensglück.
Als Garrick spielte, stand er auf
Zu nie bestrittenem Siegeslauf.
Doch ach! Auch Garrick mußte gehn! –
Die Welt wird nimmer ihresgleichen sehn."

Mit Garrick hatte Angelika einen treuen Freund verloren, der ihren Weg in England von Anfang an begleitet hatte. Eva Garrick zog sich die nächsten beiden Jahre fast vollständig auf das Landgut in Hampton Court zurück, sie wollte allein sein mit ihrem Kummer und ihrem Schmerz.

Kummer hatte auch Angelika. Johann Heinrich Füßli, Henry Fuseli, wie ihn die Engländer nannten, war einer der ersten, der öffentlich Kritik an ihr übte: *„Die Deutschen nennen sie die ‚Malerin der Seele', ihre Frauen und Mädchen bleiben sich immer gleich in Form, in der Haltung und im Ausdruck, sie geht dabei immer von ihrem Ideal ihrer eigenen Miene aus. Ihre Helden sehen alle dem Mann ähnlich, den sie immer gesucht, aber leider niemals gefunden hat. Ihre Heldinnen gleichen ihr alle, und weil Haltung und Grazie das Auge des Betrachters immer von Charakter und Ausdruck ablenken, gefallen ihre Bilder eigentlich immer."*

Peter Pindar schrieb eine in London sehr populär gewordene Folge von „Oden über die Mitglieder der Royal Academy", in der es über Angelika heißt:

„Angelika mein größter Beifall gilt,
deren Kunst so lieblich die Leinwand füllt.
Die Damen, holdselig, bereiten mir Entzücken.
Doch fürchte ich, freit sie Männer so mild,
wie sie uns zeigt auf ihrem gemalten Bild,
Stumpfsinn nur könnt in der Hochzeitsnacht sie beglücken."

Angelika wußte nicht, worüber sie sich mehr ärgern sollte, über die Kritik eines abgewiesenen Heiratskandidaten oder die Anspielungen eines Dichters. Immer wieder wurde sie mit Erinnerungen an ihre kurze Ehe mit Horn konfrontiert. Je länger sie in England lebte, desto häufiger wurde sie kritisiert. Dazu kam die sich ständig verschlechternde politische Lage und die immer offener zutage tretende Zahlungsunlust ihrer früher so finanzkräftigen Gönner.

Schon einmal, Ende der Sechziger Jahre, hatten sich bei Georg III. besorgniserregende Anzeichen einer beginnenden Geisteskrankheit bemerkbar gemacht, die sich jetzt unter dem zunehmenden Druck innen- und außenpolitischer Schwierigkeiten verstärkten. Königin Charlotte, inzwischen Mutter von einem runden Dutzend königlicher Prinzen und Prinzessinen, erschöpfte sich in einem immerwährenden Kreislauf von Schwangerschaft und Geburten. Für Angelika bestand kein Zweifel mehr, sie mußte nach Italien zurückkehren und dort einen neuen Anfang wagen. Johann Joseph schrieb im Februar 1779 nach Schwarzenberg: *„Nichts desto minder suchen wir sobald als möglich aus dem Land zu kommen."*

Aber noch bekam Angelika viele Aufträge, noch waren ihre sonntäglichen „Jours Fixes" gut besucht, wenn auch immer weniger Engländer daran teilnahmen. Wie immer in wirtschaftlich und sozial unruhigen Zeiten verstärkte sich das Mißtrauen gegen Ausländer, und die anglikanische Kirche nutzte das unterschwellige Unbehagen der Bevölkerung geschickt für eine Kampagne gegen den Katholizismus. Angelika fühlte sich zwar nicht persönlich bedroht, dazu war sie zu bekannt und zu angesehen, aber sie spürte deutlich die Unsicherheit und die Angst der Menschen in ihrer Umgebung.

Der aufgebrachte Mob brannte die private Kapelle und das Haus des Botschafters von Bayern, des Grafen Haslang, bis auf die Grundmauern nieder. Bei der Plünderung entdeckten die Räuber im Keller zu ihrer großen Freude riesige Mengen von Rum und Tee. Der Botschafter hatte sich mit dem Schmuggel dieser Luxusgüter ein zweites Gehalt verschafft. Die Brandschatzer taten sich am Alkohol gütlich und schliefen anschließend ihren Rausch im Hyde Park aus. In wenigen Tagen wuchs die Zahl der Plünderer auf über tausend an, London brannte an mindestens sechs Stellen gleichzeitig, und jeder, der es ermöglichen konnte, verließ die Hauptstadt. Johann Joseph Kaufmann schrieb ungeduldig nach Schwarzenberg: „... *wegen amerikanisch Krieg waißt man nicht, gehts hinderisch oder förschte ...*“ Der solide Bregenzerwälder ärgerte sich, denn er hatte eigentlich vorgehabt, anstelle Rosas eine andere „Bas“ nach London zu holen, denn mit den Fremden im Hause klappte es gar nicht. Aber jetzt ließ ihn die Unsicherheit der Lage den Schritt immer wieder hinauszögern.

Daher ruhte die Last des großen Haushalts mitsamt der Pflege des kränkelnden Vaters weitgehend auf Angelikas Schultern. Es ging ihr nicht gut, ihre zarte Konstitution war den ständigen Aufregungen nicht gewachsen. Wie immer flüchtete sie sich in die Arbeit. Ihren Bildern ist davon nichts anzumerken, sie bezauberten die Londoner wie eh und je, obwohl die Malerin jetzt ovale Formate und Tondi bevorzugte. Dadurch wurden die Möglichkeiten der Komposition zwar stark eingeschränkt, aber die Stimmung ihrer Bilder wurde noch eine Spur heiterer und zarter. Die Leuchtkraft ihrer Farben schenkte Angelikas Werken jene dekorative Sentimentalität, die so genau dem Geschmack der Zeit entsprach.

Angelika spürte, daß der Zenit ihrer Popularität in London überschritten war. Es war nicht allein ihre große Sehnsucht nach dem Sonnenland Italien, die sie wieder nach Rom zog, sondern auch ganz nüchterne wirtschaftliche Erwägungen. Die großen Adelsfamilien und der Hof besaßen Porträts und Historienbilder von ihr, neue Aufträge würden in Zukunft spärlicher fließen. Die jungen Absolventen der Royal Academy, gut ausgebildet und mit Land und Leuten vertraut, drängten immer zahlreicher in die Ausstellungen. Jedes Jahr wurden mehr und bessere Bilder als noch im Jahr zuvor eingeliefert.

Die reichen Engländer ließen sich auf ihrer Kavalierstour in Rom malen, oder sonstwo in Italien, sie kauften ihre Porträts nicht mehr nur in London. Außerdem drängten immer mehr Aristokraten und Besucher aus den östlichen Ländern und aus Rußland nach Italien. Winckelmanns Lehre hatte zu einer Begeisterung für die Antike geführt, die durch die sensationellen Funde von Pompeji und Herculaneum noch gesteigert wurde. Jeder, der es sich leisten konnte, brachte sich Kunstwerke oder wenigstens sein eigenes Bild aus dem Land der Klassik mit in seinen nüchternen Alltag.

Dabei hatte Angelika in Rom kaum noch Konkurrenz zu befürchten. Anton Raphael Mengs war 1779 an den Folgen des riesigen Arbeitspensums, das er sich ein Leben lang auferlegt hatte, gestorben. Den alt gewordenen Pompeo Batoni brauchte eine europäische Berühmtheit wie Angelika Kauffmann nicht zu fürchten; außerdem sollte er kaum noch einen Pinsel halten können, hatte man Angelika aus Rom berichtet. Angelikas einstiges großes Vorbild Gavin Hamilton verdiente sein Geld als Kunsthändler und Leiter von Ausgrabungen, und der Mengs-Schwager Maron hatte nur wenige Kunden von der britischen Insel. Angelika konnte sich ausrechnen, daß der Strom der polnischen und russischen Adeligen, der sich bisher über das Atelier Pompeo Batonis ergossen hatte, über kurz oder lang andere Bahnen suchen würde. Je schneller sie sich in Rom etablierte, desto besser.

Zu den treuesten Freunden des Hauses am Golden Square gehörten immer noch die Brüder Zucchi. Es ging das Gerücht, das Giuseppe Zucchi seit langem in Angelika verliebt sei, sich aber nie getraut habe, um sie zu werben, weil immer berühmtere und bedeutendere Kollegen der schönen Malerin zu Füßen gelegen hatten. Neben Giuseppe galt Antonio als der originellere Maler, seine Architekturbilder wurden von den Brüdern Adam sehr geschätzt, deren Bauten ohne die von Antonio in Vollendung gemalten Ruinenbilder nicht denkbar gewesen wären. Joseph Bonomi, der einige Zeit in Schottland gelebt und gearbeitet hatte, brachte von dort einen französischen Emigranten mit in das Haus der Zucchis. Es war Jean Paul Marat, geboren in der Schweiz als Kind eines sardischen Einwanderers lebte er nun im Exil in London und nannte sich „Student der Menschlichkeit“. Angeblich hatte er Medizin in Bordeaux studiert, an der Universität St. Andrew's hatte er nach seinen Angaben einen mehr als dubiosen Doktor der Physik erworben. Antonio Zucchi gefiel der eingebildete und eitle junge Mann, der soviel redete und bei all seiner Gelehrsamkeit dennoch ein armer Schlucker war. Mit venezianischer Großzügigkeit hatte er ihm einen Platz in seinem Haus angeboten. Marat hatte im Haus Zucchi auch einen Freitisch beim Essen und fand Eingang in den Häusern der Freunde des Brüderpaares.

Angelika hörte dem prahlerischen jungen Mann gerne zu, und Marat verliebte sich prompt in die melancholische Malerin, die so ruhig an ihrer Staffelei saß und arbeitete. Sie erinnerte ihn an seine empfindsame, liebevolle Mutter, die in bescheidenen Verhältnissen lebend, aus dem begabten Sohn einen Mann berühmter als Rousseau machen wollte, vielleicht – wenn es möglich wäre – noch etwas Bedeutenderes! Der eingebildete Sohn sagte von sich selbst mit kühler Selbstverständlichkeit: *„Mit fünf Jahren wollte ich Schulmeister werden, mit fünfzehn Professor, mit achtzehn Schriftsteller, mit zwanzig schöpferisches Genie.“* Seine Äußerungen gipfelten in dem Satz: *„Ich glaube, alle Kombinationen des menschlichen Geistes in Bezug auf Moral, Philosophie und Politik erschöpft zu haben!“*

Insgeheim lächelte Angelika über seine Worte, bestimmt waren sie der Ausdruck seiner Verbitterungen über die französische Akademie der Wissenschaften, die Marats naturwissenschaftlichen Forschungen nicht anerkennen wollte. Nachdem in England seine sozialkritische Schrift „Ketten der Sklaverei“ erschienen war, hatte er auch im Reich König Georgs III. mehr Feinde als Freunde.

Angelika, in deren Haus Marat ein- und ausging, war schockiert, als sie hörte, daß der Junggeselle, dessen Abenteuer mit käuflichen Mädchen Londoner Stadtgespräch waren, mit seiner „Liebschaft mit der berühmten Angelika Kauffmann“ zu prahlen begann.

Wie immer schwieg Angelika zu solchen Gerüchten, sie äußerte sich nicht. Aber der kleine, pockennarbige Marat mit seinem grobknochigen Gesicht und der platten Nase dürfte kaum ihrem Ideal des klassischen Märchenprinzen entsprochen haben. Seine dämonische Wildheit und sein ungeheures Temperament hätten sie mehr verschreckt als angezogen. Aber Angelika begriff nun, daß die einzige Möglichkeit, diesen häufigen Verleumdungen zu entkommen, eine Heirat war. Als unverheiratete Frau war sie diesen Gerüchten immer schutzlos ausgeliefert. Eine Frau konnte ein großes Haus unterhalten, alles, was darinnen war, durch ihrer eigenen Hände Arbeit geschaffen haben, deswegen war sie aber noch lange nicht Herr ihrer Entschlüsse. Niemand würde es wagen, Sir Joshua vorzuwerfen, daß er seine Abende lieber in geselliger Männerrunde als mit Frauen verbrachte. Alle billigten seine Lebensweise, obwohl manche lästerten, er täte es nur, um Schwierigkeiten mit seiner Schwester Frances aus dem Weg zu gehen.

Angelika hatte es satt, gegen Vorurteile anzukämpfen. Der Prinz, auf den sie solange gewartet hatte, kam wohl doch nicht mehr. Sie lächelte, vielleicht hatte sie Amor damals in Mailand so sehr erschreckt, daß er seine Pfeile nun für immer im Köcher behielt? Angelika war bald vierzig Jahre alt. Die Reise nach Rom und das Leben dort, der riesige Umzug mit all ihren persönlichen Habseligkeiten standen bevor. In den Augen der Welt war es besser, dafür einen Mann zu haben. Vielleicht hatte ihr Vater ja doch recht, der ihr immer wieder dringend geraten hatte, zu heiraten. Allmählich begann sie sich mit dem Gedanken anzufreunden. Bisher hatte sie allen Freunden geschrieben, sie würde alleine mit ihrem *lieben Vatter* reisen. Vielleicht war es nicht einmal so schlecht, nicht für alles allein verantwortlich zu sein, jemanden zu haben, der verläßlich und klug zu einem Schritt riet, den sie alleine nicht zu gehen wagte, und der den Vater als Ratgeber allmählich ersetzte.

Johann Joseph hatte zu einem Mann wie Antonio Zucchi geraten, für Angelika hieß das, der Vater wollte Zucchi. Ein Gedanke, der, je öfter sie ihn dachte, immer mehr von seiner Fremdheit verlor. Angelika kannte Antonio Zucchi lange genug, um zu wissen, wie verläßlich und seriös er war. Als Künstler hatte er einen soliden Ruf. Seit 1770 war er Mitglied der Royal Academy of Arts, deren Ausstellungen er regelmäßig mit Werken beschickte. Zucchi hatte Angelika seit ihrer frühesten Jugend bewundert, aber, fünfzehn Jahre älter als sie, hätte er es sich niemals träumen lassen, um ihre Hand anzuhalten. Rossi bemerkte treuherzig: *„Als Freund der Angelika kam er oft in ihre Gesellschaft, allein frei von jeder Art von Verbindung hatte er sie sich nie als Frau gedacht. Dagegen richtete Angelikas Vater sein Augenmerk auf ihn, und da er seinen rechtschaffenen Charakter kannte, so sah er in ihm den Mann, der für die Umstände seiner Tochter am besten paßte.“*

Antonio Zucchi hatte viele Auftraggeber in England. Jahrelang hatte er für den Duke of Northumberland in dessen Stammschloß Syon House gearbeitet. Deckengemälde und Kartons von seiner Hand schmückten viele Herrensitze und Schlösser rund um London. Fürst Leopold von Dessau hatte für Schloß Wörlitz neben einigen anderen Zeichnungen auch ein Bild des „Tellschusses“ bestellt. Zucchi war als Architekturzeichner berühmt und gehörte zu den profiliertesten Mitarbeitern der Brüder Adam, für Garrick hatte er dessen Speisezimmer im Adelphi ausgemalt.

Der Entschluß zu heiraten, und dann noch die berühmte Angelika Kauffmann, kam für Antonio Zucchi genauso überraschend wie für seine zukünftige Frau. Erst wenige

Monate war es her, daß Angelika die Nachricht vom Tode ihres ersten Ehemannes erhalten hatte. So konnte sie sich die langwierige und teure Annulierung der Ehe beim Vatikan in Rom sparen. Sie war frei, auch vor Gott.

Antonio Zucchi teilte seine bevorstehende Hochzeit im September 1780 seinem langjährigen Auftraggeber Sir Rowland Winn mit, dem Besitzer von Nostell Priory bei Wakefield: *„Ich habe die Absicht, in den Ehestand zu treten und ich hoffe, daß das zu meinem Glück beitragen wird, da die Person, welche meine Gefährtin sein wird, in jeder Hinsicht meinen Wünschen entspricht. Ihre Verdienste als Künstlerin sind in der Welt genügend bekannt durch die große Zahl der Stiche, die nach ihren Werken gemacht worden sind."* Der noble Venezianer versäumte nicht, dem Brief ein für Lady Winn bestimmtes Blatt mit Angelikas Porträt nach Joshua Reynolds beizulegen.

Wenn man allerdings Rossi glauben will, dann *„konnte sich Angelika nur aus Rücksicht gegen den väterlichen Willen zu einer nochmaligen Standesänderung entschließen."* Angelika suchte und fand in der Verbindung mit dem gebildeten und generösen Venezianer Zucchi die Ruhe und Beständigkeit, die sie brauchte, um malen zu können. Zucchi kannte sich aus in der Welt der Kunst, und er hatte selber genug Reputation und künstlerisches Eigengewicht, um nicht zum bloßen Prinzgemahl zu werden. Er war vernünftig genug, die Zukunft seiner Frau und damit auch die eigene mit behutsamer Solidität zu lenken. Angelika wußte, daß sie sich immer und zu jeder Zeit auf ihn verlassen konnte. Johann Joseph Kauffmann war endlich eine schwere Last von den Schultern genommen. Zweimal hatte sich sein „Kind" in den falschen Mann verguckt, einmal war der Schaden gerade noch abzuwenden gewesen. Er hatte sein Möglichstes getan, für alles weitere war nun Antonio Zucchi, der auserwählte Schwiegersohn, verantwortlich. Zweitausend Gulden hatte Johann Joseph für die Reise und den Versand der Habseligkeiten veranschlagt. Er

Antonio Zucchi

half beim Einpacken, die Verantwortung hatte jetzt ein anderer.

Am 10. Juli 1781 war es soweit. Die Malerin Angelika Kauffmann, Golden Square, Bloomsbury und der Maler Antonio Zucchi, von St. Ann's Parish, Soho unterzeichneten ihren Ehevertrag, als Zeugen fungierten der Dichter George Keate, der Bankier Henri Peter Kuliff und der Generalpostmeister Daniel Braithwaite. Vier Tage später vollzog Pater Placidus Hamilton die katholische Trauung in der Kapelle der kaiserlichen Botschaft in London. Als Zeugen werden genannt: der angeheiratete „Vetter" Joseph Bonomi, Ludwig Pfluger, Gesandschaftssekretär des Königs von Neapel am Hofe von St. James, und der Vater der Braut. Jetzt waren Angelika Kauffmann und Antonio Zucchi rechtmäßig verheiratete Eheleute. Graf Louis Belgioioso, Botschafter des Kaisers in London, bestätigte die Ehe mit einem Dokument wenige Tage später.

Nur fünf Tage blieben dem jungen Paar nach der Trauung, um Abschiedsbesuche zu machen. Angelika hatte es sich so gewünscht. Sie wollte jetzt, da sie sich entschieden hatte, nicht mehr zurückblicken, sondern vorwärts nach Italien. Vermißt wurde sie in London von ihren Freunden, allen voran von ihrem getreuen Gottlob Friedrich Schönborn, dänischer Legationssekretär in London, der schon lange und hoffnungslos in Angelika verliebt gewesen war. An Klopstock in Hamburg schrieb er am 19. Oktober 1781:

„Dieser Auftrag ist von Angelika, die ihnen viel Zärtliches durch mich sagen läßt, und wie sehr sie gewünscht hätte, Sie einmal zu sehen . . . Sehr hat sie es bedauert, daß ihr alter gebrechlicher Vater – sie ist ein Muster von kindlicher Zärtlichkeit – dessen Schwächlichkeit sie zwei Jahre länger in England aufgehalten als sie zur Absicht hatte, sie auf ihrer Reise hindere, einen Abweg zu Ihnen zu machen. Diese Reise ist nun angetreten und allem Vermuten nach wird sie nun schon in Venedig angekommen sein. Ich soll Ihnen sagen, daß sie in Italien ernstlich an das bewußte denken und von daraus Ihnen schreiben werde, daß überhäufte Arbeiten Zeit ihres letzten Daseins in England sie gehindert hät-

ten, einen vernünftigen Gedanken zu fassen, um sich gehörig mit Ihnen über die Zeichnungen zu Messias zu unterhalten, daß es aber ihr voller Ernst sei, in ihrer Ruhezeit in Italien sich damit zu beschäftigen . . . Sie befürchtete, als sie von hier abreisete, daß sie genötigt sein würde, diesen Winter in Lothringen oder in der Schweiz zu bleiben, wegen der Schwächlichkeit ihres Vaters, allein nach dem Briefe so sie unterwegs hieher geschrieben, hat dieser sich wider alles Vermuten so gut befunden, so daß sie nun schon kann in Venedig angekommen sein, wo sie glaubte, erst künftiges Frühjahr anlangen zu können. Sie wird sich an diesem Ort etwas aufhalten, weil er der Geburtsort ihres nunmehrigen Mannes, Herrn Zucchi ist, nach welchem sie sich inskünftige Angelika Kauffmann-Zucchi nennen wird. Dieser Zucchi ist auch ein ganz guter Maler, sonderlich hat seine Ruinenmalerei was Vorzügliches. Er ist lange in England gewesen, und hat sich lange um Angelikas Neigung bemüht, er ist, so weit ich ihn kenne, ein ganz guter Mann von Gesinnung. Der Satan soll ihn holen, wenn er sich nun anders, da er Ehemann worden, gegen sie bezeigen sollte, als da er ehrfurchtsvoller und flehender Freier war. Nichts wünsch' ich so sehr, als daß es dem lieben, herzlichen Weibe wohlgehen möge. . . . Eine der edelsten, herrlichsten Seelen ist sie! Milde und sanft und unbewußt des hohen Genius, der sie emporhebt, ist ihr Herz, schmilzt es eben der Himmelsstrahl, der ihren Geist anleuchtet und Kraft gibt; . . . Ich habe sie dann und wann singen gehört, welch' treffliche Stimme! – und die alle Farben und Gestalten ihres empfindsamen Herzens annimmt – Eben so entschiedene Gabe zur Philosophie wie zu jenen beiden Schwesterkünsten! Aus dem Umgang habe ich gemerkt, daß sie dem tief nachgespürt, woran sie die Wirkungen auf Leinwand zeigen wollte. Sie hat überdieß viel Kenntnis und Belesenheit. Im Umgange zeigt sie aber nichts davon. Eine Bescheidenheit, die wenig ihres gleichen hat! – Sehen Sie, lieber Klopstock, schreib ich nicht als ein Verliebter? Das bin ich auch, und möchte Sie auch so machen! Daher bin ich so redeselig; und wie sollt ichs nicht sagen? Sprach ich das nicht von einem herrlichen Weibe zu einem herrlichen Mann? Sollte einem, der zwischen zwei solchen Feuern steht, nicht warm werden, ihm nicht die Zunge zu tanzen fangen . . .“

Kapitel 11
Venezianisches Intermezzo

Trotz des warmen Sommerwetters fröstelte Angelika, als sie am Heck des Seglers stand und zusah, wie die englische Küste ihren Blicken immer mehr entschwand. Antonio Zucchi war hinter seine Frau getreten und legte ihr beruhigend die Hand auf die Schulter, einen Augenblick lang schmiegte sie ihre Wange dagegen, dann drehte sie sich zu ihm um: „Vater schläft jetzt endlich in der Kajüte, aber seit wir unterwegs sind, geht es ihm von Stunde zu Stunde besser. Wenn wir morgen in Ostende ankommen, legen wir einen Ruhetag ein!" Zucchi nickte und fügte hinzu: „Und dann reisen wir ganz gemächlich durch Flandern, von Galerie zu Galerie, und keinen einzigen Rubens, Rembrandt oder van Dyck lassen wir aus!"

Antonio Zucchi hielt Wort. Die Tage, die sie in Flandern verbrachten, wurden zu einer Kunstreise auf den Spuren der großen niederländischen Meister. Umsichtig verwöhnte Zucchi seine Frau und ihren Vater. Angelika genoß es, umsorgt zu werden. Sie hatte auch sonst allen Grund, zufrieden zu sein; seit ihrer Abreise aus London hatte Johann Joseph nicht einen einzigen Herzanfall mehr bekommen. Er konnte jeden Tag aufstehen, und sogar die Kurzatmigkeit beim Gehen, die ihm im nebeligen London das Leben so schwer gemacht hatte, war ganz verschwunden.

Das große Gepäck, auch das bemalte Cembalo und die kostbare englische Standuhr sowie die vielen Ballen irischer Leinwand, die den besten Untergrund für Gemälde abgab, hatte Antonio Zucchi gleich nach Neapel senden lassen. Denn dort wollte sich Angelika für dauernd niederlassen. Zucchi hatte dazu geschwiegen. Aber wenn der Venezianer eine Stadt in Italien nicht ausstehen konnte, dann war es das gräßlich lebendige, hektische und absolut unvornehme Neapel. Niemals würde er begreifen können, warum ein Mensch dort leben wollte, der es nicht unbedingt mußte. Aber Angelikas Wunsch war für Antonio Zucchi maßgebend.

Vorerst waren sie aber noch in Flandern. Angelika hatte nicht vergessen, in welchem atemberaubenden Tempo Lady Wentworth mit ihr durch die Niederlande gereist war. Diesmal wollte sie das Versäumte nachholen. Mit stummer Hingabe betrachtete sie jetzt jedes einzelne Bild, Rubens hatte es ihr besonders angetan. Rossi hat mit genüßlicher Akribie beschrieben, wie das jungverheiratete Paar Bilder anzusehen pflegte:

„Es war artig, das kunstgeweihte Paar vor einem Gemälde zu sehen. Während Zucchi sich wortreich erklärte, schwieg Angelika, und heftete ihre Augen, die sich belebten, auf die erhabensten Teile des Gemäldes. Ihre Miene sprach Wohlgefallen aus, und mit sehr wenigen Worten drückte sie ihre Beobachtungen, sehr selten um zu tadeln, fast immer um zu loben, aus; denn von Natur haftete ihre Aufmerksamkeit nur am Schönen, und sie hatte so zu sagen die Gabe der Biene, welche nur Süßigkeit aus der Blume saugt. In der Tat gibt sich im Fache der schönen Künste die Feinheit des Geschmackes weit mehr dadurch zu erkennen, daß man zu loben, als zu tadeln versteht."

Einige Tage verbrachte die kleine Reisegesellschaft in Thionville in Lothringen, dort lebte ein Bruder des Vaters, der 1716 geborene Anton Kauffmann. Er galt in der Region als solider „Porträtmaler" und war mit einer Französin verheiratet. Seine Kinder hatten schon selbst Familien und lebten in guten Verhältnissen. Anders als sein älterer Bruder hatte Anton niemals Heimweh nach dem Bregenzerwald verspürt und auch keinerlei Kontakte dorthin unterhalten. Gerührt sah Angelika, wie sich die beiden Brüder ganze Nachmittage und Abende Geschichten und Erlebnisse aus ihrer schon so lange entschwundenen Kindheit und Jugend erzählten.

Wenn der Vater einmal nicht mehr da sein sollte, dann

gab es niemanden mehr, mit dem Angelika über ihre Kindheit reden konnte. Einen flüchtigen Moment lang sah sie das Gesicht des „Vetters" Joseph vor sich, seine ernsten Augen und den fragenden Blick. Wie lange war es her, seit sie gemeinsam bei Cesare Ligari Unterricht genommen hatten? Wo er jetzt wohl sein mochte? Warum er wohl niemals mit ihr Kontakt aufgenommen hatte? Ob er überhaupt noch lebte? Aber so schnell, wie die Erinnerung aufgetaucht war, vergaß Angelika ihn wieder.

Zucchis hatten vorgehabt, über Zürich zu fahren und Salomon Geßner und seine Frau kennenzulernen. Aber Angelika merkte bald, daß die Reise durch den Schwarzwald, vorbei an den Klöstern und Kirchen, die die Bauleute des Bregenzerwaldes errichtet hatten, den Vater sehr anstrengte. Um ihm eine Freude zu machen, verbrachten sie einige Tage in Konstanz, aber Johann Joseph war nicht einmal zu einem Abstecher nach Birnau zu bewegen. Er drängte darauf, nach Schwarzenberg zu kommen. Schließlich mietete Antonio Zucchi eine Kutsche, die die Reisenden bis Dornbirn brachte. Von dort wollte Johann Joseph unbedingt zu Fuß „ins Dorf gehen", so wie er es gewohnt war. Endlich ließ er sich doch überreden zu reiten. Denn einen Fahrweg nach Schwarzenberg hinein gab es immer noch nicht.

Vor der Kirche angekommen, schaute Angelika sich neugierig um. Nichts, aber auch gar nichts schien sich verändert zu haben. Breit und behäbig lagen die Häuser der Kirche gegenüber. Der ehrwürdige Gasthof „Hirsch" grüßte so einladend, wie Angelika ihn in Erinnerung hatte. Diesmal würden sie dort Quartier nehmen. Besorgt sah Angelika zu Johann Joseph hinüber. Seltsamerweise war ihm keinerlei Müdigkeit anzumerken. Elegant wie ein junger Mann war er aus dem Sattel geglitten. Angelika ahnte, wieviel Kraft ihn diese Demonstration seiner Jugendlichkeit vor den rasch zusammengelaufenen „Basen" und „Vettern" gekostet hatte.

Während Johann Joseph im Kreise seiner Verwandten

in fröhlicher Runde saß, führte Angelika ihren Mann in die Kirche. Lange standen sie schweigend nebeneinander und betrachteten die Apostelköpfe, die Angelika als Sechzehnjährige gemalt hatte. Die Farben waren nachgedunkelt, auch das Deckengemälde des Vaters hatte viel von seiner Leuchtkraft eingebüßt. Angelika kam es vor, als sei es erst gestern gewesen, daß sie ihre Signatur auf dem Buch des Matthäus angebracht hatte. „Für Venezianer hast du scheinbar schon immer etwas übrig gehabt!" lachte Zucchi und legte den Arm um Angelika. Während sie die Kirche verließen, beschrieb er ihr den Meister Piazzetta, dem er in seiner eigenen Jugend oft beim Malen zugesehen hatte. Das Allerschlimmste, was Piazzetta habe passieren können, sei die Einladung eines Auftraggebers an einen entfernten Ort gewesen. Lieber habe er den Auftrag abgelehnt, als daß er sein Haus verlassen hätte. Angelika schüttelte den Kopf, sie konnte es nicht begreifen. Wie sollte sie auch, mit Ausnahme des Hauses am Golden Square war sie niemals irgendwo zu Hause gewesen!

Mit Zucchi zusammen ging Angelika hinauf in das Haus in der Wies, „Vetter" Michael, der jüngste Bruder des Vaters, war schon lange tot, aber die „Bas" lebte noch und freute sich über den Besuch der berühmten Nichte. Nachdenklich stand Angelika vor dem Kasten in der Diele. Sie wußte selbst nicht, wie es geschah, aber plötzlich öffnete sie den Schrank und holte die Juppe heraus. Während sie sich langsam und bedächtig umzog, flocht die Bas ihr das lange Haar in Zöpfe. Antonio Zucchi, der draußen auf der Bank vor dem Haus den Blick weit über das Tal hinaus genossen hatte, starrte seine Frau sprachlos an, als sie sich in der Juppe neben ihn stellte. In der Bregenzerwälder Tracht sah Angelika ganz verändert aus, seltsam streng, und noch zarter als sonst.

Lächelnd trat sie auf Antonio Zucchi zu. Mit venezianischer Grandezza schwenkte er seinen breitkrempigen Reisehut und rief hingerissen aus: „So müßten dich die Londoner sehen! Da wär nicht ein Kollege, dem du nicht sitzen müßtest, West, Reynolds, ach was, jedem täte es die Sprache verschlagen . . ." Angelika lachte ausgelassen: „Das mit dem Malen könnt ich ja eigentlich auch selbst besorgen . . ."

Während der wenigen Wochen, die die Reisenden in Schwarzenberg blieben, malte Angelika ihr schönstes Selbstbildnis in Bregenzerwälder Tracht. Sie ist nicht mehr ein zartes Luxusgeschöpf, sondern eine kluge und kritische Frau auf der Höhe ihres Ruhms. Selbstsicher und diszipliniert blickt die Künstlerin aus dunklen Augen auf den Betrachter.

Alles versuchte Angelika in diesem Sommer in sich aufzunehmen und zu bewahren, den Duft des Heus und die Farben der Blumen der Bergwiesen. Die Verwandten kamen auf Besuch und betrachteten neugierig die fremde „Bas", von der soviel geredet wurde und die weltberühmt war. In der Juppe saß sie zwischen ihnen am Tisch im „Hirschen" und konnte nicht aufhören zu lachen, weil ihr Mann verwundert nach einem Teller fragte, als die Breipfanne auf den Tisch gestellt wurde. Angelika wollte, daß ein Teil der Zinsen des väterlichen Vermögens wie bisher den armen Verwandten im Tal zugute komme. Der Vater hat es in den vergangenen Jahren so gemacht, und so soll es auch in Zukunft bleiben! Zucchi handelte den Vertrag mit Rat Metzler aus, der Landschreiber Aberer in Bregenz wurde mit der Weiterleitung der Briefe von Angelika in den Bregenzerwald beauftragt. Der gründliche Zucchi legte sogar die Menge der guten Alpbutter, die dem Übermittler der Briefe dafür zustand, fest.

So sehr Johann Joseph nach Schwarzenberg gedrängt hatte, so unwohl fühlte er sich schon nach kurzer Zeit dort. Viele seiner Freunde und Verwandten ruhten auf dem alten Friedhof bei der Kirche. Der Gedanke an den Tod machte ihm Angst, mit den Jungen konnte er nicht viel anfangen, und die Gebirgsluft verschaffte ihm „Beänstigungen" auf der Brust. Je schlechter es ihm ging, desto unruhiger wurde er. Rossi schrieb:

„Das Vergnügen. sein Vaterland wiederzusehen, die Freude, welche seine Verwandten bewiesen, ihn wieder umarmen zu können, erheiterten den guten Greis, konnten aber seine schwindende Kraft nicht wiederherstellen, welche hohes Alter und andauernde Gebrechen immer mehr schwächten. Er hielt sich einen Monat lang in Schwarzenberg auf; da ihm aber das dortige Klima nicht zuträglich war, so nahm er den Weg durch das Tirol nach Italien, mußte sich jedoch zwei Tage in Innsbruck und zwei andere Tage in Verona Ruhe gönnen, um zur Fortsetzung der Reise neue Kräfte zu sammeln."

Angelika machte sich große Sorgen um den Vater. Gebrechlich und altersschwach wie er war, wurde jeder Reisetag für ihn zur Tortur. Aber sein Wille, mit Tochter und Schwiegersohn in Italien zu leben, war ungebrochen. Jeder Kilometer brachte ihn diesem Ziel näher. In Padua warteten Antonios Brüder auf die Reisegesellschaft. Gemeinsam legten sie den Rest der Strecke nach Venedig auf dem Flußschiff, die Brenta hinab, zurück. Vorbei an den herrschaftlichen Villen der großen venezianischen Geschlechter reisten sie Venedig entgegen. Fast die gesamte Familie Zucchi hatte sich an der Anlegestelle zur Begrüßung der berühmten Schwägerin eingefunden. Diesmal war es Angelika, die sich neugierige und abschätzende Blicke gefallen lassen mußte. Stolz hatte Antonio den Arm um seine Frau gelegt und beantwortete ruhig alle Fragen, bis sich die erste Befangenheit gelegt hatte. Als letzter der Brüder kam er nach fast zwanzig Jahren Arbeit in der Fremde nach Venedig zurück. Sein Bruder Giuseppe, dem man eine hoffnungslose Liebe zu seiner Schwägerin nachsagte, lebte schon einige Zeit wieder in der Heimatstadt. Pietro verdiente sein Brot als Gutsverwalter der Familie de Barbaro. In den ersten Tagen war es nicht leicht für Antonio, sich in seiner Vaterstadt zurechtzufinden, zu vieles hatte sich verändert.

Die Freude, am Ziel seiner Wünsche zu sein, hatte die Lebensgeister Johann Joseph Kauffmanns noch einmal geweckt, er erholte sich zusehends. Aber so geruhsam, wie

Angelika und Antonio Zucchi sich ihr Leben in Venedig vorgestellt hatten, verlief es nicht. Stolz führte Antonio seine berühmte Frau, nachdem sie sich am Campo di Guerra San Giuliano eingerichtet hatten, zu Freunden und Bekannten. Erst einen Monat nach der Ankunft fand Angelika Zeit, an Josef Anton Metzler in Schwarzenberg zu schreiben:

„Erlauben Sie, daß ich die Ehre habe Sie mit wenigen Zeilen meiner Hochachtung zu versichern und zu gleicher Zeit Ihnen Nachricht zu geben, daß wir den 3. verwichenen Monats ganz wohl hier angelangt, werden auch den Winter hier verbleiben, um ein wenig auszuruhen. Mein Vatter befindet sich erträglich, doch sein Zustand wird im Winter allzeit beschwerlicher, nichts destoweniger hofft er bald das Vergnügen zu haben an Sie zu schreiben."

Die Tage, an denen er auf sein konnte, verbrachte Johann Joseph Kauffmann am liebsten bei seinem alten Freund, dem Kupferstecher Giuseppe Wagner in dessen Werkstatt. Die beiden wurden nicht müde, sich aus ihren Lehr- und Wanderjahren am Bodensee zu erzählen. Francesco Bartolozzi, einer der Meisterschüler Wagners, war nach dem Bruch mit William Ryland neben Thomas Burke der bevorzugte Stecher Angelikas in London gewesen. Jahrzehntelang hatte in Wagners Werkstatt quirliges Leben geherrscht; jetzt, nachdem er keine Schüler mehr ausbildete, fiel die Stille in den Räumen doppelt auf. Spontan schenkte Angelika dem Freund des Vaters eines ihrer Gemälde, die schöne „Magdalena", die sie einige Jahre zuvor in London gemalt hatte.

Bei der Generalversammlung der ehrwürdigen „Accademia di Venezia" im Dezember 1781 beschlossen die Professoren um den Präsidenten Giandomenico Tiepolo, die bisher übliche Zahl von 36 gewählten Mitgliedern auf 37 zu erhöhen, um „Signora Angelika Kauffmann, pittrice celebre di Germania" aufnehmen zu können. Giandomenico Tiepolo war der letzte der großen Malerfamilie und nach dem Tod seines Vaters und seines Bruders von Madrid in die Vaterstadt Venedig zurückgekehrt. Die feierliche Aufnahme der Künstlerin sollte im April des nächsten Jahres erfolgen.

Für Johann Joseph Kauffmann war diese besondere Ehrung, die sein „Kind" erfuhr, die letzte große Freude seines Lebens. Der feuchtkalte venezianische Winter brachte sein Brustleiden vollends zum Ausbruch. Im November schon hatte Angelika die Lieblingsschwester des Vaters, Anna Maria Florini in Morbegno gebeten, zu ihrem Bruder zu kommen. Die Pflege der Schwester und die Freude über das Wiedersehen ließ den alten Kaufmann noch einmal alle Kräfte zusammennehmen; aber jetzt konnte er sich nicht mehr erholen, die Tage vergingen für ihn in schläfriger Müdigkeit. Angelika, die die Mutter ihrer Base Rosa seit über zwanzig Jahren nicht gesehen hatte, freute sich, den Vater gut versorgt zu wissen. Manchmal lehnte sie sich an die Tür zu seinem Krankenzimmer und lauschte den Erzählungen der beiden alten Menschen, die ganz in ihrer Kindheit und Jugend aufgingen. Noch einmal erlebten sie die schöne Zeit in Schwarzenberg, die Zeit, bevor sie, halbe Kinder noch, zum Geldverdienen das Heimattal verlassen mußten.

Eigentlich hatte Angelika den venezianischen Winter zum Ausruhen und Kräfteschöpfen nutzen wollen. Aber daran war bald nicht mehr zu denken. Von überall her trafen Bestellungen und Aufträge im Haus am Campo di Guerra ein, so daß Angelika bald nur noch für kurze Krankenbesuche im Zimmer des Vaters ihren Platz an der Staffelei verlassen konnte. Immer öfter winkte Bas Anna Maria traurig ab, wenn Angelika nach dem Befinden des Vaters fragte. Als er sein „Kind" nicht mehr erkannte, wußte Angelika, daß es Zeit war, Abschied zu nehmen. Am 11. Januar 1782 schlief Johann Joseph Kauffmann ein, um nicht mehr zu erwachen.

Angelika war untröstlich, sie wollte es lange Zeit nicht wahrhaben, daß der Vater nun nicht mehr da war, ihr nicht mehr raten konnte, so wie er es fast ihr Leben lang getan hatte. Es war Antonio Zucchi, der mit ruhiger Gelassenheit alles Nötige veranlaßte, auf die Behörden ging, den Pfarrer bestellte, seine Frau in der Zeit der ersten Trauer ganz allein ihren Gedanken überließ. Mit stiller Selbstverständlichkeit hatte er die Aufgaben des Schwiegervaters übernommen. Seine noble Ausstrahlung und seine umfassende Bildung machten ihn Angelikas Kunden bald unentbehrlich. Zucchis Einfluß auf die Themenwahl der Künstlerin steht außer Frage. Seine große Belesenheit und das in der engen Zusammenarbeit mit den Brüdern Adam entwickelte Gefühl für das Dekorative bedeutete eine große Hilfe für Angelika. Die bereits in England erprobte Zusammenarbeit der beiden Künstler trug jetzt, da Antonio fast keine eigenen Bilder mehr malte und nur noch seiner Frau zuarbeitete, ihre reichen Früchte. An den Abenden aquarellierte er zu seiner Entspannung. In den Briefen an die Verwandten in Schwarzenberg schrieb Angelika immer wieder von „ihrem libsten", in der Zeit der Trauer bewährte sich die Zuneigung und die Achtung, die beide füreinander empfanden, ganz besonders.

Der Vater war kaum beerdigt, als sich der russische Botschafter Graf Kurakin in Angelikas Atelier melden ließ. Die Republik Venedig hatte seit einigen Wochen hohe Gäste, die aber strengstes Inkognito wahrten. Dabei pfiffen es die Spatzen von Venedigs Dächern, daß sich hinter dem Grafen und der Gräfin du Nord, die um einen Besuch im Atelier der berühmten Malerin Angelika Kauffmann nachsuchten, niemand anders verbarg als der Erbe der russischen Krone und seine aus Württemberg stammende Frau Sophie Dorothee. Die hohen Herrschaften befanden sich zusammen mit dem ältesten Bruder der Kronprinzessin, Herzog Friedrich von Württemberg, auf großer Kavalierstour durch Italien. In Venedig wurde der Zarewitsch mit allen Ehren empfangen, denn die Lagunenstadt setzte auf die Hilfe der Zarin Katharina bei ihrem Kampf gegen die Türken.

Eine Fülle von Festlichkeiten wurde zu Ehren des hohen

Paares in der Seerepublik gefeiert, ein Ereignis jagte das andere. Am 25. Januar 1782 war es dann soweit: Angelika Kauffmann konnte Großfürst Paul mit seinem Gefolge in ihrem Atelier begrüßen. Bewundernd betrachtete der 27jährige Zarewitsch die Bilder, die Antonio Zucchi ihm zeigte und erklärte. Schließlich entschied er sich für das prachtvolle große Gemälde „Leonardo da Vinci sterbend in den Armen Franz I." Zusammen mit seiner Frau suchte er noch zwei andere Bilder mit Themen aus der englischen Geschichte für die große Galerie von St. Petersburg aus.

Während Großfürst Paul mit Antonio Zucchi die Mappen mit den Skizzen und Entwürfen durchsah, plauderte Angelika mit der Frau des Thronfolgers. Die einundzwanzigjährige Sophie Dorothee war eine Tochter des Herzogs Friedrich Eugen von Württemberg und seiner Frau Friederike Dorothee Sophie von Brandenburg-Schwedt, einer Nichte Friedrichs II. Die Prinzessin hatte eine paradiesische Kindheit in Mömpelgard verlebt, denn ihre Eltern liebten sich wirklich, und der kleine Hof galt als einer der glücklichsten weit und breit. Sowohl der Alte Fritz als auch Katharina die Große waren von den Eheplänen zwischen dem gerade verwitweten Thronfolger Paul und der kleinen württembergischen Prinzessin begeistert. Im Juni 1776 wurde in Berlin die Verlobung festlich begangen. Sie war erst möglich geworden, nachdem der russische Hof dem Prinzen von Hessen-Darmstadt, dem Sophie Dorothee versprochen war, eine jährliche Pension von zehntausend Rubeln aussetzte und der Prinz daraufhin auf seine Braut verzichtete. Damit stand dem Glück des verliebten jungen Paares nichts mehr im Wege.

Die glanzvolle Hochzeit in Petersburg nahm vierzehn Tage in Anspruch. Im Zuge der Hochzeitsfeierlichkeiten trat die Prinzessin zum griechisch-orthodoxen Glauben über und erhielt den Namen Maria Feodorowna. Der ältere Bruder der Braut, Herzog Friedrich von Württemberg, war erst vor kurzem in die Dienste der Zarin Katharina getreten, er begleitete Schwester und Schwager auf ihrer

Italienreise und reiste dann mit ihnen zusammen nach St. Petersburg.

Das fürstliche Paar dehnte den Besuch in Angelikas Atelier so lange aus, daß das ganze Protokoll durcheinander geriet. Während Zucchi immer weitere Bilder seiner Frau hervorholen und ihre Inhalte erklären mußte, erzählte Angelika der jungen Großfürstin von ihren Wanderjahren am Bodensee und in Oberitalien. Wenn sie den Vater erwähnte, traten ihr die Tränen in die Augen. Mitleidig blickte Sophie Dorothee auf die Malerin. In Mömpelgard in einer glücklichen Familie in relativ einfachen Verhältnissen aufgewachsen, sehnte sie sich am prächtigen, aber ränkereichen Hof von St. Petersburg oft nach dem stillen Leben im elterlichen Schloß zurück. Voller Sehnsucht dachte sie an ihren kleinen vierjährigen Sohn Alexander, der bei der Großmutter in Rußland geblieben war. In Angelikas Atelier fühlte sie sich leicht und frei wie schon lange nicht mehr. Sehr zur Verwunderung der sie begleitenden Hofbeamten und des russischen Botschafters fiel sie der Malerin beim Abschied um den Hals und gab ihr einen herzhaften Kuß. Der Botschafter Graf Kurakin war so überrascht, daß er der kaiserlichen Schwiegermutter von dem Vorfall Meldung machte.

Der Tag war anstrengend für Angelika gewesen, aber auch beglückend. Während Zucchi die gezeigten Bilder wieder an ihre Plätze räumte und die verkauften Gemälde sorgfältig verpackte, setzte Angelika sich hin und schrieb einen Brief an die Vertrauten in Schwarzenberg: *„Ich hatte hier die große Ehre den Großherzog und die Großherzogin von Rußland bei mir im Hause zu sehen, beide erzeigten mir alle erdenklichen Höflichkeiten – werde dieselben in Rom wiedersehen – allwo ich die Ehre haben werde die Porträts der beiden zu malen."*

Noch waren die Festlichkeiten für die hohen Gäste nicht vorbei, da starb Anna Maria Florini am 3. Februar 1782 im Alter von 67 Jahren in den Armen ihrer Nichte. Angelika, die sich noch nicht vom Tode ihres

Vaters erholt hatte, war es, als fiele sie in ein tiefes Loch. Wie immer suchte sie Trost in der Arbeit, Zucchi konnte sie kaum überreden, den Platz an der Staffelei einmal zu verlassen. Er bemühte sich, Ärger und Aufregungen von seiner Frau fernzuhalten. An den Rat Josef Anton Metzler in Schwarzenberg schrieb Angelika wenige Tage nach dem schmerzlichen Ereignis: *„Mein Betrübnis ist unbeschreiblich. Vetter Michel dem ich eben schreibe wird Ihnen von diesen Traurigkeiten das mehrer sagen. Ich hoffe alle Verordnungen meines seligen Vatters werden auf das genaueste vollzogen sein nach seinem Willen obschon ich ihn mit hier gewöhnlichem schönen Gottesdienst und vielen heiligen Messen habe begraben lassen, so auch meine Selige Bas, denn ich liebte sie wie meine Mutter. Folglich habe ich ihr alle kindliche Liebe und Ehr erwiesen sowohl im Leben als nach dem Tod. Gott gebe den lieben Seelen die ewige Ruhe und mir die Gnad mich seinem göttlichen Willen zu ergeben."*

Am liebsten wäre Angelika Hals über Kopf aus Venedig abgereist, aber für den 8. April hatte die „Accademia di Venezia" zur feierlichen Übergabe des Diploms an die Künstlerin eingeladen. Bei der gleichen Gelegenheit sollte auch die Mitgliedschaft Antonio Zucchis seiner großen Verdienste um seine Vaterstadt wegen erneuert werden. Ein stolzer Tag für das Ehepaar Zucchi! Aber nach der Zeremonie hielt es Angelika nicht mehr in Venedig. Sie wollte nichts wie weg. Giuseppe und Pietro Zucchi geleiteten sie bis Ferrara. In Loreto verbrachten die Zucchis einige Tage. Angelika hatte das Bedürfnis, wie damals, als sie mit dem Vater aus dem Bregenzerwald nach Italien aufgebrochen war, vor einem neuen Lebensabschnitt zu beten und alleine zu sein.

Kapitel 12
„Rom ist immer in meinen Gedanken"

Auf dem Pincio, dem hoch über der Piazza del Popolo gelegenen Hügel, hatte Antonio Zucchi in einem der neuen Gasthäuser eine komfortable Zimmerflucht gemietet. Zucchi hatte nicht vergessen, wie sehr Angelika die Gegend um Trinità dei Monti bei ihrem ersten römischen Aufenthalt geliebt hatte. Die Wohnung war groß genug, dem „Decorum", das auch eine auf der Durchreise befindliche, berühmte Künstlerin ihren Besuchern bieten mußte, zu genügen. Trotzdem wirkten die Zimmer bescheiden und nicht protzig. Als sie sich umsah, mußte Angelika unwillkürlich lächeln. Selbst ihr Vater hätte keine bessere Wahl treffen können! Es tat ihr gut, die Wärme und das Verständnis, mit dem ihr „Herr libster" sie umgab, aufs neue zu spüren.

Immer noch lächelnd trat sie an eines der Fenster und schob den Vorhang zurück. Nach fast zwei Jahrzehnten atmete sie endlich wieder römische Luft. Während Antonio Zucchi mit der ihm eigenen emsigen Geschäftigkeit das Gepäck versorgte und das Atelier seiner Frau herrichtete, ließ Angelika ihre Blicke über das Panorama der Ewigen Stadt gleiten. Sie fühlte sich in Rom so frei und sorglos wie an keinem anderen Ort. Majestätisch grüßte die gewaltige Kuppel des Petersdomes vom jenseitigen Ufer des Tibers zu ihr herauf. Vielleicht wäre es doch besser, sich für dauernd in Rom niederzulassen! Antonio hatte diesen Wunsch schon manchmal durchblicken lassen. Aber Angelika sehnte sich nach Neapel, der Wärme und dem blauen Wasser der herrlichen Bucht.

Zu ihrem großen Leidwesen waren der russische Thronfolger und seine Frau bereits weitergereist, so daß Angelika ihr in Venedig gegebenes Versprechen, den „Grafen und die Gräfin du Nord" zu porträtieren, nicht einhalten konnte. Zu gerne hätte sie sich noch einmal mit der jungen Großfürstin unterhalten. Aber so war sie es seit ihrer Kindheit gewohnt: Die Menschen kamen und gingen, sie blieb allein zurück. Allein mit ihren Gedanken und Erinnerungen, die dann zu Bildern wurden.

Wenige Tage nach ihrer Ankunft besuchte Angelika den großen Pompeo Batoni. Es hieß zwar, der 73jährige sei krank und geistig nicht mehr auf der Höhe, aber sein Atelier war noch immer eines der gesuchtesten in Rom. Fast alle durchreisenden Gäste von Rang ließen sich von ihm malen oder kauften eines seiner Historienbilder. Angelika fand Batoni stark gealtert, aber in der Unterhaltung wirkte er frisch und anregend. Er hatte sich etwas von der imposanten Grandezza bewahrt, mit der er Angelika bei ihrem ersten römischen Aufenthalt imponiert hatte. Es machte Batoni offensichtlich Spaß, die berühmte Kollegin mit seinen kleinen dunklen Greisenaugen anzufunkeln und ihr den neuesten Klatsch und Tratsch aus römischen Künstlerkreisen zu erzählen. Batoni war frei von Neid und Mißgunst, er hatte seit Jahrzehnten gut verdient und ließ auch andere leben, das machte ihn sympathisch und liebenswert.

So anregend der Besuch bei Batoni gewesen war, so schmerzlich berührte sie das Zusammentreffen mit Anton Maron und seiner Frau Therese. Im Haushalt der beiden lebten auch die fünf jüngsten, unversorgt gebliebenen Kinder Anton Raphael Mengs. Zwar hatte Katharina die Große einen Teil des Nachlasses zu einem horrenden Preis aufgekauft, aber der Erlös hatte kaum gereicht, um die immensen Schulden, die Mengs in seinen letzten Lebensjahren angehäuft hatte, zu tilgen. Angelika, die den Maler nie persönlich kennengelernt hatte, war stark vom Hauptwerk des „pittore filosofo", dem „Parnaß" in der Villa Albani, beeinflußt worden.

Barock und Rokoko hatten die am Bodensee verbrachten Jugendjahre der Künstlerin geprägt. Die Bekanntschaft mit Johann Joachim Winckelmann und seinen Lehren hatten ihr Kunstverständnis und ihre Auffassung verändert. Ihr Gefühl blieb den Eindrücken der Kindheit verhaftet, während ihr Intellekt sie zur Klassik weiterführte. Ein Widerspruch, den Angelika spürte und den sie mit der Hinwendung zur Literatur zu lösen versuchte. Die Ideen Winckelmanns und ihre malerische Umsetzung durch seinen „pittore filosofo" waren für Angelika zum entscheidenden visuellen und geistigen Erlebnis auf dem Weg zur reifen Künstlerin geworden. Es berührte sie tief, daß bei ihrer Rückkehr nach Rom nach zwei Jahrzehnten sowohl Mengs als auch Winckelmann nicht mehr am Leben waren.

Kaum 51jährig war Anton Raphael Mengs am 29. Juni 1779 den nervösen Erschöpfungszuständen erlegen, die das Ergebnis seiner jahrzehntelang durchgehaltenen Arbeitswut waren. Bereits bei seiner ersten Rückkehr aus Madrid im Jahre 1771 hatte sich der Künstler matt und krank gefühlt. Anstatt sich zu schonen, hatte er weitergearbeitet, wie er es seit seiner Kindheit gewohnt war. Auf Wunsch des Papstes Clemens XIV. hatte er unter ungeheurem Zeitdruck die Decke in der Sala dei Papiri mit einer Allegorie zur Geschichte bemalt. Die römischen Künstler wählten ihn zum Prinzeps der altehrwürdigen Accademia di San Luca. Damit stand zum ersten Mal in der zweihundertjährigen Geschichte der Akademie ein Deutscher an ihrer Spitze. Ungeduldig rief Karl III. Mengs zurück nach Madrid, aber schon 1778 mußte der König ihn endgültig nach Rom ziehen lassen, seine zerrüttete Gesundheit ließ eine kontinuierliche Arbeit nicht mehr zu.

In Rom mietete der angesehene Künstler für seine immer größer werdende Familie den hochherrschaftlichen Palazzo Barberini unterhalb der Kolonnaden des Petersplatzes. Hier entstand im Auftrage eines englischen Lords das Gemälde „Perseus und Andromeda". Wochenlang war es Stadtgespräch der kunstinteressierten Römer, das Publikum pilgerte scharenweise in Mengs Atelier.

Der Maler wurde von einer immer größer werdenden seltsamen Unruhe erfaßt, er zog von einer Wohnung in die andere, um fern der lauten Familie Ruhe und Erholung zu finden, das Atmen fiel ihm schwer. Schon Winckelmann hatte sich vergeblich bemüht, dem Freund den Auftrag für ein Altarbild in St. Peter zu verschaffen. Als Mengs den Auftrag endlich bekam, war er zu schwach, ihn auszuführen. Nachdem im Frühjahr 1778 nach dreißigjähriger glücklicher Ehe seine Frau, die schöne Margharita gestorben war, erholte sich Mengs von diesem Schlag nicht mehr. Die Arbeiten für das Altarbild von St. Peter „Die Übergabe der Schlüssel an den Apostelfürsten" gelangten nicht über die Komposition hinaus, obwohl Mengs bis zu seinem Tode daran malte. Wie er es gewünscht hatte, wurde Anton Raphael Mengs neben seiner Frau in der kleinen Kirche S. Michele in Sassio beigesetzt.

Zu Lebzeiten des Malers wurde sein Werk höher eingeschätzt als das seines großen Vorbildes Raffael, nach seinem frühen Tod war Mengs in Deutschland und Italien jedoch bald vollständig vergessen. Dabei hatte er wie kein anderer Maler die Lehren seines Freundes Johann Joachim Winckelmann in Bilder umgesetzt. Mengs lebte lange genug, um die langsam einsetzende Wirkung der Ideen Winckelmanns im geistigen Leben Europas zu erkennen. Ihrem Schöpfer war das nicht vergönnt. Wie Mengs hatte auch Winckelmann Rom zu seiner geistigen Heimat gemacht. Seine Briefe und Schriften quellen über von Liebeserklärungen an die Stadt: *„Alles ist nichts gegen Rom"*, schrieb er und *„O, selige Freiheit, die ich endlich im völligen Genuß in Rom schöpfen kann."* Niemand hat bis heute herausgefunden, warum Winckelmann, der doch in Italien so vollkommen glücklich war, sich im Frühjahr des Jahres 1768 mit dem Bildhauer Bartolomeo Cavaceppi auf eine Reise nach Deutschland machte. Seine Verwandten waren alle tot, eine bessere Stelle als in Rom hatte er nirgends zu erwarten.

Sein Herr und vertrauter Freund, Kardinal Albani, ließ ihn nur ungern und auf seine wiederholten Bitten hin gehen. Winckelmanns überragende Stellung in Rom war, nachdem ihn der Papst auch noch zum „Scriptor Linguae Teutonicae“ ernannt hatte, unangefochten, sein wissenschaftlicher Ruhm in den Ländern Europas unbestritten.

Kaum hatten Cavaceppi und er die Alpen überquert, hätte Winckelmann am liebsten kehrtgemacht. Je weiter sich die Reisenden von Italien entfernten, desto hysterischer gebärdete er sich. Allein die Tatsache, daß er der Kaiserin in Wien Briefe ihres Gesandten Albani zu übergeben hatte, ließ ihn die Reise fortsetzen.

Nach Audienzen und Gesprächen, die nur wenige Tage in Anspruch nahmen, verließ Winckelmann Wien und erreichte Triest krank und zerschlagen am 1. Juni 1768. Dort stieg er in der „Locanda Grande“ ab. Eine Schiffsreise, so hoffte er, würde ihm im heißen Juni mehr Erfrischung bieten als der Landweg. Francesco Angeli, in der Herberge sein Zimmergenosse, erteilte ihm die notwendigen Auskünfte. Der Gelehrte und der mittellose junge Italiener freundeten sich an, vertrauensselig zeigte Winckelmann Angeli die goldenen Schaumünzen, die ihm die Kaiserin geschenkt hatte. In Rom, so Winckelmann, würde ihn jeder kennen, Angeli würde schon sehen, wie man ihn dort achte, er könne ihn ja einmal besuchen.

Angeli wollte das Gold besitzen, das eine Kaiserin geschenkt hatte. Er beschloß, Winckelmann am Abend vor der Abreise mit einem Strick zu erdrosseln. Am Nachmittag des 8. Juni 1768 saß Winckelmann über den Satzanweisungen für sein neues Buch, als Angeli hereintrat. Beide unterhielten sich freundschaftlich, plötzlich warf ihm Angeli den Strick um den Hals. Danach stach er auf den sich heftig Wehrenden mit dem Messer ein. Winckelmann schüttelte den Mörder ab, stürzte die Treppe hinunter, schon bald versammelten sich Ärzte, Priester und

Gendarmen am Lager des tödlich Getroffenen. Der Mann, der der Welt das Wissen um die Kunst der Griechen wiedergeschenkt hatte, starb einsam und fern der Stadt, der die Sehnsucht seines Lebens gegolten hatte, umgeben von fremden Menschen, die nichts von ihm und seiner Bedeutung ahnten.

Sich vorzustellen, wie dieser Mann, dem sie so nahe gewesen war, dessen Stimme ihr noch im Ohr klang, hatte sterben müssen, verursachte Angelika körperlichen Schmerz. In langen Gesprächen mit Johann Friedrich Reiffenstein, der sich als Cicerone, als Führer für gut betuchte Reisende in Rom niedergelassen hatte, versuchte sie den Alptraum dieses Todes abzuschütteln.

Ende Mai verließen die Zucchis Rom und reisten nach Neapel weiter, dort wollten sie sich gründlich erholen. An Josef Anton Metzler in Schwarzenberg schrieb Angelika nach derAnkunft: *„Nachdem wir Venedig verlassen, haben wir uns einen Monat in Rom aufgehalten, und unsere alten guten Freunde mit Vergnügen wiedergesehen. Den ersten dieses (Monats) sind wir gesund hier in Neapel angelangt. Die Gegend ist über die Maßen schön, aber Rom ist der Sitz der schönen Künste, es könnte wohl geschehen, daß wir in Rom das Hauptlager aufschlagen, und dann und wann kleine Lustreisen vornehmen."*

Aber zur Ruhe kam Angelika auch in Neapel nicht. Viele ihrer Freunde und Auftraggeber hielten sich den Sommer über in Neapel auf, und so ging die Malerin auch in *der so überaus schönen Gegend* die Arbeit nicht aus. Es entstand neben dem großartigen Porträt des Fürsten von Belvedere das sehr feine Bild der kleinen Prinzessin Czartoriska, die eine Minervabüste mit Blumen schmückt. Neben einigen bereits früher bestellten ovalen Bildern, die für Damen der Londoner Gesellschaft bestimmt waren, schuf Angelika für Don Honorato Gaetani ein großes Historienbild, „Telemachos auf der Insel der Kalypso". Dazu entstand während der Monate in Neapel ein Geschenk für den englischen Maler John Yenn, und der englische Gesandte in Neapel, Sir William Hamilton, bekam ein Gemälde aus der Sage des Odysseus. Vermutlich konnte Angelika überhaupt gar nicht richtig faulenzen – wie Anton Raphael Mengs war sie von frühester Kindheit an fortwährendes Arbeiten gewöhnt.

Den ehrenvollsten Auftrag bekam die Künstlerin von Maria Carolina, der jungen Königin Neapels. Von allen Töchtern der Kaiserin Maria Theresia war die 1752 geborene Maria Carolina ihrer Mutter charakterlich am ähnlichsten, von der die kleine Erzherzogin zärtlich „Charlotte" genannt wurde. Mit fünfzehn Jahren als Ersatzbraut für ihre verstorbene Schwester Maria Josepha an den ein Jahr älteren König Ferdinand von Neapel vermählt, hatte sie es nicht leicht an dem ihr fremden Hof gehabt. Ferdinand galt als der unerzogenste und unerfreulichste König Europas. Mit neun Jahren auf den Thron gekommen, hatte sich niemand um seine Erziehung gekümmert. Der schwedische König Gustav III. schrieb nach einem Besuch am Hof von Neapel: *„Seine Kinder sind besser erzogen als er!"*.

Tatkräftig und mit unbeugsamem Willen hatte die junge Königin ihrem der Jagd und dem Fischfang ergebenen Gemahl schon bald das Zepter aus der Hand genommen, nicht zum Schaden des Landes. Ihr Bruder, Kaiser Joseph II., bemerkte ironisch: *„Meine liebe Schwester schreibt mehr als mein ganzes Kabinett!"* Ihre Hofhaltung war denkbar einfach, von den sechsunddreißig ihr zustehenden Hofdamen hatten jeweils nur zwei Dienst.

Tief unglücklich hatte die kleine Erzherzogin Wien verlassen. Immer wieder hatten Mutter und Bruder sie ermahnen müssen, Geduld zu haben mit ihrem kindischen Gemahl. Maria Carolina kompensierte den Frust ihrer Ehe mit der großen Liebe zur Kunst und zur Literatur. Sie sammelte Bilder und Bücher und förderte Künste und Wissenschaften. Ihre insgesamt siebzehn Kinder – 1782 waren es sieben – erzog sie im Sinne ihrer Mutter: *„Kinder haben zu gehorchen!"*

Maria Carolina hätte Angelika gerne für immer an den Hof von Neapel gebunden. Angelika sollte den wohlerzogenen kleinen Prinzessinnen Unterricht erteilen und als Hofmalerin fungieren. Eine entsetzliche Vorstellung für die Malerin, die zwar seit frühester Jugend hart hatte arbeiten müssen, dafür aber ihre Freiheit bewahren konnte. Der Auftrag aber, den die Königin zu vergeben hatte, war ehrenvoll: ein Monumentalbild der gesamten königlichen Familie. Angelika malte die Einzelporträts von Eltern und Kindern noch in Neapel. Doch dann zog es sie mit Macht zurück nach Rom. Das Klima Neapels und auch das Unbehagen, dort leben zu müssen, hatten bei Antonio Zucchi zu ernsten Fieberanfällen geführt.

Die Königin hoffte, die Malerin mit der Zeit doch noch umstimmen zu können. Sie erklärte sich bereit, das Familienbild in Rom fertigstellen zu lassen, so konnten Angelika und Antonio Zucchi noch im Herbst dorthin zurückkehren. Erleichtert schrieb Angelika an ihren Vertrauten Josef Anton Metzler in Schwarzenberg:

„Ich und mein libster finden uns Gott sei dank wohl und vor acht Tagen wieder glücklich in Rom angelangt allwo wir uns setzen werden, denn dies ist die Residenz der schönen Künste. Wir haben den Sommer in Neapel sehr angenehm zugebracht, ich war bei Hofe besonders bei ihrer Majestät der Königin sehr gnädig aufgenommen. Man hat mit Pensionen und all erdenklichen Ehrenbeweisungen mich bereden wollen alldorten zu bleiben. Allein Gott sei Dank meine Umstände erlauben mir meine Freiheit zu erhalten. Indessen hatte ich die Ehre die ganze königliche Familie zu malen, nämlich Ihre Majestät, der König, die Königin, drei Prinzen und vier Prinzessinnen, alle auf ein Gemälde welches ich in Rom erlaubens habe zu verfertigen, mit Versprechen das ich selbsten wieder auf Neapel komme und dieses Werk selbsten Ihrer königlichen Majestät zu präsentieren."

Seit altersher galt der Monte Pincio als eine der schönsten und vornehmsten Wohngegenden der Ewigen Stadt. Der sinnenfreudige Feldherr Lukullus hatte die Vorzüge des Hügels als einer der ersten erkannt, inmitten blühender Gärten ließ er sich eine prachtvolle Villa errichten und lud zu Gelagen und Festlichkeiten. Die stets frische Luft und die unübertroffene Aussichtslage machten den „Pincio" zu einem der begehrtesten Erholungsgebiete der vornehmen Römer und ihrer Gäste. Villen und Gärten entstanden, mit dem Untergang des Weltreiches verfielen sie und wurden zu Ruinen und Steinbrüchen. Theoderich der Große ließ aus den Überresten der Villa des Lukull, der „Domus Pinciana", Marmorblöcke für den Bau seines Palastes in Ravenna herausbrechen. Von den Ruinen auf dem Pincio aus leitete Belisar die Verteidigung Roms gegen die Goten. Dann wurde es still um den Hügel.

Erst das 16. Jahrhundert entdeckte den Pincio wieder. Kardinal Ricci ließ 1544 die Villa Medici erbauen. Bereits fünfzig Jahre früher hatte Karl VIII. von Frankreich den französischen Mindestbrüdern die Kirche S. Trinitas mit den weithin sichtbaren Zwillingstürmen, die Klosteranlage und die Villa Malta mit ihrem markanten Aussichtsturm geschenkt. Auf Trinità dei Monti mit den zu modernen Gasthäusern und Hotels umgebauten alten Häusern wohnten die vornehmen Fremden während ihres Aufenthaltes in der Ewigen Stadt.

Bei der Wahl ihres römischen Domizils folgten Angelika und Antonio Zucchi neben privaten Vorlieben auch geschäftlichen Notwendigkeiten. Antonio Zucchi mietete von den Fratres des Minimenordens das Haus in der Via Sistina, in dem der junge Mengs die ersten Jahre seiner Karriere verbracht hatte – nicht nur weil es Angelika gefiel, sondern auch weil es durch seine Lage bestach. Unterhalb der Villa Malta und gegenüber dem Palazzo Zuccari gelegen, lag es direkt im Fremdenviertel. Nicht von ungefähr wohnte der geschäftstüchtige Cicerone der vornehmen Welt, Rat Reiffenstein, seit zwanzig Jahren im Erdgeschoß des Palazzo Zuccari. Solide und geräumig, wenn auch etwas heruntergekommen, war das Haus für Angelikas Bedürfnisse mit seinem hellen Atelier und dem davor liegenden Saal wie geschaffen. Ein kleiner verwilderter Hausgarten machte Angelikas häusliches Glück vollkommen.

Noch im Herbst 1782 begannen Angelika und Antonio Zucchi mit den umfangreichen Renovierungsarbeiten. Mit akribischer Genauigkeit verzeichnen die Haushaltsbücher alle Ausgaben für Umbauten, Einrichtung und Anlage des Gartens. Angelika und Antonio Zucchi mußten tief in die Taschen greifen, bis das Haus zu der von den Besuchern in Briefen und Erinnerungsbüchern bewunderten *Residenz auf dem Pincio* wurde. Dazu kamen die Ausgaben für Diener und Hausmädchen und nicht zuletzt für eine eigene, von einem englischen Wagenbauer angefertigte Kutsche. Die dazugehörigen Pferde wurden bei einem der benachbarten Stallbesitzer bestellt. Während die Malerin mit ihrer unermüdlichen Arbeit an der Staffelei den Besitzstand garantierte, sorgte Zucchi mit lautloser Betriebsamkeit für den geregelten Ablauf der Häuslichkeit. Rossi war das wohl bewußt, als er schrieb:

„Nachdem sich Angelika nunmehr in Rom förmlich niedergelassen hatte, wählte sie eine Lebensweise, welche jedem andern übertrieben arbeitssam und eigentlich mühsam geschienen hätte, die aber für sie, von Jugend auf an strenge Arbeitssamkeit gewöhnt, und in ihre Kunst verliebt, wahrhaft angenehm war. – Mit dem frühen Morgen begann sie zu zeichnen oder zu malen, und nachdem sie gegen Mittag eine geringe Erquickung spärlich genossen hatte, nahm sie die Reißfeder, oder den Pinsel wieder zur Hand, und arbeitete ununterbrochen, wenigstens im Winter, bis zum Sonnenuntergange fort, dann speisete sie erst zu Mittag, und brachte den Abend in Gesellschaft gebildeter Männer, vorzüglich von Kunstverständigen zu."

Angelika erholte sich trotz der vielen Arbeit schnell von den Strapazen der letzten Monate, dazu mag auch das Gefühl, am Ziel ihrer Wünsche zu sein, beigetragen haben. Antonio Zucchi war glücklich, dem befürchteten Daueraufenthalt im ungeliebten Neapel entronnen zu sein. Kaum begann die neugestaltete Häuslichkeit auf dem Pincio ihren Zauber auszustrahlen, als sich in der Weihnachtswoche des Jahre 1783 hoher Besuch ankündigte.

Graf Falkenstein plante einen Aufenthalt in Rom und wollte das Atelier der „Madame Angelika" besuchen. In den Erblanden der Habsburger wußte man, wer sich hinter diesem Namen verbarg: Seine Majestät Kaiser Joseph II. höchstpersönlich. Bei der Geburt des Sohnes 1741, mitten in der für sie bittersten Phase des 1. Schlesischen Krieges, hatte Maria Theresia ihn als ihren „Rettungsengel" bezeichnet, endlich war die Erbfolge gesichert, es lohnte sich weiter zu kämpfen. Doch sein Hang zu Spott und Ironie befremdete die Kaiserin: *„Wie kann einer als Herrscher bestehen, wenn er die Menschen nicht liebt?"* fragte sie ihn einmal. Maria Theresia, die geborene Herrscherin, handelte intuitiv, eine Haltung, die ihrem Ältesten, der verstandesmäßig dachte und entschied, fremd war.

Seine zahlreichen Reformen hatten ihm nicht nur Freunde gebracht. Mit seinem Besuch in Rom wollte er Papst Pius VI. seine für die Erblande geplanten kirchlichen Reformen schmackhaft machen. Graf Hrzan, der kaiserliche Gesandte, erfuhr nicht viel mehr über den Besuch als: *„Ich gedenke bei Ihnen grad abzusteigen, mich umzukleiden, ohne Anfrage grad zum Papsten zu fahren und durch eine Hinterstiege gleich zu ihm ins Zimmer einzutreten . . ."*

Vermutlich werden die Gespräche zwischen Kaiser und Papst nicht in dieser atemberaubenden Schnelligkeit vonstatten gegangen sein. Aber der reformwütige Kaiser scheint den Papst zumindest von der Ehrlichkeit seiner Absichten überzeugt zu haben, denn der Kaiser teilte mit: *„Man scheint von vielen falschen Ideen abgekommen zu sein, die man bisher über meine Religion und meine Denkungsweise gehabt haben mag."*

Nach seinen nicht einfachen Gesprächen mit dem Papst ließ sich Graf Falkenstein von dem gebürtigen Wiener Anton Maron die Ateliers der führenden Maler in Rom zeigen. Es bedeutete für Angelika viel, daß der Kaiser, als dessen Untertanin sie sich bezeichnete, mehr als eine ganze Stunde in ihrem Atelier verbrachte. Er kannte den Bregenzerwald nur flüchtig, aber Angelika wurde nicht müde, ihm dies Gebiet seiner Monarchie zu beschreiben.

Lange stand der Kaiser im Atelier vor dem nun fast fertiggestellten Monumentalbild der königlichen Familie von Neapel. Ausgiebig betrachtete er das Porträt seiner Schwester und ließ sich sogar die Vorstudie dazu zeigen. Besonders schienen den Kaiser aber die Inhalte der Historienbilder zu interessieren. Schließlich bestellte er zwei Gemälde, deren Themen sie selber wählen sollte, bei der Künstlerin. Es rührte ihn, daß sie so viel über ein kleines Gebiet seines Reiches zu erzählen wußte. Lächelnd verabschiedete sich der Kaiser und folgte seinem Stab hinaus auf die Via Sistina. Nach Schwarzenberg schrieb Angelika: *„Ich hatte die unverhoffte Ehre Ihre kaiserliche Majestät in meinem Hause zu sehen. Ihre Maiestät hielten sich mehr als eine Stunde in meinem Malzimmer auf. Selbe besahen meine Arbeit auf das Genaueste und bezeigten das größte Vergnügen, sprechen mit mir von den Gegenden des Mutterlandes so freundschaftlich und so gütig, als es nur möglich ist zu sprechen. Ihre Majestät beehrten mich mit der Commisserie zwei Gemälde für Hochselbe zu malen. Sie können sich nicht vorstellen, und ich kann nicht genugsam beschreiben, wie gnädig und gütig dieser große Monarch sich gegen mir erzeigt. Geben Sie doch diese Nachricht meinen Verwandten und Bekannten, die nach mir fragen."*

Fast drei Jahre dauerte es, bis Angelika die Bilder für den Kaiser fertiggestellt hatte. Es fiel ihr schwer, die richtigen Themen für den Monarchen auszuwählen. Aber die Malerin hatte nicht vergessen, daß Klopstock einst sein Heldengedicht „Die Hermannsschlacht" dem jungen Kaiser gewidmet hatte. Darum gestaltete sie die Szene „Die Rückkehr des Armin aus der Schlacht im Teutoburger Wald". Das zweite Bild trug den Titel „Der Tod des Heldenjünglings Pallas", das Thema war den Dichtungen des Vergil entnommen. Joseph II. hatte schon ungeduldig auf die Gemälde gewartet und schrieb auf die Nachricht, daß die Bilder fertig seien, an den kaiserlichen Gesandten in Rom: *„Ich schicke Ihnen hier den Brief, so Ihnen die Angelika* *geschrieben hat, wieder zurück und ersuche Sie, diese zwei Bilder wohlverwahrt in eine Kiste ohne sie zu rollen einpacken zu lassen und sie nach Wien unter Meiner Adresse durch die erste Gelegenheit abzusenden, der Angelika Kauffmann aber dasjenige auf meine Rechnung auszahlen zu lassen, was ihr für ein dergleichen Bild gewöhnlich bezahlet wird, da ich mir vorbehalten, ihr erst nach gesehenen Bildern ein Geschenk zu machen.*"

Die Gemälde waren nicht billig, jedes kostete 450 Zechinen. Die kaiserliche Gesandtschaft zahlte prompt und hielt bald darauf die quittierte Rechnung mit einer exakten Beschreibung der beiden Bilder in Händen. Aber erst im März des Jahres 1787 konnte der erleichterte Kaiser nach Rom schreiben: „*... die zwei Gemälde der Angelika Kauffmann sind endlich hier in gutem Zustand eingetroffen und haben meiner Erwartung vollkommen entsprochen. Zum Beweis meiner vorzüglichen Zufriedenheit überschicke ich Ihnen die mitkommende Tabatiere samt einem Medaillon und ersuche sie selbige der Angelika Kauffmann in meinem Namen zuzustellen, mit der Versicherung, daß ich die Gemälde sogleich in der kaiserlichen Galerie habe aufstellen lassen und daß diese Denkmäler von einer geborenen Untertanin, die sich als Künstlerin in der Malerei so vorteilhaft auszeichnet, Mir und ihren Mitbürgern umso schätzbarer sein wird.*"

Obwohl Angelika sich selten eine Mußestunde gönnte, konnte sie die eingehenden Aufträge kaum ausführen. Die Sommermonate verbrachte sie in diesen Jahren regelmäßig in Neapel, um die von der Königin bestellten Bilder zu präsentieren, den kleinen Prinzessinnen Malunterricht zu erteilen und neue Bestellungen entgegenzunehmen. Angelika liebte diese kurzen Erholungswochen, obwohl sie sich in den letzten Jahren Arbeit aus Rom mit nach Neapel nahm. Für englische Auftraggeber entstanden Bilder zu „König Lear" von Shakespeare und „Der Tod des Markus Antonius". Don Honorato Gaetani hatte ein weiteres Bild zum Telemach-Roman von Fenelon bestellt, eine Arbeit, die auch Joseph II. außerordentlich gut gefallen hatte. Dazwischen entstanden Porträts und immer wieder Porträts, darunter so hinreißend schöne wie das der jungen Baronin Krüdener mit ihrem Sohn und das der Gräfin Juliane von Reventlow, der Herrin des „Musenhofes“ von Schloß Emkendorf, sowie das des Gesandten der Republik Venedig beim Vatikan, Andrea Memmo, in der Tracht des Prokurators von San Marco.

Für die königliche Familie in Neapel schuf sie das schöne Bild des kleinen Prinzen Januarius und als Geschenk für die Schwester der Königin, Erzherzogin Marie Christine in Wien, „Cornelia die Mutter der Gracchen“ und noch ein weiteres Gemälde. Der Sommer des Jahres 1785 war der letzte, den Angelika und Antonio Zucchi in Neapel verbrachten. Die Königin hatte ihnen den Palazzo Francovilla zur Verfügung gestellt. Aber Angelika hatte wenig von der schönen Umgebung, sie stand hinter der Staffelei und malte, nicht fertiggewordene Bilder nahm sie mit nach Rom. Es scheint, als habe Antonio Zucchi sich nun endgültig gegen Neapel durchgesetzt: Er mietete im nächsten Sommer eine Villa in Castel Gandolfo, wo Angelika und er in den folgenden Jahren die Sommermonate verbrachten.

In diesen Jahren bestellte Zarin Katharina das große Gemälde „Servius Tullius, der als Kind zu Füßen von König Tarquinius Priscus schläft“. Ohne Antonio Zucchi, der unermüdlich die Dekorationen für Gemälde und Porträts ordnete, Besuchern fertige Bilder zeigte und Rechnungen schrieb, hätte Angelika das Pensum dieser Jahre nicht bewältigen können.

Der Hamburger Domherr Friedrich Lorenz Meyer, ein Freund Klopstocks, gehörte zum engen Freundeskreis. Seinem Schreiben ist die tiefe Ratlosigkeit über das rastlose Schaffen der berühmten Malerin anzumerken:

„Den Tag über unterbrach nichts ihre Tätigkeit, selbst kränkelnd hatte sie den Pinsel in der Hand. Sie malt unbeschreiblich leicht und geschwind; man mußte über die schnellen Fortschritte erstaunen, welche die einmal angefangenen Bilder unter ihren Händen machten. Der kühle Abend war ihre Erholungszeit. In einem kleinen Garten am Haus versammelte sich dann der

gewählte Kreis ihrer Freunde und Bekannten, mit denen sie während ihrer geistvollen Unterhaltung das selbstgepflückte Obst ihrer Bäume teilte . . . Der Eindruck der unglücklichen Katastrophe ihres häuslichen Lebens in England scheint nach dem Verlauf so vieler Jahre noch immer die herrschende Stimmung ihres Gedankens zu sein. Traurige Vorfälle erschütterten ihre reizbaren Nerven ungewöhnlich stark. So leidend sah ich sie bei dem Todesfall des von ihr geschätzten Kardinals Rezzoniko und bei der Nachricht einer schweren Entbindung der Königin von Neapel mit einem toten Kind . . .“

Kapitel 13
Freundin der Dichter

„Du schickst mir nichts nach, es wäre denn höchst nötig, denn ich will Rom ohne Erwartung nordischer Nachrichten betreten." Diese Botschaft sandte Johann Wolfgang von Goethe am 18. September 1786 aus Verona an seinen Diener Philipp Seidel, der als einziger das Reiseziel seines Herrn kannte. In der Nacht vom 3. September hatte Goethe, Staatsminister in Diensten des Herzogs von Sachsen-Weimar, in aller Heimlichkeit seinen Kuraufenthalt in Karlsbad abgebrochen und war zu seiner schon lange geplanten Italienreise aufgebrochen. Sein Paß wies ihn als Mr. Johann Philipp Moeller, Maler aus Leipzig aus, der 37jährige schüttelte alle Konventionen ab: *„Auf dieser Reise hoff ich will ich mein Gemüt über die schönen Künste beruhigen, ihr heilig Bild mir recht in die Seele prägen und zum stillen Genuß bewahren!"* Goethe floh vor seinen beruflichen und gesellschaftlichen Verpflichtungen und auch vor seiner in einer tiefen Krise steckenden Beziehung zu Charlotte von Stein. In Rom wollte er Abstand gewinnen und mit der Antike auch den neuen Geist der Kunst erfahren. *„Über das Tiroler Gebirg bin ich gleichsam weggeflogen. Verona, Vicenza, Padua, Venedig habe ich gut, Ferrara, Cento, Bologna flüchtig und Florenz kaum gesehen. Die Begierde nach Rom zu kommen, war so groß, wuchs so sehr mit jedem Augenblick, daß kein Bleibens mehr war und ich mich nur drei Stunden in Florenz aufhielt. Nun bin ich hier und ruhig und, wie es scheint, auf mein ganzes Leben beruhigt. Denn es geht, man darf wohl sagen, ein neues Leben an, wenn man das Ganze mit Augen sieht, das man teilweise in- und auswendig kennt. Alle Träume meiner Jugend seh' ich nun lebendig . . ."*

Einen Tag vor der Erfüllung des sehnlichsten aller Wünsche hatte der Reisende notiert: *„Morgen abend also in Rom – Ich glaube es jetzt noch kaum, und wenn dieser Wunsch* *erfüllt ist, was soll ich mir nachher wünschen ...*" Über die Via Flaminia rollte der Wagen, passierte Ponte Molle und die Porta del Popolo. Ungeduldig ließ er die allen Besuchern Roms lästige Durchsuchung nach verbotenen Büchern und Schriften über sich ergehen und verbrachte die erste Nacht in Rom in der ehrwürdigen „Albergo dell'Orso".

Zwei Maler lebten in Rom, die ihren sorgenfreien Aufenthalt in der Ewigen Stadt dem Minister aus Weimar verdankten. Der erste war der aus der Pfalz stammende Maler und Dichter Friedrich Müller, als Dichter nannte man ihn „Maler-Müller", als Maler war er unter dem Namen „Teufelsmüller" bekannt. Für den begabten, aber mittellosen jungen Mann hatte sich Christoph Martin Wieland eingesetzt, Goethe war es schließlich gelungen, Herzog Ernst von Sachsen-Gotha dazu zu bringen, Müller ein Stipendium auszusetzen, und so war der Künstler 1778 nach Rom gezogen, um dort sein Studium zu vollenden. In der Villa Medici, dem Sitz des toskanischen Gesandten im Vatikan, stellte er 1781 einige Werke aus, darunter war auch „Der Kampf des Erzengels mit dem Teufel um die Leiche Mosis". Wenige Tage später pilgerten die Römer scharenweise in die Villa Medici, denn der ungeschlachte Teufel trug unverkennbar die Züge eines nicht sehr populären Kardinals. Das umstrittene Gemälde wurde in den Zeitungen Roms freundlich besprochen, aber Müllers Mäzene in Deutschland fanden keinen Gefallen daran. Goethe erkannte zwar die Lebhaftigkeit des Geistes und der Imagination an, tadelte aber neben der Wahl des Themas auch die gehudelte Ausführung, die bei einem erwachsenen Menschen einen desto übleren Eindruck mache. Der offene Brief des Ministers aus Weimar über sein Werk traf Friedrich Müller tief und führte zu einer anhaltenden Entfremdung zwischen Goethe und dem Maler.

Glücklicher hatte sich das Verhältnis zu dem anderen Schützling Goethes in Rom, zu Johann Heinrich Wilhelm Tischbein entwickelt. Am 15. Februar 1751 als Sohn eines

Kunstschreiners geboren, entstammte Tischbein einer angesehenen hessischen Künstlerfamilie. Nachdem der begabte Wilhelm zunächst bei seinem Onkel Johann Heinrich dem Älteren, dem „Kasseler" Tischbein, ausgebildet worden war, schickte ihn der Vater nach Hamburg, damit er bei seinem in der Hansestadt lebenden Onkel Johann Jakob seine Studien fortsetzen konnte. Durch die Bekanntschaft mit einem Kunsthändler fand er den Weg von der Porträt- und Landschaftsmalerei zur Historienmalerei. Tischbein reiste durch Holland und Flandern und kehrte dann nach Kassel zurück. Nach einem kurzen Aufenthalt bei einem seiner Brüder in Berlin gelang es ihm, mit einem Stipendium der Kasseler Akademie nach Rom zu reisen. In den Jahren 1779 bis 1781 hielt er sich in Italien auf, dann mußte er völlig mittellos die Heimreise antreten. In Zürich versuchte er, sich als Porträtmaler eine Weile über Wasser zu halten und lernte Johann Jakob Bodmer und Johann Kaspar Lavater kennen. Auch in seinem Fall erwies sich Goethe als Retter in der Not. Wieder war es der kunstsinnige Herzog Ernst von Sachsen-Gotha, der dem Künstler ein Stipendium aussetzte und damit Tischbeins Rückkehr nach Rom ermöglichte.

Bei seiner Ankunft wurde er von *meinen guten alten Hausleuten,* dem Kutscher Serafino Collina und seiner Ehefrau Piera, mit großer Freude wieder begrüßt. Zusammen mit seinen jungen deutschen Kollegen, dem Maler Friedrich Bury und dem Bildhauer Johann Georg Schütz, gründete Tischbein bei der rührend um ihre Mieter besorgten Kleinbürgerfamilie einen gemütlichen Künstlerhaushalt. Als die Familie Collina an den Corso 18 – 20 umzog, in die Nähe des Palazzo Rondanini, nahm sie ihre „Pflegesöhne" mit. Angelika nannte die vergnügte Künstlergemeinschaft die *„deutsche Akademie gegenüber Rondanini."*

Dorthin schickte Johann Wolfgang von Goethe am Morgen nach seiner Ankunft ein Billett an Tischbein, der überrascht und außer sich vor Freude sofort in den „Bären" eilte: *„Nie habe ich größere Freude empfunden als damals, wo ich*

Sie zum erstenmal sah, in der Locanda auf dem Weg nach San Peter. Sie saßen in einem grünen Rock am Kamin, gingen mir entgegen und sagten: ‚Ich bin Goethe'. Und ich erkannte im Augenblick den Mann, der das Wellengetöse des menschlichen Gemüts in seiner Tiefe kennt.“ Die Freude über den unverhofften Besuch klang noch in dem dreißig Jahre nach dem Ereignis geschriebenen Brief Tischbeins an Goethe nach.

Tischbein schlug Goethe vor, mit in seine bescheidene Behausung am Corso zu ziehen, die er sich außer mit Bury und Schütz noch mit dem jungen Maler Johann Heinrich Lips teilte. Zu Tischbeins Überraschung stimmte Goethe zu und schloß sich dem Quartett der Freunde eng an, so konnte er sein Inkognito wahren. Lachend widersprach Tischbein allen, die Johann Wolfgang von Goethe in Rom gesehen haben wollten; einzig die Gräfin Harrach, die Goethe aus Karlsbad kannte, ließ sich nicht täuschen. Als Maler Philipp Möller war Goethe bar aller gesellschaftlichen Pflichten, die der Staatsminister des Herzogtums Weimar hätte auf sich nehmen müssen. Das tat nicht nur dem Geldbeutel des Herrn Ministers gut und schonte seine Reisekasse, er bekam auch viel zu sehen und zu hören. Stolz hatte er schon zu Beginn seiner Reise geschrieben: *„Heute bin ich ganz unbemerkt durch die Stadt gegangen. Ich sah mir ab, wie sich ein gewisser Mittelstand hier trägt und ließ mich völlig so kleiden. Ich habe einen unsäglichen Spaß daran. Nun mach ich ihnen auch ihre Manieren nach.“*

Der Zusammenhalt unter den jüngeren, noch nicht etablierten deutschen Künstlern in Rom war groß. Ganz dem Geist Winckelmanns und dem Klassizismus verhaftet, suchten sie miteinander ihrer Kunst und ihren Werken Richtung und Ausdruck zu verleihen. Sie malten und zeichneten meistens zusammen und besprachen untereinander ihre Werke, auch Galerien und Bauwerke wurden gemeinsam aufgesucht und im trauten Kreis besprochen und beschrieben. *„Filippo Miller, tedesco, pittore“*, der sein Alter auf dem Meldezettel mit „32“ angab und sich damit um fünf Jahre jünger machte, fühlte sich wohl in diesem

Kreis, seine Bindung an Tischbein war eng und fest: *„Das stärkste, was mich nun in Italien hält, ist Tischbein, ich werde nie soviel in so kurzer Zeit lernen können, als jetzt in der Gesellschaft dieses ausgebildeten, erfahrenen, feinen, rührigen, mir mit Leib und Seele anhängenden Mannes. Ich sage nicht, wie es mir schuppenweise von den Augen fällt."*

Lange vor seiner Reise hatte sich Goethe mit antiker Kunst befaßt. Bereits die Erinnerungen seines Vaters an die in der Jugend unternommene Italienreise hatten seine Sehnsucht an das südliche Land wachgerufen. Er hatte die Schriften Winckelmanns gründlich studiert und suchte nun vor allem die von Winckelmann beschriebenen Kunstschätze in Augenschein zu nehmen. Im Reisegepäck des Dichters befand sich auch der erst drei Jahre vorher erschienene dreibändige Kunstführer Johann Jacob Volkmanns „Historisch-Kritische Nachrichten aus Italien", Goethe arbeitete das Werk sorgfältig durch und versah es mit Randbemerkungen. Von unschätzbarem Wert war für ihn auch die Ungezwungenheit in seiner Unterkunft am Corso:

„Für mich ist es ein großes Glück, daß Tischbein ein schönes Quartier hat, wo er mit noch einigen Malern lebt. Ich wohne bei ihm und bin in ihren eingerichteten Haushalt mit eingetreten, wodurch ich Ruhe und häuslichen Frieden in einem fremden Land genieße. Die Hausleute sind ein redliches altes Paar, die alles selbst machen und für uns wie Kinder sorgen. Sie waren gestern untröstlich, als ich von der Zwiebelsuppe nicht aß, wollten gleich eine andere machen u.s.w. Wie wohl mir dies aufs italienische Wirtschaftsleben tut, fühlt nur der, der es versucht hat."

Goethe war noch nicht zehn Tage in Rom, als er nach Weimar meldete: *„Bei Angelika Kauffmann bin ich zweimal gewesen, sie ist gar angenehm und man bleibt gern bei ihr!"* Angelika begleitete zusammen mit Friedrich Reiffenstein den Gast aus Weimar zu den Sammlungen der Villa Albani. Von Beginn der Bekanntschaft an verband Goethe mit Angelika ein besonderes Verhältnis, an Charlotte von Stein schrieb er: *„Sie ist eine treffliche zarte, kluge, gute Frau, meine* *beste Bekanntschaft hier in Rom!"* Von Angelika gibt es keine Äußerung, keine Briefstelle über diese ersten Begegnungen mit dem Dichter, wie immer verbarg sie ihre Gefühle. Von nun an war Goethe ein gern gesehener Gast in der Residenz der Künstlerin auf dem Pincio.

Er lebte sich schnell ein in dem Kreis, der sie umgab. Als einen der ersten lernte Goethe den damals 26 Jahre alten Schweizer Kunsttheoretiker und Künstler Heinrich Meyer kennen. Von nun an begleitete nicht nur Tischbein den Dichter, sondern auch Meyer, der in Zürich bei dem Landschaftsmaler Johann Caspar Füßli studiert hatte und nun bereits zwei Jahre in Rom lebte. Dem Kreis der Maler hatte sich auch der Dichter Karl Philipp Moritz angeschlossen, der erst vor kurzem einer unglücklichen Liebe entflohen war. Als Moritz sich Ende November beim Heimreiten am Ponte Sisto bei einem Sturz vom Pferd einen Arm brach, nahm sich Goethe seiner an. Eine Zeichnung Tischbeins zeigt den Arzt Dr. August Frey beim Bandagieren des Armes, Goethe kniet vor dem Verletzten und hält seine Hand. Der Dichter war es auch, der für den Kranken einen Pflegedienst organisierte, von dem er sich selber nicht ausnahm. Fast täglich saß der Weimarer Minister am Bett des Kranken: *„Was ich diese vierzig Tage bei diesem Leidenden als Wärter, Beichtvater und Vertrauter, als Finanzminister und geheimer Sekretär erfahren und gelernt, mag uns in der Folge zugute kommen; die fatalsten Leiden und die edelsten Genüsse gingen diese Zeit her immer einander zur Seite."*

Moritz, in Berlin Gymnasiallehrer und Redakteur der Vossischen Zeitung, half dem Dichter dabei, die „Iphigenie" in fünffüßige Jamben umzuschreiben. Mit hellsichtiger Klarheit erkannte Goethe, daß Karl Philipp Moritz dem Leben hilflos gegenüberstand, und versuchte dem späteren Autor des stark autobiographischen Reiseromans „Anton Reiser" zu helfen: *„Moritz, der an seinem Armbruch noch zu Bette liegt, erzählte mir, wenn ich bei ihm war, Stücke aus seinem Leben, und ich erstaunte über die Ähnlichkeit mit dem meinigen. Er ist wie ein jüngerer Bruder von mir, nur da vom*

Skizze zum Familienbildnis Bariatinsky

Schicksal verwahrlost und beschädigt, wo ich begünstigt und vorgezogen bin."

Seine kunsttheoretischen Gedanken konnte Goethe bei den Künstlertreffen in Reiffensteins Villa in Frascati am Nordhang der Albaner Berge zu Gehör bringen. Im Hause des Rates Reiffenstein *„versammelte sich alles im Kreise und legt die Blätter vor, welche den Tag über gezeichnet und skizziert worden. Darüber spricht man, ob der Gegenstand günstiger hätte aufgenommen werden sollen, ob der Charakter getroffen ist, und was solche ersten allgemeinen Fordernisse sind, wovon man sich schon bei dem ersten Entwurf Rechenschaft geben kann. Hofrat Reiffenstein weiß diese Sitzungen durch seine Einsicht und Autorität zu ordnen und zu leiten."*

Friedrich Reiffenstein war es auch gewesen, der Goethe bei Angelika Kauffmann eingeführt hatte. In ihrem Haus auf dem Pincio und im benachbarten Palazzo Zuccari bei Reiffenstein fühlte Goethe sich wie zu Hause und konnte auch nach langem Drängen Angelikas Bitten nicht mehr abschlagen, aus seiner „Iphigenie" in ihrem Haus zu lesen. Goethe schrieb über diese Lesung nach Weimar: *„... trug aber gleich die Fabel und den Gang des Stückes mit einiger Umständlichkeit vor. Mehr als ich glaubte, gewann sich diese Darstellung die Gunst gedachter Personen, auch Herr Zucchi, von dem ich es am wenigsten erwarte, nahm recht freien und wohlempfindenden Anteil."*

Noch immer liebte es Angelika, wenn man ihr vorlas, während sie an der Staffelei saß und malte. Aber nicht nur deswegen fühlte sich Goethe zu Angelika hingezogen. Es war auch ihre Ähnlichkeit mit Charlotte von Stein, die Ruhe, die sie ausstrahlte und die Atmosphäre, die in ihrem Atelier herrschte. Dazu kam die Exklusivität der Gäste, die im Hause Kauffmann-Zucchi aus- und eingingen. Angelika war der Mittelpunkt der gebildeten römischen Gesellschaft. Es gehörte zum guten Ton, ihr Atelier aufzusuchen, wenn man als Besucher nach Rom kam. Goethe traf in Angelikas Atelier den berühmten Kupferstecher Volpato, den Bildhauer Carlo Albacini und den

Leiter der neapolitanischen und der portugiesischen Kunstakademie in Rom, Gian Gherardo de Rossi, der einmal Angelikas erster Biograph werden sollte. Im Hause der Künstlerin führte Goethe Gespräche mit dem Grafen Fantoni, der sich anschickte, „Die Leiden des jungen Werther" ins Italienische zu übersetzen. Hier traf der Dichter mit dem Homerübersetzer Abbate Cerutti zusammen, und der Naturwissenschaftler Goethe mit dem bedeutenden Geologen und Mineralogen Déodat de Dolomieu, dem die Dolomiten ihren Namen verdanken und der gerade von einer ausgiebigen Forschungsreise durch Sizilien zurückgekommen war.

Der ungeheure Zustrom von Besuchern aller geistigen Richtungen, dazu des Adels und von Künstlern brachte Angelika aber nicht nur Freunde. Der Bildhauer Alexander Trippel zum Beispiel ärgerte sich: *„Die Angelika, die schnappt alles weg und hat soviel zu tun, daß sie es kaum bestreiten kann, und malt noch immer so manieriert wie vorher. Die Leute sind immer noch blind und wollen nicht sehen."* Die deutschen „Römer", die nicht so erfolgreich waren wie ihre arrivierte Kollegin, bezeichneten verächtlich Angelika, ihren engsten Freund Reiffenstein, ihren Mann und den gerade als Kammermaler des Königs von Neapel dorthin übergesiedelten Intimus, den Landschaftsmaler Philipp Hackert, als die *„Heilige Familie".* Lukrative Aufträge, von denen der erfolgreiche Cicerone und Kunstmakler Reiffenstein als erster erfuhr, wurden im engen Kreis weitergegeben und untereinander verteilt. Angelika schwieg zu diesen Vorwürfen und Gerüchten, so wie sie es immer gehalten hatte. Sie zog sich nur noch tiefer in ihr Schneckenhaus zurück. Alexander Trippel fuhr fort: *„Der Herr Göde ist vor ungefähr vier Wochen hierher gekommen unter dem Namen Müller eines teutschen Gelehrten, er logiert bei Tischbein, er geht bei niemand als bei Reiffenstein und bei der Angelika Kauffmann, denn sie haben einen Complot gemacht das er nirgends darf hingehen als wo sie ihn hinführen, also dieser große Löwe läßt sich durch die Gasse an der Nase herumführen, es heißt er bleibt den ganzen*

Winter hier, und er schreibt die Tragödie die Iphigenia, er ist einmal bei mir gewesen, sonsten bei keinem anderen.“

Friedrich Müller, dem „Teufelsmaler“, der seinem früheren Gönner nur ein einziges Mal vor dessen Abreise nach Neapel in der Villa Medici begegnete, schien es *„immer wenn ich den starken Göthe unter den schalen Schmachtlappen so herum marschieren sah, als erblickte ich den Achilles unter den Vozen von Sciros.“* Goethe scheinen die hinterrücks vorgebrachten Sticheleien nicht beeindruckt zu haben. In seinen Briefen finden sich keine Hinweise auf die Tratschereien, nach wie vor fühlte er sich gut aufgehoben im gastlichen Hause Angelikas: *„Vor meiner Abreise nach Neapel konnte ich einer nochmaligen Vorlesung meiner ‚Iphigenie‘ nicht entgehen. Madame Angelika und Hofrat Reiffenstein waren die Zuhörer und selbst Herr Zucchi hatte darauf gedrungen, weil es der Wunsch seiner Gattin war. Er arbeitete an einer großen architektonischen Zeichnung, die er in dekorativer Art vortrefflich zu machen versteht.“* Besonders Angelikas Ruhe beeindruckte den Dichter: *„Die zarte Seele Angelikas nahm das Stück mit unglaublicher Innigkeit auf, sie versprach mir, eine Zeichnung daraus aufzustellen, die ich zum Andenken besitzen sollte. Und nun gerade, als ich mich von Rom zu scheiden bereite, werde ich auf eine zarte Weise mit diesen wohlwollenden Personen verbunden. Es ist mir zugleich ein angenehmes und schmerzliches Gefühl, wenn ich mich überzeuge, daß man mich ungern gehen läßt.“*

Angelika, *die zarte Seele,* war untröstlich, als der ihr als Gesprächspartner unentbehrlich gewordene Dichter zu seiner Reise nach Neapel und Sizilien rüstete. Sonst schien niemand Grund zu haben, sich die Augen rot zu weinen, wenn man Goethes Worten an seinen Herzog in Weimar Glauben schenken will: *„von interessanten Männern habe ich manchen, von Weibern außer Angelika nur eine kennengelernt. Mit dem schönen Geschlecht kann man sich hier, wie überall, nicht ohne Zeitverlust einlassen!“*

Aber eine kleine Zeichung, die Wilhelm Tischbein von der sturmfreien Bude des Dichters in der *deutschen Akademie gegenüber Rondanini* angefertigt hat, spricht eine andere Sprache. Umgeben von seiner Reisetasche, dem Abguß der Juno Ludovisi und anderer Antiken, einigen Zeichnungen und der Familienkatze – stürzt sich Goethe mit einem Hechtsprung auf sein Bett, um ein überzähliges Kopfkissen vor dem zeichnenden Freund in Sicherheit zu bringen. Süffisant läßt Tischbein Goethe aufstöhnen: *„Das verfluchte zweite Küssen!“* Darauf bettete des Dichters römisches Liebchen, Faustina Antonini, ihr reizendes Köpfchen. Vielleicht war sie die einzige, die es in Rom mit der Ausstrahlungskraft Angelikas aufnehmen konnte. Wie von keiner anderen Frau fühlte sich Goethe von Angelika verstanden und in seinem dichterischen Wollen anerkannt. Hatte es bereits Klopstock verblüfft, mit welch traumwandlerischer Sicherheit Angelika den Dreh- und Angelpunkt einer Geschichte herausfand und zum Thema eines Bildes machte, so faszinierte es auch Goethe, wie die Malerin, die sich scheute, ihre eigenen Gefühle auszudrücken, literarische Werke mit sensibler Kraft in sich aufnahm und zu Bildern werden ließ.

Dem Zauber und der Ausstrahlung Angelikas in ihrer ganzen Widersprüchlichkeit konnte sich auch der nüchterne Gian Gherardo de Rossi nicht entziehen, er schwärmte: *„Ihre Art sich in Gesellschaft zu benehmen, war überaus angenehm. Sie nahm an jedem Gespräch gerne teil und interessierte sich für alles; denn ihre Bildung war vielseitig und gründlich. Sie tat dies jedoch in aller Bescheidenheit und ließ nie eine entschieden vorgetragene Behauptung über ihre Lippen kommen. Sogar von Kunstsachen sprach sie sehr zurückhaltend, so daß es schien, als wolle sie das, was sie meisterhaft lehren konnte, von anderen lernen. Immer ferne von aller Eifersucht lobte sie die Werke anderer Künstler und suchte an den weniger gelungenen etwas Gutes zu finden und zu loben. Jedoch vermied sie dabei jede Schmeichelei, und wenn jemand über seine eigenen Arbeiten ihren Rat verlangte, dann erteilte sie ihn ebenso bescheiden wie aufrichtig.“*

Zu den bezauberndsten Werken, die Angelika in dieser Zeit schuf, gehört das Bild der Kinder des Herzogs von Gloucester. Der Bruder des englischen Königs Georg III.

hatte seinen Wohnsitz in Rom, hier wurde auch 1776 sein Sohn William Frederick geboren. Der nun elfjährige Prinz mit seinem Federhut faßt die Hand seiner vierzehnjährigen Schwester Sophia Mathilda, die den Lieblingshund der Kinder, einen weißen Spitz, im Arm hält. Das glänzend komponierte Bild gehört zu den schönsten Kinderporträts, die Angelika gemalt hat.

Während Goethe Neapel entgegenreiste, kehrte der junge dänische Gelehrte Friedrich Münter von einer zweijährigen Forschungsreise durch Sizilien nach Rom zurück. Angelika war er schon bei ihren Sommeraufenthalten in Neapel begegnet. Münter, der der Generation Trippels angehörte, urteilte scharf über Friedrich Reiffenstein und Philipp Hackert. Er warf ihnen eine materialistische Denkungsart vor, die nicht in sein idealistisches Weltbild paßte. Münters Besuch fiel mit einem Aufenthalt der Familie des Herzogs von Kurland in Rom zusammen, die Angelika schon aus London kannte. Zu den Konzerten und Soireen, zu denen die Herzogin von Kurland in ihren Palazzo lud, erschien des öfteren auch Angelika, zum Erstaunen aller, denn Angelika ging sonst abends fast überhaupt nicht aus dem Hause.

Interessant ist das Reisetagebuch Friedrich Münters, in dem er sich nicht genug über die Italiener empören konnte, die seine Empfehlungsschreiben einfach nicht anerkannten und ihn so um den Besuch einer Galerie oder eines Palazzo brachten. In der Folge seiner „Charakterisierung der hiesigen Deutschen" beschrieb er unter der Nr. 49 auch Angelika Kauffmann: *„Angelica, ein sanftes bescheidenes Weib. Sie macht keine Prätentionen und läßt auch anderen Verdiensten Gerechtigkeit widerfahren. Im Umgang ist sie sehr still und schüchtern und urteilt fast über nichts. Dies ist Folge ihrer Erziehung. Ihr Mann ist eine ganz unbedeutende Prise. Ihre Bescheidenheit bei ihr große Tugend, bei ihrem großen Ruf und dem ungeheuren Geld, das sie verdient hat."*

Am 8. Juni 1787 kehrte Goethe nach Rom zurück. Nachdem er sein altes Quartier am Corso wieder bezogen hatte, galt einer seiner ersten Besuche Angelika Kauffmann in ihrer Residenz auf dem Pincio. Während der in Neapel und auf Sizilien verbrachten Monate hatte Goethe vorwiegend am zweiten Akt seines „Tasso" gearbeitet. Wilhelm Tischbein, mit dem er die Reise angetreten hatte, war wegen einer zukünftigen Anstellung am Hofe von Neapel dort geblieben und nicht mit nach Sizilien weitergereist. Sein Verhalten brüskierte Goethe und trübte das vorher so gute Verhältnis.

Bereits vor der Reise nach Neapel hatte Tischbein mit den Vorarbeiten zu seinem großen Bild „Goethe in der Campagna" begonnen. Im Dezember 1786 notierte der Dichter: *„Ich bemerkte wohl, daß Tischbein mich öfters aufmerksam betrachtete, und nun zeigt sich's, daß er mein Porträt zu malen gedenkt. Sein Entwurf ist fertig, er hat die Leinwand schon aufgespannt. Ich soll in Lebensgröße als Reisender, in einen weißen Mantel gehüllt, in freier Luft auf einem umgestürzten Obelisken sitzend, vorgestellt werden, die tief im Hintergrund liegenden Ruinen der Campagna di Roma überschauend."* Die Arbeiten wurden durch die Reise in den Süden Italiens unterbrochen und erst nach Tischbeins Rückkehr nach Rom im Herbst 1787 fortgesetzt.

Fast zehn Monate gehörte Goethe nun dem Kreis um Angelika an, jeden Sonntag wurden Ausflüge in ein Museum oder eine Galerie unternommen, oder es gab eine Landpartie; danach aßen alle gemeinsam bei Angelika auf dem Pincio. Auch sie hatte nun damit begonnen, den Freund zu porträtieren, aber Goethe gefiel das Ergebnis nicht: *„Mein Porträt* (von Tischbein) *wird glücklich; es gleicht sehr und der Gedanke gefällt jedermann. Angelika malt mich auch, daraus wird aber nichts: es verdrießt sie sehr, daß es nicht gleichen und werden will. Es ist immer ein hübscher Bursche, aber keine Spur von mir."*

Angelika war nun eine Malerin auf der Höhe des Ruhmes, sie ließ sich von niemandem mehr etwas vormachen, aber dessen ungeachtet zeigten ihre Männerbildnisse immer noch jene merkwürdige Schlaffheit, die sie manchmal wie bekleidete Puppen wirken ließ. So geriet auch das Porträt des Weimarer Freundes zu dem Bild eines freundlich blickenden, feinsinnigen Rokokokavaliers mit weichen Mundwinkeln. Angelika, die Zurückhaltende, war Goethes Persönlichkeit ausgewichen, als es sie zu packen galt. Sie verbarg das, was sie an dem Mann Goethe faszinierte, hinter belangloser Hübschheit. Nur so hatte sie sich aus dem Trauma des Mailänder Erlebnisses um ihre zerstörte erste Liebe befreien können. Die Hingabe an die Malerei schloß eine andere Hingabe aus. Es ist außergewöhnlich, wie sie sich aus allen Freundes- und Liebesbanden mit scheinbarer Leichtigkeit zurückzog, sobald sie physisch gefordert war.

Trotz des „Nicht-werden-wollens" des Bildes kamen sich Malerin und Dichter immer näher, der mit ihr besser als mit jeder anderen die Probleme seiner Dichtungen besprechen konnte. Während der Sitzungen für das Porträt vertraute Angelika dem Freund manches an, was sie vielleicht unterlassen hätte, wenn ihr bewußt gewesen wäre, daß es damit der Nachwelt überliefert würde. Sie selber hat alle Briefe, auch die Goethes, bis auf drei, die wohl mehr zufällig der Vernichtung entgangen sind, vor ihrem Tode verbrannt. Im August 1787 schrieb Goethe:

„Mit der guten Angelika war ich Sonntags, die Gemälde des Prinzen Aldobrandini, besonders einen trefflichen Leonardo da Vinci zu sehen. Sie ist nicht glücklich, wie sie es zu sein verdiente, bei dem wirklich großen Talent und bei dem Vermögen, das sich täglich mehrt. Sie ist müde auf den Kauf zu malen, und doch findet ihr alter Gatte es gar zu schön, daß so schweres Geld für oft leichte Arbeit einkommt. Sie möchte nun, sich selbst zur Freude, mit mehr Muße, Sorgfalt und Studium arbeiten und könnte es. Sie haben keine Kinder, können ihre Interessen nicht verzehren, und sie verdient täglich, auch mit mäßiger Arbeit, noch genug hinzu. Das ist nun aber nicht und wird nicht. Sie spricht sehr aufrichtig mit mir; ich hab' ihr meine Meinung gesagt; hab' ihr meinen Rat gegeben und muntere sie auf, wenn ich bei ihr bin. Man rede von Mangel und Unglück, wenn die, welche genug besitzen, es nicht

brauchen und genießen können! Sie hat ein unglaubliches und als Weib wirklich ungeheures Talent. Man muß sehen und schätzen, was sie macht, nicht das, was sie zurückläßt. Wie vieler Künstler Arbeiten halten Stich, wenn man rechnen will, was fehlt.“

Aber Angelika erstickte nicht nur in Arbeit, die sie immer lächelnd mit Hingabe und gleichbleibender Qualität ausführte. Vor lauter Aufträgen sah sie kein Theater mehr von innen und besuchte keine Feste. Längst lagen in ihrem Atelier für die Besucher hübsch gedruckte Verzeichnisse aus: „Prix pour les tableaux peints par Angelica Kauffmann selon le reglement fixé l'année 1788“. Ihnen war auf einen Blick zu entnehmen, was ein Porträt in Lebensgröße, in sitzender Stellung oder ein Brustbild kostete. Historische Gemälde mit Figuren in natürlicher Größe wurden mit 120 Zechinen pro Hauptfigur bezahlt, zwei Halbfiguren zählten wie eine Hauptfigur, der Hintergrund wie eine Hauptfigur; bei halber Naturgröße galten die halben Ansätze. Bei Porträts wurden für die ganze Figur in natürlicher Größe 220 Zechinen veranschlagt, die Halbfigur kostete 120 Zechinen, der Kopf allein in natürlicher Größe 40 Zechinen. Die Hälfte des Preises war nach der ersten Sitzung, der Rest nach Vollendung des Bildes zu zahlen.

Aber dafür gehörte Ankelika zu den ersten Künstlern, die nicht nur für den Verkauf malten, sondern sich mit dem von ihnen verdienten Geld auch eigene und fremde Kunstwerke leisten konnten.

Goethe notierte: *„Während meiner Abwesenheit hatte Tischbein ein Gemälde von Daniel del Volterra an der Porta del Popolo entdeckt; die Geistlichen wollten es für tausend Scudi hergeben, welche Tischbein als Künstler nicht aufzutreiben wußte. Er machte daher an Madame Angelika durch Meyer den Vorschlag, in den sie willigte, gedachte Summe auszahlte, das Bild zu sich nahm und später Tischbein die ihm kontraktmäßige Hälfte um ein Namhaftes abkaufte. Es war ein vortreffliches Bild, die Grablegung vorstellend, mit vielen Figuren.“*

Mit großem Sachverstand bereicherte Angelika ihre

Kunstsammlung, in der neben einem Männerporträt van Dycks ein Canaletto, ein Tizian und ein Paris Bordone zu finden waren. Eine von Angelika heiß begehrte Madonna von Andrea del Sarto hatte ihr der Kunstsammler Graf Fries vor der Nase weggekauft, weil der dafür geforderte Preis Antonio Zucchi zu hoch gewesen war. Ein Untergebot hatten die Verkäufer nicht akzeptiert, aber als das Bild nicht mehr zu haben war, tat es Angelika und Antonio Zucchi sehr leid.

Gleich nach Goethes Rückkehr hatte Angelika ihr Versprechen wahrgemacht und ihm eine Illustration zur „Iphigenie" geschenkt. Sie hatte zur Freude des Dichters *„. . . gar gemütlich die Stelle ‚Seyd ihr auch schon herabgekommen' dargestellt."* Ohne Angelika und die ihren war Goethe in Rom nicht mehr denkbar. So formvollendet, wie er es abschlug, ohne Reiffenstein einen Kardinal zu besuchen, so zwanglos ging er bei Zucchis ein und aus: *„. . . aß ich bei Angelika, es ist nun schon hergebracht, daß ich ihr Sonntagsgast bin. Vorher fuhren wir nach dem Palast Barberini, den trefflichen Leonardo da Vinci und die Geliebte des Raffael, von ihm selbst gemalt, zu sehen. Mit Angelika ist es gar angenehm, Gemälde zu betrachten, da ihr Auge so gebildet und ihre mechanische Kunstkenntnis so groß ist. Dabei ist sie für alles Schöne, Wahre, Zarte empfindlich und unbeschreiblich bescheiden."*

Um auch der bewunderten Künstlerin einmal eine Freude zu bereiten, scheute der Dichter keine Anstrengung: *„Angelika kam nie ins Theater; wir untersuchten nicht, aus welcher Ursache, aber da wir als leidenschaftliche Bühnenfreunde in ihrer Gegenwart die Anmut und Gewandtheit der Sänger sowie die Wirksamkeit der Musik unseres Cimarosa nicht genugsam zu rühmen wußten und nichts sehnlicher wünschten, als sie solcher Genüsse teilhaftig zu machen, so ergab sich eins aus dem andern, daß nämlich unsere jungen Leute, besonders Bury, der mit Sängern und Musikverwandten in dem besten Vernehmen stand, es dahin brachte, daß diese sich in heiterer Gesinnung erboten, auch vor uns, ihren leidenschaftlichen Freunden und entschieden Beifall Gebenden, gelegentlich einmal in unserem Saale Musik* *machen und singen zu wollen. Dergleichen Vorhaben, öfters besprochen, vorgeschlagen und verzögert, gelangte doch endlich nach dem Wunsche der jüngeren Teilnehmer zur fröhlichen Wirklichkeit . . . und wir sahen uns in den Fall versetzt, Madam Angelika, ihren Gemahl, Hofrat Reiffenstein, die Herren Jenkins, Volpato, und wem wir sonst eine Artigkeit schuldig waren, zu einem anständigen Fest einladen zu können. Juden und Tapezierer hatten den Saal geschmückt, der nächste Kaffeewirt die Erfrischungen übernommen, und so ward ein glänzendes Konzert aufgeführt in der schönsten Sommernacht, wo sich große Massen von Menschen unter den offenen Fenstern versammelten und, als wären sie im Theater gegenwärtig, die Gesänge gehörig beklatschten . . . Wir erwiderten den vollsten Beifall, das Volk klatschte mit drein und jedermann versicherte, an so mancher Nachtlust, niemals aber an einer so vollkommenen, zufällig gelungenen teilgenommen zu haben.“*

Die einfachen Leute, die dem Konzert zugehört hatten, nannten den Arrangeur einer solchen Köstlichkeit in Zukunft *„den Baron gegenüber Rondanini“*.

Anfang September vollendete Goethe „Egmont“, darauf verbrachte er mit Angelika und Zucchi einige unbeschwerte Tage in Frascati, um Anfang Oktober nach Castel Gandolfo an den Albaner See zu reisen. Dort verbrachten Angelika und Antonio Zucchi in jedem Jahr einen mehrwöchigen Erholungsurlaub. Goethe beschrieb das behagliche Leben: *„Wir leben hier, wie man in Bädern lebt, nur mache ich mich des Morgens beiseite um zu zeichnen; dann muß man den ganzen Tag in der Gesellschaft sein, welches mir denn auch ganz recht ist für diese kurze Zeit; ich sehe doch auch einmal Menschen ohne großen Zeitverlust und viele auf einmal. Angelika ist auch hier und wohnt in der Nähe; dann sind einige muntere Mädchen, einige Frauen, Herrn von Maron, Schwager von Mengs, mit der seinigen, teils im Haus, teils in der Nachbarschaft; die Gesellschaft ist lustig . . .“*

In Castel Gandolfo, bei dem heiteren Landaufenthalt, verliebte sich der Dichter in die schöne Mailänderin Maddalena Riggi, deren Bruder im Büro des berühmten englischen Kunsthändlers Jenkins arbeitete. Goethe schrieb: *„Eine Mailänderin interessierte mich die acht Tage ihres Bleibens; sie zeichnet sich durch ihre Natürlichkeit, ihren Gemeinsinn, ihre gute Art sehr vorteilhaft vor den Römerinnen aus. Angelika war, wie sie immer ist, verständig, gut, gefällig, zuvorkommend. Man muß ihr Freund sein: man kann viel von ihr lernen, besonders arbeiten; denn es ist unglaublich, was sie alles endigt."*

Aber seiner Zuneigung zu der schönen Mailänderin konnte auch Angelikas anrührende Zartheit nichts entgegensetzen. Der verliebte Goethe erinnerte sich später: *„Diese beiden Schönen – denn schön durfte man sie wirklich nennen – standen in einem nicht schroffen, aber doch entschiedenen Gegensatz: dunkelbraune Haare die Römerin, hellbraune die Mailänderin; jene braun von Gesichtsfarbe, diese klar, von zarter Haut; diese zugleich mit fast blauen Augen, jene mit braunen; die Römerin einigermaßen ernst, zurückhaltend, die Mailänderin von einem offenen nicht sowohl ansprechenden als gleichsam anfragenden Wesen. Ich saß bei einer Art Lottospiel zwischen beiden Frauenzimmern und hatte mit der Römerin zusammen Kasse gemacht; im Laufe des Spiels fügte es sich nun, daß ich auch mit der Mailänderin mein Glück versuchte, durch Wetten oder sonst. Genug, es entstand auch auf dieser Seite eine Art von Partnerschaft, wobei ich in meiner Unschuld nicht gleich bemerkte, daß ein solches geteiltes Interesse nicht gefiel, bis endlich, nach aufgehobener Partie die Mutter, mich abseits findend, zwar höflich, aber mit wahrhaftem Matronenernst dem werten Fremden versicherte, daß, da er einmal mit ihrer Tochter in solche Teilnahme gekommen sei, es sich nicht wohl zieme, mit einer andern gleiche Verbindlichkeiten einzugehen . . ."*

Mehr und mehr stellte sich heraus, daß die Sympathien des Dichters auf Seiten der schönen Mailanderin waren. Maddalena Riggi ärgerte sich über ihre eingeengte Erziehung, die es Mädchen am liebsten verboten hätte, schreiben zu lernen, weil man befürchtete, sie könnten Liebesbriefe verfassen. Lesen sei nur deshalb erlaubt, weil sonst niemand in Gebetbücher hineingucken würde. Sie empfand es als Schmach, kein Englisch zu können, obwohl ihr Bruder im renommierten Hause Jenkins arbeitete und überall englische Zeitungen herumlagen, die sie als Einzige nicht lesen konnte. Der verliebte Dichter brachte Maddalena Englisch bei und wich auch sonst nicht von ihrer Seite. Schließlich erfuhr er, daß sein bezaubernder Schwarm längst verlobt war. Ernüchtert zog er sich zurück und sah in der Begehrten nur noch die zukünftige Ehefrau eines anderen. Ende Oktober war der zauberhafte Aufenthalt in Castel Gandolfo vorbei, und die Gesellschaft kehrte in den römischen Alltag zurück.

„Leider muß ich jetzt die bildende Kunst ganz zurücksetzen, denn sonst werde ich mit meinen dramatischen Sachen nicht fertig . . .“ Tiefes Bedauern und auch die Ahnung, daß seine Zeit in Rom sich ihrem Ende näherte, klingen in diesen Worten Johann Wolfgang von Goethes nach. Die Zeit brannte ihm auf den Nägeln, soviel blieb noch zu tun in den kurzen römischen Monaten. Er hatte den Komponisten Christoph Kayser, der schon einige Werke Goethes vertont hatte, auf eigene Kosten nach Italien kommen lassen. Kayser sollte nun „Egmont“ vertonen. Goethe setzte große Hoffnungen in ihn, die sich aber leider nicht erfüllten.

Bei Angelika hatte sich Besuch aus Zürich angekündigt. Zu ihrem Bedauern hatte sie wegen der Kränklichkeit ihres Vaters vor acht Jahren nicht über Zürich reisen und Salomon Geßner besuchen können. Nun schickte er ihr seinen Sohn Konrad, der von Angelika liebevoll in ihr Haus aufgenommen wurde: *„Ich besuchte schon zweimal die vortreffliche Angelika Kauffmann, die mich sehr freundschaftlich empfing; sie ist wirklich groß, und dabei bescheiden; ich sah Portraits bei ihr, die sehr schön sind. Ihren Köpfen weiß sie eine ganz eigene Grazie zu geben; ihre Manier ist außerordentlich gefällig, und in dieser Hinsicht verdient sie gewiß allen Beifall, den man ihr zollt. Aber meiner Hochachtung für sie unbeschadet, glaub' ich, darf sie doch wenigstens mit ihren Manns-Köpfen nicht neben Graf (d.i. Anton Graff) gestellt werden. Was dieser mit einem* *kühnen Pinselstrich, mit aller Sicherheit der Zeichnung ausdrückt, und so dem Kopfe den schönen Charakter Van Dyks gibt, das läßt sie gewöhnlich etwas unbestimmt, und sucht es mit sanften verblassenen Tinten zu verhehlen, welches ihr denn auch trefflich gelingt. Über die Anmut ihrer Weiberköpfe geht wirklich nichts.“*

Bei aller Verehrung für die große Künstlerin hatte Konrad Geßner nicht nur einen Blick für die Stärken, sondern auch für die Schwächen in Angelikas Schaffen. Ihn faszinierte, wie so viele andere, die heitere Ruhe und Gelassenheit, die der Residenz auf dem Pincio eigen war. Noch immer drängten sich an manchen Tagen bis zu dreißig Besucher in Angelikas Atelier. Es gehörte zum guten Ton, bei einem Romaufenthalt Angelikas Studio aufgesucht zu haben. Antonio Zucchi führte die Werklisten seiner Frau, verwaltete umsichtig das beträchtliche Vermögen und lenkte den großen Haushalt. Aber immer öfter befiel ihn ein Zittern der rechten Hand, das zwar ebenso rasch, wie es anfing, wieder aufhörte. Dazu wurden seine Augen schwächer, Angelika begann sich Sorgen zu machen und suchte eine Möglichkeit, ihn im Haus zu entlasten.

Vorerst aber ging alles seinen gewohnten Gang. Goethe wartete ungeduldig auf Nachrichten aus Weimar, vor einer ganzen Weile schon hatte er „Egmont“ dorthin geschickt, jetzt fürchtete er sich vor der Reaktion. Auch die Zusammenarbeit mit Kayser, den er noch vor Jahresfrist in Weimar geschätzt hatte, erwies sich als nicht fruchtbringend. Schließlich legte Goethe alles beiseite und widmete sich doch wieder der Zeichenkunst, denn wenigstens dabei war ihm einiger Erfolg beschieden. An Johann Gottfried Herder schrieb er: *„Es ist zu schmeichelhaft, als daß ich es sagen dürfte, was mir Angelika für Hoffnungen über mein Landschaftszeichnen, unter gewissen Bedingungen gibt.“*

Endlich kamen Briefe aus Weimar mit den ersten Reaktionen auf „Egmont“. Sie waren durchaus nicht nur positiv, die Kritik entzündete sich vor allem an einigen Szenen, die zu lang erschienen. Goethe überdachte die Einwände lange auf seinem Lieblingsplatz im Garten der Villa Borghese; dann eilte er zu Angelika. Während sie unbeirrt weiter malte, trug er ihr die Bedenken Charlotte von Steins vor. Die Freundin dachte nach, überlegte lange, bevor sie antwortete. Erst nach einer ganzen Weile machte sie in ihrer ruhigen, sanften Art deutlich, daß sie die Vorwürfe für nicht gerechtfertigt hielt. Charlotte von Stein dürfte nicht gerade erfreut gewesen sein, als sie Goethes Antwort in Händen hielt:

„Sonntags kam ich zu Angelika und legte ihr die Frage vor. Sie hat das Stück studiert und besitzt eine Abschrift davon. Möchtest Du doch gegenwärtig sein, wie weiblich zart sie alles auseinanderlegte, und es darauf hinausging: daß das, was ihr noch von dem Helden erklärt wünschet, in der Erscheinung implicite enthalten sei. Angelika sagte: da die Erscheinung nur vorstelle, was in dem Gemüte des schlafenden Helden vorgehe, so könne er mit keinem Worte stärker ausdrücken, wie sehr er sie liebe und schätze, als es dieser Traum tue, der das liebenswürdige Geschöpf nicht zu ihm herauf, sondern über ihn hinaus hebe. Ja, es wolle ihr wohl gefallen, daß der, welcher durch sein ganzes Leben gleichsam wachend geträumt, Leben und Lieben mehr als geschätzt, oder vielmehr nur durch den Genuß geschätzt, daß dieser zuletzt noch gleichsam träumend wache und uns still gesagt werde, wie tief die Geliebte in seinem Herzen wohne und welche vornehme und hohe Stelle sie darin einnehme."

„Auch ich in Arkadien", hatte Goethe bei seiner Ankunft in Italien ausgerufen. Jetzt ging dieser Aufenthalt unaufhaltsam zu Ende. Der Dichter hatte gelernt, mit Maleraugen zu sehen, aber er wußte nun, daß seine Zukunft in der Dichtkunst lag. Er widerstand auch allen Angeboten, den römischen Aufenthalt zeitlich weiter auszudehnen. An Herzog Karl August schrieb er im Januar 1788: *„Sie wünschen, daß ich Ihre Frau Mutter in Italien erwarten möge, ich will mich darüber aufrichtig erklären. Ostern war der letzte Termin, den ich meinem Bleiben in Italien gesetzt habe . . ."* Die letzten Monate waren angefüllt, all das anzusehen, was bis-

her ausgelassen werden mußte. Aber auch die Gefühle kamen nicht zu kurz. Noch einmal sah er im römischen Karneval die in Castel Gandolfo angebetete schöne Mailänderin wieder. Diese Romanze hatte zur Folge gehabt, daß sich ihr Verlobter kurz danach von ihr lossagte und sie aus Scham darüber ernsthaft erkrankte. Wie so oft war Angelika selbstlos eingesprungen und hatte die Kranke in ihrem Haus aufgenommen und gesundgepflegt. Goethe hatte das Ereignis tief berührt.

Überraschend sah er sie nun mitten im Trubel des Karnevals wieder: *„Auf dem Venezianischen Platz, wo manche Kutschen, eh' sie sich den bewegten Reihen wieder anschließen, die Vorbeiwallenden sich zu beschauen pflegen, sah ich den Wagen der Madame Angelika und trat an den Schlag, sie zu begrüßen. Sie hatte sich kaum freundlich zu mir herausgeneigt, als sie sich zurückbog, um die neben ihr sitzende, wieder genesene Mailänderin mir sehen zu lassen. Ich fand sie nicht verändert: denn wie sollte sich eine gesunde Jugend nicht schnell wieder herstellen; ja, ihre Augen schienen frischer und glänzender mich anzusehen, mit einer Freudigkeit, die mich bis ins Innerste durchdrang. So blieben wir eine Zeitlang ohne Sprache, als Madame Angelika das Wort nahm und, indessen jene sich vorbog, zu mir sagte: Ich muß nur den Dolmetscher machen; denn ich sehe, meine junge Freundin kommt nicht dazu, auszusprechen, was sie so lange gewünscht, sich vorgesetzt und mir öfters wiederholt hat, wie sehr sie Ihnen verpflichtet ist für den Anteil, den Sie an Ihrer Krankeit, ihrem Schicksal genommen."*

Nachdenklich trat Goethe in die Menge der Feiernden zurück, er war zufrieden, daß sich Angelika des Mädchens angenommen hatte. Die Künstlerin hielt ihre schützende Hand auch weiterhin über Maddalena Riggi. In ihrem Hause hatte die liebreizende Mailänderin Giuseppe, den Sohn des berühmten Kupferstechers Giovanni Volpato, kennengelernt, den sie wenige Monate nach Goethes Abreise heiratete. Es hieß, Angelika habe die Aussteuer der mittellosen jungen Braut bezahlt. Maddalena Riggi wurde später als Schauspielerin bekannt; auf einem 1795 entstandenen Gemälde ihrer mütterlichen Freundin blickt sie als immer noch schöne, ein wenig rundliche Matrone auf den Betrachter.

Schon begann Goethe, liebgewordene Stücke aus seiner Behausung seinen römischen Freunden zu schenken. Den Abguß der Juno Ludovisi brachte er in Angelikas Residenz auf den Pincio. Sorgen bereitete ihm vor allen Dingen die Unterbringung seiner liebevoll gehegten und gepflegten Pflanzensammlung: *„Ich pflanzte den schon einigermaßen erwachsenen Pinienschößling, Vorbildchen eines künftigen Baumes, bei Angelika in den Hausgarten, wo er durch manche Jahre zu einer ansehnlichen Höhe gedieh . . .“* Noch konnte er alles, vor allem auch seine Gedanken zur Farbenlehre, mit Angelika bereden, dafür malte sie ihm eine Landschaft ganz in Blau. Aber schon begann die *teuerste Freundin* zu spüren, wie trist die Zeit ohne den Freund werden würde; auch Goethe konnte sich nicht vorstellen, ohne die liebgewordenen Gespräche auszukommen. Immer hatte er sich auf Angelika verlassen können, nicht einmal hatte er bitten müssen, selbstbewußt schrieb er: *„Ich bitte nicht um Vergebung, denn ich habe nun einmal Generalpardon.“*

Als Goethe am 23. April 1788 zusammen mit Christoph Kayser endgültig von Rom Abschied nahm, war Angelika zunächst erleichtert: zuviel hatte es in den letzten Wochen und Tagen noch zu besichtigen, zu erledigen und zu besprechen gegeben. Aber sie wußte, die Trauer und der Schmerz würden kommen, ganz sicher. Die gedankliche Bindung an Goethe war so stark, daß sie sich nur schwer daraus lösen konnte. Noch Wochen nach seinem Fortgang kamen ihr die Sonntage öde und leer vor, vermutete sie hinter jedem Besucher den vertrauten Freund. Auch Goethe schätzte das Besondere ihres Verhältnisses, nicht ohne Trauer schrieb er: *„Bei meinem Abschied empfand ich Schmerzen einer eigenen Art. Die Hauptstadt der Welt, deren Bürger man eine Zeitlang gewesen, gibt ein Gefühl, das sich durch Worte nicht überliefern läßt. Niemand vermag es zu teilen, als wer es empfunden.“*

Obwohl Angelika von Jugend an daran gewöhnt war, Abschied nehmen zu müssen, war ihr die Trennung von einem liebgewordenen Menschen noch nie so schwer gefallen. Mit keinem der Besucher der Ewigen Stadt, die sie in ihrem Atelier aufsuchten, hatte sie bisher eine so enge geistige Vertrautheit verbunden. Auch für Goethe waren die ersten Tage und Wochen ohne den Gedankenaustausch mit der *zarten Seele* Angelika nicht einfach. Bereits von Florenz, der ersten Etappe der Rückreise, erhielt Angelika einen langen Brief, den sie sofort beantwortete:

„Theürer Freünd!

Ihr abschid von uns durchdrang mier Herz und Seele, der tag Ihrer abreis war einer der traurigen tagen meines lebens, vor der lieben Zeillen die sie mier geschrieben da sie im begriff waren Rom zu verlassen habe ich Ihnen schon vielmahl gedankt. Nun danck ich Ihnen herzlich vor Ihr schreiben aus Florenz welches ich mit größtem Verlangen erwartet; mier träumte vor ein par nächten ich hette briefe von Ihnen empfangen und war getröst und sagte, es ist gut das er geschriben sonst wer ich bald aus Wehmut gestorben. mich vergnügt, zu wissen daß sie wohl seind, der Himmel erhalte sie immer so. ich lebe so ein trauriges leben, in einer art von gleichgültigkeit, weillen ich nicht sehen kan was ich zu sehen wünsche, ist mir alles eins was ich sehe, oder wen ich sehe, ausgenommen unseren würdigen freünd Herrn Reiffenstein, mit dem Ich von Ihnen sprechen kan. Die Sontage auf die ich mich sonsten so sehr gefreüt, haben sich in traurige tage verendert, und sie sagen die sonntage kommen nicht wieder, das will ich nicht hoffen. Das Wort nicht wieder Kommen thönt zu hart – nun will ich vor das mahl von sorgen nichts mehr sagen, wissen sie wohl das ich etwas habe das Ihnen gehört und das sie mit viel sorgen auferzogen haben, dem guten Schütz danck ich vor das. Ihr kleiner Pignen Baum stehet nun in meinem garten, das ist nun meine libste Pflanze. noch etwas habe ich das ich Ihnen gewidmet ehe denn es mein war, die figur von der ich Ihnen gesprochen die Muse, nur fehlt mier an sicherer gelegenheit es Ihnen zu schicken. Zu dem werden sie mier helfen, den mier wer leid wans sollte verlohren gehen.

Die Zeichnung vor das Tittel Blat habe ich mit einiger Verenderung etwas grösser angefangen. mier kam in sinn wie ich Ihnen gesagt es selbsten auf das Kupfer zu bringen. allein ich habe schon lange nichts Radiert weiss nicht wie es ausfallen könte und mit Proben könte es sich zu lang verzögern. folglich möchte ich gerne wissen ob ich die Zeichnung die dieser tage wirt fertig werden, dem herrn Lips übergeben soll oder Ihnen zuschicken. erwarte darüber Ihren Befehlch. – in Florenz werden sie viel schönes gesehen haben wo von sie mier doch etwas melden werden. Zucchi danckt Ihnen herzlich vor die gütige erinerung und Empfählet sich in Ihre fortdauernde gewogenheit. wier sprechen täglich von Ihnen. Spina hat mier auch aufgetragen sie seiner Hochachtung zu versichern. Die Comission betreffend der Music habe ich nicht vernachlässigt. vor wenigen abend habe ich den Signor Albacini gesehen der mit dem Copist gesprochen der wenig Hoffnung gegeben, zu haben was man verlangt, doch wollen wier das mögliche thun.

Befehlen Sie mier in allem was ich Ihnen dienen kan. gönnen sie mier doch das einzige vergnügen von Ihnen zu hören; wan ich weiss das sie wohl und vergnügt seind so will ich suchen mit meinem Schicksal zufrieden zu sein.

Angelica.

Bitte ihren getreüen Achate den guten Herrn Kaiser von Zucchi und mier vielmahl zu grüßen es ist vor mich ein trost das sie ein so guten liben Freünd bey sich haben. leben sie wohl mein theürer freünd und erhalten sie mich in gedancken."

Nun entwickelte sich ein lebhafter, an intensive Gespräche erinnernder Briefwechsel, bei dem Angelika immer wieder die vergangenen schönen Monate des Zusammenseins beschwor: *„Hette ich gewußt, an wen zu adressieren so hette ich Ihnen nach Florenz geschrieben. In Mailand werden sie meine Antwort finden auf Ihren ersten Brief nichts desto minder kan ich Ihren ledsten nicht ohne Antwort lassen, aber mier gehets wie es mier gegangen da Sie hiar waren, Ihre gegenwart machte mich confus, da sitze ich mit der Feder in der Hand, hette vieles zu sagen, möchte gerne Ihnen vieles sagen, alle Empfindungen meines Herzens klagen, aber was hilfft das, alles was ich sagen kann bringt sie nicht zuruck, es ist besser, ich schweige, Ihr*

Empfindliches Herz kan das übrige dencken. Der 23 deß verwichnen der fatale tag hat mich in eine traur gesetzt aus der ich mich nicht widerholen kan. der schöne Himmel die schönste gegend ja leider auch das schöne in der Kunst sehe ich mit einer art von gleichgültigkeit. ich glaube würklich ich bin an dem äuserstem Rande der unklugkeit von der wier manches mahl gesprochen. in jener welt wirt es hoffe ich bestimbt sein das freünde sich nicht mehr trennen, glückliches leben mich freüt schon darauf."

Auch Goethe schrieb viel, leider hat Angelika seine Briefe verbrannt; aber nach seiner Rückkehr in Weimar holte ihn der Alltag wieder ein und die Erinnerungen an die schönen Tage in Rom verblaßten, seine Briefe wurden kürzer. Manchmal war es Angelika fast peinlich, daß sie so oft zur Feder griff, aber sie konnte es doch nicht lassen: „*Mier träumte verwichene Nacht Sie waren wiedergekommen ich sah sie von ferne – und eilte Ihnen entgegen bis zur Hausthüre, fasse Ihre beiden Hände die ich so fest an mein Herz gedruckt das ich darvon erwachte, ich war böse auf mich das ich mein getraumtes Glück zu lebhaft gefühlt und mir selbsten dadurch das Vergnügen abgekürzt . . . Sie verlangen zu wissen was ich arbeite – folgende stücke dencke ich, habe ich fertig – das Portrait vor die lady Harvey – die Kalmucken – das Portrait von dem Cardinal Rezzonico vor den Senator, und heüte bin ich mit dem Virgil zu ende gekommen, von der disposizion erinnern sie sich wohl – ich bin mit der Zubereitung in chiar esscuro sehr zufrieden, das stück hat viel Krafft und die farben seind mir sehr durchscheinend geworden. die zwey aus Shakespeare habe ich auch angefangen, auch ein vor den Herzog von Churland – und bald mus ich auf das große stück bedacht sein vor die Russische Kaiserin. ich habe so zimlich gearbeitet und suche es so gut zu machen, als mir möglich – um das zu thun muß ich mir einbilden, es werde sontag und sie kommen in mein studio – ach die liebe Zeit? doch gar nicht daran dencken . . .*"

Goethe erfuhr, daß seine Pinie, seit Angelika für ihre Pflege zuständig war, *schon gut zwei Zoll gewachsen,* und sie ihr eine *liebe und sehr bedeutende Pflanze* sei. Dazwischen fand die Malerin Zeit, ihr Porträt fertigzustellen, das der

Großherzog Leopold von Toskana sich für die berühmte Sammlung mit Selbstbildnissen namhafter Künstler aller Epochen in den Uffizien erbeten hatte. Angelika berichtete Goethe: *„Mein Porträt, oder besser zu sagen das Gemälde, so ich für die Gallerie in Florenz gemacht habe, ist gütigst aufgenommen worden."* Das harmonische Bild zeigt eine in sich ruhende, vornehme Frau, die es nicht nötig hat, mit Schmuck und äußerlichen Attributen auf sich aufmerksam zu machen. In seiner Einfachheit zeigt das Bild besonders gut, wie sehr es Angelika gelungen ist, sich selber zu einem Teil des von ihr bevorzugten „Decorums" zu machen. Aber selbst die zurückhaltende Angelika konnte ihre Freude nur schwer verbergen, als ihr eine unverhoffte Ehrung zuteil wurde: *„Vor ein paar Tagen hatte ich Brief, daß man mich in sehr gutes Licht und neben einen ernsthaften Mann gestellt, nichts weniger als Michel Angiolo Buonarotti – ich wünschte in Wercken, nicht nur in effigie neben ihm stehen zu dörfen, aber er ist zu förchterlich . . ."*

Im Laufe des Sommers wurden die Briefe aus Weimar seltener, Goethe hatte Christiane Vulpius kennengelernt und der Alltag begann den Herrn Staatsminister wieder einzuholen. Mit feinem Gespür resignierend, erkannte Angelika den veränderten Ton der Briefe. Aber Goethe hatte auch gute Nachrichten, er kündigte Johann Gottfried Herder an, auf den sich Angelika aufrichtig freute.

Als Herder im September 1788 in Rom eintraf, fand er bei Angelika schon einen Brief Goethes vor: *„Mich freuts, wenn du Angelika und sie dir einige gute Stunden macht. Wenn dir Bury lieb wird sein. Sei doch gegen Rat Reiffenstein recht artig und rühme ihm, wie sehr ich seine Freundschaft gerühmt."*

Johann Gottfried Herder, im Jahre 1776 auf Goethes Wunsch zum Superintendenten in Weimar berufen, war zu seiner Italienreise von dem wirtschaftlich unabhängigen Domherren Johann Friedrich Hugo Freiherr von Dalberg eingeladen worden. Dalberg hatte sich bereits im jugendlichen Alter dem geistlichen Beruf verpflichtet und war sehr früh zum Domherren in Trier, Speyer und Worms ernannt worden. Die ihm hieraus zustehenden Pfründen konnte er kaum aufbrauchen, sie erlaubten ihm, *sich auf einige Jahre von meinen Residenzen freizumachen, und diese Zeit meine fortdauernden Renten zu verzehren.* Nach einigem Zögern und auf Drängen Goethes, der dem Freund einen Italienaufenthalt gönnte, sagte Herder zu. In Weimar ließ er seine ihn abgöttisch liebende Frau Caroline und eine zahlreiche Kinderschar zurück. Bereits vor Antritt der Reise plagte ihn das schlechte Gewissen, weil er seine Familie hinter Bildern und Denkmalen aller Art zurückstellte. Erst als auch die energische Caroline Herder, geborene Flachsland, ihren Mann zum Aufbruch drängte, gab der unentschlossene Dichter nach.

Hätte er allerdings geahnt, welche böse Überraschung ihn am vereinbarten Treffpunkt in Augsburg erwartete, er wäre lieber in Weimar geblieben. Seit kurzem erst war die gerade verwitwete Sophie von Seckendorf die Geliebte Dalbergs. Sie sollte während der Italienreise Dalbergs eine Kur in Schlangenbad absolvieren und später in ihre preußische Heimat zurückkehren. Aber Sophie von Seckendorf dachte nicht daran, den Goldfisch, den sie so unerwartet an der Angel hatte, vielleicht auf Nimmerwiedersehen nach Arkadien entweichen zu lassen. Sie bestand darauf, an der Fahrt teilzunehmen, und der verliebte Dalberg gab nach. Für Herder änderte sich die Situation damit völlig. Die Reise, die für ihn in der Begleitung des gebildeten Dalberg zu einem Vergnügen hätte werden können, wurde durch Frau von Seckendorfs offen zur Schau getragene Eifersucht und Herrschsucht für ihn zur Qual, da sie in ihm nur ein kostspieliges, überflüssiges Anhängsel sah.

Herder fühlte sich in Italien nicht frei und von niemandem eingeengt wie Goethe, dazu war er zu sehr darauf bedacht, seine hohe geistliche Stellung zur Schau zu tragen. Er suchte, anders als Goethe, die bessere Gesellschaft, dazu brauchte er standesgemäße Kleidung, die er sich nicht leisten konnte. Kaum in Rom angekommen, schrieb er an seine Caroline: *„Da sind wir in der Hauptstadt der Welt, und alles Ungemach der Reise ist vergessen und verschwunden . . . Unsere erste Sorge war um Briefe. Dalberg, die Seckendorf empfingen die ihrigen, ich aber ging leer aus. Ich habe diesen Morgen nochmals auf alle Posten geschickt, aber vergebens. Wie mich das schmerzt, kann ich Dir, Liebste auf Erden, nicht sagen. Es ist Euch, hoffe ich, nichts begegnet, sondern alles, alles, ich hoffe es zu Gott, ein Mißbenehmen mit den Posten, dem Goethe doch wohl hätte zuvorkommen können. – Ich ging gestern Abend zu Bury und glaubte, bei ihm würden welche sein; ich sah Goethes Quartier und an Bury den herzlichsten, liebevollsten Jüngling, aber keine Briefe. Er ging mit mir zu Angelika, die mir nichts als Goethes alten Brief von Constanz zu geben hatte, für den ich ihm sehr danke. Reiffenstein kam auch eben hin, daß ich also den ersten Abend gleich drei Deutsche sprach: er hat Goethes Geldanweisung erhalten, sage ihm das. Die Angelika wartet auf eine Antwort von ihm; sie hat nachgerechnet, daß sie sie schon haben könnte; sage ihm das auch. Sie ist eine feine, zarte, reine Seele, ganz Künstlerin, äußerst simpel, ohne Reiz des Körpers, aber in allem sehr interessant; der Hauptzug ist Simplizität, Reinheit und Feinheit. Schade für die Kunst und Menschheit, daß sie schon etwas altert. Sie hat mich sehr artig empfangen; ich blieb aber nicht lange da, weil meine Quodlibet Gesellschaft zu Hause noch nicht arrangiert, und ich nur so weggelaufen."*

Zwischen Johann Gottfried Herder und Angelika entwickelte sich fast augenblicklich eine tiefe Übereinstimmung, nicht nur in ihrem gemeinsamen Ärger über die Langsamkeit der Postzustellung. Mißmutig rechnete die Malerin Goethe vor: *„. . . was mag doch die ursach sein das die briefe von Weimar ebenso lange Zeit laufen als die briefe aus Engeland – Ihren werthesten von 19 July empfieng ich den 5 diesses, und zur nehmlichen Zeit hatte ich briefe aus London von 18 July."* Ungeachtet allen Ärgers meldete sie die Ankunft Herders voll Freude nach Weimar, endlich hatte sie wieder Gelegenheit, über Goethe zu sprechen und Neues zu erfahren: *„Ich hatte große freude diesen würdigen Mann der Ihr freund ist zu sehen, übergab ihm gleich Ihren brief, die fragen nach Ihnen* *erwartete kaum die Antwort . . . Die Herzogin Mutter wirt noch zu ende des Monats hier eintreffen . . .*“

Anna Amalia, Herzogin von Weimar-Eisenach, erfüllte sich mit ihrer Italienreise einen lang gehegten Traum. Immer wieder hatte die Armut des kleinen Landes sie zögern lassen, eine so weite und kostspielige Reise zu unternehmen. Dazu kam die rührende Anhänglichkeit der Bevölkerung an ihre Landesmutter. Noch wenige Tage vor der endgültigen Abreise ließ sich eine Gruppe von Bürgern bei ihr melden, die sie bat, die gefahrvolle Reise nach Italien mit seinem ungesunden Klima um des Landes willen zu unterlassen.

Herder sah der Ankunft der Mutter seines Landesherrn mit großer Freude entgegen. Bisher hatte er sich in Rom nicht einleben können. Sein Diener Werner erkrankte schwer, und er konnte kaum die Arztkosten für ihn aufbringen. An Caroline mochte er nicht um Geld schreiben, denn seine Bezüge brauchte sie zum Unterhalt der Familie. Er fürchtete sich davor, Dalberg um Geld zu bitten; zwischen den beiden einst so vertrauten Männern stand die Bosheit Sophie von Seckendorfs. Vielleicht wären alle diese Übel mit einigem Organisationstalent noch zu beseitigen gewesen, aber Herder wollte sich ärgern. Er suchte einen Schuldigen, und er fand ihn bald: Goethe. Rieten ihm Bury, Schütz und Tischbein, in Rom so zu leben wie Goethe, dann schimpfte er, daß Goethe gelebt habe wie ein Kind, und das könne er nun eben einfach nicht! Wollten sie ihm die Besonderheiten des Karnevals erklären, blaffte er die Freunde an, er könne nicht verstehen, wie Goethe diesen Unsinn habe mitmachen können. Selbst als der Bildhauer Trippel vom Fürsten Waldegg den Auftrag bekam, Herders Büste anzufertigen, ereiferte er sich, Goethe habe sich idealisieren lassen wie Apoll, da werde er mit seiner Glatze ganz schön abfallen . . .

Einzig die Besuche bei Angelika verschafften ihm Trost und Ablenkung: *„Morgen esse ich bei Angelika zum erstenmal; sie ist eine gar zarte, jungfräuliche Seele, wie eine Madonna oder* *wie ein Täubchen. In einer kleinen Gesellschaft, zwischen zwei und drei, ist sie gar lieblich. Sie lebt aber sehr eingezogen, ich möchte sagen, in einer malerischen Ideenwelt, in der das Vögelchen auch nur alle Früchte und Blumen mit dem Schnäbelchen berührt. Ihr alter Zucchi ist ein braver Mann in seiner Art; er kommt mir aber immer wie ein venetianischer Alter in der Komödie vor.*"

Am 4. Oktober traf Herzogin Anna Amalia mit ihrem Reisekavalier, dem Kammerherrn von Einsiedel, und der „Thusnelde" genannten Hofdame Luise von Göchhausen in Rom ein und stieg zunächst in der vornehmen „Locanda Margherita" zu Füßen des Pincio ab.

Dort begrüßte sie Herder bereits am nächsten Morgen. Anna Amalia kümmerte sich rührend um seinen Diener Werner, und nach ihrem Umzug in die schöne Villa Malta nahm sie Herder in ihr Gefolge auf, so daß Luise von Göchhausen schon bald nach Weimar meldete, man würde mit ihm zusammen *wie in einer Familie* leben, nachdem er selbst ein *gut Stück übler Laune und Empfindlichkeit* gezeigt habe.

Aber die Tage bis zum Umzug vergingen für Herder viel zu langsam, mißtrauisch berichtete er an Caroline: *„Ich bin zwischen den Weibern garstig in der Mitte: ich glaube, sie haben einen Dux, und ich argwöhne fast, die Reise ist zwischen ihnen so gut als abgeredet gewesen. Da die Göchhausen hörte, daß die Seckendorf hier wäre, wunderte sie sich gar nicht; die Seckendorf schließt sich sehr an die Herzogin an, die Herzogin hat sie gleich den folgenden Tag zum Thee besucht; seitdem sind sie wieder bei der Herzogin gewesen, und ich bin nicht invitiert worden. Auch die Angelika suchen sie zu sich zu ziehen, und wollen eine Cotterie bilden, zu der ich nicht gehöre. Das mögen sie; ich kanns nicht ändern, und werde mich deshalb nicht grämen!*"

Vom fernen Weimar aus goß Caroline noch Öl ins Feuer: *„Ich wollte, daß die Seckendorf mit dem Grave einen Roman anfinge, und dem Dalberg doch einmal die Augen aufgingen, und er sie in ein benachbartes Bad schickte. Ihre Aufführung ist unverschämt, unverschämt. An Hof und in der Stadt spricht man, daß sie mit Ehren nicht mehr zurück nach Deutschland kommen* *könnte. Die Angelika wird ihre Pfiffe schon durchschauen. Goethe hat der Angelika ihren Namen nicht genannt, auch den Dalbergs nicht.*"

Ende Januar 1789 trat Herzogin Anna Amalia ihre geplante Reise nach Neapel an, auf die sie auch Herder begleitete. Von Angelika mit Empfehlungsschreiben ausgestattet, besuchte er Hackert und den Botschafter Sir Hamilton. In Neapel erst fing für ihn das Erlebnis des Südens an, die Landschaft, die Vegetation, und auch die Menschen begannen ihn zu interessieren, er lebte sich allmählich ein. Seine griesgrämige Laune wich einer heiteren Menschenfreundlichkeit, die auch Luise von Göchhausen auffiel, sie schrieb an ihren alten Freund Wieland: „*Der Erzbischof von Tarent (Giuseppe Capuce Latro, den Herder aufs höchste rühmt), ein ganz vortrefflicher Mann und ein anderer Hecht als unsere Teutschen Bischoffe, ist der Herzogin ihr treuer Gefährte!*"

Kaum einen Monat darauf war die kleine Reisegesellschaft schon wieder in Rom und bezog die mit Angelikas Hilfe für die Herzogin hergerichtete Villa Malta, hier fand Herder endlich auch ein bequemes Reisequartier für sich. Wieland erfuhr durch Luise von Göchhausen: „*Unsere Angelika sehe ich fast täglich, da unser Garten nur durch eine kleine Erhöhung von dem ihrigen abgesondert ist; ohnedem ist sie abends, wenn wir zu Hause sind, meist bei uns. Es ist eine vortreffliche Frau.*" Um das Hinüber und Herüber zwischen den beiden Häusern zu erleichtern, wurde kurzerhand eine verbindende Tür in den trennenden Zaun gesetzt, und nichts störte mehr die nachbarschaftlichen Zusammenkünfte.

Luise von Göchhausen, ihrer scharfen Zunge wegen nicht überall beliebt, schwärmte geradezu von Angelika: „*Diese Frau ist eine so schöne Seele, wie es wenige gibt und durch die Liebe zu ihr wird man glaube ich, selbst viel besser.*" Jetzt, da Herder nicht mehr ständig die Abhängigkeit von Dalberg und der Seckendorf zu ertragen hatte, besserte sich seine Laune zusehends und er fand Gefallen an Rom, seinen

Kunstschätzen und sonstigen Besonderheiten. Dazu trug sein Umgang mit Angelika nicht unwesentlich bei. Sie hatte begonnen, ihn zu porträtieren. Während der Sitzungen kamen sich Malerin und Gelehrter in Gesprächen immer näher. Herder bat seine Frau, Schattenrisse der Kinder anfertigen zu lassen, weil er sie Angelika schenken wollte. An Caroline schrieb er: „*Was mich in den letzten Wochen auf eine so sonderbare Weise gereinigt und veredelt hat, ist der Angelika Freundschaft. Oh, daß ich soviel Zeit in Rom verloren und mich gequält habe, ohne diese zarte und edle Seele, die so schüchtern und zurückgezogen wie eine himmlische Erscheinung ist, näher kennen zu lernen! Jetzt, da ich seit meiner Reise in Neapel klarere Augen und eine ruhigere Seele habe, ist mir diese Frau über alles, was in und um Rom ist, teuer. Ich bin bei ihr so gern, und immer in dem Zustande einer süßen, stillen Verehrung, wie auch sie es gegen mich zu sein scheint und auch wirklich ist. Von Dir spricht sie in ihrer holden Schüchternheit eben also, und sieht Dich wie ein höheres, glückliches Wesen an. Ihr Eindruck wird mir wohltun auf mein ganzes Leben: denn er ist von aller Eitelkeit und Falschheit entfernt; sie weiß nichts davon und ist bei all der demütigen Engelsklarheit und Unschuld vielleicht die kultivierteste Frau in Europa.*“

Die arme Strohwitwe Caroline Herder im fernen Weimar wurde aus Rom mit Lobpreisungen der *reinen, heiligen Künstlerin* bombardiert und obendrein noch dazu angehalten: „*. . . sage aber Goethe nichts hierüber; ich will nicht, daß er wisse, wie ich von ihr denke.*“

An Goethe selbst schrieb Herder in einem anderen Tone von der Angebeteten und wie er doch noch Zugang zu ihr gefunden habe: „*So einen anderen Weg ich in diesen und anderen Dingen gehen möge, als Du, Tausendkünstler, dabei gegangen bist, so finden wir uns am Ende doch zusammen . . . Die Angelika ist eine liebe Madonna; nur in sich gescheucht und verblühet auf ihrem einzelnen schwachen Zweige. So ein ehrlicher Preuße Reiffenstein, und so ein guter Venezianer ihr Zucchi sein mag: so stehet sie doch allein da ohne Stütze und Haltung; daher ich allemal mit betrübtem Herzen von ihr scheide. Du hast ihr sehr wohlge-*

tan, und sie findet an mir nichts von dem wieder, was sie an dir verloren."

Kein Wort von seiner innigen Vertrautheit mit der Malerin! Angesichts solcher Geheimniskrämerei hätte Caroline Herder ein Ausbund an Sanftheit sein müssen, wenn sie nicht von Eifersucht befallen worden wäre. Die Temperamentsausbrüche von Herders Gattin waren in Weimar stadtbekannt, nicht umsonst nannte Goethe sie scherzhaft „Elektra". Aber noch hatte sich Caroline im Griff, als sie nach Rom schrieb: *„Ich gönne Dir dieses reine, schöne Glück, und ich teile es mit Dir so inniglich treu, wie Du mich ja kennst!"*

Herder jedoch wußte, daß der Tag des Abschieds bald kommen würde. Als Herzogin Anna Amalia ihm anbot, die Sommermonate mit ihr und ihrem Gefolge in Neapel zu verbringen, lehnte er ab, und Luise von Göchhausen schrieb an Wieland: *„Herder dankt für Ihr gütiges Andenken, diesen werden Sie bald wiedersehen, seine Penelope und die kleinen Thelemachs ziehen diesen Ulisses zurück, und er wagt es nicht, die Syrinen noch einmal singen zu hören. Möge es ihm wohl gehen. Die Trennung von ihm wird uns wehtun . . ."*

Angelika litt schon im voraus unter der Trennung. Sie brach in Tränen aus, als Herder ihr einen Brief Carolines zu lesen gab, in dem von ihr die Rede war. Weinend wünschte sie sich, wenigstens bei Herders sterben zu dürfen, wenn sie schon nicht mit ihnen leben könne. Kurz vor der Abreise steckte sie Herder einen Ring an den Finger, einen Siegelring, der ihm allerdings nicht allein gehören sollte: *„Ich soll ihn nur diesseits der Alpen als mein ansehen und Dir ihn sodann von ihr schwesterlich geben. Niemand weiß von dem Geschenk als sie und Reiffenstein, der ihn bestellt hat. Er legt das Symbol auf seine Art so aus, daß Freundschaft und Liebe, wie er sagt, die Nahrung der Seele seien, ihr Sinn ist aber wohl der, daß ihr Seelchen als ein Schmetterling auf dem Myrtenkranze, auf unserem Bande der Liebe und Freundschaft ruhe, und auch abwesend unter uns schwebe."*

Über ihrer Freundschaft mit Herder vergaß Angelika

nicht ihren Briefwechsel mit Goethe, haarklein erfuhr der ferne Freund alles Wissenwerte über die „Weimarer in Rom". Weimar erschien Angelika der erstrebenswerteste Ort auf Erden zu sein: *„Wissen Sie wohl mein theürer freünd ich komme nach Weimar – hetten Sie sich das wohl träumen können. Ihro Durchlaucht die Frau Herzogin hat unseren guten Hrn. Rath Reiffenstein – Zucchi und mich auf das gnädigste eingeladen entweder mit Ihr zurück oder Ihr zu folgen. Die fräulein von Gechhaußen – der Herr Herder – waren zugegen, stimmten auch mit über ein – wie war es möglich ein so schönen Antrag der auf die gnädigste Art gemacht wurde zu widerstehen. Das Versprechen wurde gemacht, so ferne die umstände es erlaubten. Das glückselige Weimar das, seit dem das Glück mir gegönnt Sie zu kennen, ich so offt beneidet habe, wo ich mich mit gedancken so offt und so gerne aufhalte, sollte ich das sehen, und Sie da sehen, oh schöner traum!"*

Ein Traum, der leider keine Erfüllung fand. Noch aber blieben der Reisegesellschaft einige schöne gemeinsame Tage, die für einen Ausflug nach Tivoli genutzt wurden. In der „Rotonda dei Cipressi" der Villa d'Este lagerten sich die Freunde zwischen den antiken Kunstwerken unter den Bäumen und lauschten andächtig Johann Gottfried Herder, der die neuesten, ihm von Goethe übersandten Verse aus „Tasso" vortrug. Der Maler Johann Georg Schütz hat diese Szene in einem zauberhaften Aquarell festgehalten! Während Herder deklamiert, füttert Luise von Göchhausen ein Schaf mit Kräutern aus einem von der Herzogin gehaltenen Körbchen. Rat Reiffenstein steht hinter Angelika, die ein elegantes Kleid trägt, das aus einem ihrer Bilder entlehnt zu sein scheint. Lächelnd schaut sie auf Herder, Antonio Zucchi hat sich bequem auf dem Rasen ausgestreckt und lehnt sich an eine Säule.

Schon wenige Tage später zerstob der Freundeskreis in alle Winde, die Herzogin brach nach Neapel auf und Herder trat die Heimreise über Florenz an. In einem seiner letzten Briefe aus Rom schrieb er: *„Angelika ist an Jahren über mir und mehr eine Seele als ein Körper; sie ist aber ein so treu-*

es, gutes Herz, als wenige sein werden, und da sie an mir und durch mich auch an Dir mit einer recht wunderbaren Liebe, ich möchte sagen, Andacht hängt, so wollen wir sie auch in diesen Bund reiner und treuer Freundschaft aufnehmen."

Am 14. Mai 1789 verließ Johann Gottfried Herder Rom und nahm das Gedenken an Angelika *als ein reines und geistiges Gut mit über die Alpen.* Herzogin Anna Amalia verlebte die Sommermonate in Neapel. Die Königin, die Angelika so gerne an ihren Hof gebunden hätte, verbrachte viel Zeit mit Anna Amalia. Aber lieber noch verkehrte diese mit Philipp Hackert und anderen Künstlern, die zum engen Freundeskreis Angelikas gehörten. Die Herzogin schrieb an die Malerin in Rom: *„Die Liebe und Freundschaft, die ich für Sie habe, liebe Angelika, läßt mich auch von Ihnen hoffen, daß Sie mir verzeihen werden,wenn ich Ihnen sollte in Ihre Beschäftigung stören; es ist mir aber unerträglich, so lange von Ihnen keinen lautgen zu hören. Wie stehts mit Ihre Gesundheit? wie leben Sie, liebes Weibchen? Immer vor der Staffeley? – Ach, kommen Sie doch nach Neapel. Sagen Sie unserem alten Zucchi und stellen Sie es ihm recht süße vor, was für herrliche Zeichnungen und schöne neue Ideen er hier bekommen würde. Goethe wird Ihnen seinen Tasso schicken, vielleicht haben Sie ihn schon, dencken Sie wenn Sie ihn lesen an das Plätzchen in der Villa d'Este, da muß man ihn genießen."*

Im Herbst kehrte die Herzogin mit ihrem Gefolge in die Villa Malta zurück. Die Tage vergingen mit Kunstfahrten und Galeriebesuchen. Anna Amalia saß Angelika zu ihrem Porträt: In griechische Gewänder gehüllt posiert die Herzogin von Weimar in arkadischer Landschaft, auf dem Schoß hält sie Herders „Ideen zur Philosophie der Geschichte der Menschheit". Bei den Sitzungen plauderten die beiden fast gleichaltrigen Frauen über Goethe und Herder, Anna Amalia regte Angelika zu einer Bilderfolge nach Wielands „Oberon" an. Es waren glückliche Tage auf dem Pincio.

Aber die Französische Revolution mit ihrem Donnergrollen ließ sich auch in Angelikas Atelier nicht mehr überhören. Vor einigen Monaten schon, am 14. Juli, hatte sich das Volk von Paris erhoben und mit der Erstürmung der Bastille ein erstes Fanal gesetzt. Erschrocken hatte Anna Amalia damals aus Neapel nach Weimar geschrieben, daß viele französische Prinzen mit ihren Familien außerhalb des Landes Schutz suchten. Vermehrt trafen jetzt Briefe aus Weimar ein, die Anna Amalia zur Rückkehr in ihr Herzogtum rieten. Herzog Karl August, der von der französischen Revolution nicht viel hielt, da *zu wenig Moralisches in der französischen Nation sei,* erwartete die Mutter zurück, *„in Hoffnung, daß Sie durch Ihre baldige Rückkunft ebenfalls eine liebreiche Revolution bei uns zustande bringen werden, freue ich mich doppelt auf dieses Ereignis . . ."*

Im Frühjahr 1790 brach Anna Amalia auf, sie reiste über Loreto nach Venedig, wo sie von Goethe erwartet wurde. Erst am 2. Mai traf die Herzogin dort ein, und so blieben Goethe einige Wochen, die ihm Angelikas Schwager Giuseppe Zucchi mit Kunstbetrachtungen und Besichtigungen verkürzen half. Mitte Juni hatte die Reisegesellschaft endlich Weimar erreicht, wo die Herzogin von der Bevölkerung mit Jubel begrüßt wurde. An Angelika schrieb sie: *„Ihr Gemälde, liebe Angelika, welches ich hier gefunden, macht eine Epoque für Weimar . . . Goethe wird Ihnen wohl darüber schreiben. Mir ist es ein wahres Heiligtum und ein liebes Andenken von Ihnen und die beste und schönste Erinnerung an denen glücklichen Tagen, die ich mit Ihnen in das schöne Rom zugebracht habe."*

Kapitel 14
„Mutter der Künste und der Künstler"

Immer bedrohlicher wurden die Schatten, die Kriege und Revolutionen über Europa warfen. Die Zeit der großen Kavalierstouren ging ihrem Ende entgegen. Diese Unsicherheit der politischen Lage machte Angelika und Antonio Zucchi Angst. Ein Großteil ihres Vermögens hatten sie in England angelegt. Nun wurde es immer schwieriger, die Erträge nach Italien zu transferieren. Antonio Zucchi, durch die sich stetig verschlimmernde Lähmung seiner rechten Hand ungeduldig und launisch geworden, hatte nicht übel Lust, sein Haus in der John Street zu verkaufen. Aber es war schwierig, in dem durch den Krieg mit den nordamerikanischen Kolonien geschwächten Land ein so aufwendiges Haus mit Gewinn zu veräußern. Angelika sah mit Sorge, wie schwer ihr Mann an der Last des großen Haushaltes zu tragen begann. Um ihm die Arbeit zu erleichtern, holte sie „Vetter" Johann Kauffmann aus Schwarzenberg in ihr Haus. Es tat ihr gut, in den sich verschlechternden Zeiten einen verläßlichen Menschen aus der Heimat bei sich zu haben.

Immer hatte sich Angelika dem Bregenzerwald nahe gefühlt. Seit ihrem letzten Besuch im Jahre 1781 waren die Verbindungen in die Heimat ihres Vaters nicht abgerissen. Angelika machte aus dieser Zuneigung keinen Hehl: *„Ich bekenne die Liebe vor das Vaterland nimt bey mier täglich zu – hoffe es auch sie zu sehen aver verschiedene Umstände machen mier die Zeit sehr ungewiß dieser Freüde zu genießen. dem gütigen Schicksal sei es überlassen, welches bis anjetzo mier sehr günstig gewesen, so hoffe ich auch vor die übrige tage meines lebens das beste. bitte nur mich indessen in gütigem andenken zu erhalten und ich werde die gütige einladung nicht vergessen."*

Mit Johann Kauffmann hatte Angelika einen guten

Griff getan. Er erwies sich als umsichtig und anstellig, fügte sich schnell und sicher in die neuen Verhältnisse ein. Bereits wenige Monate nach seinem Eintreffen in Rom hatte der Bauernbursche aus Schwarzenberg Italienisch erlernt und sorgte für einen reibungslosen Ablauf des großen Haushaltes.

Nach dem Tode ihres Vaters hatte Angelika die Zinsen ihres Vermögens, das Johann Joseph noch in Schwarzenberg angelegt hatte, alljährlich an arme Verwandte im Wald und im Veltlin verteilt. Verschiedene Vettern und Basen hatten ihr Haus in Rom als Sprungbrett in eine sichere berufliche Zukunft benutzt. Angelika war ihrer Familie herzlich zugetan und freute sich, wenn sie helfen konnte. Wenige Jahre vor dem Eintreffen Johann Kauffmanns hatte sie auch Joseph Anton, einen Nachkommen eines Onkels, bei sich aufgenommen. Er erwies sich aber als ein rechter Tunichtgut und Faulpelz, den auch die gutgemeinten Ratschläge der Frau Bas nicht auf den rechten Weg brachten. Eine Weile sah die Malerin dem Treiben zu, dann setzte sie den arbeitsunwilligen jungen Mann vor die Tür. So tief saß ihr Groll, daß sie an ihren Vertrauten Josef Anton Metzler schrieb:

„Ich glaube, ich habe Ihnen in meinem ledsten schon gesagt d. Joseph antoni vetter Josen seelig Sohn nicht mehr bei mir ist, erstlich war die hiesige luft nicht vor Ihn, und sein humor nicht vor mich – Ich habe ihm gerathen ein handwerck zu lernen zu dem er noch jung genug, den zur kunst braucht es mehr fleiß und Geduld als er jemahl haben wirt, es ist besser ein braffer handwercksmann werden als ein mittelmäßigen Mahler, entschließt er sich etwas zu lernen so will ich ihme gerne helfen, aber er hat sich in kopf genomen ich habe übriges gelt Ihn wie ein herr zu erhalten. er hat von mir nicht mehr verdient als andere meine anverwante die mit mühe und arbeit suchen Ihr brot zu verdienen. mein Reichtum besteht in meiner täglichen arbeit hauptsächlich. habe ich mir etwas erspart so ist es auch mit mühe und fleiß geschehen, folglich ist es billich das ich im frieden genieß was mir Gott beschärt und auch in allen zu fühlen etwas im vorrath habe. in einer großen Statt zu leben

mit dem Decorum der main stand erfordert ohne ohnnuzze ausgaben belaufft sich jährlich auf eine considerable summa, folglich ich muß alles ausmessen. gott weiß ob ichs mit meinen anverwanten nicht gut meine, allein die Zahl ist gros und under diesen seind viele sehr bedürftig – ein junger mensch der gesund und starck ist und sich vor der arbeit nicht förchtet kann sich in der welt durchbringen. Joseph ant. hat sein glückh verschärzt ich habe mit ihm lange gedult gehabt aber es konte nicht länger dauren, bei mir hat er nichts zu hoffen, von mir kan er etwas hoffen will er meinem Rat folgen und auf ein od andere ehrliche ahrt suchen sein brott zu verdienen.“

Trotzdem ließ sich die gutmütige Malerin immer wieder überreden, dem faulen jungen Mann aus dem Bregenzerwald unter die Arme zu greifen. Erst fast zwei Jahre später zog sie endgültig die schützende Hand von ihm ab. Sie, die ein Leben lang von früh bis spät gearbeitet hatte, geriet fast außer sich, als sie erkennen mußte, daß sie weder mit guten Worten noch mit Ratschlägen etwas bei Joseph Anton ausrichten konnte. Pflichterfüllung und Disziplin hatte sie ein Leben lang unter Beweis stellen müssen, ihr Brief an ihren Sachwalter in Schwarzenberg wirft ein Schlaglicht auf ihre strenge Lebensauffassung:

„Ich finde alles, was meinen anverwanten ausgetheilet und gegeben worden sehr wohl angewant, Joseph Antoni ausgenommen, was ich ihme bis jezzo habe bezahlen lassen war aus absicht das er sich werend der zeit entschliesse eine profession zu lernen um sein brot zu verdienen, weillen er aber sich zu nichts entschlossen und die besten Jahre im müssigang zu bringen will ist mein gedult zu ende. ich habe meine meinung schon ihme und seinen brüder geschrieben und mehr als ich schuldig bin vor ihn gethan, nun nöthigen mich sein eigensin zu anderen maßregeln. ich habe lange zugesehen, von nun an will ich nichts mehr von ihm wissen od hören, wie vielen hette ich helfen und glücklich machen können mit dem was ich an Ihn so unnutzbar angewent. ich habe ihn mit liebe in mein haus aufgenommen aber diese aufnahme und alle gute Räthe und underweisungen sind von Ihm mit stolz und undanck begegnet worden, sein betragen gegen mier und meinen mann ver-

ursachte uns beidn die größte vertrüsslichkeiten. mein tägliche arbeit und mein fleiss diente ihm nicht zum Exempel. denkt er ich sei Reich genug Ihm im herrenstand und müssiggehen zu erhalten, so irrt er sich weit. ich habe auch außer dem land anverwante die mir eben so nach sein wie er die Ihr mögliches thun sich durch die welt zu bringen denen will ich helfen, aber er der zu nichts nuz ist, den schließe ich aus. vor Ihn habe ich genug gethan er ist jung und starck genug er mag sein glück suchen wo er will wie viel andere thun müssen, mir ist nichts daran gelegen, wer er auch mein sohn. so wer dieses meine meinung. nach Rom zu kommen soll er sich nicht träumen lassen sonst wirt es Ihm sein lebtag Reuen."

Sie schärfte Metzler ein, daß auch die Geschwister des Faulpelzes sich nicht an sie wenden dürften, denn ihre Geduld sei nun wirklich am Ende, Briefe und Versprechungen konnten die zornige Frau Bas nicht mehr umstimmen. Gar zu gerne wäre Angelika selbst in den Bregenzerwald gereist, um noch einmal die gute Butter dort zu essen und das frische Obst! Inmitten ihrer Residenz voll der schönsten Kunstschätze, ausgestattet mit allem Komfort der Zeit, wünschte sich die berühmte Malerin Angelika Kauffmann, in einem kleinen Bergdorf im Bregenzerwald zu sein, in dem sie vor vielen Jahren einmal fast zu Hause gewesen war:

„*... wie oft bin ich in gedancken im vatterland und wie sehr wünsche ich selbes wieder zu sehen. indessen macht es mir ein wahre freude wenigstens so offt es Ihre geschäffte erlauben etwas von Ihnen zu hören, von neuigkeiten dieser gegend kan ich gar nichts melden – möchte aber gerne wissen ob bey Ihnen nichts neues vorgeht, ich wünsche immer das im lieben vatterland sich alles im alten stand erhalte, ich habe viel gesehen und viele leute gekent aber wenige die noch so leben wie die alten Patriarchen gelebt, wie man leben soll, und wie ich offt zu leben wünsche, nehmlich so wie man bis jezzo im vatterland gelebt. ich will es der vorrsicht überlassen und nicht ohne hoffnung sein das ich doch noch einmahl die freüde haben werde sie zu sehen ...*"

Vielleicht brauchte Angelika das Wissen, in diesem beständigen Bauernland mit seinem festgefügten Leben zu wurzeln, als Gegengewicht zu der Hektik und Schnelligkeit des römischen Lebens. Die Besucher kamen und gingen, kaum daß man sich an sie gewöhnt hatte. Sie nahmen ihre Bilder mit und zogen ihrer Wege.

Je älter sie wurde, desto mehr litt Angelika unter dem Druck, Freunde nur auf Zeit bei sich zu haben. Was blieb, waren Briefe, und nicht einmal das war immer sicher. Sie konnte die von ihr so geliebten Gespräche über Kunst nur in ihren Briefen fortsetzen. Bei der Langsamkeit der Post und der Schreibfaulheit mancher Freunde war das nicht immer ein Vergnügen:

„Ich bin ganz Ihrer Meinung, nicht an dem Clima liegt das herbringen des Genius der Künste auch liegt es nicht allein an dem sehen der so vielen vortrefflichen werken der grossen Meister wohl aber, und hauptsächlich liegt es an der art diese Werke zu betrachten und recht zu kennen. Hernach leite das glück den jungen Künstler zu gelegenheiten die mit fleiss erlangte Kenntnissen in das werk zu setzen und behalten immer die Natur vor den besten meister, die werke der alten Künstler werden ihn leiten das schöne in der Natur zu kennen und das beste zu wählen, so denke ich über diese sache ohne einzige pretenzion."

Noch immer gehörte ein Besuch in Angelikas Atelier auf dem Pincio zum unerläßlichen Besuchsprogramm gebildeter Romreisender. Aber der Geschmack und die Gesinnung der Besucher begannen sich fast unmerklich zu wandeln. Ein wenig fassungslos sah die junge Begleiterin der Gräfin Solms, Marianne Krauss, den Vergnügungen der besseren Gesellschaft Roms zu. Ihrem Tagebuch vertraute sie darüber Erstaunliches an:

„ . . . es wurde bei der Gräfin Solms gefrüstikt, eine grosse gesellschaft. Schwalie (Chevalier) hamiltons spielte die haupt Rolle mit seiner Schöne, Er einen alten verliebten geken und Sie Comödie, die wahnsinnige Ninna war der Anfang. gibt es doch nicht Empfindsame Seelen. ihr hartgebakene Odenwälder komt hieher und lernd Eure Vühlossigkeit Einsehen! ich schämte mich meiner starken Nerven, wie ich so Alles, Damens und Herren, weinen sah. wenns ichs so vorgesehen hätte, ich würde mir Sals

mitgenommen haben. da sizte die holzige Kraus neben einer Angelika, die so laut schlukte, das sich steine hätten bewegen können. der arme Reheberg sah aus wie ein Knabe der düchtig schläge vom H. Schulmeister bekömt, H. Reifenstein weinde doch noch ziehrlich, man konte die langsam herabrollenden andikischen Tränen zehlen. Miss Schinkens stand das weinen nicht sehr übel, es war der todten blassen gesichtsfarben sehr angemessen. Gräfin Solms weinde sich fast die Nase wider in ihre alten formen. der hofmeister von den prinzen Schwarzenberg weinde auch bitterlich. Er versicherte mich aber, eh die Mis Nart, das er weinen würde. mich überlief ein Schauder bei dem Gedanken, wie ein Mensch seine Talenten so uneedel verwenden mag, eine wahnsinnige zu imitieren? ich kann mir nichts Traurigeres denken, als einen verückten Menschen. von anfang an koste es mir Mühe, mein lachen zu verbergen. über das Geheul aber, wie ich Sie so mit ihren grossen Augen auf uns zu komen sah, wich ich ordentlich zurük, den ich vergass, dass Sie uns nur amüsieren wolte – Angelika war so hingerissen, das Sie der Schöne wohl 20 mal die Hand küste . . .“

Zusammen mit der Gräfin und dem Grafen Solms besuchte Marianne Krauss Angelika häufig. Die Malerin fand Gefallen an dem aufgeweckten jungen Mädchen aus dem Odenwald, sie schrieb ihr nach der Heimreise und verehrte ihr einige Zeichnungen. Noch aber war Marianne in Rom und notierte in ihr Tagebuch: *„Angelika Kauffmann war gestern früh mit ihrem Mann bei uns, ich kann mirs gar nicht zusamen Reimen, das dieses Weib, wo so vil Vorzüge so wohl an Geschiklichkeit als Karacter hat, so ein Mann, welcher schon recht alt ist und ein Brumeltippe gleicht, nehmen konte.“*

1782 hatte Angelika, als sie nach dem Tod des Vaters mit Antonio Zucchi von Venedig aus in einen neuen Lebensabschnitt aufbrach, einige Tage der Ruhe in der Abgeschiedenheit des Wallfahrtsortes Loreto verbracht. Als Staatsekretär Kardinal Ignatio Buoncampagni Ende der achtziger Jahre daran ging, die Wallfahrtskirche zu renovieren, bat er auch Angelika um ein Gemälde zur Verschönerung des Heiligtums. Angelika war gerührt und fühlte sich geehrt. In ihrer Bescheidenheit nahm sie Bestellungen trotz ihres europäischen Ruhmes nicht als etwas Alltägliches hin. Angelika wurde gebeten, für die der Heiligen Anna geweihte vierte Kapelle den Entwurf für ein Mosaik zu liefern. Die Künstlerin schuf für den von ihr sehr geliebten Wallfahrtsort ein Bild, auf dem die Gottesmutter Maria als Kind eine Lilie gießt, während ihre Eltern neben ihr im Garten arbeiten. Ein warmer Lichtschein umfließt das kleine Mädchen, staunend macht der Heilige Joachim seine Frau Anna auf das Wunder aufmerksam. Die Werkstätten des Vatikans arbeiteten das Mosaikbild nach denVorlagen der Malerin.

Unter den Emigranten, die aus Frankreich nach Rom kamen, war auch die Hofmalerin der französischen Königin Marie Antoinette, Elisabeth Vigée-Lebrun, neben Angelika die wohl bekannteste Malerin ihrer Zeit. Als Tochter eines Pastellmalers in Paris geboren, hatte sie 1776 den Kunstmaler Lebrun geheiratet und sich als Porträtistin niedergelassen. Nach der Trennung ihrer unglücklichen Ehe reiste sie nun mit ihrer kleinen Tochter durch Europa.

Über ihren Besuch bei Angelika schrieb sie an den Maler Robert: *„Ich habe Angelika Kauffmann besucht, denn es verlangte mich außerordentlich darnach, sie kennen zu lernen. Ich fand sie, ganz abgesehen von ihrem schönen Talente, sehr interessant durch ihren Geist und ihr Wissen; sie ist eine Frau von ungefähr fünfzig Jahren, sehr zart, ihre Gesundheit ist erschüttert, wohl infolge der unglücklichen Heirat mit einem Abenteurer, der sie ruinierte. Sie hat sich dann später noch einmal mit einem Architekten verheiratet, der ihre Geschäftsangelegenheiten besorgt. Während der beiden Abende, die ich bei ihr zubrachte, hat sie sehr viel und hübsch mit mir geplaudert. Ihre Unterhaltung ist angenehm, sie ist erstaunlich unterrichtet, aber es fehlt ihr an Begeisterung, was mich, in Anbetracht meines geringen Wissens, durchaus nicht für sie begeisterte.*

Angelika besitzt einige Bilder der größten Meister, zeigte mir auch mehrere ihrer Arbeiten; ihre Skizzen haben mir mehr Freude gemacht als ihre fertigen Gemälde, weil sie Tizians Farbtöne zeigen."

Noch konnte der Gesandte Frankreichs, Kardinal Bernis, zu seinen extravaganten Festen in den Palazzo Buoncampagni auf den Corso laden. Die schöne Prinzessin Santa Croce richtete ihm die sündhaft teuren Festlichkeiten und Bälle aus. Aber der Botschafter des alten Frankreich wußte, daß er seinen Posten bald an andere, nicht der Schönheit und dem Luxus verpflichtete Nachfolger würde abgeben müssen. Auch bei Angelika auf dem Pincio fanden noch Konversationsabende statt. Dort waren die berühmte Fortuna Sulgher Fantastici und Terese Bandettini zu hören. Angelika malte beide Künstlerinnen, die es sich zur Aufgabe gemacht hatten, vollkommen frei, nur aus dem Augenblick heraus, Dichtungen zu schaffen, deren sprachliche Schönheit, einmal verklungen, nicht mehr zurückzuholen war. Mit Wehmut dachte Angelika an diesen Abenden an Goethe und Herder, wie erfüllt von Literatur war ihr Leben in jenen Tagen gewesen. Aber auch jetzt war sie zufrieden mit dem Geist, der in ihrem Hause herrschte. Stolz schrieb sie in den Bregenzerwald: *„Eine berühmte Poetin ist hier, die sich viel Ehre machte. Sie hat zweymal unsere conversazioni besucht, das letzte Mal waren über 80 Personen verschiedener Kategorien, 1 Kardinal, 4 Prälaten, 1 Bischoff, Adelsleut, Geistliche und Künstler."*

Eine alte Bekannte aus London, die eng mit Samuel Johnson befreundet war, Mrs. Esther Lynch-Piozzi, rühmte die Gastlichkeit des Hauses auf dem Pincio: *„Ich darf Rom nicht verlassen, ohne ein Wörtchen von Angelika Kauffmann zu sagen, ob sie gleich weder Engländerin, noch Italienerin ist, beide Nationen überzeugt und ihre erhabenen Talente beiden geschenkt hat. Außer ihren Gemälden, worüber die Welt selbst Richter gewesen, zieht ihr Umgang alle Leute von Geschmack nach ihrem Hause, das man nur schwer und ungern vermißt."*

Nun waren die Brandfackeln, die die Französische Revolution über die Länder Europas warf, auch in Rom nicht mehr zu übersehen. Wie gebannt blickten die Menschen auf Paris. Hatte Angelika noch vor kurzem, wie um sich selber zu beruhigen, geschrieben: *„Übrigens lebt man hier noch ruhig, in Neapel aber sehr behutsam, in Toscana etwas unruhig, wenig zeit wirt entscheiden, ob wir Krieg oder Frieden haben werden. ich im Namen aller Künstler wünsche für den Frieden in dessen Schoss die Künsten ruhen und das Schicksal wohl so vieler Menschen"*, so wurden Angelikas ahnungsvolle Worte bald schreckliche Gewißheit. Die Länder Europas rüsteten zum Kampf gegen Frankreich, als von dort die unerhörte Meldung kam, König Ludwig XVI. sei hingerichtet worden wie ein Strauchdieb. Das neue Fallbeil, die Guillotine, hatte dem „Bürger Ludwig Capet" den Kopf vom Rumpf getrennt. Frankreich war Republik, das Volk hatte die Macht übernommen. Jean Paul Marat, der einst in London Angelika mit seinen Verleumdungen schockiert und der monatelang an Antonio Zucchis Tisch gegessen hatte, war nun einer der ersten Männer der neuen Republik.

Ein Strom von Blut ergoß sich über Frankreich, das Fallbeil stand nicht mehr still. Viele Freunde und Besucher Angelikas befanden sich unter den Opfern. Angelika konnte nicht fassen, daß sie vor kurzem noch lebensfroh und vergnügt in ihrem Studio gewesen waren. Oft saß sie jetzt still in ihrem Atelier und malte, Reiffenstein ging es nicht gut und auch Zucchi kränkelte mehr und mehr. Vor Angelikas Augen versank die alte Zeit, in der sie sich auskannte, und die Zeichen der neuen konnte sie nicht verstehen.

Die Nachricht von der Hinrichtung der Königin Marie Antoinette versetzte Angelika einen weiteren Schock. Wie oft hatte die Malerin mit ihrer guten Freundin Maria Carolina, der Königin von Neapel, über die unbeschwerte Jugend der Kinder Maria Theresias in Schönbrunn gesprochen, wie zärtlich hatte Carolina dabei ihre jüngste Schwester erwähnt, die sie von den vielen Geschwistern am liebsten mochte. Und jetzt war sie tot.

Der aus Frankfurt stammende Schriftsteller Johann

Isaak Gerning widmete „Frau Angelika Kauffmann-Zucchi in Rom“ ein Gedicht „Auf den Tod der Königin von Frankreich“. Angelika verwahrte es gut, in ihre Welt der Schönheit und des Decorums paßten keine schrillen Töne. Wie immer in qualvollen Zeiten versuchte sie, sich mit Arbeit zu betäuben.

Zu all den politischen Aufregungen hatte sie auch persönliches Leid zu ertragen. Am 6. Oktober 1793 starb Johann Friedrich Reiffenstein. Er wurde unter großer Anteilnahme der „deutschen Römer“ auf dem Friedhof bei der Cestiuspyramide begraben. Mit ihm verloren neben den Touristen auch viele ausländische Fürstlichkeiten, darunter Kaiserin Katharina II., einen Vermittler von Gemälden und Kunstwerken für ihre Schlösser und Galerien. Reiffenstein kannte sich wie kein zweiter in der schwer durchschaubaren römischen Kunstszene aus und konnte auch das scheinbar Unmögliche möglich machen.

Angelika litt sehr unter dem Tod des Freundes. An Herzogin Anna Amalia in Weimar schrieb sie: *„O, wie oft erinnere ich mich der einstens genossenen glücklichen Tage, ja wohl die glücklichsten meines Lebens . . . seit dem hatte ich den schmerz einen meiner ältesten und besten Freunde zu verlieren, dem ich seit meiner Jugend gekannt. Der gute Rath Reiffenstein, ein verlust, der mir sehr zu herzen gehet.“*

Schon seit Jahren hatte sich Friedrich Leopold Graf Stolberg ein Bild von Angelika Kauffmann gewünscht. In Briefen an eine seiner Schwestern hatte er gemault: *„Wenn die Hexe mir doch das versprochene Bild schicken würde.“* Bei einer Reise durch Rußland hatte er in den Moskauer Galerien die schönsten aller Bilder von Angelika gesehen und wollte nun erst recht auch selber ein Gemälde der gefeierten Künstlerin besitzen. Endlich machte sich Stolberg mit seiner zweiten Frau auf die Reise nach Rom. Im Vordergrund stand dabei der Wunsch, sich direkt im Atelier der Künstlerin nach einem Bild umzusehen. Kurz vor der Heimreise, nachdem die Stolbergs den obligatorischen Abstecher nach Neapel unternommen hatten, schrieb Gräfin Sophie Stolberg an ihre Schwägerin Luise: *„Die kleine Anzahl unserer Bekannten ist abwesend, aber die liebe Angelika bleibt uns. Wenig Menschen sind mir so lieb wie sie. In ihrem Geist, in ihrer unaussprechlichen Einfalt und Reinheit ist der Himmel. Ihr Andenken wird mir oft wohl und wehe tun, und ich werde mich einst freuen, sie dort zu sehen, wo wir uns alle sammeln werden. Gestern sah ich bei Angelika einige ihrer Gemälde, die sehr schön waren. Sie verleiteten mich zu einer Torheit, die ich sehr bald und doch zu spät bereute. Ich dachte, mein Bild, von ihr gemacht, würde Stolberg Freude machen, und da er in demselben Augenblick auch dazu kam, ward es sogleich bestellt. Heute ist es angefangen, sie muß noch zwei Sitzungen haben, die uns doch hoffe ich, nicht hindern werden, Montag abzureisen."*

Eine große Freude erlebte Angelika, als die Herzogin Louise von Dessau, die sie schon aus London kannte, in Rom eintraf. In ihrer Begleitung befand sich der junge Dichter Friedrich von Matthisson, der sensibel seine Umwelt beobachtete: *„Angelica zählt es zu ihren reinsten Geistes- und Herzensfreuden, wenn ein guter Bekannter, während sie den Pinsel führt, neben der Staffeley zum Vorlesen sich einstellt. An der Themse wie an der Tiber, nannte sie stets des Vaterlandes große Dichter die schönsten Zierden ihrer erlesenen Büchersammlung. Mit wahrer Begeisterung horcht sie der Muse Klopstocks, welchem, durch das treffliche Gemälde ‚Samma in den Gräbern', so würdig von ihr gehuldigt wurde. Nie betrat ich des heiligen Sängers Wohnung, ohne vor diesem feyerlichen und melancholischen Kunstwerk einige Minuten zu verweilen.*

Eines Vormittags hörte sie mit hoher Theilnahme mehrere lyrische Stücke von Schiller, malte aber dabei mit ruhiger Besonnenheit fort. Auf diese folgte eine der reichsten und genievollsten Dichtungen, die mir in unserer Sprache bekannt sind: ‚Der Wanderer' von Goethe. Mein ahnender Genius hatte sich nicht getäuscht. Der Eindruck, den diese ächt griechische Antike in Angelicas zartfühlendem Gemüthe hervorbrachte, war so mächtig, daß sie den Pinsel plötzlich niederlegte, und, mit einem wunderbar konzentrirten Ausdrucke der Stimme, um eine zweyte Vorlesung bat. Das ganze Wesen der stillen, vestalenhaften, in sich gewand-

ten Frau ward, wie durch einen gewaltigen, elektrischen Schlag, erhöht und erschüttert. Thränen füllten ihr Auge. Ihr Schweigen war das Schweigen einer begeisterten Muse. Endlich brach sie, mit schönem Enthusiasmus, in die Worte aus: ,Welche Glut der Empfindung! Welch ein Zauber des Kolorits! Welch eine Tiefe des Kunstsinns! Oh, die Szene, wo der Wanderer das Kind auf den Armen wiegt, und die junge Frau mit der Trinkschale vom Brunnen zurückkommt, will ich versuchen darzustellen! Sie steht so lebendig vor mir da, daß es von meiner Seite nichts weiter bedarf, als einer treuen Kopie.' Schwerlich wurde wol jemals eine Idee mit so glühender Liebe von der gefühlvollen Künstlerin ergriffen als diese."

Herzogin Louise von Dessau erwarb für ihr Lustschloß „Luisium" das sehr gute Gemälde „Amor tröstet Psyche". Lange hatte sie versucht, Angelika zu überreden, ihr das große Selbstbildnis „Angelika zwischen den Himmelstöchtern Tonkunst und Malerei" zu verkaufen. Aber die Künstlerin mochte sich von dem für ihre Entwicklung so wichtigen Bild nicht trennen. Dreihundert Zechinen kostete der „Amor" und Friedrich von Matthisson zeigte sich sehr zufrieden mit dem Neuerwerb seiner Fürstin: *„... und in der Tat ist das vortreffliche Werk diese Summe unter Brüdern wert."* Weniger gefiel ihm das von Angelika gemalte Porträt Herzogin Louises: *„Angelika malte das Bildnis der fürstlichen Freundin von Dessau, mit ihres Kolorits gewohnter Harmonie und Kräftigkeit. Nur haben wir dabei zu bedauern, daß der Hauptpunkt in der Porträtmalerei, die Ähnlichkeit, nicht ganz so von der Künstlerin getroffen wurde. Der erscheint viel zu idealisch und mahnt nur schwach an die charakteristischen Züge des Urbildes. Das nämliche gilt vom lebensgroßen Gemälde der Herzogin Amalia von Weimar, im römischen Hause des dortigen Parks, und auch, nur in geringerem Grade, von den Bildnissen Goethes und Herders, welche der Staffeley gegenüber, dem gemüth Angelika die unvergesslichen Tage zurückrufen, wo die Nähe dieser großen Geister, wie sie selbst sich darüber ausdruckte, höhern Wohlklang in ihr Leben brachte."*

Es wurde ruhiger im Atelier Angelikas, obwohl die

Gefeierte es nicht wahrhaben wollte. Noch ging das Leben seinen gewohnten Gang, Vetter Johann übernahm fast unmerklich immer mehr Aufgaben im Haushalt. Antonio Zucchis Zustand verschlimmerte sich zusehends und gab Anlaß zu ernsthafter Sorge. Die unsicheren Zeiten machten ihn depressiv und verstärkten die körperlichen Leiden. Um Johann zu entlasten, holte Angelika Peter Kauffmann, einen weitläufigen Verwandten aus dem Bregenzerwald, in ihr Haus.

Der am 16. Februar 1764 in Reuthe geborene Peter Kauffmann hatte nach dem Besuch der Dorfschule eine fünfjährige Lehre bei dem Holzbildhauer Gabriel Ignaz Ritter in Gebweiler im Elsaß absolviert. In Paris war der junge Künstler Kurfürst Karl Theodor von Bayern aufgefallen, der ihn nach Mailand schickte, damit er dort die italienischen Künstler studieren könne. Tapfer hatte er versucht, sich dort sein Brot zu verdienen, aber die Zeiten waren für Künstler nicht günstig. In seiner Not wandte er sich an die berühmte „Frau Bas“. Angelika half wie immer uneingeschränkt und praktisch. Sie holte Peter Kauffmann zu sich nach Rom und verschaffte ihm auch gleich einen Platz im Atelier des „Königs im Reiche der Bildhauer“, wie der eng mit ihr befreundete Antonio Canova genannt wurde.

Der 1757 in Possagno geborene Bildhauer war nach dem frühen Tod seines Vaters bei seinem Großvater aufgezogen worden, der als Architekt und Bildhauer arbeitete. Im Haus des Großvaters erlernte er die Anfangsgründe der Kunst und half in der Werkstatt, dabei fiel der begabte Knabe einem venezianischen Senator auf, der ihn mit in die Lagunenstadt nahm. 1773 hatte der Sechzehnjährige bereits eine eigene Werkstatt im Hof des Klosters von San Stefano. Mit der für die venezianische Patrizierfamilie Pisani di S. Polo geschaffene wundervolle Marmorgruppe „Daedalus und Ikarus“ gelang dem Zweiundzwanzigjährigen ein Meisterwerk. Ausgestattet mit einem Stipendium der Signoria zog er 1779 nach Rom. Gavin Hamilton, als Kunsthändler immer auf der Suche nach neuen Künstlern, deren Werke sich verkaufen ließen, entdeckte den jungen Meister und führte ihn in den Kreis um Angelika Kauffmann, den Kupferstecher Giovanni Volpato und Reiffenstein ein.

Seit immer mehr internationale Verbindungen nicht mehr funktionierten, hielt sich in Rom hartnäckig das Gerücht, einzig Angelika Kauffmann und Antonio Canova seien noch in der Lage, ihre Rechnungen zu bezahlen. Wie immer versuchte Angelika, Kummer und Ängste mit vermehrter Arbeit zu betäuben. Im Atelier fehlte die ordnende Hand Zucchis überall, niemand kümmerte sich mehr um ihre bisher mit akribischer Genauigkeit geführten Werklisten. Zucchi, nun fast siebzigjährig, war müde, er träumte seinem Werk nach, das bis auf wenige Skizzen und Kartons vollständig in England geblieben war. Wenig nur hatte er in der Zeit seiner Ehe mit Angelika geschaffen. Besonders die jüngeren unter den Besuchern in Angelikas Atelier ließen an ihrem Mann kein gutes Haar, sie fanden ihn komisch, brummig und ältlich, oft wurde Angelika seinetwegen bedauert. Vielleicht brauchte der noble Venezianer Antonio Zucchi seine oft belächelte Betriebsamkeit in Haus und Atelier, um sich dahinter zu verstecken. Das einzige Porträt, das seine Frau von ihm schuf, fand sich unvollendet in Angelikas Nachlaß. Niemand hat Zucchi je gefragt, was er von den Seelenfreundschaften seiner Frau mit Goethe und Herder hielt, all den Gesprächen, die endlos dauerten und von denen er kein Wort verstand.

Noch immer kamen viele Besucher, stolz berichtete Angelika: „*Es kommen alle Winter sehr viele Fremde nach Rom, aus Engelland, aus Rußland, aus Polen und von verschiedenen Orten in Deutschland. Rom ist der Sitz der schönen Künste und der Künstler. Ob gesagte reisende sind gemeiniglich Liebhaber der Künsten und sehr reich – die an Kunstsachen viel Geld anwenden können. Die mehresten wollen auch von meiner Arbeit etwas haben. Es macht dass ich mit Geschäften sehr überhäuft bin. So-*

lange Gott Gesundheit gibt, ist die Arbeit und der Fleiß meine Freude."

Allen Aufregungen und Sorgen zum Trotz war Angelikas Gesundheit in diesen Jahren zufriedenstellend wie schon lange nicht mehr. Goethes Freund Johann Heinrich Meyer, der noch einmal nach Rom gekommen war, schrieb nach Weimar: *„Die Angelika ist noch immer munter. Sie sieht gesünder, fetter und jünger aus als ehemals und mahlt noch ebenso gut oder besser als zu unserer Zeit."*

Am 26. Dezember 1795 wurde Antonio Zucchi von seinem zuletzt sehr schmerzvollen Leiden erlöst. Angelika trauerte tief und ehrlich. Zucchi hatte alle wirtschaftlichen und häuslichen Probleme von ihr ferngehalten, sie konnte nur ihrer Kunst leben, ohne sich um den Alltag sorgen zu müssen. Nun war er gegangen, wie vor ihm schon Reiffenstein. Eine große Einsamkeit überkam Angelika. Auf Vetter Johann konnte sie sich verlassen, und auch der junge Peter Kauffmann war ein zuverlässiger Freund, aber die künstlerische und geistige Zusammenarbeit, die sie mit ihrem Mann verbunden hatte, war nun zu Ende gegangen.

Um Antonio Zucchi trauerte seine aus Venedig angereiste Familie und die vielen Freunde des Ehepaares Zucchi. Bestattet wurde er in der Kirche S. Andrea delle Fratte, die untröstliche Witwe ließ ihm auf seinen Grabstein folgende Worte meißeln:

„Angelika Kauffmann
Zu Tränen und Traurigkeit verurteilt,
errichtete dies Grabmal
ihrem unendlich süßen, unendlich liebevollen Gatten
entgegen ihrem Versprechen."

Nun war Angelika allein zurückgeblieben in dem großen Haus am Pincio mit seinen vielen geräumigen Zimmern und dem liebevoll gehegten Gärtchen, in dem Goethes Pinie schon zu einem stattlichen Baum herangewachsen war. Zu ihrer liebsten Gesellschafterin wurde Friederike Brun, eine Schwester Friedrich Münters, die sich für einige Jahre in Rom aufhielt. Friederike hat die mit Angelika geführten Gespräche sorgfältig in ihrem „Tagebuch über Rom" festgehalten. In der stillen Zeit des Trauerjahres 1796 fand Angelika viel Muße, sich an die Tage ihrer Kindheit und Jugend zu erinnern. Friederike Brun notierte: *„Ich erwärmte mich an Leib und Seele bei Angelika. Wir brachten einige Stunden im traulichen Geschwätze zu. Sie erzählte mir aus ihren Kinder- und Jugend-Zeiten, könnte ich die mit eigenen Worten so naif und lieblich wiedererzählen!"*

„... Die guten Eltern verstanden den Wink der Natur; und Angelika zeichnete früh, unter der väterlichen Aufsicht. Einst nahm der Vater sie mit nach Mayland. – Noch glänzten ihre Augen wie vom Wiederschein des Morgenroths, das damals in ihrer jungen Seele entzündet ward, als sie nun eine heilge Familie von Raphael, und die Coena von Lionardo erblickte. Zitternd, glühend in Tränen, stand sie vor dem Gemälde, die verworrenen Bilder ihrer Phantasie hatten Leben, und die Wünsche ihrer Brust ein Ziel erhalten! Oftmals kehrte sie auf ihren vielen Reisen über die Alpen für Wochen und Monate ins väterliche Thal zurück, und gern würde sie dort ihr Leben beschließen, wäre das Clima weniger rauh: ‚denn die Menschen leben da unschuldig wie die Kinder!' setzte sie hinzu, mir die Sitten des einfaltvollen Bergvolkes und die mahlerischen Trachten derselben beschreibend, mit lieblich herzigem Ton! Traurig war sie, erfahren zu haben, daß nun ein Fahrweg nach Schwarzenberg gehe, statt des engen Fußpfades: ‚Wenn mir nur nicht Unschuld und Treue nun auch geschwind zum Land hinausfahren!' – seufzte sie herzlich."

Kapitel 15
Vermächtnis einer Malerfürstin

Bisher hatte Rom das Donnergrollen des Krieges nur von Ferne erlebt. Aber die in der Stadt herrschende Unruhe und die Unzufriedenheit der Menschen waren überall zu spüren, nachts kam es vereinzelt zu Übergriffen von Randalierern und zu kleineren Straßengefechten. Nachdem die Regierung des revolutionären Frankreich beschlossen hatte, gleichzeitig in Deutschland und Italien einzufallen, gelang es dem jungen General Napoleon Bonaparte, die österreichischen Truppen in einem triumphalen Blitzkrieg aus Italien zu vertreiben und zur Ewigen Stadt vorzurücken.

Die Franzosen besetzten die Engelsburg und zwangen Papst Pius VI., auf den größten Teil des Kirchenstaates zu verzichten und außerdem 46 Millionen Scudi als Entschädigung an den Bezwinger zu zahlen. Die französischen Besatzer raubten und plünderten alles, was nicht niet- und nagelfest war. Sie schlugen die Fresken aus den Wänden, und wenn sie dabei zerbrachen, ließen sie die Trümmer liegen und versuchten ihr Glück bei dem nächsten Meisterwerk. Eine schnell gebildete Kunstkommission sorgte dafür, daß auch wirklich nur die allerbesten Stücke mitgenommen wurden. Pius VI. flehte seine Peiniger an, ihn wenigstens in Rom sterben zu lassen, aber der französische General beschied ihm kalt: *„Sterben können Sie überall“* und schleppte den Greis mit sich fort. Die Paläste der kunstsinnigen Kardinäle wurden ausgeraubt. Die schönsten und berühmtesten Kunstwerke der Villa Albani, einst von Alessandro Albani und seinem Sekretär Winckelmann mit liebevoller Sorgfalt in vielen Jahren zusammengetragen, wurden nach Paris verschleppt. Angelika brach es fast das Herz, als sie davon hörte. Auch der große Obelisk, einst der ganze Stolz seines Besitzers, stand nun in der französischen Hauptstadt.

In den Straßen Roms wurde gekämpft, niemand war seines Lebens sicher. Im päpstlichen Sommerpalast auf dem Monte Cavallo hatten sich die fünf Konsuln der neugegründeten Republik häuslich niedergelassen. Der in Rom lebende Altertumsforscher Zoëga schilderte die Schreckenszeit in vielen Briefen: *„Nicht ohne Grausen denke ich zurück an die Lagen und Szenen, die vorfielen. Zu morden und zu plündern waren verdienstliche Handlungen, und die von den Priestern erhitzte Wut des Pöbels ging soweit, daß sie tote Körper ausgruben und in der Stadt herumschleppten. Ich hielt mich beständig zu Hause.*

Die Theater waren leer, viele Familien im tiefsten Elend, zu nächtlichem, verschleierten Betteln gezwungen, während am Tage Arme auf den Straßen vor Hunger umkamen.

Gutes Brot aus Privathäusern kam bis auf einen Bajocco die Unze. Ich hatte zufälligerweise einen geringen Vorrat an Mehl, woraus wir uns Kuchen gebacken; auch traf ich einen Dänen, der bei einem Offizier in Diensten war und Gelegenheit hatte, mir ein Kommißbrot zu mäßigem Preis zu verschaffen."

Auch in den Briefen, die Vetter Johann an seine Familie im Bregenzerwald schrieb, spiegeln sich die Schrecknisse der Zeit. Besonders mißfiel ihm, der bei dem sparsamen Antonio Zucchi in die Lehre gegangen war, daß so viel schönes Geld verlorenging, denn *„die Einkünfte der Frau Bas, sowohl die hiesigen als die von Engeland, wird ihr alles in Papiergeld bezahlt."* Dabei brauchte Vetter Johann, selbst bei äußerster Sparsamkeit, mindestens 60 Scudi monatlich, um den Haushalt aufrecht zu erhalten.

Angelika verstand die Welt nicht mehr, die aus den Fugen geraten war. Mit einem Mal war das in England angelegte Kapital wertlos geworden, Korrespondenzen mit England waren kaum mehr möglich, der Zahlungsverkehr wurde eingestellt. Aber auch die römischen Banken gaben kein Geld, sondern nur noch Bankzettel aus. Ein Vorgang, den Angelika nicht verstand und dem sie hilflos ausgeliefert war. Die wertlosen Scheine gab es zu Hauf, sie hatten keinerlei Kaufkraft und trieben die Preise in die Höhe.

Verschreckt hatte sich Angelika in ihrer früher so offenen und gastfreundlichen Residenz auf dem Pincio verschanzt. Wegen der vielen Fremden auf Trinità dei Monti wurde besonders viel französisches Militär in die Straßen auf dem Pincio verlegt, viele Häuser und Villen bekamen Einquartierungen. Davor hatte Angelika besondere Angst. Aber der französische General Epinasse machte ihr ehrerbietig seine Aufwartung, um ihr mitzuteilen, *daß es die Achtung vor einer so seltenen und verdienstvollen Frau gebiete, ihr Haus für immer von jeglicher Einquartierung frei zu lassen.* So hatte sie wenigstens die Gewißheit, daß sie ungestört bleiben würde, mochte es draußen auf den Straßen auch von Gewehrsalven und Kanonendonner widerhallen.

Aber die wilden Herren der Revolution in Rom betrugen sich ganz manierlich, wenn sie an den dienstfreien Abenden bei der nun schon fast sechzigjährigen Künstlerin zu angenehmem Geplauder über Kunst zusammentrafen. Angelika malte sie alle. Die Generäle Epinasse, La Barras und Le Thierre saßen zahm wie die Lämmer im Atelier der – wie immer – in ein feinweißes Musselinkleid gehüllten Künstlerin und ließen sich porträtieren. Der Zauber Angelikas wirkte immer noch, und es scheint, daß ihre so oft beschriebene Zartheit auch bei den Militärs ihre Wirkung nicht verfehlte.

Der Frankfurter Dichter und Kunstsammler J. I. Gerning, der Angelika vor einigen Jahren das Gedicht „Auf den Tod der Königin Marie Antoinette" gewidmet hatte, besuchte sie in Rom und schrieb: *„Ihre Wohnung, die zaubrisch von selbst sich zu öffnen scheint, ist ein Musentempel mit Statuen, Büsten und herrlichen Bildern, worunter eine schöne Grablegung von Daniel Volterra sich befindet, von welchem wenig Hauptwerke bekannt sind. Aber vor allem erscheinen Angelikas eigene Zauberbilder in ihrer schöpferischen Werkstatt."*

Auch der Bregenzerwald erlebte schwere Zeiten, die

Briefe der Verwandten zeigten es der Künstlerin überdeutlich. Wie gerne hätte sie eine Zeitlang in Schwarzenberg gelebt, aber sie verwarf den Gedanken daran immer wieder.

Antonio Canova suchte Trost bei Angelika, denn er war unsterblich in Giovanni Volpatos schöne Tochter Domenica verliebt, die aber trotz seiner Werbung die Frau Raffael Morghens wurde.

Ein immer noch gern gesehener Gast in der Residenz auf dem Pincio war der Direktor der portugiesischen Kunstakademie, Giovanni Gherardo Rossi, Angelikas späterer Biograph. Die Künstlerin unterhielt sich gern mit dem vor Witz und Ironie sprühenden Mann, der es genoß, daß die deutschen Dichter, die ihm so lange die Schau gestohlen hatten, nun nicht mehr um Angelika sein konnten. Jetzt konzentrierte er sich ganz auf den Umgang mit der vertrauten Freundin und versuchte ihre Beweggründe und Lebensumstände für die Nachwelt festzuhalten:

„Seit langer Zeit war Angelika mit dem Gedanken vertraut, ihrem geliebten Vaterlande ein Andencken von sich zu hinterlassen, und im Jahr 1800 legte sie Hand an das Werk, ein für den Altar der Hauptkirche ihrer Heimath bestimmtes Gemälde zu verfertigen. Dieses Werk unterbrach sie indeß wieder, um eine heilige Jungfrau mit dem Kinde und zwey Engeln für den Marquis Taccone von Neapel zu malen; bald nahm sie aber jene erste Arbeit wieder vor, und betrieb sie mit allem Eifer. Sie wählte zum Stoffe Maria in himmlischer Glorie, von der heyligsten Dreyfaltigkeit gekrönt . . . Noch ehe sie wirklich Hand anlegte, brachte sie geraume Zeit mit vorläufigem reifen Studium zu; und von der Größe der Schwierigkeit durchdrungen, das Antlitz des ewigen Vaters würdig auszudrücken, hätte sie gewünscht, es möchte ihr wie dem griechischen Maler erlaubt sein, jenes Haupt, dem sie den gebührenden Ausdruck zu geben nicht zu hoffen wagte, mit einem Schleier bedecken zu dürfen. Während diese Arbeit sie beschäftigte, finde ich, daß sie eigenhändig die folgenden Worte irgenwo niederschrieb: ‚nun will ich es nimmermehr versuchen, Dinge darstellen zu wollen, welche allzu sehr die menschliche Einbildungskraft

übersteigen, und solche Unternehmungen solange aussetzen, bis ich im Himmel sein werde, wenn man je im Himmel auch malt.' Nichts desto weniger führte sie die Arbeit mit allem Studium und Eifer zu Ende."

Nur wenige Besucher fanden sich jetzt in Angelikas Atelier ein, unter ihnen waren erstaunlich viele Engländer. In dieser Zeit entstand das großartige Porträt der Cornelia Knight, einer jungen Dichterin, die auch malte und zusammen mit ihrer Mutter Italien bereiste.

Besondere Freude hatte Angelika an Captain Robert Dalrymple, einem jungen englischen Offizier, den Londoner Freunde Angelikas mit einem Empfehlungsschreiben ausgestattet hatten. Dalrymple betete die Künstlerin geradezu an, die ihn wie einen Sohn in ihrem Haus aufgenommen hatte. Sie begann ihn zu porträtieren. Dalrymple schrieb darüber: *„Sie wähnte, daß die Ähnlichkeit sehr groß werde. Sie ist eine liebenswürdige Frau, und je mehr man mit ihr zusammen ist, um so mehr schätzt man sie. Wir sprechen immer Italienisch zusammen, das ich nun ganz gut verstehe. Wenn ich ihr zum Porträt sitze, wünscht sie, daß ich immer spreche und über Gegenstände, die mich am meisten interessieren. Dadurch glaubt sie, werde der Ausdruck viel beseelter, und sie könne viel schneller weiterarbeiten."*

Aber die Aufregungen der letzten Monate und die damit zusammenhängende Zukunftsangst, der Angelika noch nie in ihrem Leben so sehr ausgesetzt war wie gerade jetzt, hatten die gesundheitliche Widerstandskraft der Künstlerin gebrochen. Sie erkrankte ernstlich, die schon oft beschriebenen „Beängstigungen auf der Brust" nahmen in einem Maße zu, daß die Freunde um ihr Leben zu fürchten begannen. Die Ärzte verordneten einen Klimawechsel, möglichst in der wohltuenden Luft Oberitaliens.

Ende Juni 1802 reiste Angelika, begleitet von Vetter Johann, in den Norden Italiens. Sie verbrachte einige Tage in Florenz und Bologna, dann fuhr sie über Mailand an den Comer See. Überall wurden Erinnerungen an ihre Jugendjahre wach, begegnete sie Menschen und Bildern, die für sie und ihre Entwicklung wichtig gewesen waren. In Como wollte Angelika den August verbringen, während Vetter Johann über den Splügen-Paß nach Chur und von dort in den Bregenzerwald reiste. Er wollte in Schwarzenberg nicht nur die Verwandten besuchen, sondern auch Angelikas Altarbild übergeben.

In der Ruhe von Como erwachte die Erinnerung an die mit den Eltern hier verbrachte Zeit. Ein halbes Jahrhundert war es jetzt schon her, seit sie den alten Bischof Nevroni gemalt hatte. Hier in Como hatte sie sich einst in den jungen Mann verliebt, der sie gezwungen hatte, sich zwischen Malerei und Musik zu entscheiden. Wie anders wohl ihr Leben verlaufen wäre, wenn sie sich für die Musik entschieden hätte? Ob Gott Amor, den sie damals so pfiffig hintergangen hatte, sich noch immer rächen wollte?

Energisch verbannte die Künstlerin die müßigen Gedanken. Sie hätte auch kaum mehr Zeit für sie gehabt, denn die Nachricht von ihrem Aufenthalt in Como hatte sich wie ein Lauffeuer herumgesprochen. Jeder der Künstler und Mitglieder der Gesellschaft, die im schönen Como den Sommer verbrachten, lud die berühmte Malerin zu sich ein. Der Physiker Alessandro Volta machte Angelika mit Gianbattista Giovo, einem Freund Voltaires bekannt. Der bedeutende Naturwissenschaftler und Professor der Universität Pavia war ein begeisterter Waffensammler und hatte die größte vollständige Sammlung der Feuerwaffen seit Erfindung des Schießpulvers zusammengetragen. Beeindruckt schrieb die betroffene Angelika an den Freund Canova in Rom: *„Man sieht, wie schrittweise sich der Menschenverstand vervollkommnet hat in der Kunst, das Menschengeschlecht zu vernichten.“*

Angelika schrieb viel in diesen Wochen, die heißen Tage verbrachte sie im Haus, während die schönen und kühlen Abende für Besuche und Bootsfahrten mit Fackelbeleuchtung auf dem See genutzt wurden. Als Vetter Johann aus der Heimat zurückkam, hatte sich Angelika gut erholt, zufrieden und ausgeruht machte sie sich zusammen mit Johann auf die Heimreise.

Giovanni Gherardo Rossi schrieb: „*Von Como aus nahm Angelika ihren Weg nach Venedig, wo ihr gutes Herz die lieben Verwandten ihres verstorbenen Mannes wieder zu sehen wünschte; . . . Besonders innige Freundschaft fühlte sie für ihren ehrwürdigen Schwager Joseph Karl Zucchi, welchem sie über dieß die sorgfältige Sammlung von Denkwürdigkeiten über ihr Leben und über ihre Werke verdankte. Nach einem zwölftägigen Aufenthalte in Venedig ging sie über Padua und Bologna nach Florenz zurück . . . Darauf reisete sie über Arezzo und Cortona und Perugia . . .*"

In Rom traf Angelika am 30. Oktober ein, begeistert begrüßt von ihren Freunden. Rossi hatte ein langes Huldigungsgedicht auf „Die Heilung der Malerin Angelika Kauffmann als Folge ihres Aufenthaltes am Comer See" verfaßt, bei einem heiteren Fest im Hause der Wiedergenesenen wurde es vorgetragen. Gut erholt, aber immer noch schonungsbedürftig erschien sie den besorgten Freunden. Angelika versuchte, ihre altgewohnte Tageseinteilung wiederaufzunehmen. Jetzt konnte sie endlich auch einmal das malen, wozu sie Lust hatte. Immer öfter legte sie den Pinsel wie unbeabsichtigt aus der Hand und lauschte den Erzählungen der Freunde. Madame de Staël gehörte zu den Besuchern dieser Jahre. Angelika porträtierte sie. Aber die Müdigkeit, die sie seit ihrer Krankheit befallen hatte, wich auch jetzt nicht. Freundschaftlich begrüßte die Künstlerin Friederike Brun, die wieder in Rom eingetroffen war.

Mit stiller Freude nahm sie die Begeisterung, mit der ihr Gemälde „Die Krönung Mariens" in Schwarzenberg aufgenommen worden war, zur Kenntnis. Rossi berichtet darüber: „*Diese Tage waren vielleicht die glücklichsten ihres Lebens, da mehrere Dinge zusammentrafen, ihr Freude und Vergnügen zu machen; unter diesen war gewiß nicht das Geringste ein Brief aus ihrem Vaterlande mit der Nachricht, daß das heilige Bild, welches sie dahin gesandt hatte, mit größtem Beyfalle und Dank aufgenommen worden war. Die Ausstellung dieses Gemähldes hatte in der Tat zu einem großen Feste Veranlassung gegeben;*

denn da es, ohne darauf berechnet zu sein, am Ende des Septembers eintraf, und am Feste des hl. Michael eben ein Sohn des Landammanns des Ortes Primitz halten sollte; so rief schon diese heilige Handlung viele Leute von den benachbarten Ortschaften herbey, und als man erfuhr, daß am nähmlichen Tage Angelika's Gemählde öffentlich aufgestellt werden sollte; so war die Bewegung so allgemein, und so groß die Freude der ganzen Gegend umher, daß jedermann zum voraus einsah, die Kirche würde bey einem solchen Zusammenflusse von Menschen lange nicht geräumig genug seyn, alle Andächtigen und Neugierigen zu fassen. Die geistlichen Vorsteher verordneten daher, daß man auf dem Platze vor dem Tempel einen Altar errichten sollte, auf welchem das Bild aufgestellt wurde; der Kanzelredner, welcher die Primitzpredigt hielt, ermahnte das Volk, ja nicht zu vergessen, für ihre gute Landsmännin zum Allerhöchsten zu bitten, und machte im Auftrage des Prälaten bekannt, daß auch der Diener des Altares in dem hl. Meßopfer das nähmliche Gebet für sie verrichten würde. Nun brach das gutmüthige Volk in die zärtlichsten Ausrufungen und Segenswünsche aus, welche verdoppelt wurden, als beym Untergange der Sonne das hl. Bild in Prozession in die Kirche gebracht und auf dem Hochaltare aufgestellt wurde.“

Lebhaften Anteil nahm Angelika noch immer an Veränderungen und Entwicklungen im Bereich der Kunst. Für Antonio Canova entwarf sie Skizzen für seine Reliefs, der Einfluß ihrer Bilder auf sein Werk ist unverkennbar. Oft ließ sie sich in sein Atelier fahren und unterhielt sich mit seinen Schülern, begutachtete ihre Arbeiten und gab Ratschläge. Angelika war eine der ersten, die von den überragenden Fähigkeiten des jungen Dänen Berthel Thorwaldsen überzeugt war und die ihn, nachdem sie seine ersten Werke gesehen hatte, für einen der großen Meister des neunzehnten Jahrhunderts hielt. Mit Vergnügen saß die große alte Dame dem gerade erst in Rom angekommenen Schüler Canovas, Christian Daniel Rauch, für eine Marmorbüste Modell. Zart und zerbrechlich war Angelika zur „Muse von Rom“ geworden, eine Institution, an der so leicht keiner vorbeikam.

In Angelikas Studio tauchte immer öfter ein junger Mann auf, der von der Schönheit der Kunst geradezu besessen war: Kurprinz Ludwig von Bayern. Der eigenwillige junge Prinz bereiste Italien in Begleitung seines Erziehers Kirschbaum, mit dem er in einer Art Dauerstreit lebte. Antonio Canova hatte den Bayern bei Angelika eingeführt. Ludwig war begeistert von der Malerin, deren Gemälde ihn schon in München fasziniert hatten. Zwei Bilder malte Angelika von dem schönen Bayernprinzen, ein kleineres Brustbild und eine ganze Figur im Ornat des Ordens vom hl. Hubertus. Bei den langen Gesprächen, die Angelika mit dem eindrucksfähigen Prinzen führte, überzeugte sie ihn, daß nur eine Sammlung der besten Gemälde Kunstsinn und Kunstverständnis der Menschen schulen könne. Mit ihrer Begeisterung und ihrem Charme zog sie Ludwig ganz in den Bann der bildenden Kunst. Der Prinz begann, all sein verfügbares Geld in den Ankauf von Kunstwerken zu investieren. Als er keines mehr hatte, lieh er sich zum Entsetzen seines Erziehers vom bayerischen Gesandten beim päpstlichen Stuhl zusätzliche 5000 Gulden, um sie in Bilder zu investieren. Kirschbaum schrieb an den kurfürstlichen Vater: *„Prinz Ludwig hat nachgefragt, welche italienischen Meister der Galerie in München fehlen und spricht davon, Gemälde zu kaufen, als hätte er hunderttausend Gulden zur Verfügung . . .“*

Doch auch die Vorhaltungen des Vaters konnten den Sohn nicht von seinem Vorsatz abbringen: *„Das schönste Kaufbare in Rom zu erwerben ist mein Wille!“* Die Begeisterung für die klassischen Meisterwerke war in der Residenz einer alten Malerin auf dem Pincio entflammt, und bei Angelika begann auch die große Liebe Ludwigs zur Villa Malta. In dem Haus, das vor Jahren das römische Quartier Herzogin Anna Amalias von Sachsen-Weimar gewesen war, wohnte jetzt der preußische Gesandte Wilhelm von Humboldt mit seiner Familie. Wie damals die alten, verband auch die neuen Nachbarn eine herzliche Freundschaft. Ludwig lernte das Haus durch Besuche mit Angelika kennen. Später als König sollte er es erwerben und viele schöne Stunden dort verleben.

Leider konnte Angelika ihre Freundschaft mit dem bayerischen Kurprinzen nicht dazu nutzen, dem „Vatterland“ zu helfen. Im Frieden von Preßburg waren Vorarlberg und Tirol Bayern zugesprochen worden. Die alten Freiheiten, die im Bregenzerwald Jahrhunderte gegolten hatten, waren außer Kraft gesetzt worden. Es gab keinen selbständigen Landammann mehr, und das alte Rathaus auf der Bezegg war abgerissen worden, um dem Volk keine Möglichkeit zu geben, den alten Zeiten nachzutrauern. Nur die vier steinernen Grundsäulen standen noch, wie Angelika voller Trauer gehört hatte. Um dem Land zu helfen, wandte sich Angelika an den bayerischen Generalkommissar Balthasar von Merz in Bregenz, den sie noch von seiner Tätigkeit in London her kannte. Aber alles Bitten war vergebens, Angelika erhielt freundliche Schreiben, die nichts an den Auflagen für die Bevölkerung änderten.

Mutlos und traurig hörte Angelika von der drückenden Not in Schwarzenberg. All dies erschütterte ihre Gesundheit immer mehr. Sommeraufenthalte in Castel Gandolfo, in Tivoli und Albano hatten in den vergangenen Jahren die schweren Brustkrämpfe immer wieder gelindert, im Herbst des Jahres 1807 waren alle Mittel vergebens. Hustenanfälle schüttelten die Malerin, die in schmerzfreien Stunden immer noch versuchte, den vertrauten Platz im Atelier einzunehmen. Fast täglich kam Antonio Canova, um sich nach der Gesundheit der Freundin zu erkundigen. Angelika bat die Freunde, abwechselnd in ihrem Haus zu übernachten. Sie, die ein Leben lang Gäste gehabt hatte, empfand das Alleinsein als quälend. Auch als Patientin blieb sie bescheiden und freundlich. Sie duldete nicht, daß ihr alter Pfarrer, dessen laute Stimme ihr körperliche Schmerzen verursachte, darauf aufmerksam gemacht wurde. Lieber ertrug sie die Qual, als daß sie den gütigen Pfarrer gekränkt hätte.

In Mailand hatte ihr der Vater zu ihrem zwanzigsten

Geburtstag Gellerts „Geistliche Lieder“ geschenkt, es war seitdem eines ihrer Lieblingsbücher geblieben. Am Nachmittag des 5. November bat sie Vetter Johann, ihr daraus die Ode für die Kranken vorzulesen. Bei seinem Wunsch, die Bitte der Kranken so schnell wie möglich zu erfüllen, verwechselte Johann die Lieder und begann mit der „Betrachtung des Todes“. Fast unmerklich schüttelte Angelika den Kopf und flüsterte die Seitenzahl, auf der das gewünschte Lied zu finden war. Johann begann neu:

„Ich hab' in guten Stunden
des Lebens Glück empfunden
Und Freuden ohne Zahl:
So will ich denn gelassen . . .“

Erschrocken ließ Johann das Buch sinken. Ohne sichtbaren Todeskampf war Angelika Kauffmann, so bescheiden wie sie immer gelebt hatte, dahingegangen, *„wo man vielleicht auch malte.“*

Ihr Testament begann mit den stolzen Worten: *„Ich Maria Anna, Angelica Kauffmann von Schwarzenberg im Bregenzerwald, Constanzer Kirchensprengel (aus Zufall in Chur in Graubünden geboren), Wittwe des abgelebten Anton Zucchi gottselig Angedenkens, nachdem ich reiflich überleget, daß nichts gewißers als der Tod aber auch ebenso ungewiß die Stunde sei, und nachdem ich mich soeben in allen Empfindungen gesund befinde, so habe ich mich entschlossen schriftlich mein letztes Testament zu machen, und über all mein Vermögen zu verfügen, wie ich auch verfüge, wie folgt.“*

Angelika hatte bestimmt, daß sie in der Pfarrkirche San Andrea delle Fratte neben Antonio Zucchi beigesetzt werden wollte. Die Trauer der Freunde und der römischen Künstler um Angelika war unbeschreiblich. In Canovas Atelier arbeitete der Architekt Uggieri einen Trauerzug für die Hochverehrte aus, selten nur war ein Künstler selbst im prachtliebenden Rom prunkvoller zu Grabe getragen worden.

Als sich der Trauerzug am 7. November, einem Samstag, von Angelikas Residenz in der Via Sistina auf dem

Pincio in Bewegung setzte, schritten dem Sarg voran sämtliche in Rom anwesenden Mitglieder der Akademie von San Luca, fast einhundert Priester begleiteten den Sarg, der nach der Einsegnung durch einige Kardinäle im Haus von Zöglingen der Bruderschaften im Zuge getragen wurde. Die Enden des Bahrtuches hielten die vier Präsidenten der in Rom ansässigen Kunstakademien: Canova, de Rossi, Le Thierry und Pacetti. Zwei Gemälde aus dem Nachlaß der Verstorbenen wurden zusammen mit ihren Malwerkzeugen hinter dem Sarg getragen. Auf einem Samtkissen ruhte die Hand Angelikas, die Canova in Marmor gearbeitet hatte und die hinter den Bildern im Zug mitgeführt wurde. Erst danach kam ein schier endloser Zug von Trauergästen, der sich hinunter in die Kirche San Andrea delle Fratte bewegte. Wie beim Tode von Angehörigen des hohen Adels war die gesamte Kirche mit schwarzem Samt ausgeschlagen. Im Schein unzähliger Kerzen wurde Angelika neben ihrem Mann Antonio Zucchi zur letzten Ruhe gebettet.

In London hielt Benjamin West der Mitbegründerin der Royal Academy, deren Präsident er seit dem Tode Joshua Reynolds war, eine viel beachtete Trauerrede. Auch andere Akademien in den Hauptstädten Europas gedachten der gefeierten Künstlerin.

Dem Maler und Radierer Johann Christian Reinhart gelang es, die bewundernde Verehrung, die so viele Menschen in ganz Europa einer trotz aller Erfolge bescheiden gebliebenen Künstlerin entgegenbrachten, in Worte zu fassen:

„Alles Persönliche ist mit dem Aufhören ihrer Individualität von jetzt an verschwunden. Was sie geworden, verdankt sie ihrem Talent und ihrem eigenen unermüdlichen Fleiß allein. In dieser Hinsicht hat sie alles auf Erden erreicht, was ihr Freunde zum Glück ihres Lebens nur wünschen konnten."

Literaturverzeichnis

– Auszug –

Angelika Kauffmann und ihre Zeitgenossen, herausgegeben von Oscar Sandner. Ausstellungskatalog, Bregenz 1968

Anonymer Verfasser: Angelika Kauffmann, 2 Bände, Leipzig 1860

Bab, Julius: Kränze dem Mimen, Emsdetten, 1954

Baur, Samuel: Allgemeines historisch-biographisch-literarisches Handwörterbuch aller merkwürdigen Personen, die in dem ersten Jahrzehnt des 19. Jahrhunderts gestorben sind. Band 1, Ulm 1816

Biographisches Lexikon des Kaiserthums Österreich, Teil 11: Dr. Constant von Wurzbach: Angelica Kauffmann

Blumenthal, Liselotte: Ein Notizheft Goethes von 1788. Schriften der Goethe-Gesellschaft, Band 58, Weimar 1965

Bode, Wilhelm: Amalie, Herzogin von Weimar. Ein Lebensabend im Künstlerkreise, Berlin 1909

Bornhak, F.: Anna Amalia, Herzogin von Sachsen-Weimar-Eisenach. Die Begründerin der klassischen Zeit Weimars, Berlin 1892

Brieger, Lothar: Das Pastell. Seine Geschichte und seine Meister, Berlin, ohne Jahr

Christoffel, Ulrich: Anton Raffael Mengs, Basel 1918

Engels, Eduard: Angelika Kauffmann, Leipzig 1903

Feulner, A.: Skulptur und Malerei des 18. Jahrhunderts in Deutschland. Handbuch der Kunstwissenschaft, Potsdam 1929

Flexner, James Thomas: Die ersten Künstler der neuen Welt, Berlin 1947

Gaede, Christian: David Garrick als Shakespeare-Darsteller, 1904

Garber, J.: Über die Angelika-Fresken in Schwarzenberg, Februar-Ausgabe der „Alemannia“, 1930

Goethe, Johann Wolfgang von: Briefe

Goethe, Johann Wolfgang von: Italienische Reise

Goethe in Italien. Eine Ausstellung des Goethemuseums Düsseldorf, Katalog, Mainz 1986

Goethes Sammlungen zur Kunst, Literatur und Naturwissenschaft: Corpus der Goethezeichnungen, Band IV B: Nachitalienische Zeichnungen 1788–1829, Leipzig 1968
Goethe, Johann Wolfgang von: Winckelmann und sein Jahrhundert in Briefen und Aufsätzen, Leipzig 1969
Graevenitz, G. von: Deutsche in Rom. Studien und Skizzen aus elf Jahrhunderten, Leipzig 1902
Guhl, Ernst: Die Frauen in der Kunstgeschichte, Berlin 1858

Harnack, Otto: Deutsches Kunstleben in Rom im Zeitalter der Klassik, Weimar 1896
dto.: Zur Nachgeschichte der Italienischen Reise, Weimar 1890
Helbok, Claudia: Miss Angel. Angelika Kauffmann. Eine Biographie, Wien 1968
dto.: Peter Kauffmann in: Jahrbuch des Vorarlberger Landmuseums, Bregenz 1954
dto.: Shakespeare-Themen im Oeuvre-Katalog von Angelika Kauffmann. Jahrbuch 1964 des Vorarlberger Landesmuseumsvereins
dto.: Zwei Werke von Angelika Kauffmann, in: Mitteilungen der Österreichischen Galerie, VII, 1963
Johann Gottfried Herders Briefwechsel mit seiner Gattin. Hrsg. von Heinrich Düntzer und Ferdinand Gottfried Herder, Hildesheim/New York, 1977 (O-Ausgabe J. Richersche Buchhandlung, Gießen 1859)
Heuschele, O.: Herzogin Anna Amalia, die Begründerin des weimarischen Musenhofes, München 1947
Hugelshofer, W.: Angelika Kauffmann und Goethe in Rom, in: Pantheon XX, 1962

Justi, Karl: Winckelmann und seine Zeitgenossen, 4. Auflage, 1956

Kaegi, Werner: Jacob Burckhardt. Eine Biographie, Basel 1947
Kauffmann, A.: Ungedruckte Briefe der . . ., mitgeteilt von Dr. Wilhelm Wolf. Veröffentlichungen des Vereins für christliche Kunst und Wissenschaft in Vorarlberg, X. Heft, Dornbirn 1921
Kauffmann, A.: Testament der . . ., mitgeteilt in: Zeitschrift für Bildende Kunst, Band 24
Kotzebue, August von: Erinnerungen von einer Reise aus Liefland nach Rom und Neapel, Berlin 1808

Kretschmayr, Heinrich: Geschichte von Venedig in drei Bänden, Neudruck 1964
Landsberger, F.: Wilhelm Tischbein, Leipzig 1908
Lieb, Norbert und Dieth, Franz: Die Vorarlberger Barockbaumeister, Zürich 1960
Liebmann, Michael: Gemälde der Angelika Kauffmann im Staatlichen Puschkin-Museum der bildenden Künste in Moskau, Jahrbuch 1963 des Vorarlberger Landesmuseumsvereins
Lohse, B.: Jakob Philipp Hackert, Phil. Dissertation, Frankfurt 1936
Mayer, D. M.: Angelika Kauffmann. 1741–1807, London 1972
Müller-Wulckow: Goethe in Rom mit den Augen Wilhelm Tischbeins gesehen. SA aus „Der Türmer“, Heft 6, 1932
Münter, Friedrich: Aus dem Tagebuch Friedrich Münters, Band 1–4, Kopenhagen/Leipzig 1937
Noack, Friedrich: Deutsches Leben in Rom, 1700 bis 1900, Stuttgart und Berlin 1907
Obermeier, S.: Die Muse von Rom. Angelika Kauffmann und ihre Zeit, 1987
Osborn, Max: Joshua Reynolds, Bielefeld/Leipzig 1908
Passow-Kernen, Hilde: Angelika Kauffmann, Zürich 1942
Pieth, Friedrich: Ungedruckte Briefe der Malerin Angelika Kauffmann an Karl Ulysses von Salis-Marschlins, in: Davoser Blätter, Nr. 47, 1908
Recke, Elise von der: Tagebuch einer Reise durch einen Teil Deutschlands und durch Italien in den Jahren 1804 bis 1806, Berlin 1815
Rossi, Giovanni Gherardo de: Vite de Angelica Kauffmann, Florenz 1810/Bregenz 1814. Übersetzt und erläutert von Alois Weinhart, Wien 1866
Schram, Wilhelm: Die Malerin Angelika Kauffmann, Brünn 1890
Senn-Schnitzer: Eine unerwartete Begegnung mit Angelika Kauffmann, in: Bündner Monatsblatt, Nr. 1, 1952
Seuffer, Bernhard: Der Herzogin Anna Amalia Reise nach Italien, in: Preußische Jahrbücher, Band 65, 1890
Smidt-Dörrenberg, Irmgard: Angelika Kauffmann. Goethes Freundin in Rom, in: Kunst ins Volk, Wien 1949

Sternberg, Alexander von: Berühmte deutsche Frauen des 18. Jahrhunderts: Angelika Kauffmann, Band 1, Leipzig 1848
Thieß, Frank (Hg.): Hauptmann, Gerhart: Winckelmann. Das Verhängnis, Gütersloh 1965
Thurnher, Eugen: Angelika Kauffmann und die deutsche Dichtung. Vorarlberger Schrifttum, Band 10, Bregenz 1966
Tischbein, Wilhelm: Aus meinem Leben, Prophyläen, Berlin 1922
Trentini, Albert: Goethe. Der Roman von seiner Erweckung, München 1926
Vigée-Lebrun, M. L. E.: Die Erinnerungen der Malerin Vigée-Lebrun, Weimar 1912
Winckelmann, Johann Joachim: Briefe. Hrsg. von Walter Rehm, Berlin 1953–1957
Ziegler, K.: Orpheus in Renaissance und Neuzeit, in: Kunstgeschichtliche Studien. Festschrift für Otto Schmidt, Stuttgart 1951

Alle Biographien Angelika Kauffmanns lassen sich zurückführen auf die ausführlichen handschriftlichen Notizen ihres Schwagers Giuseppe Zucchi in Venedig. Ab 1782 begann Zucchi, systematisch Nachrichten über seine Schwägerin zu sammeln.

Zeittafel

1707 Johann Joseph Kauffmann, Angelikas Vater, in Schwarzenberg im Bregenzerwald geboren.

1716 19. Februar: David Garrick, bedeutender Shakespeare-Darsteller, in Lichfield geboren. Garrick heiratet später die Wiener Tänzerin Eva Maria Violetti.
Angelikas Garrick-Porträt gilt als ihr Eintrittsbillett in die englische Gesellschaft.

1717 Cleophea Lutz, Angelikas Mutter, als Tochter des Bartholomäus Lutz und der Hebamme Judith, geb. de Canobbia, in Chur geboren.
9. Dezember: Johann Joachim Winckelmann wird in Stendal als Sohn eines Schusters geboren.

1719 22. Mai: Johann Friedrich Reiffenstein in Ragnit geboren. Maler, Kunstfreund und Altertumsforscher, berühmtester Cicerone Roms. Er führt neben vielen anderen Gotthold Ephraim Lessing, den Herzog von Sachsen-Teschen und dessen Frau, Erzherzogin Christine, die Grafen Stolberg und Großfürst Paul von Rußland samt Gemahlin. Wohnte von 1767 bis an sein Lebensende im Erdgeschoß des Palazzo Zuccari, Via Gregoriana 30, Angelika Kauffmann direkt gegenüber.

1723 16. Juli: Joshua Reynolds in Plympton, Devonshire geboren. Er gilt als einer der wichtigsten englischen Maler des 18. Jahrhunders. 1768 wird er zum ersten Präsidenten der neugegründeten Royal Academy in London berufen.

1726 1. Mai: Antonio Zucchi in Venedig als Sohn des Malers Francesco Zucchi geboren.

1728 12. März: Anton Raphael Mengs, deutscher Maler, in Aussig geboren.

1734 10. März: Joseph Kauffmann, Angelikas Halbbruder aus der ersten Ehe ihres Vaters mit Maria Sybilla Lohrin, in Herrenalb geboren.
Jakob Philipp Hackert, deutscher Landschaftsmaler, in Prenzlau geboren.

1739 Johann Joseph Kauffmann erhält ein in Chur ausgestelltes Dekret, das ihn als fürstbischöflichen Hofmaler ausweist.
Anna Amalia, spätere Herzogin von Sachsen-Weimar, wird in Braunschweig geboren.

1740 6. November: Cleophea Lutz heiratet in Chur Johann Josepf Kauffmann und tritt zum katholischen Glauben über.
Maria Theresia wird Königin von Ungarn und Erzherzogin von Österreich.
Friedrich II. wird König von Preußen.

1741 30. Oktober: Anna Maria Angelika Katharina Kauffmann wird in Chur geboren.

1744 Cleophea Kauffmann wird in Schwarzenberg im Bregenzerwald in die „Rosenkranzbruderschaft" aufgenommen.
25. August: Johann Gottfried Herder geboren. Romaufenthalt von 1788 bis 1789. Enge Freundschaft mit Angelika Kauffmann.

1749 28. August: Johann Wolfgang von Goethe in Frankfurt am Main geboren.
Pompeo Batoni vollendet sein Hauptwerk „Büßende Magdalena".

1751 15. Februar: Johann Heinrich Wilhelm Tischbein, deutscher Maler und Freund Goethes, geboren.

1752 Johann Joseph Kauffmann trifft seinen 18jährigen Sohn in Rorschach und nimmt ihn mit nach Italien. Als „Vetter Joseph" wird er in die Familie aufgenommen.

1753 In Morbegno/Veltlin malt Angelika ihr erstes Selbstporträt.

1754 Aufenthalt in Como.

1755 Johann Joachim Winckelmanns „Gedanken über die Nachahmung der griechischen Werke in der Malerei und Bildhauerkunst" erscheint.
Marie Elisabeth Louise Vigée-Lebrun geboren.

1757 1. März: Angelikas Mutter Cleophea stirbt in Mailand.
Gründung der „Akademie der Bildenden Künste" in Mannheim.
Angelika reist mit ihrem Vater in dessen Heimat Schwarzenberg. Johann Joseph Kauffmann übernimmt die Ausmalung der abgebrannten und wiederaufgebau-

ten Kirche in seinem Heimatort. Seine Tochter Angelika malt die Fresken der Apostelköpfe nach Stichen von Piazzetta.
Antonio Canova geboren.
Gellerts „Geistliche Oden und Lieder“ erscheinen, ein Buch, das Angelika sehr liebt und schätzt und bis zu ihrem Tode in Besitz hat.

1758 Angelika und ihr Vater erfüllen zahlreiche Aufträge am Bodensee, so für den Bishof von Konstanz auf der Meersburg und für die Montforter Grafen auf Schloß Tettnang.

1760 Reise das Tal der Adda hinunter nach Mailand. Anschließend längere Studienaufenthalte in Modena, Parma und Florenz.
Georg III. folgt seinem Vater auf dem englischen Thron.
Gründung der Kunstakademie an der Hohen Karlsschule in Stuttgart.

1761 Anton Raphael Mengs vollendet den „Parnaß“ in der Villa Albani in Rom.

1762 9. Juni: Angelika trifft in Florenz ein. Auf Empfehlung des Grafen Firmian wird Angelika ein Sonderraum in den Uffizien zum Kopieren alter Meister angewiesen.
5. Oktober: Angelika Kauffmann erhält das Diplom der Akademie Bologna.
10. Oktober: Angelika erhält das Diplom der Großherzoglichen Akademie von Florenz.
Anton Raphael Mengs' „Gedanken über die Schönheit und den Geschmack in der Malerei“ erscheint.
Mengs malt J. J. Winckelmann.

1763 Januar: Angelika Kauffmann und ihr Vater treffen in Rom ein.
Juli: Reise nach Neapel.
August: Ankunft in Neapel, Besuch der Inseln Capri und Ischia. Arbeit in der Capodimonte-Galerie.

1764 12. April: Rückkehr nach Rom.
Peter Kauffmann, der spätere Bildhauer, wird in Reuthe bei Bezau im Bregenzerwald geboren.
Winckelmanns „Geschichte der Kunst im Altertum“ erscheint.
Friedrich II. von Preußen erwirbt die Gemmensamm-

lung des Barons von Stosch, die Winckelmann zuvor in Florenz archiviert hatte.
Angelika Kauffmann vollendet das große Porträt Johann Joachim Winckelmanns.

1765 5. Mai: Angelika wird Mitglied der Akademie S. Luca in Rom.
Joseph II., Sohn Maria Theresias, wird Deutscher Kaiser (bis 1790).
1. Juli: Abreise nach Venedig.
Oktober: Angelika trifft in Venedig ein.

1766 22. Juni: Angelika trifft mit Lady Wentworth, der Frau des englischen Gesandten in Venedig, in London ein.

1767 Angelika eröffnet ein Studio in London. Erste große Erfolge.
20. November: Angelika Kauffmann heiratet in der St. James Church in Piccadilly den vermeintlichen schwedischen Grafen Horn.

1768 10. Februar: Scheidung der heimlichen Ehe mit dem vermeintlichen Grafen Horn.
8. Juni: Johann Joachim Winckelmann wird in Triest ermordet.
Jahresende: Angelika ist unter den Gründungsmitgliedern der Royal Academy of Arts in London.

1769 Klopstocks „Hermanns Schlacht" erscheint.

1770 James Cook landet an der Ostküste Australiens.
Zum ersten Mal erscheinen in Deutschland mehr als 15 000 neue Buchtitel im Jahr.

1771 Sommer: Angelika reist nach Irland.
J. C. Füßlis „Raisonnierendes Verzeichnis der vornehmsten Kupferstecher" erscheint.
Seit 1769 malt Geßner „Landschaften mit mythologischen Figuren".
Bodmer: „Konradin von Schwaben".
Klopstock: „Oden".

1772 Angelika kehrt nach London zurück, um es bis 1781 nicht mehr zu verlassen.
Große Erfolge, besonders nachdem ihre Werke durch Kupferstiche eine weite Verbreitung gefunden haben.
Die ersten Absolventen der Kunstakademie Wien gehen als Stipendiaten nach Rom.

1773 Johann Gottfried Herders „Von deutscher Art und Leben" erscheint.
Die ersten Gesänge von Klopstocks „Messias", an dem er bereits seit 1748 arbeitet, erscheinen.

1774 Gründung der Weimarer Kunstakademie.
Angelika Kauffmann malt die „Verlassene Ariadne".

1775 17. Februar: Judith Lutz geb. Canobbia, Angelikas Großmutter, stirbt in Chur.
Beginn des nordamerikanischen Unabhängigkeitskrieges gegen England (bis 1783).

1779 Herder: „Plastik der Deutschen" und „Vom Erkennen und Empfinden der menschlichen Seele".
29. Juni: Anton Raphael Mengs stirbt in Rom.

1780 Tod der Kaiserin Maria Theresia.

1781 Toleranzedikt Josephs II. und Klosteraufhebungen in Österreich, Abschaffung von Leibeigenschaft und Folter, auch Nichtkatholiken wird die Einwanderung nach Österreich gestattet.
17. Juli: Angelika Kauffmann wird mit Antonio Zucchi in der Kapelle der kaiserlichen Botschaft in London nach katholischem Ritus getraut.
19. Juli: Angelika Kauffmann verläßt mit ihrem Mann Antonio Zucchi und ihrem Vater London.
Frühherbst: Zweiter und letzter Aufenthalt mit Vater und Ehemann in Schwarzenberg.
4. Oktober: Angelika trifft mit Antonio Zucchi und ihrem Vater in Venedig bei den Verwandten ihres Mannes ein. Sie wird in die Akademie, deren Präsident Giandomenico Tiepolo ist, aufgenommen.
Wilhelm Tischbein malt Bodmer.
Joshua Reynolds' „Akademische Reden über das Studium der Malerei" erscheinen erstmals in deutscher Sprache.

1782 11. Januar: Johann Joseph Kauffmann stirbt in Venedig.
April: Angelika und Antonio Zucchi treffen in Rom ein.
Mai: Reise nach Neapel. Sommeraufenthalt in Neapel. Die Königin von Neapel beauftragt Angelika, ein großes Gemälde der gesamten königlichen Familie zu malen.
6. November: Angelika und Antonio Zucchi kehren nach Rom zurück.

Im Pantheon in Rom wird eine kolossale Winckelmann-Büste aufgestellt.
Philipp Hackert wird Hofmaler in Neapel.

1783 Einrichtung des Hauses auf Trinità dei Monti in Rom.

1784 24. März: Abreise nach Neapel.
Spätherbst: Rückkehr nach Rom.
Herders: „Ideen zur Philosophie der Geschichte der Menschheit".
W. Tischbein malt „Konradin von Schwaben im Gefängnis".
Dezember: Kaiser Joseph II. besucht Angelika Kauffmann in ihrem Atelier.

1785 20. Juli: Letzte Reise nach Neapel.
November: Rückkehr nach Rom.

1786 September: Goethe tritt seine Reise nach Italien an.
Ende Oktober: Goethe trifft in Rom ein.

1787 J. H. W. Tischbein malt sein bekanntestes Bild „Goethe auf Ruinen in der Campagna".
22. Februar: Goethe bricht nach Neapel auf.
Pompeo Batoni, einer der letzten Vertreter des römischen Hochbarock, stirbt.

1789 J. H. W. Tischbein wird Direktor der Kunstakademie in Neapel.

1790 Lepold II. wird Deutscher Kaiser (bis 1792) und hebt die meisten Reformen seines Vorgängers Joseph II. wieder auf.
Goethes „Faust" (Fragment) erscheint.

1791 Forsters „Ansichten vom Niederrhein" erscheint.

1792 23. Februar: Sir Joshua Reynolds in London gestorben. Sein Nachfolger als Präsident der Royal Academy wird Angelika Kaufmanns Jugendfreund Benjamin West.
In Frankreich wird das Königtum abgeschafft.
Der Nationalkonvent erklärt Frankreich zur Republik.
Sturm auf die Tuilerien.
Franz II. wird Deutscher Kaiser (bis 1806), danach bis 1835 österreichischer Kaiser.
Canova: Grabmonument für Clemens XIII.

1793 Gottfried Schadows Quadriga auf dem Brandenburger Tor in Berlin entsteht.

Herders „Briefe zur Beförderung der Humanität" erscheinen in zehn Teilen bis 1797.
6. Oktober: Hofrat Johann Friedrich Reiffenstein stirbt, für Angelika ein Verlust, „der mir sehr zu Herzen gehet!"
Beginn der Freundschaft Goethe – Schiller.

1795 26. Dezember: Antonio Zucchi stirbt.

1796 Französischer Italienfeldzug unter General Napoleon Bonaparte.
Goethes „Wilhelm Meisters Lehrjahre" erscheinen.

1798 Franzosenherrschaft in Rom.

1799 Napoleon Bonaparte wird erster Konsul.

1801 Friede zu Lunéville zwischen Österreich und Frankreich.
Frankreich erringt die Vorherrschaft in Italien.

1802 Januar: Angelika erkrankt schwer. In Begleitung ihres Vetters Johann Kauffmann reist sie an den Comer See.
Johann Kauffmann bringt das von Angelika gemalte Hochaltarbild „Die Krönung Mariens" nach Schwarzenberg.
September: Kurzer Aufenthalt in Venedig.
Oktober: Rückkehr nach Rom.

1803 18. Dezember: Johann Gottfried Herder stirbt in Weimar.

1804 Napoleon wird Kaiser der Franzosen (bis 1814).
Einführung des Code civil, auch im linksrheinischen Deutschland.
Pestalozzi gründet eine Erziehungs- und Lehrerbildungsanstalt in Yverdon/Schweiz.
Carstens Künstlernachlaß in Weimar ausgestellt und von Herzog Karl August aufgekauft.

1805 Goethes „Winckelmann und sein Jahrhundert" erscheint.
Angelika empfängt Kronprinz Ludwig von Bayern und porträtiert ihn zweimal. Die angestrebte eigenhändige Übergabe der beiden Bilder in München scheitert an ihrem schlechten Gesundheitszustand. Angelika genießt Anerkennung und Verehrung, die ihr als „der Muse von Rom" zuteil werden.

1806 Französischer Sieg über Preußen bei Jena und Auerstedt.
Ende des „Heiligen Römischen Reiches Deutscher Nation".
Napoleon verhängt Kontinentalsperre.

Schwere finanzielle Einbußen für Angelika, deren Gelder auch in England angelegt sind.
Gründung des Rheinbundes unter dem Protektorat Napoleons.
Bayern und Württemberg werden Königreiche.
Der Bregenzerwald wird Bayern zugeschlagen, die Bauern leiden schwer unter der Härte der Bayern. Angelika setzt sich bei Kronprinz Ludwig erfolglos für die Bevölkerung des Bregenzerwaldes ein.

1807 5. November: Angelika Kauffmann stirbt in Rom.
Von der französischen Regierung angeordnete große Kunstausstellung auf dem Kapitol in Rom.
Kronprinz Ludwig von Bayern beschließt den Bau der Walhalla.
Jakob Philipp Hackert stirbt in Florenz.
Anna Amalia, Herzogin von Sachsen-Weimar, stirbt in Weimar.

Personenregister

Adam, Robert
geb. 1728 Kirkcaldy
gest. 1792 London
Architekt. Bereiste mit seinen Brüdern, ebenfalls Architekten, Italien und Dalmatien, wurde 1762 zum Architekten Georgs III. ernannt, trat 1768 von diesem Posten zurück, als er in das Parlament gewählt wurde. Seine bedeutendsten Bauwerke sind: Die Reddleston Hall bei Derby, das Register House, die Universität und die St. Georgs Kirche in Edinburgh. Zusammen mit seinen Brüdern gab er das Werk „The works in architecture" heraus, an dem auch Antonio Zucchi mitarbeitete.

Albani, Alessandro
geb. 1692 Rom
gest. 1779 Rom
Kardinal, Neffe Papst Clemens' XI. Begründete, unterstützt von Winckelmann, Mengs, Zoega und anderen, die Kunstsammlungen der Villa Albani, die durch Winckelmann eine der Ausgangsstätten für das Verständnis der antiken Plastik wurde.

Anna Amalia, Herzogin von Sachsen-Weimar-Eisenach, geb. Prinzessin von Braunschweig-Wolfenbüttel
geb. 24. 10. 1739
gest. 10. 4. 1807
Seit 1756 verheiratet mit Herzog Ernst August Konstantin II., verwitwet 1758; übernahm 1759 selbst die Regierung für ihren minderjährigen Sohn Karl August, den späteren Herzog von Weimar; Italienreise vom September 1788 bis Mai 1790, Freundschaft mit Angelika Kauffmann.

Brun, Friederike, geb. Münter
geb. 3. 6. 1765 Gräfentama/Thüringen
gest. 25. 3. 1835 Kopenhagen
Tochter des dänischen Superintendenten Münter, heiratete 1783 den Kaufmann und Etatsrat Brun; Verehrerin Klopstocks, Lyrikerin und Reiseschriftstellerin. Herbst 1895 Reise nach

Rom, wo sie mehrere Jahre bleibt, enger Kontakt mit Angelika Kauffmann.

Bury, Friedrich
geb. 13. 3. 1763 Hanau
gest. 18. 5. 1823 Aachen
Kunstmaler, reiste 1782 nach Italien und blieb bis 1799 in Rom, dort enger Kontakt mit seinem Lehrer Tischbein; nach seiner Ankunft in Rom war Goethe sein Hausgenosse.

Canova, Antonio
geb. 1. 11 1757 Possagno/Provinz Treviso
gest. 13. 10. 1822 Venedig
Bildhauer, lebte seit 1779 ständig in Rom. Mit Angelika bis zu ihrem Tod befreundet, arbeiteten die beiden zusammen. Angelikas Einfluß ist besonders in den Amor- und Psyche-Gruppen Canovas sichtbar. Zu Canovas bedeutendsten Werken zählen das Frühwerk „Daedalus und Ikarus“, das Grabmal für Papst Clemens XIII. in der Peterskirche, das Grabmal für Erzherzogin Maria Christina in der Augustinerkirche in Wien, Amor- und Psyche-Gruppen im Pariser Louvre.

Einsiedel, Friedrich Hildebrand von
geb. 1751
gest. 1828
Seit 1770 in weimarischen Diensten; als Kammerherr begleitete er die Herzogin Anna Amalia nach Italien. Sein Hauptinteresse galt der Musik.

Ernst II., Herzog zu Sachsen-Gotha
geb. 30. 1. 1745
gest. 1804
Regierte von 1772 bis 1804, enge Freundschaft mit Goethe. Als Förderer der Bildenden Künste setzte er auf Goethes Wunsch den Malern Johann Heinrich Wilhelm Tischbein und Friedrich Müller Stipendien aus.

Ferdinand IV., König von Neapel
geb. 1751 Neapel
gest. 1825 Neapel
Wurde im Alter von acht Jahren König von Neapel, Minister Tanucci regierte für das Kind, dessen Erziehung vernachlässigt wurde. Verheiratet mit der energischen Maria Carolina, Tochter Maria Theresias, geriet das Land zunehmend unter den Einfluß Österreichs. Das Volk gab ihm den Spottnamen „König der Tagediebe".

Füßli, Hans Heinrich
geb. 9. 12. 1745 Zürich
gest. 27. 12. 1832 Zürich
Sohn des Malers Johann Rudolf Füßli; setzte 1806 bis 1821 das von seinem Vater begründete „Allgemeine Künstlerlexikon" fort. Ratsherr in Zürich, Redakteur der „Zürcher Zeitung"; beteiligt am Verlag Orell, Geßner, Füßli & Co, Reisen nach Rom; Bekanntschaft mit Bodmer, Rousseau, Winckelmann, Matthisson und Angelika Kauffmann.

Füßli, Johann Heinrich
geb. 1741 Zürich
gest. 1825
Vorgänger der Surrealisten. Lavater schrieb über ihn an Herder: „Sein Blick ist Blitz, sein Wort Wetter." Sein Bild „Der Nachtmahr" gilt als richtungsweisend.

Füßli, Johann Rudolf
geb. 5. 9. 1709 Zürich
gest. 12. 9. 1793 Zürich
Kunsthistoriker, Miniaturenmaler, Herausgeber des „Allgemeinen Künstlerlexikons" (1763, mit drei Nachträgen bis 1777; Neubearbeitung durch seinen Sohn Heinrich Füßli 1806 bis 1821).

Georg III., König von England
geb. 1738 London – König ab 1760
gest. 1820 London
Erster in Großbritannien geborener König des Hauses Hannover, zog sich aus dem Schlesischen Krieg zurück. Verheiratet

mit Charlotte von Mecklenburg, die ihm 15 Kinder schenkte, führte er ein glückliches Familienleben. Er liebte die Künste und förderte Künstler zusammen mit seiner Frau, die eine Freundin Angelikas war.

Geßner, Conrad
geb. 2. 10. 1764 Zürich
gest. 8. 5. 1826 Zürich
Sohn Salomon Geßners; Maler, Radierer, Lithograph; 1787 bis 1789 Reise nach Rom und Neapel, Besuch bei Angelika Kauffmann, intensiver Briefwechsel mit dem Vater.

Geßner, Salomon
geb. 1. 4. 1730 Zürich
gest. 2. 3. 1788 Zürich
Landschaftsmaler und Radierer; als Dichter ein Meister der Prosa-Idylle; Vater Conrad Geßners.

Göchhausen, Louise von
geb. im Februar 1752 Eisenach
gest. 7. 9. 1807 Weimar
Hofdame Herzogin Anna Amalias; gehörte zu deren Rom-Begleitung, Kontakte zu Goethe und Wieland.

Goethe, Johann Wolfgang von
geb. 28. 8. 1749 Frankfurt am Main
gest. 22. 3. 1832 Weimar
Am 24. 7. 1786 reiste Goethe von Weimar nach Karlsbad; von dort brach er am 3. 9. 1786 völlig überraschend zu seiner Italienreise auf, die ihn über Innsbruck, Bozen, Trient, Verona, Vicenza, Padua, Venedig, Ferrara, Bologna, Florenz, Perugia nach Rom führte; Ankunft dort 29. 10. 1786; wohnte zunächst als Maler Philipp Möller bei Tischbein; eifriger Verkehr mit Hirt, Bury, Schütz, Heinrich Meyer, Verschaffeldt, Reiffenstein und Angelika Kauffmann. Am 25. 2. 1787 Ankunft in Neapel; 29. 3. bis 4. 5. 1787 Reise nach Sizilien; dann Aufenthalt in Neapel bis zum 5. 6. 1787. Vom 7. 6. 1787 bis 22. 4. 1788 hielt er sich wieder in Rom auf; Oktober 1787 Besuch in Frascati, Albano und Castel Gandolfo. Am 23. 4. 1788 verließ Goethe

Rom und reiste über Florenz, Mailand, Como, Chiavenna nach Weimar zurück, wo er am 18. 6. 1788 eintraf.

Herder, Caroline, geb. Flachsland
geb. 28. 1. 1750 Reichenwein im Elsaß
gest. 15. 9. 1809 Weimar
Heiratete 1773 Johann Gottfried Herder.

Herder, Johann Gottfried
geb. 25. 8. 1744 Mohrungen/Ostpreußen
gest. 18. 12. 1803 Weimar
Reise in Gesellschaft des Grafen Dalberg im August 1788 von Weimar über Bamberg, Nürnberg, Augsburg, Innsbruck, Bozen, Verona, Ancona, Terni nach Italien. Ankunft in Rom am 19. September 1788. Dort schloß er sich eng an die Gesellschaft der Herzogin Anna Amalia an, die einen Monat später in Rom eintraf; Januar bis Mitte Februar 1789 Aufenthalt in Neapel; Rückreise nach Weimar am 13. Mai 1789 über Pisa, Florenz, Padua, Bologna, Venedig, Parma, Mailand. Intensiver Briefwechsel mit seiner Frau.

Hirt, Aloys
geb. 27. 6. 1759 Bella bei Donaueschingen
gest. 29. 6. 1837 Berlin
Lebte von 1782 bis 1796 als Altertumsforscher in Rom; Mitglied der Berliner Akademie seit 1796, Professor in Berlin.

Hone, Nathaniel
geb. 24. 4. 1718 Dublin
gest. 14. 8. 1784 London
Englischer Miniaturenmaler und Porträtist, Mitglied der Royal Academy. Scharfer Gegner Sir Joshua Reynolds.

Joseph II., Kaiser des Heiligen Römischen Reiches Deutscher Nation
geb. 1741 Wien – deutscher Kaiser 1765–1790
gest. 1790 Wien
Seine hochfliegenden Reformpläne konnte er nicht verwirklichen. Bestellte bei Angelika zwei Bilder, die heute verschollen sind.

Karl August, Herzog von Weimar
geb. 3. 9. 1757 Weimar
gest. 28. 6. 1828 Gradnitz bei Torgau
Regierender Herzog von Sachsen-Weimar-Eisenach, Sohn der Herzogin Anna Amalia und des Herzogs Ernst August Konstantin.

Klopstock, Friedrich Gottlieb
geb. 2. 7. 1724 Quedlinburg
gest. 14. 3. 1803 Hamburg
Verfasser des „Messias", seit dem Frühjahr 1769 stand er mit Angelika Kauffmann in Briefkontakt.

Leopold, Großherzog von Toskana
geb. 1747 Wien – deutscher Kaiser von 1790–1792
gest. 1792 Wien
Als Großherzog von Toskana bestellte Leopold Angelikas Selbstporträt für seine Galerie berühmter Künstler in den Uffizien.

Lips, Johann Heinrich
geb. 29. 4. 1758 Zürich
gest. 5. 5. 1817 Zürich
Zeichner und Kupferstecher; kopierte eine Reihe Bilder von Angelika Kauffmann, darunter die Egmont-Illustrationen im 5. Band der Göschen-Ausgaben von Goethes Werken.

Louise Henriette Wilhelmine,
Herzogin von Anhalt-Dessau,
geb. Prinzessin von Brandenburg-Schwedt
geb. 1750
gest. 1811
In der Begleitung von Friedrich Matthisson unternahm sie 1795 eine Reise nach Italien, enger Kontakt mit Angelika Kauffmann, mit der sie schon aus London bekannt war. In Rom entstand ihr von Angelika Kauffmann gemaltes Porträt, das später im „Luisium" bei Dessau aufgehängt wurde.

Matthisson, Friedrich von
geb. 13. 1. 1761 Hohendodeleben bei Magdeburg
gest. 12. 3. 1831 Wörlitz bei Anhalt
Lyriker, Reiseschriftsteller, Lehrer in Dessau. 1795 begleitet er die Fürstin Louise von Anhalt-Dessau nach Italien, Bekanntschaft mit Angelika Kauffmann, die er in vielen seiner Reiseberichte erwähnt.

Mengs, Anton Raphael
geb. 22. 3. 1728 Aussig (Böhmen)
gest. 29. 6. 1779 Rom
Galt zu seinen Lebzeiten als einer der bedeutendsten Maler Europas. Hofmaler in Sachsen, in Spanien, Freund Winckelmanns, dessen Ideen von der klassischen Kunst er in Bilder umsetzte. Sein Bild „Der Parnaß" beeinflußte Angelika tief.

Meyer, Johann Heinrich
geb. 16. 3. 1759 Zürich
gest. 11. 10. 1832 Jena
Kunsthistoriker, seit 1784 in Italien. Goethes Ratgeber und Vertrauter in Kunstangelegenheiten während der ersten Italien-Reise, später auf Goethes Wunsch Professor an der Zeichenschule in Weimar. Einer der vertrautesten Freunde Goethes, den er nur um wenige Monate überlebte.

Moritz, Karl Philipp
geb. 1757
gest. 1793
Bekannter Romanschriftsteller, Autor des Entwicklungsromans „Anton Reiser", begegnete Goethe in Rom und fand im Zusammentreffen mit ihm sein seelisches Gleichgewicht. Ab 1789 Professor in Berlin.

Reiffenstein, Johann Friedrich
geb. 22. 5. 1719 Ragnit in Ostpreußen
gest. 6. 10. 1793 Rom
Altertumsforscher, Mitschüler Angelika Kauffmanns an der Akademie in Florenz, lebte seit 1762 in Rom als Ratgeber reicher Reisender und Vermittler von Aufträgen Auswärtiger an römische Künstler, enger Freund des Ehepaares Zucchi-Kauff-

mann. Vor allem jüngere Künstler waren ihm oft nicht wohlgesonnen, weil er peinlich genau auf der Erfüllung übernommener Verpflichtungen bestand.

Reynolds, Joshua
geb. 1732 Plympton/Devonshire
gest. 1792 London
Maler, bedeutendster Porträtist Englands seiner Zeit, erster Präsident der von ihm 1768 mitbegründeten Royal Academy, eng mit Angelika befreundet, 1784 Hofmaler Georgs III. Schuf mehr als 2000 Porträts.

Schütz, Johann Georg
geb. 1755 Frankfurt am Main
gest. 1815
Studierte von 1784 bis 1790 in Rom, später in Frankfurt künstlerisch tätig, machte sich vor allem als Landschaftsmaler und Porträtist, seltener als Maler historischer Bilder einen Namen.

Stein, Charlotte von, geb. Schardt
geb. 25. 12. 1742 Weimar
gest. 6. 1. 1827 Weimar
Vor seiner Italienreise engste Vertraute Goethes, Hofdame der Herzogin Anna Amalia.

Stolberg-Stolberg, Friedrich Leopold Graf zu
geb. 7. 11. 1750 Schloß Barmstedt in Holstein
gest. 5. 12. 1819 Schloß Sondermühlen bei Osnabrück
1791 bis 1793 Reise durch Deutschland, die Schweiz und Italien, vom Dezember 1791 bis Oktober 1792 Aufenthalt in Rom; dort Bekanntschaft mit Angelika Kauffmann.

Stolberg, Sophie Gräfin zu, geb. von Redern
geb. 4. 11. 1765
gest. 1842
Seit 1790 die zweite Frau des Grafen Friedrich Leopold zu Stolberg, begleitete ihn auf seiner Reise durch Deutschland, die Schweiz und Italien.

Stosch, Philipp Baron von
geb. 22. 3. 1691 Küstrin
gest. 7. 11. 1757 Florenz
Kunstkenner und Sammler. Seine umfangreiche Gemmen-Sammlung wurde nach seinem Tod von Winckelmann geordnet.

Sturz, Helferich Peter
geb. 16. 2. 1736 Darmstadt
gest. 12. 11. 1779 Bremen
Seit 1763 Minister des Auswärtigen in Kopenhagen; gehörte dem Kreis um Klopstock an; begleitete im Jahre 1768 als Legationsrat den dänischen König Christian VII. nach England und Frankreich; Bekanntschaft mit Angelika Kauffmann.

Tischbein, Johann Heinrich Wilhelm
geb. 1751 Hayna
gest. 1829 Eutin
Sproß einer weitverzweigten Familie von Malern, wurde bei zweien seiner Onkel in Kassel und Hamburg ausgebildet. Studienreise durch Flandern und Holland, ab 1782 mit einem von Goethe vermittelten Stipendium des Herzogs von Sachsen-Gotha in Rom. Von 1790 bis 1799 Direktor der Kunstakademie von Neapel. Nach Deutschland zurückgekehrt, ließ er sich in Eutin nieder.

Verschaffeldt, Maximilian von
geb. 1754 Mannheim
gest. 1818 Wien
In Rom ansässiger Maler und Architekt, malte hauptsächlich architektonische Ansichten, unterrichtete Goethe in Perspektive, nach 1793 München und Wien.

West, Benjamin
geb. 10. 10. 1738 Springfield Township (Pennsylvania)
gest. 11. 3. 1820 London
Erster amerikanischer Maler, der die handwerkliche Porträtmalerei zugunsten einer von den europäischen Akademien gelehrten Geschichtsmalerei aufgab. Lernte Angelika in Florenz kennen und traf sie in London wieder. Lieblingsmaler Georgs

III. von England. Zweiter Präsident der Royal Academy nach Reynolds Tod.

Winckelmann, Johann Joachim
geb. 9. 12. 1717 Stendal
gest. 8. 6. 1768 Triest
Seit 1754 in Rom, Bibliothekar und Kustos der Antikengalerie des Kardinals Albani, 1764 malte die 23jährige Angelika Kauffmann den Gelehrten, das Bild wurde von Reiffenstein geätzt.

Verzeichnis der Abbildungen

Angelika Kauffmann:
Bildnis des Vaters (1768)
Tiroler Landesmuseum Ferdinandeum, Innsbruck

Die Kirche von Schwarzenberg im Bregenzerwald

Angelika Kauffmann:
Studienkopf Hl. Joachim, undatiert
Vorarlberger Landesmuseum, Bregenz

Angelika Kauffmann:
Königin von Neapel, Karolin Marie, um 1782,
Vorarlberger Landesmuseum, Bregenz

Angelika Kauffmann:
Johann Joachim Winckelmann, 1764
Kunsthaus Zürich, Zürich

Selbstbildnis der Angelika Kauffmann (1762/63)
Tiroler Landesmuseum Ferdinandeum, Innsbruck

Angelika Kauffmann:
Cupid's revenge, undatiert
Vorarlberger Landesmuseum, Bregenz

Antonio Zucchi, um 1781
Privatbesitz

Angelika Kauffmann:
Skizze zum Familienbildnis Bariatinsky, um 1791
Vorarlberger Landesmuseum, Bregenz

Eveline Hasler im dtv

»Eveline Haslers Figuren sind so prall voll Leben, so anschaulich und differenziert gezeichnet, als handle es sich samt und sonders um gute Bekannte.«

Klara Obermüller

Anna Göldin
Letzte Hexe
Roman · dtv 10457
Die erschütternde Geschichte des letzten Hexenprozesses in Europa im Jahre 1782.

Ibicaba
Das Paradies in den Köpfen
Roman · dtv 10891
Hunger und Elend führen im 19. Jahrhundert in der Schweiz zu einer riesigen Auswanderungswelle ins »gelobte Land« Brasilien. Doch das vermeintliche Paradies entpuppt sich für die meisten als finstere Hölle.

Der Riese im Baum
Roman · dtv 11555
Die Geschichte Melchior Thuts (1736–1784), des *größten* Schweizers aller Zeiten.

Die Wachsflügelfrau
Roman · dtv 12087
Das Leben der Emily Kempin-Spyri, der ersten Juristin im deutschsprachigen Raum, und ihr einzigartiger Aufstieg als Kämpferin für die Frauenrechte in der Schweiz und in New York.

Der Zeitreisende
Die Visionen des Henry Dunant
Roman · dtv 12556
Er widmete sein Leben der Überwindung von Gewalt und Krieg: der Begründer des Roten Kreuzes.

Der Jubiläums-Apfel und andere Notizen vom Tage
dtv 12557
Glossen aus Eveline Haslers Schriftstellerwerkstatt in der italienischen Schweiz.

Novemberinsel
Erzählung
dtv großdruck 25138
Eine junge Frau zieht sich mit ihrem jüngsten Kind im November auf eine Mittelmeerinsel zurück in der Hoffnung, aus einer psychischen Krise herauszufinden.

Historische Romane im dtv

Elizabeth Marshall Thomas
Die Frau des Jägers
Roman · dtv 12004
»Ein Roman aus der Steinzeit von seltener Tiefe und Schönheit.« (New York Times Book Review)

Robert von Ranke Graves
Ich, Claudius, Kaiser und Gott
Roman · dtv 1300
Augustus, Livia, Caligula, Nero: eine Chronique scandaleuse, in der die ganze dekadente Welt des römischen Imperiums lebendig wird.

Marguerite Yourcenar
Ich zähmte die Wölfin
Die Erinnerungen des Kaisers Hadrian
dtv 12476
Ein historischer Roman von außergewöhnlicher Feinheit und melancholischer Schönheit. Marguerite Yourcenar zeichnet mit ihrem Hadrian einen nachdenklichen, leidenschaftlichen und tatkräftigen Mann, den man am Ende des Buches betrauert wie einen Freund.

Halldór Laxness
Die glücklichen Krieger
Roman · dtv 12184
Island vor tausend Jahren. Zwei junge Männer haben einen Traum: Heldentum. Sie folgen macht- und raubgierigen Eroberern in ihre Schlachten: nach England, Frankreich, Norwegen …

Frans G. Bengtsson
Die Abenteuer des Röde Orm
Roman · dtv 20055
Orm, Mutters Jüngster, verzärtelt und hypochondrisch, wird von plündernden Nachbarwikingern verschleppt. Doch das Schiff, auf dem die Nordmänner zu ihrem alljährlichen Raubzug gen Spanien fahren, kapern die Mauren …

Diana Norman
Die Piratenkönigin
Roman · dtv 20115
Irland im 16. Jahrhundert. Inmitten von politischen Intrigen, Freiheitskampf und Krieg erlebt Barbary die Schönheit und Tragik Irlands – und ihre große Liebe.

Historische Romane im dtv

Rosemarie Marschner
Der Sohn der Italienerin
Roman um Prinz Eugen
dtv 12160
»Prinz Eugen, der edle Ritter...«
Rosemarie Marschner erzählt das Schicksal eines der berühmtesten Helden der Neuzeit auf spannende und psychologisch raffinierte Weise.

Jochen Klepper
Der Vater
Roman eines Königs
dtv 11478
Die »äußere und innere Geschichte« Friedrich Wilhelms I. von Preußen – viel mehr als nur ein historischer Roman.

Robert Neumann
Der Favorit der Königin
Roman · dtv 12209
Ein faszinierendes und tragisches Kapitel der dänischen Geschichte, in dessen Mittelpunkt der einfache Arzt Friedrich Struensee steht, der im 18. Jahrhundert zum heimlichen Regenten und »Favoriten der Königin« aufsteigt.

Eveline Hasler
Anna Göldin. Letzte Hexe
Roman · dtv 10457
1780. Die schöne, eigenwillige Dienstmagd Anna Göldin wird des Kindsmords und der Zauberei angeklagt. Die Geschichte des letzten Hexenprozesses in Europa.

Jean Giono
Der Husar auf dem Dach
Roman · dtv 12072
1838. Die Cholera wütet in der Provence. Aber Angelo, der flüchtige italienische Husar mit dem Engelsgesicht, bleibt guter Dinge. Immer zu mutigen Taten bereit, begegnet er – mitten in all den Schrecken – der Liebe.

Wolf von Niebelschütz
Der Blaue Kammerherr
Roman · dtv 12600
Das Inselreich Myrrha im Jahr 1732. König Alphanios ist das Opfer intriganter Minister und Finanzleute. Prinzessin Danae versucht allen Intrigen zu begegnen, um ihrem Land zu helfen.

Klassische Autoren der englischen und amerikanischen Literatur im dtv

William Blake
Zwischen Feuer und Feuer
Poetische Werke
Zweisprachige Ausgabe
dtv 12548

Wilkie Collins
Die Frau in Weiß
Criminal-Roman
dtv 20171
Der Monddiamant
Criminal-Roman
dtv 12182
Jezebels Tochter
Criminal-Roman
dtv 20003

Thomas Hardy
Auf verschlungenen Pfaden
(*The Return of the Native*)
dtv 2385
Herzen in Aufruhr
(*Jude, the Obscure*)
dtv 20045

Edgar Allan Poe
Detektivgeschichten
Übersetzt von
Hans Wollschläger
dtv 12464
Faszination des Grauens
Meistererzählungen
dtv 12542

Laurence Sterne
Leben und Ansichten von Tristram Shandy, Gentleman
9 Bände im Kleinformat in Geschenkkassette
dtv 59024

William Thackeray
Jahrmarkt der Eitelkeit
oder
Ein Roman ohne Held
dtv 12462

Oscar Wilde
Das Bildnis des Dorian Gray
dtv 12466

dtv

George Sand im dtv

Nimm Deinen Mut in beide Hände
Briefe
Übers. und hrsg. von
Annedore Haberl
Originalausgabe · dtv 2238

Nanon
Roman
Übersetzt und mit einem
Nachwort von
Heidrun Hemje-Oltmanns
Originalausgabe · dtv 2282

Sie und Er
Übers. von Lieselotte Ronte
dtv 2295

Mauprat
Geschichte einer Liebe
Übersetzt und mit einem
Nachwort von
Heidrun Hemje-Oltmanns
Originalausgabe · dtv 2300

Lelia
Roman
Neu übersetzt von
Heidrun Hemje-Oltmanns
Originalausgabe · dtv 2311

Jeanne
Roman
Neu übersetzt und mit
einem Nachwort von
Heidrun Hemje-Oltmanns
dtv 2319

Flavie
Roman
Übersetzt von Joachim
Schultz unter Mitwirkung
einer Gruppe Bayreuther
Studenten
dtv 2327

Der Müller von Angibault
Übersetzt von
Heidrun Hemje-Oltmanns
dtv 2379

Ein Winter auf Mallorca
Herausgegeben und
übertragen von
Ulrich C.A. Krebs
Mit zahlreichen
Illustrationen
dtv 12497

dtv